LOCUS

LOCUS

LOCUS

LOCUS

to

fiction

to 128

西北

NW

作者：莎娣・史密斯 Zadie Smith

譯者：葉佳怡

責任編輯：林立文

美術設計：許慈力

電腦排版：極翔企業有限公司

法律顧問：董安丹律師、顧慕堯律師

出版者：大塊文化出版股份有限公司

105022台北市松山區南京東路四段25號11樓

www.locuspublishing.com

讀者服務專線：0800-006689

TEL：(02) 87123898　FAX：(02) 87123897

郵撥帳號：18955675　戶名：大塊文化出版股份有限公司

總經銷：大和書報圖書股份有限公司

地址：新北市新莊區五工五路2號

TEL：(02) 89902588　FAX：(02) 22901658

初版一刷：2021年12月

定價：新台幣550元

Printed in Taiwan

西
NW
北

ZADIE SMITH
莎娣・史密斯——著
葉佳怡——譯

獻給凱拉斯

目錄

總導讀

我們與陌生人的距離

國立台北大學　應用外語系教授　王景智

如何估算我們與陌生人的距離？莎娣・史密斯（1975-）塑造的倫敦人提供了一個丈量的標準。在魯西迪（Salman Rushdie; 1947-）和古雷西（Hanif Kureishi; 1954-）之後，史密斯以她北倫敦人細膩的觀察力、笑中帶淚的幽默以及冷靜客觀的批判，瀟灑走出前人的陰影，在白人土地上勾勒少數族裔的彩色人生。

母親為牙買加移民，父親為英國白人，這對老夫少妻帶著混血女兒落腳倫敦西北郊區，也因此倫敦西北的地景與族裔群像在莎娣・史密斯筆下都成了——套句《白牙》牙買加移民後裔愛瑞的台詞——「陌生土地上的陌生人」。陌生人的無所不在，讓生命的不堪無所遁形，他們的突擊總迫使我們得直視難解的生命課題，也因此讓我們理解到原來和陌生人的距離又遠又近。史密斯的《西北》故事就是由陌生人莎爾的造訪揭開序幕。在一個乍暖還寒的四月天莎爾突然現身主角黎亞家門口急促地按著門鈴，鈴響前一刻黎亞才在驗孕棒上看到那熟悉又陌生的藍色加號，雖然事後證明莎爾不過只是拿母親生病住院急需用錢當幌子來誆騙黎亞，但陌生人莎爾訛詐錢財的伎倆卻讓黎亞驚覺，她竟如此抗拒成為母親。一如莎爾，《簽名買賣人》艾力克斯—李・坦登是站在年老色衰好萊塢女星姬蒂・亞歷山大紐約住所門口按電鈴的陌生人。艾力克斯亦出身北倫敦，他的膚色比牙買加愛瑞淺，但卻比愛爾蘭黎亞深，因為他是華裔猶太人，在孕育他成長的土地上，總有些尷尬時刻讓他覺得格格不入。即使如此，買賣簽名的這項工作一直驅策他追尋滿足欲求的方法，其中包括自行偽造，以假亂真。然而就在他得到夢寐以求的姬蒂・亞歷山大真跡並因此聲名大噪、一夕致富後，艾力克斯發現，那張一鎊紙鈔上父親的簽名才是他這輩子最珍貴的蒐藏，因為那不是一個陌生人的簽名。

《西北》的莎爾和《簽名買賣人》艾力克斯都是不請自來的陌生人，《論美》的傑羅姆・貝爾西卻是享受東道主悅納異己的陌生人。傑羅姆從美國布朗大學去英國當交換生，不僅擔任父親事業勁敵蒙提・吉普斯的私人研究助理，還接受蒙提的邀請搬進他在北倫敦基爾本（Kilburn）的住所，蒙提刻意拉近與傑羅姆之間距離的結果，就是舉家遷往波士頓與傑羅姆的父親霍華・貝爾西正面交鋒。至於《搖擺時代》裡無名的敘事者，是至親好友身邊最熟悉的陌生人。七歲時在基爾本，流著牙買加母親和白人父親血液的小女孩牽著母親的手走進踢踏舞教室，認識了同為棕色皮膚的崔西；三十三歲時，在倫敦西北區的聖約翰伍德（St. John's Wood），她收到崔西寫給她的電郵：「現在所有人都知道妳的真面目了。」不論是摯友崔西或親密工作夥伴艾咪，其實「我們根本不了解彼此」。她靠著空中大學函授課程取得學位的女性主義母親也同樣覺得，那個抑鬱深沉且「缺乏抱負」的女兒很陌生，而敘事者酣醉攬鏡自照時也發現，鏡中女子是一個回視她的陌生人。

史密斯對種族主義的批判與基本教義派的嘲諷也像一面鏡子，除了反射前輩族裔作家古雷西和魯西迪的身份認同政治，也與他們的族裔書寫相互輝映。《白牙》裡的一對雙胞胎兄弟馬吉德和米列特，父母皆為從破落倫敦東區搬到生活條件相對單純的倫敦西北區的孟加拉移民。父親山曼德二戰時為英國政府效命卻擔心兒子如果繼續待在倫敦會數典忘祖，甚至背棄阿拉真主，決定將兒子送回故鄉接受「道德調整」。無奈二戰遭斷臂的老兵服務生小費有限，薪水微薄，即使抵押了房產也只夠支付一人的返鄉旅費，進退兩難之際，印度總理甘地遺孀因「藍星任務」遭錫克教徒報復，在新德里自家花園遇刺身亡，這個發生在印度的暴動事件讓遠在倫敦的山曼德決定送早兩分鐘出生的馬吉德回孟加拉，因為他「腦筋好、脾氣穩、學語言也快」，更重要的是，一九八四年的英國「只會讓我們撕裂」。八年後，離開英國的馬吉德「比英國人還英國」，留下的米列特則成為比穆斯林還穆斯林的KEVIN（Keepers of the Eternal and Victorious Islamic Nation）激進組織成員。史密斯以小人物視角介入國家歷史的書寫方式與魯西迪改寫印度分裂與獨立建國史的幾部小說有異曲同工之妙，他們都以再現歷史盲點的手法來凸顯官方敘事的排他性與唯我獨尊。

　　至於米列特從青少年足協「幾十年來僅見最好的前鋒」變成自家製造的穆斯林恐怖分子的變形記，則會讓人想起古雷西於一九九四發表的短篇故事〈我兒狂熱〉（My Son the Fanatic）。巴基斯坦裔的計程車司機對模範生兒子不變的生活態度感到不解與擔憂，原以為兒子染上毒癮，但在看到兒子蓄鬍並一天朝聖地麥加祈禱五次，父親恍然大悟，兒子已加入穆斯林基本教義組織成了聖戰士。古雷西的巴基斯坦移民父親極力想將兒子拉回西方物質文明世界卻苦無對策，所以在兒子禱告時衝進房間飽以老拳，除了洩憤，更冀望能因此將兒子打醒，但漠然的兒子僅淡淡地回了一句：「現在誰才是〔失去理性〕的狂熱份子」？相較之下，史密斯的孟加拉移民父親似乎對兒子的宗教狂熱多了些同理心，因為「他知道那種乾旱，他嘗過那種人在異地才會有的乾渴——令人害怕又揮之不去——一種持續一輩子的乾渴」。古雷西的故事似乎預示了那對父子日後將形同陌路，而恪守教規的伊斯蘭聖戰士恐怕也不會還俗了，但史密斯的馬吉德和米列特或許在數百小時的社區服務後，能學會不要把生命浪費在讓他們生活太複雜的事務上，並重新與和他們有相同身份特質的人產生連結，然後在英國這塊土地上打造一座屬於他們自己的「千禧花園」。

在呼應古雷西冷峻的批判之外，史密斯和魯西迪一樣，都慣以笑中帶淚的敘事手法直指偏執狂的荒謬行徑帶給個人及群體的傷害。收錄在魯西迪《東方，西方》短篇故事集裡的〈先知的頭髮〉，就是壓垮文明與理性的那根稻草。某日清晨開設錢莊賺取高利的父親正準備出門收帳，在停放私人小船的岸邊撈起了一個精緻的小玻璃瓶，裡面裝著一根頭髮，他立刻得知那是遭竊的先知的頭髮。擁有聖物的父親搖身一變成為虔誠的穆斯林，旋即在晚餐桌上如數家珍地列出家中每位成員違反教義的行為，並用刑鞭打一對回嘴的子女。憤怒的兒子知道這一切的始作俑者就是那個裝有先知穆罕默德頭髮的小瓶子，只要把它放回清真寺一切就可船過無痕，所以他潛入父親書房，順利找到聖物後隨手放進長褲口袋，孰不知褲袋竟破了個洞，這是母親在家務上從未發生過的疏忽，興許是她被丈夫主動吐實的婚外情以及連串的家暴事件給嚇得分心了，就在兒子準備跨步上船去物歸原主時，那裝著先知頭髮的瓶子竟從破洞掉出落入水裡，兒子毫無察覺地乘船離去，瓶子則被尾隨的父親發現從水中撈起；寶物再度落入父親手中，其代價就是家毀人亡。先知的頭髮最終由警方歸還清真寺繼續供信徒膜拜，然而錢莊主的家庭悲劇就像是腐壞的白牙，「沒有回頭的機會了」。

無獨有偶，史密斯作品中也有類似的笑中帶淚情節。在《白牙》的〈臼齒〉部分，愛瑞、馬吉德和米列特因參加收穫節社區活動去拜訪二戰白人老兵漢彌頓先生。他牙口不好，三個年輕人準備的蘋果、雞豆和炸薯片對他而言都太硬了，唯一能送入嘴裡的就只有椰子裡的椰漿。接著漢彌頓先生當起潔牙大使，提醒三人牙齒保健的重要，畢竟哺乳動物一生只有兩次換牙的機會，不過打仗時「把牙齒刷得雪白」絕非明智之舉。漢彌頓在「黑得跟雞寮一樣」的非洲剛果打仗時，辨識被德軍徵召入伍的那些「黑鬼」的唯一方式就是他們「雪白的牙齒」，只要看到一道白光從眼前閃過就「碰」地開槍，一個「可憐的狗雜種」就「開膛破肚」地躺在漢彌頓腳下，這就是槍火下的優勝劣敗。漢彌頓告訴三個年輕人的「白牙」故事乍聽之下荒誕可笑，但種族極端主義者的傲慢反彰顯了人人生而平等這個普世價值的重要，不論是史密斯故事裡「外黑內白的椰子人」、外黃內白的香蕉人、或是「跟撲克牌黑桃一樣黑」的人，但凡生為人，無論人種膚色牙齒都是白色。種族主義者漢彌頓也知道這個道理，但他卻以此警告馬吉德不要吹噓自己父親是二戰英雄，因為說謊會爛牙，一旦細菌開始腐蝕牙齒就「沒有回頭的機會了」；一旦極端主義開始侵蝕人類的普世價值並任由其孳長，我們就回不去了。

莎娣．史密斯筆下的移民大多來自前殖民地，宗教信仰也非常多元，這群異鄉客共同紮根在熟悉又陌生的西北倫敦努力追求想要的幸福，於此同時也嘗試更進一步認識那一直住在心裡的陌生人。閱讀莎娣．史密斯的倫敦書寫不僅拉近讀者與作家的距離，在一個有意義的程度上，也讓我們重新思索人與人的距離。拿她筆下的陌生人故事做為丈量標準，我們與陌生人的距離大約是三十五公分——閱讀時的最佳護眼距離。

亞當夏娃男耕女織，
仕紳貴族人在何方？

——約翰·伯爾

造訪

1

肥腫的太陽拖著身體從電信塔旁經過。學校大門及路燈柱上的防爬漆被晒得彷彿冒出硫煙。在威爾斯登，人們光腳走路，街道出現歐洲風情，戶外用餐的熱潮席捲當地。她待在陽光照不到的地方。她一頭紅髮。廣播傳來聲音：定義自我的那本字典，我是唯一作者。說得真好——記在雜誌封底上吧。她在吊床上，在地下公寓的花園裡，她被圍住，四面八方全被圍住。

在四座花園外的公宅社區內，有個陰鬱的女孩在三樓用英文大吼大叫，但也沒衝著誰。公宅突出窗外的狹小陽臺架延伸了好幾英里。才不是這樣，不是，不是這樣，你別鬧囉。她手裡夾著紙菸，菸體飽滿，菸紙是龍蝦紅。

我是唯一

我是唯一作者

鉛筆沒在雜誌留下痕跡。她在哪裡讀過脣蜜會讓人罹癌。所有人都知道不該這麼熱才對。花朵乾枯，蘋果又苦又小。今年時候還沒到，鳥就開始歡唱，唱的歌也不對。你天殺的別再給我鬧囉！抬頭看：那女孩晒得熱燙的大肚子靠在欄杆上。米謝爾總愛說：成功是場派對，不是每個人都能受邀同樂，新世紀就是這樣。這看法真殘酷，她無法共鳴，但婚姻中的兩人本來就有很多事無法共鳴。黃黃的太陽高掛天空。驗孕棒上浮現一個藍色十字，清晰、明確。該怎麼辦？米謝爾在工作，他還在工作。

我是

是唯一

菸灰飄落庭院地面，接著是菸蒂落下，接著是菸盒。那聲音比鳥鳴比火車比車流都來得更響亮。她神智清醒的唯一跡象：塞在耳朵裡的那個小小裝置。我說過了我不再為所欲為了。我的支票呢？她就當著我的面胡說八道。去他媽的為所欲為。

我是唯一。是唯一。是唯一。

她鬆開拳頭，任由鉛筆滾落。她為所欲為，此刻除了這個該死的女孩沒什麼可聆聽。至少閉上眼還能看到些其他什麼吧，例如黏稠的黑斑。有線條如同在水面飛竄的船夫般Z字形前進，一下左轉，一下右轉。那是條紅色的河嗎？地獄裡的岩漿湖？吊床傾斜，紙張飛落地面。世界大事產業電影和音樂資訊都躺在草地裡，另外還有運動新聞和短短的訃聞。

2

是門鈴！光腳的她跌跌撞撞走過草地，她的全身沐浴在陽光中，腦子昏沉。公寓的後門通往一間窄小廚房，裡頭的磁磚顏色明亮，是上一名房客的風格。門鈴不只是被按響，是被按著不放。

毛玻璃外有個人影，模糊的人影，這些像素般的色塊組合起來的不是米謝爾。在她的身體和門之間有條鋪好的廊道，此刻因為反射了陽光顯得金黃。這條走道只會帶領她迎接好事，此刻卻有個哭泣的女人在彼端尖叫著「拜託」。這個女人用拳頭敲打前門，還把鎖往旁邊拉，但發現只能拉到一半。裡頭的門鍊被扯得好緊，一隻小手從門縫鑽進來。

——**拜託**——噢我的老天請幫幫我——拜託這位小姐——我住在這區——我就住這區，拜託呀老天——妳自己看，拜託——

指甲好髒。她揮的是瓦斯帳單嗎？電話帳單？她把整隻手臂鑽過門縫，越過門鍊，朝她逼得好近，她得後退才有辦法看清楚這女人要給他看什麼。李德利大道37號，就在她住的這條街的街角。她能讀到的就只有這樣。她腦中快速閃過一個畫面，要是米謝爾在這裡，她開始想像他會如何仔細檢視這個信封窗口膠膜，確認裡頭的資訊。米謝爾在工作。她鬆開門鍊。

陌生人的膝蓋先撞進門，接著整個人往前倒，幾乎跌坐在地。這是個女孩還是女人？她們倆年齡相近：三十出頭？三十五吧，總之大概這個歲數。淚水讓這個陌生人的小小身軀不停顫抖。她扯著衣服，嚎啕大哭，是個希望所有人見證自身苦難的女人。這女人也像身處交戰區，站在已成廢墟的家中。

——妳受傷了嗎？

她的雙手埋在髮絲間，頭撞到門框。

——沒，不是我，是我媽——我需要幫忙。我已經把每家的門都他媽的敲過一遍了——拜託。莎爾——我的名字是莎爾。我是當地人，就住這一區。妳自己看！

——進來吧，請進。我是黎亞。

黎亞對這兩英里見方的區域抱持著熱烈的忠誠度，就像其他人會對自己的家庭或國家效忠。她知道這一帶的人怎麼說話，比如人們口中的他媽的，在這個區域就只是用來調節語句節奏的詞彙。她認真擺出同情的表情。莎爾閉上雙眼，點頭，嘴唇快速蠕動，無聲地自言自語。然後她對黎亞說

——妳人真好。

她的胸口還在起伏，但緩和多了。讓她哭到顫抖的淚水也逐漸停下。

——真謝謝妳，可不是嗎？妳人真好。

莎爾的一雙小手緊抓著扶住她的那雙手。莎爾好嬌小。她的皮膚像紙一樣乾粗，額頭和下巴有一片片牛皮癬。黎亞看過這張臉，她在附近街道見過很多次。這是倫敦各區的特色之一：一張張無名之臉。那雙眼睛令人難忘，深棕色的眼球周遭可見一片清透的白，包括眼球上方和下方，其中散發的貪婪氣息彷彿打算吞噬所見的一切。她的睫毛很長，小寶寶看起來就是這樣。黎亞微笑。對方回以一個沒有與她真正交流的空洞微笑，那微笑甜美

但又有些歪斜。對她來說，黎亞不過是個打開大門後沒再關上的陌生人。莎爾又說了：妳人真好、妳人真好——直到貫穿這句話的喜悅之情（當然這也讓黎亞感到一絲喜悅）終於無以為繼。黎亞搖頭，沒有啦，沒有、沒有。

黎亞帶莎爾走向廚房，她的一雙大手搭在女孩窄小的肩膀上。她望著莎爾翹翹的屁股緊貼著褲頭往下捲的慢跑褲，背上小小的凹陷處覆著一層細毛，奪人視線，在熱氣中汗水淋漓。她的衣服在左右腰側開的小孔裸露出曲線。黎亞的屁股很扁，身形像個男孩一樣乾瘦。或許莎爾需要錢吧，她的衣服不太乾淨，右膝後方髒兮兮的布料上有道裂口，穿到快解體的拖鞋後方露出骯髒的腳跟。她很臭。

——是心臟病！我問他們，她是不是要死了？她要死了嗎？她要死了嗎？但她上救護車了——我什麼答案都沒得到不是嗎！我有三個孩子獨自在家——我得去醫院——他們為什麼一直要說開車開車？我就沒車呀！我一直說幫幫我——他媽的沒有任何人幫我。

黎亞抓住她的腰，拉她在廚房桌邊的椅子坐下，還遞了一捲衛生紙過去。她再次把雙手搭上莎爾的肩膀，兩人的額頭相距只有幾英寸。

——我了解，沒事的，是哪間醫院？

——就是……我沒寫下來……在密德薩斯——就是很遠。不確定到底是哪間。

黎亞捏了捏莎爾的手。

——聽我說，我不開車，但是——

她看了看手錶，四點五十分。

——如果妳等一下，大概二十分鐘吧？只要我現在打給他，他就可以——或者叫輛計程車……

莎爾把手從黎亞的手中抽開。她用手指指節緊壓雙眼，大大吐出一口氣：恐慌的情緒結束了。

——得趕去那裡……沒有電話號碼，什麼都沒有，也沒錢……

莎爾用牙齒把右手大拇指的一小片皮膚扯下來，湧出的血珠子仍未潰流開來。黎亞再次握住莎爾的手腕，把她的手指從嘴裡拿出來。

——或許密德薩斯就是醫院的名字？而不是指地名？就在艾可敦巷那裡，不是嗎？

女孩的表情像在夢遊，反應很慢。用愛爾蘭人的說法是「腦子怪怪的」，或許她腦子是有點怪怪的。

——對啦……有這個可能……對啦，不對，對啦就是。密德薩斯醫院。就是那間。

黎亞站直身體，從背後的口袋掏出手機，開始撥號。

——**我明天會過來**。

黎亞點點頭，莎爾卻繼續說，沒打算管她正在打電話。

——**會過來還妳錢。明天就會拿到支票了。好嗎？**

黎亞把手機靠在耳朵邊，微笑點頭。她對電話報出自家地址，然後用手勢邀請莎爾喝茶，但莎爾只是望著蘋果花。她扯起骯髒T恤擦掉臉上淚水，肚臍跟著肚皮一起發紅，看起來就像縫在沙發床上的一顆裝飾釦。黎亞報出她的電話號碼。

——搞定。

她轉向餐具櫃，用沒拿手機的那隻手提起水壺，因為以為裡頭沒水亂搖了一下，結果有些水濺了出來。她把水壺重新放回原本的架子上，站在原地，背對她的客人。沒有她可以理所當然坐下或站著的地方。在她面前，在延伸環繞整個空間的窗臺上，放著一些跟她人生有關的物件：照片、小裝飾品、她父親的一部分骨灰、花瓶、植栽，還有香草。透過窗戶倒影，她可以看見莎爾正把兩隻小小的腳縮到椅面上，雙手抱住腳踝。真正的緊急狀態應該要比現在更讓人覺得理所當然，而不是如此尷尬才對。這不是一個適合為陌生人泡茶的國家。她們透過窗玻璃的反射對彼此微笑。她們之間有善意。她們無話可說。

——我拿杯子。

黎亞將所有動作都化為腦中文字。她打開櫥櫃，櫥櫃裡裝滿杯子，杯子上疊著杯子，再上面又疊著杯子。

——這房子不錯。

黎亞轉身的速度太快，雙手胡亂做出一些無關緊要的動作。

——不是我們的——我們是租客——只有這一戶是我們的。樓上還有兩戶，花園大家共用。這棟是政府福利房，所以……

黎亞開始倒茶，莎爾四處張望，她突出下脣，頭輕緩地點著。她看起來很欣賞這地方，姿態像名房屋仲介。此刻她開始打量黎亞，但有什麼好看呢？她身上的格子法蘭絨襯衫皺巴巴的，下半身穿著沒收邊的牛仔短褲，腿上都是雀斑——看起來或許是個可笑的人吧，她想，一個懶鬼，或是個不用賺錢的悠哉女子。黎亞把雙臂交叉在肚子前方。

——以福利房來說很不錯。臥房之類的很多吧？

她的下脣沒有隨說話往上挪，咬字因此不太清楚。莎爾臉部的肌肉似乎有些不對勁，黎亞注意到了，又因為注意到而尷尬，於是移開眼神。

——兩間。第二間小到跟籠子沒兩樣。我們算是把那間用來……

莎爾此時注意到了另一件完全不同的事，她的反應比黎亞慢，但現在也終於意識過來，頻率總算和黎亞對上。她用手指著黎亞的臉。

——等等——妳之前是讀布雷頓中學嗎？

她從椅子上彈起來，看起來很興奮。但這一定是搞錯了。

——我發誓，妳講電話的時候我就在想：我認識妳。妳之前讀布雷頓中學！

黎亞背靠著流理檯，跟她核對起學校發生過的事。莎爾迫不及待地想搞清楚一切的事件排序。她想知道黎亞記不記得那幾間科學教室何時淹水，還有傑克・富奧勒是何時把頭塞進固定鉗臺。她們核對彼此的記憶，包括登陸月球和總統過世這類大事跟學校大事的先後順序，接著把自己的就學年份放進這張時間表中。

——我比妳小兩屆，沒錯吧？妳剛剛說妳叫什麼名字？

黎亞正努力想把一個餅乾盒打開。

——黎亞，我姓漢威爾。

——黎亞，之前上布雷頓中學的黎亞。妳現在還有跟誰聯絡嗎？

黎亞說出幾個名字，還簡單介紹了一下他們現在的背景。莎爾用手指在桌面敲打節奏。

——妳結婚很久了嗎？

——久到不行。

——要我打電話通知誰嗎？比如妳丈夫？

——不了……不了，找他沒用，都兩年沒見了。他會打人、暴力傾向、有些毛病，反正問題很多，腦子跟其他地方都有問題。他把我手臂打斷、鎖骨打斷、膝蓋打斷，臉也打到骨折。老實告訴妳——

接下來她開始悄聲說話，還一邊咯咯發笑，內容不是很好理解。

——之前會強暴我之類的……太瘋狂了。反正就這樣。

莎爾從椅子上滑下來，走向後門，她往外望向花園，以及被太陽晒得枯黃的草地。

——我很抱歉。

——又不是妳的錯！事情都發生啦。

她有一種一切都很荒謬的感覺。黎亞把雙手插進口袋。水壺發出燒好水的咯噠響。

——說真的，黎亞爾，要是我說撐過來很容易，那絕對是說謊。真的很苦。但是，反正逃掉了，妳懂嗎？我還活著，還有三個孩子！最小的七歲。所以，還是有好結果啦，妳懂嗎？

黎亞對著水壺點頭。

——有小孩嗎？

——沒有。有一隻狗，叫奧利芙，她現在在我的同學小娜家，娜塔莉．布雷克，妳記得嗎？其實她在學校叫凱莎，但現在是娜塔莉．德安傑利斯了，跟我讀同年級，以前她那爆炸頭，蓬得就像是——

黎亞用手在頭後方劃出核子彈蕈狀雲的形狀。莎爾皺起眉頭。

——噢對，高高在上的傢伙，外黑內白的那種「椰子人」嘛，我對她只有這印象。

莎爾臉上掠過一抹輕薄的不屑，黎亞面對著那抹不屑繼續說。

——她有孩子了，住得不遠，就在比較高檔那區，公園那邊。她現在是律師，出庭律師，話說出庭律師跟一般律師有差嗎？說不定沒差。他們有兩個孩子。孩子很愛奧利芙。狗的名字叫奧利芙。

她只是一個句子說完後接另一個句子。那些句子自己不停冒出。她停不下來。

——我其實懷孕了。

莎爾靠著門上的玻璃，她閉上一隻眼睛，用另一隻眼睛緊盯著黎亞的肚子。

——噢，剛懷上啦，才沒多久。其實我今早才發現。

其實、其實、其實。莎爾一邊大步走動一邊說，玩味著這個新發現。

——男生？

——不是，我是說——還沒辦法知道。

黎亞臉紅起來。這事很敏感，也還未成定局，黎亞一開始沒打算說。

——妳家男人知道了嗎？

——我今天早上才驗，然後妳就來了。

——希望是個女孩。男孩太可怕了。

一臉陰沉的莎爾拉開一個撒旦般的微笑，她每顆牙齒周遭的牙齦都黑黑的。她走回黎亞身邊，將手平貼在黎亞的肚子上。

——讓我感覺一下，我很知道怎麼確認，不管孕期多早都行。過來這裡，不會傷到妳，這有點像是我的天賦，我媽也這樣。過來這裡。

她伸手把黎亞拉過來，黎亞任她拉。莎爾把兩隻手放回剛剛擺的地方。

——是女孩，百分之百。天蠍座，小鬧事鬼，但不礙事。跑很快。

黎亞笑了。在女孩汗溼的雙手和自己黏答答的肚皮間，她感覺有股熱氣升起。

——是說會變成運動員嗎？

——不是耶，是常常會跑不見的那種人。妳必須盯著她，不能鬆懈。

莎爾垂下雙手，臉上再次顯得百無聊賴。她開始說起世間萬物，世間萬物在她口中皆平等，無論是黎亞、茶、強暴、無聊、心臟病、學校或是誰生了個寶寶。

——我們讀的那間學校真是爛學校，但讀的人……其中不少人還不差，不是嗎？像是凱文——妳還記得凱文嗎？

正在倒茶的黎亞用力點頭，但她根本不記得什麼凱文。

——他在芬奇利路上有間健身房。

黎亞用湯匙在杯子裡攪動。她從來不喝這種茶，尤其在這種天氣。她太用力壓茶包了，茶葉被她從茶包邊緣擠出來。

——他不只是經營那間健身房——他就是老闆。我有時會經過那裡。從沒想過小凱文可以振作起來。他之前老跟傑洛米、路易還有麥可混在一起，那幫人只會惹麻煩。後來我一個都沒再見過面，不想捲入那些紛爭。我還有跟奈森·伯格見面，之前還有和湯米和詹姆斯·黑文保持聯絡，但最近也沒有了。暫時沒有。

莎爾說個不停。廚房感覺開始傾斜，黎亞用手扶著餐具櫃穩住自己。

——抱歉，妳說什麼？

莎爾皺眉，叼著點燃香菸的她開口說。

——我說，我能喝茶嗎？

她們雙手都捧著馬克杯，彷彿在冬夜聚會的一雙老友。門敞開著，所有窗戶也開著，空氣卻沒有絲毫流動。黎亞抓住上衣，甩動，好讓衣服別黏住皮膚。她甩開一道通風口，氣流竄入，堆積在兩隻乳房下的汗水在棉布料上留下令人害羞的痕跡。

——我以前認識……我是說……

黎亞繼續假裝因為思考而無法推進話題，雙眼死瞪著馬克杯內深處，但莎爾完全不感興趣。她正敲打門上的玻璃，而且一開口音量就蓋過她。

——對呀妳在學校時看起來不太一樣，完全不一樣。妳現在看起來好多了，可不是嗎？妳以前髮色很橘，很瘦，瘦得像根長竹竿。

黎亞現在還是這樣。改變的想必是其他人，或者是光陰本身。

——過得還行囉。妳怎麼沒在工作？妳剛剛說自己在做什麼？

黎亞才剛開口，莎爾就已經在點頭了。

——請病假，我不太舒服。就是那種常見的行政工作，大致上來說呢，就是慈善事業，我們會發錢給需要的人。資金來自樂透收入，然後我們再分配給慈善機構、非營利組織，就是當地一些有需要的小單位……

她們自己都沒在聽自己的對話內容。公宅那位女孩還在陽臺上大吼大叫。莎爾又是搖頭又是吹口哨，臉上流露出身為街坊鄰里的同情。

——又蠢又胖的婊子。

黎亞伸出手指，以西洋棋的騎士走法往旁跨過一扇窗戶，再往上兩層樓。

——我就是在那裡出生。

從那裡到這裡，其實是段比表面上看起來遠很多的旅程。有那麼一秒，這個在地性細節引起了莎爾的興趣，然後她又移開眼神，將菸灰抖在廚房地板上，但明明門開著，草地有只有幾步之遙。她這人反應比較慢，或許吧，可能手腳也不太靈活；又或者她剛剛受創太深，也可能只是心不在焉。

——看來妳過得很好，生活正常，八成還有很多朋友。我想妳週五會出去玩，泡夜店之類的。

——也不完全是這樣。

莎爾從口中吐出一小口煙，發出彷彿憐憫的聲音，她不停點頭。

——得體、勢利眼，這條街就是這樣，妳是唯一讓我進屋的人。就算著火了，其他人連在妳身上撒尿都不願意。

——我得上樓拿點計程車費。

黎亞口袋裡其實有錢。她上樓，走入最近的空間，那是間廁所，然後關上門，坐在地板上哭起來。她伸長腳把廁紙從架子上撞下來。門鈴響時，她正在想辦法把廁紙滾到自己身邊。

——**有人在門口！在門口！我可以開嗎？**

黎亞站起身，她在小小的水槽前往臉上潑水，希望讓哭過的紅潮淡去。她在走廊找到莎爾，她站在一座塞滿大學課本的書架前，手指正劃過一條條書脊。

——這些妳都讀過？

——沒，不算真的讀過。現在沒這種時間。

黎亞拿起擱在架子中間的鑰匙，打開前門。眼前的一切都不合理。站在大門旁的司機做出她不理解的手勢：他指向對街，然後邁開腳步走，莎爾跟上。黎亞跟在後面。她又莫名溫順起來。

——妳需要多少錢？

莎爾臉上出現一抹遺憾。

——二十？三十吧。以防萬一。

她沒用手取下香菸，直接把煙從嘴角縫隙噴出來。

櫻花在枝頭瘋狂、大量地綻放。米謝爾在這條粉色廊道中出現了，他在對街走著。天氣太熱，他的臉被汗水浸溼。這樣的日子裡他總會帶條小毛巾在身上，此時那條毛巾從包包突出一小角。黎亞舉高一根手指，要他待在原地別動。莎爾的身影被車遮住，但黎亞還是指向莎爾。米謝爾有近視，他瞇眼望過去，停止動作，緊繃地笑了一下，然後脫下夾克掛上手臂。黎亞可以看見他在清理衣服，試圖藉此擺脫白日工作留下的痕跡，那是一些從陌生人頭上剪下的細小毛髮，有些是金色，有些是棕色。

——那是誰？

——米謝爾，我丈夫。

——聽起來像女生的名字？

——是法文。

——長得不錯，不是嗎？生出來的小孩一定也很不錯！

莎爾故作可愛地眨了一隻眼睛：其實更像是將一邊的臉難看地擠成一團。莎爾丟掉菸蒂，上車，沒關上車門。她需要的計程車費還在黎亞手上。

——他是當地人嗎？我在附近見過。

——他在髮廊工作，車站附近那間，妳知道嗎？他從馬賽來的——是法國人。來這裡好久了。

——但他是非洲裔吧？

——祖先中有非洲裔。聽著——需要我陪妳去嗎？

莎爾沉默了一陣子，然後她下車，雙手捧住黎亞的臉。

——妳真是個很好的人，我是注定要來到妳家門前。我沒開玩笑！妳是個高尚的人，妳有某種神聖的特質。

黎亞緊抓住莎爾的一隻小手，接受了她的吻。莎爾嘴巴微張，在黎亞臉頰旁說出「謝謝」兩字，然後在說了「妳」後閉上。為了有所回應，黎亞說了她這輩子從未說過的話：上帝保佑妳。她們分開——莎爾姿態笨拙地往後退，轉向車子，擺出已經要離開的姿態。黎亞有點挑釁地把錢用力塞進莎爾手裡，然而，這事本來可能散發的悲壯光輝此刻已差不多褪色為常見的善行，又或是無關痛癢的趣聞：不過就是借了三十英鎊，不過就是有個母親生病，這不是一個謀殺的故事，不是一個強暴的故事。沒有什麼能從這個故事的描述中倖存下來。

——這天氣根本是瘋了。

莎爾用她的頭巾吸掉臉上汗水，她不看黎亞。

——明天來找我，我還妳錢。我向上帝發誓會還，好嗎？謝謝，真心謝謝。妳今天救了我。

黎亞聳聳肩。

——別這副模樣，我發誓會還錢——我明天會過來，真的。

——我只希望她沒事，我是說妳媽。

——明天唷？說好了！謝謝妳！

車門關上。車子開走。

3

這一看就知道是怎麼回事，只有黎亞看不出來。對她母親而言，這一看就知道是怎麼回事。

——妳怎麼會那麼心軟？

——她看起來走投無路呀。

——我在葛拉夫頓街上也覺得走投無路，在巴克利路上也走投無路，我們誰不是走投無路？但也不會去搶錢呀。

她哀嘆連連，兩人因此陷入愁雲慘霧。黎亞完全可以想像那畫面：雪白的邊緣細毛翻飛、彷彿布滿花朵紋路的胸口挺起。她的母親變身為一隻愛爾蘭貓頭鷹。她這輩子都棲息在威爾斯登，現在也還在這裡。

——三十英鎊！花三十英鎊給人搭計程車去密德薩斯醫院！去希斯洛機場都不用這麼貴。如果妳嫌錢太多，還不如隨便分一些給我。

——說不定人家會還呀。

——耶穌本人死而復生的機率都比較高啦！上週末就有兩個詐騙集團的人來這裡，我看到他們沿街按門鈴，一看就知道是騙子。這些人都在吸快克啦！見不得人的癖好！每天我都會看到他們晃來我們這一區，就是車站附近。街角的珍妮．法奧勒為他們其中一個人開過門，那傢伙說她嗑藥嗑到像飛到天上的風箏。三十英鎊！妳就是像妳爸。任何得我真傳的人都不會被這麼白痴的事情騙。妳家米克爾怎麼說？

總算，任由她說米克爾輕鬆多了，總好過聽她像是嘗到什麼味道可疑的食物，像是拿他的名字漱口似的過度刻意地發音為米伊謝奧爾。

——他說我就是個白痴。

——嗯，妳確實沒比一個白痴高明到哪裡去。他們那種族可沒那麼好騙。

他們全是奈及利亞人，每個都是，無論國籍是法國還是阿爾及利亞，總之他們全是奈及利亞人，對寶琳來說，所謂的非洲本質上就是奈及利亞，而且正因為這些奈及利亞人詭計多端，才能在基爾本擁有原本屬於愛爾蘭人的生活，就連寶琳團隊裡的五名愛爾蘭護士，後來也都被奈及利亞人取代，至少寶琳認定他們是奈及利亞人，她也認為只要無時無刻盯著他們，奈及利亞人可以是完美的員工。黎亞用大拇指的指甲壓住婚戒，用力把戒圈往上推。

——他想去找他們談。

——為什麼不呢？妳在自家門口被一個吉普賽人打劫了，不是嗎？

一切都被解釋成她想要的意思。

——不是，她應該是來自印度次大陸。

——妳是想說她是印度人吧。

——大概就是那一區啦，第二代了，聽起來是英格蘭人。

——這樣呀。

——她跟我讀同一間學校！而且就在我家門口哭！

又出現一片愁雲慘霧。

——有時我覺得，就是因為只生了妳一個孩子。要是我們多生幾個，妳就會對別人多一點認識，更能看清他人。

無論黎亞試圖開啟什麼話題，寶琳最後總會導向這個結論。她會將整個故事從頭講一遍：從都柏林到基爾本的她忙碌度日，當時其他人大多信仰別的教派，而她是少見的新教徒。不過她仍跟其他女孩一樣去了醫院病房工作。她跟歐洛克家族的男孩或砌磚工調情，但渴望更好的男人，畢竟她有一頭紅褐色頭髮、五官精緻，還受過接生婆的訓練。但她實在等太久了，只好在年華即將消逝前跟一個鰥夫定下來，對方是個不喝酒的英格蘭人。歐洛克家族最後成為建商，基爾本當地的高速公路幾乎都成為他們的囊中物，早知如此她就該忍受自己的對象喝點小酒才對。不過感謝上帝，後來她又接受了其他專業訓練（放射治療）。如果故事的走向不同，她現在又會過著什麼樣的人生？曾經這個故事每年只會固定出現個幾次，但現在會找機會在每通電話中現身，包括此時這通內容跟寶琳完全無關的電話。對這位母親來說，時光步步進逼，剩下的日子不長，因此她打算把過去捏成一個足以隨身帶走的小物件。身為女兒的工作就是聆聽，她卻不擅此道。

——我們做爸媽太老了嗎？妳一個孩子寂寞嗎？

——媽，拜託別這樣。

——我只是想說，妳本來有機會更了解人性。好了，有什麼新鮮事嗎？我說那邊？

——那邊是哪邊？

——就妳奶奶那邊啊，快走向人生盡頭那邊。

——人家還在走。

——啊，這樣呀。親愛的，總之別太擔心，該發生的就會發生。好了，米克爾在嗎？我可以跟他說話嗎？

一直以來，寶琳和米謝爾之間只有猜疑及誤解，唯有這種時候兩人才會喜樂地站在同一陣線。這種機會本來不多，但現在頻率越來越高，也就是當黎亞表現得像個白痴，原本身為彼此天敵的兩位就會因此結盟。興奮不已的寶琳會皮膚泛起粉色，口中不停咒罵，米謝爾則會拿出他身為移民的壓箱寶，也就是他所學不多的非正式口語用法：到頭來說、懂我意思嗎、更有甚者、我就跟他說、又或者是，我就是嗯，覺得這話真讚，我得背下來。

——不可思議。我跟妳說，真希望我當時在場，寶琳。真希望我在場。

黎亞不想聽到這段對話內容，所以走進花園。樓上的納德正躺在黎亞的吊床裡，但那是公用吊床，其實也不算她的。納德正在蘋果樹下喝花草茶，他一頭如同獅毛的橘褐髮絲參差著灰髮，此刻用一條橡皮筋紮了起來。他把一臺很老的萊卡相機擱在肚子上，等著西北區的日落，在世界的這個區域，日落的景象異常鮮活。黎亞走向那棵樹，用兩隻手指比出勝利手勢。

——自己買菸啦。

——戒菸了。

——還真是看得出來。

納德把一根菸夾在她岔開的指間。她用力吸了一口，菸氣猛烈燻著她的喉嚨。

——吸慢點。這是阿富汗來的菸，用來治療精神病的！

——我是個大女孩了，別擔心。

——今天的日落是六點二十三分。白天越來越長了。

——之後又會變得越來越短。

——酷唷。

無論黎亞說什麼，就算內容實事求是，或只是顯而易見的道理，納德都能從中說出一些哲理。他是個嚴肅的老菸槍，時光在他身邊彷彿凝固，而再簡單的事物都能從中延伸出特殊意義。在黎亞看來，自從他們十年前認識以來，他就一直是二十八歲。

——嘿，妳那位訪客有回來嗎？

——沒。

這個發展跟納德的樂觀本性背道而馳，黎亞望著他，他無法從中延伸出任何樂觀的說法。

——準時日落。真美。

黎亞抬頭望去，天空轉為一片粉紅。從希斯洛機場起飛的班機在天空劃出一條白線。廚房裡，米克爾正自得其樂。

——這話真讚，我得背下來。就連耶穌基督本人都會受不了！

4

這個年輕的錫克教徒覺得無聊。他的頭巾邊緣滲出汗水。他低頭望向父親的櫃檯，上頭有袋零錢，有人正在數裡面的錢，為的是能買到十支羅斯曼香菸。一臺廉價的電扇正漫無目的地旋轉。黎亞也覺得無聊，她望著米謝爾手裡捏著永遠不可能讓他滿意的各種麵包及糕點，那些點心永遠不可能跟法國的一樣好，因為全是在威爾斯登小巷內一間雜貨店後方湊合著做出來的。如果想買真的可頌，可以在星期天的一場有機市集中買到，那場市集辦在黎亞以前讀的學校遊樂場，但今天是星期二。黎亞從新鄰居那裡聽說，昆因頓小學是個適合買可頌的地方，但要送小孩去讀的話就不夠適合了。奧利芙正在掃蕩雜貨店地板上的麵包屑。奧利芙也算法國狗，跟米謝爾一樣。奧利芙的祖父是巴黎的一頭冠軍犬，不過牠沒像米謝爾對可頌這麼挑剔。奧利芙的毛是橘色和白色，耳朵的毛髮絲滑，彷彿查理斯二世的長髮披掛，看起來荒謬，但人人喜歡。

——還需要好好找個醫生來確認，我想得找間診所。我們一直有在試，但沒成功，妳今年都三十五歲了。

他的「沒成功」用的是法國人發音。曾經他們同齡，但現在黎亞是按著狗的年齡計算方式在衰老。她的三十五歲是他的七倍，也比他具有七倍的重要性，重要到他必須不停提醒，以免她忘記這個數字。

——我們沒錢上診所。上什麼診所？

櫃檯前有個小小的身影轉過來，她什麼都還沒意識到就先對著黎亞笑——那是因為認出某人而自然開心起來的直覺反應。過了一下子，她才記起黎亞是誰，於是咬住下唇，手放到門上。門上掛的鈴鐺響起。

——就是她，之前那個人，在買菸的就是她。

黎亞以為莎爾能輕易脫身，但莎爾的好運用完了，其實她們兩人都是。有個福態的老婦人走進來，莎爾想要出去，兩人在門口姿態尷尬地彼此讓路。米謝爾多勇敢啊，米謝爾反應好快，米謝爾勢不可擋。

——小偷！妳這小偷！我們的錢呢？

黎亞抓住米謝爾那根指向莎爾的手指，用力往下壓。她的每顆雀斑都像著火一樣發紅。有片紅潮一路往上擴散到她的脖子，再向上蔓延到臉。莎爾停止凌亂的讓路舞步，直接用肩膀撞開那位慈祥的老太太，跑了出去。

5

臥房中的黎亞相信必須客觀看待一切：

這裡躺著男人和女人，男人長得比女人美麗。正因如此，有些時候，女人怕她愛這個男人的程度比他愛她來得多。他總是否認這點，但無法否認自己確實比較漂亮。他要漂亮是比較容易的，他的膚色很深，老得也慢，還擁有西非人那種優良骨架。這裡的床上橫躺著一個男人，全裸。電影《輕蔑》（*Contempt*）中的碧姬・芭杜也是這樣躺在床上，全裸。如果這個男人跟碧姬・芭杜一樣就好了，她始終沒生小孩，相對來說更愛動物。話說回來，她在其他方面比較沒彈性就是了。女人試圖跟身為她丈夫的男人討論來到他們家門前的女孩，那個走投無路的女孩。她說那女孩到底為什麼要說謊？她說她走投無路也算謊言嗎？她畢竟要走投無路到一個程度，才會來敲別人家的門吧？這位丈夫不明白為何女人如此在意這件事。那是當然的，他對她的理解缺了一項關鍵資訊。他不可能有辦法理解隱沒在表面之下的女性邏輯，只能在她談論時嘗試聆聽。我只想知道我這樣做對不對，女人說，我就是沒辦法想清楚我到底

但男人這時打斷她後說

——那個塞子在妳那邊嗎？我的不見了。但這真的沒什麼好討論呀，就是常見的事。她八成是毒蟲或小偷，沒什麼有趣之處。來這裡吧，然後

男人和女人初相遇時，身體間的吸引力來得好快、好猛烈，現在也還是如此。由於這

種不常見的劇烈吸引力，兩人的發展進程非常特殊。他們總是身體先行，始終如此。

他在跟她說話之前就已經替她洗過頭，還兩次。

他們在知道彼此姓氏之前就上過床。

他們在陰道交之前就肛交了。

他們在跟彼此結婚前有好多性伴侶，大多是從舞池中發展出的一夜情，或是伊微沙那種離島上譜出的短暫戀曲。那是九〇年代，是狂歡的十年！他們沒必要結婚卻還是結了，而且兩人都曾誓言終身不婚。這很難解釋——在那場大風吹遊戲中，他們究竟為何最後決定不再換位子，而是跟對方定下來呢？停下腳步的原因跟「善良」這項特質有關。在舞池那種縱欲場所可以輕易找到很多人事物，但善良很少見。除了女人的父親之外，黎亞・漢威爾的丈夫比她見過的任何男人都還要善良。話說回來，他們當然也對自己的保守感到驚訝。這段婚姻很讓寶琳高興，也讓米謝爾家人不再那麼焦慮，能讓家人開心也讓他們滿意。除此之外，「妻子」和「丈夫」這種得體的稱謂具有一種雙方都沒料到的力量。如果這就是巫毒的力量，兩人也心懷感激，因為他們可以不用再玩這場情感大風吹，還不用承認自己早已感到厭倦。

一切都發展得很快。

兩人結婚之前就懷上過一個孩子，當時他們才交往兩個月。那個孩子他們拿掉了。

他們在成為朋友之前就結婚了，換句話說也就是：

他們的婚姻促成了他們的友誼。

他們在注意到彼此背景、願景、教育程度和野心之間的微小差異之前就結婚了。舉例來說，城市和鄉村的窮人的野心就不一樣。

注意到這些差異後，就某方面而言，黎亞對這些差異沒在兩人之間造成真正的衝突感到失望。她始終難以接受的事實是，她因為他而在身體上感受到的愉悅，以及他從她身上獲得的快感，竟然如此輕易就推翻了她曾有過、或者應該有過，或她以為曾有過的所有疑慮。

——她媽可能死了。她可能還在消化情緒，才忘了還錢；她可能把錢從門縫底下塞進來了，卻卡到某個垃圾，就被納德拿去丟了；又或許她目前就是拿不出這筆錢。

——好的，黎亞。

——你別這樣。

——妳希望我說什麼？世界就是這樣。

——那我們還有什麼好努力的？

如果真要非常客觀的說，兩人之所以從未討論過孩子的事，其實是女人的錯。不知為何，她從沒想過這些美好的床事會將他們帶往一個如此顯而易見的終點。她害怕這個終點。客觀一點！恐懼是什麼？恐懼跟死亡、時光和衰老有關。簡單來說：我內心只有十八歲我十八歲如果我什麼都不做如果我傻站著就什麼都不會改變我就會永遠十八歲。永遠。時光會停止。我永遠不會死。實在好平庸呀，這種恐懼。所有人都有過這種恐懼。還有什麼？她對兩人目前的生活很滿意。她覺得擁有的一切恰如其分，不多也不少，而任何改變都可能破壞這種平衡。目前的生活非得改變不可嗎？有時女人的丈夫會把一顆紅椒對半切開，把籽刮進塑膠碗中，再遞一條櫛瓜給她切丁，同時談起：

狗。

車。

公寓。

一起煮，像這樣。

七年前：妳在搞麵團，我在洗頭髮。

一切都變了！我們越來越接近目的地了？不是嗎？

女人不知道目的地在哪裡，她甚至不知道他們出發了，也不清楚目前的風向。她並不想抵達。事實是，她以前相信兩人會永遠全裸地窩在床單裡，除了感到心滿意足之外，什麼其他事都不會發生。為什麼相愛的兩人必須「往前走下去」？怎麼樣算是往前？實在不能說沒人警告過她。實在不能說。一個三十五歲的女人，又跟自己所愛的男人結婚，自然是一定有人警告過她這個後果。她該放在心上，她該聽進去，而不是驚訝地聽到丈夫說——女人能受孕的日子每個月有幾天？我認為，就只有三天。所以現在不能只是說「啊，順其自然吧」。我們不年輕了，得再有一點，我是說，再有一點「軍事精神」，就是要有確切的計畫。

客觀來說，他是對的。

6

我們是鄉村綠地保護協會。願上帝保佑小店鋪、瓷杯，還有處子之身！週六早晨[1]。**奇想樂團組曲日**。女孩呀，妳真讓我欲火焚身。妳讓我欲火焚身，讓我暈頭轉向[2]。每到週六早上，米謝爾就會幫助西北區的淑女和紳士準備好迎接週六夜的到來，他讓他們變得體面又煥然一新，於此同時，他可以盡情在髮廊大放節奏藍調歌曲，他那些噢寶貝噢小矮肥之類的歌一路放到凌晨六點，就這樣一直放到破曉時分。週六早上的她是自由的！願上帝保佑都鐸時代的房子、骨董餐桌和撞球！願上帝保護過往的生活方式不致受到糟蹋，也為了你我維護新的生活方式[3]。我們還能做什麼？穿著睡褲大搖大擺地晃蕩，唱著不成曲調的歌。納德在花園。納德接受我們大聲播放這些擁有白人悠久歷史的歌曲，他也跟著唱。噢我試著在富勒姆大道附近定下，我試著在戈爾德斯綠地成家[4]。在這樣放縱的週末，總有些讓人發狂又憂鬱的氛圍：這週的時光已開始在有工作的人們心中倒數。鏡中的她是自己的舞伴，她的鼻子貼著鼻子的倒影。物理上的這人正在微笑歌唱。噢我多懷念在

---

1 奇想樂團（The Kinks）〈鄉村綠地保護協會〉（*The Village Green Preservation Society*）的歌詞。
2 奇想樂團〈妳讓我慾火焚身〉（*You Really Got Me*）的歌詞。
3 奇想樂團歌詞〈鄉村綠地保護協會〉的歌詞。
4 奇想樂團〈威爾斯登綠地〉（*The Willesden Green*）的歌詞。

威爾斯登綠地的那些老鄉啊[5]！在此同時，她內心有個角落對鏡子展現出的新消息感到震驚：從頭頂冒出的灰色髮絲、浮腫眼周的細紋，還有軟趴趴的腹肉。她跳舞的樣子就像女孩。她不再是個女孩了。**妳真讓我欲火焚身。妳真讓我欲火焚身。妳真讓我欲火焚身**。消失的光陰都去哪了？奧利芙開始瘋狂大叫，她才意識到門鈴響了。

——我媽心臟——心臟病發了，應該吧？五……英鎊。

這女孩的頭髮有用電棒燙燙直，她不是胖就是懷孕了。女孩表情呆滯地垂下眼神，因為奧利芙在她腿間瘋狂來回穿梭而迷惑。她抬頭望向黎亞，笑了。**哈！**她醉到連臺詞都記不清。她以鞋跟為支點往後笨拙轉身，彷彿舞步落拍的舞者，然後她走回街上，一邊搖晃一邊大笑。

7

蘋果樹，蘋果樹。

是有蘋果長在上面的樹。蘋果花。

多有象徵意義。　枝條交錯成網，根脈如是，在地底鑽出孔道。

那網路越完整，結實越是纍纍。

蟲子也越多，老鼠也越多。

蘋果樹，蘋果樹，蘋果樹。　人生如何算是往前進？滴答，滴答。

三層公寓。一棵蘋果樹。保有權，租賃權。因種子而沉重。

在樹頂。粗壯樹枝斷裂，寶寶即將

死人骨灰。環繞著樹根，還是在根脈中？

一百歲的蘋果樹。

不「拜」進「補」。在蘋果樹　　下。生個小男孩嗎？

有了新枝幹、新花朵、　新蘋果。還是同一棵樹嗎？

出生長大。跟妳在同街區。

就是同個女孩嗎？下一步。

蘋果樹蘋果。

樹幹、樹幹。

愛麗絲，夢遊跳下。

夏娃，吃下。

好女孩在樹下犯錯。

5 奇想樂團〈威爾斯登綠地〉的歌詞。

米謝爾是個好男人，對未來充滿希望。有時希望非常累人。

——我總是這麼相信。聽著：妳知道這些人和我真正的差別在哪裡嗎？他們不想前進，他們不想爭取比現在更好的生活。但我一直想進步，我總在思考下一步。家鄉的那些人，他們完全不懂我，我的想法對他們來說太先進了。所以只要他們想接近我，我都不允許——我不允許自己的人生跟他們一樣亂七八糟。絕不！我工作太努力，我太愛妳，這輩子都會是如此。你的行為會定義你這個人，事情就是這樣。我總在思考：現在這個我是我嗎？我在做什麼？這真的是我嗎？如果我渾渾噩噩度日，我就什麼都不是。從我踏入這個國家的第一天起，我就調整好心態，我想得很清楚：我要往上爬，一次至少推進一點。在法國時，你是非洲人，是阿爾及利亞人，但誰真想搞清楚呢？你一點機會也沒有，根本動彈不得！但在這裡你有機會。你當然還是得工作！你得非常努力工作，才能擺脫底層那種亂糟糟的人生！我的重點是：我不想讓任何混亂進入我的生活，但妳就是會做出這種事的人，那女孩就是完美的例子，妳讓她走進我們家門——我真的完全搞不懂妳在想什麼——但我不允許這種亂七八糟的人事物入侵我的生活。我知道這個國家有很多機會，只是必須去把握，妳也做得到。別吃那個——蟲都蛀出洞了，就在這，看到了嗎？看看妳母親吧，我跟她實在算不上好交情，但拜託妳看看她做了什麼：她把妳從那邊的噩夢人生中拯救出來，她把妳帶到得體的地方，有間得體的公寓，還有好好繳貸款……當然，妳們是白人，情況不太一樣，過程想必比較輕鬆，妳們有我沒有的各種機會。比較紅的蘋果比較難吃。

我們都只是努力在往下一步走、繼續走，就是走，一次一步。我們就是想辦法往上爬。布蘭特地區合作住宅，我不想要自家門前寫上這句話。我要是經過看到會覺得，唉唷——太羞辱人了吧。如果我們真能生個小男孩，我希望他能住在一個我們真正擁有的房子裡，讓他能抬頭挺胸地住在那裡。就是說嘛！這草地不是我的草地！這棵樹不是我的樹！我們把妳父親的骨灰撒在這棵樹下，但這甚至不是我們的樹。可憐的漢威爾先生，我想到就心碎，那可是妳父親呀！這就是為什麼我每晚都在用筆電，這就是我在努力做的事——網路上的市場只有純粹的商業行為，跟膚色無關、跟英文是否講得完美無關，跟有沒有拿到像樣的大學畢業證書或之類的狗屎證照無關。我能跟任何人一樣在網路上進行交易。那裡有錢可撈，妳知道嗎？市場現在有夠瘋狂，沒人會跟別人說這種事。我一直在想法蘭克晚餐時說的話：聰明人很快就能加入戰局。不去分一杯羹實在說不過去。我跟那些牙買加人不一樣——新搬來的女孩，名字是叫葛羅莉亞吧，隨便啦，就是樓上那位，她到現在還沒有窗簾。她有兩個小寶寶，沒有丈夫，靠福利金生活。我也結婚了，我的福利金呢？一旦有了小孩，我知道，我告訴自己：我會待在我愛的女人身邊，我好愛她，我會永遠跟她在一起。過來這裡。我的底線是這樣：我永遠無法接受不「拜」進「補」，我無法只靠別人的施捨度日，我對這種生活沒興趣。我是個非洲人。我有必須完成的宿命。我愛妳，我愛我們正要一起完成的目標！我總是在推進我的命運，我總在思考下一個要完成的目標、下一個計畫，想辦法讓我們爬得更高，所以我們，所以我們兩個人都可以往下一步——

——是「取」。

——什麼？

——不求進「取」。而且是「求」，不是「拜」，又不是在拜神。

——妳根本沒在聽我說話。

這是真的：她在想蘋果。

8

在倫敦的其他地方，所有辦公室都是開放空間／有高到天花板的大片落地窗／許多公共空間／無線設備／光潔燦亮。那邊的人總是相信乒乓球桌的重要，但我們這裡不是那裡。這裡的辦公室擠得像小盒子，潮溼得像維多利亞時代，而且還必須五人共享，地毯磨到快穿孔，而且永遠找不到打洞機。

——說到進來的錢。問題是：事情怎麼會失控成這樣卻沒人插手呢？我真的很想知道。制約與平衡呀！各位！因為妳們這樣搞，比喻上來說呢，根本就是把頭放在盤子上送給敵人，而且代表我也跟著在送頭啊。接下來妳們聽著：請提升效率。這不是要妳們把茶包多泡幾次，而是在說妳我的工作方式，這也正是為什麼

整個國家彷彿無頭蒼蠅般搞出一些政策，卻弄得像是大家一起做善事，如課後陪玩團體、翻譯服務、為老人清理花園，又或者為囚犯縫被子。總共五個女人在這工作，她們背對彼此。沿著走廊再往後面走，大家都謠傳那裡有個男人，但黎亞從沒見過。這份工作需要同理心，因此吸引了許多女性，畢竟女性就是同理心的化身。愛狄娜．喬治就是這麼想的，她是團隊領導，負責發號施令，而且總是說個沒完。愛狄娜的嘴巴總是開開合合。

她之前當過獄卒、社工和地方議員，但那兩隻爪子到底要如何工作？她的指甲又長又彎，還塗上牙買加國旗的美甲彩繪。她在這個制度體系中一爪一爪爬上高位。她是土生土長的當地人，對憑藉學歷就職的人很防備，例如黎亞。對愛狄娜來說，大學學歷就像高

牙牙牙牙牙牙牙 金牙 牙縫 牙牙牙牙牙牙牙牙

舌

牙牙牙牙牙牙牙牙牙牙牙牙牙牙牙牙裂牙填先

空彈跳的繩索，先是讓妳在此地落腳，之後會再以極大的速度讓妳彈射離開。當然啦，妳不會在這裡待太久，聽著，我不會給妳需要花太長時間完成的案子，畢竟到時候，妳就不在了……

六年過去她再也沒有說過類似的話。黎亞今天突然意識到，每當愛狄娜稱她為「大學畢業生」時，沒有人——無論是授予她證書的機構、她的同儕，還是就業市場本身——認定她的學歷價值高於愛狄娜本人。

——為了讓這裡能順暢運作，這件事很重要。做決策就是要有辦法清楚傳達內容，還牽涉到，對啦，同理心，以及人與人之間的連結，但也要能在追求物有所值時勤奮不懈、做出更明確的成果，而且必須透過文書作業有意識地去實踐。文書作業文書作業文書作業。在現今這種氛圍下，所有「i」都得好好寫上面那一點，所有「t」那橫也都得左右突出，唯有如此，我這位被樓上高層指派為團隊的領導者，在這個職位，才有辦法說出：沒錯，我可以負起全責。這些A、B和C是我們做出的結果，我可以負起全責。不要變成一盤散沙，女士們，我真心這麼希望。

問題：她的同學，那些熱情的畢業生，其中大多是男人，後來都去哪裡了呢？他們很多成了銀行家，或者律師。於此同時，黎亞就像來自公立學校排名不高的外卡棒球員，明明拉丁文、希臘文、數學和外文的成績都不差——至少以現今標準來說——現在卻仍坐在一張六年前從休息室借來的椅子上，像永遠的替補球員，還被職場要求的各種同理心淹沒。她的生涯只差臨門一腳，但那一腳彷彿陷入熟睡。此刻她的電腦螢幕當機定格，資訊工程人員不見蹤影，空調也沒在運轉。愛狄娜滔滔不絕，一如往常地大玩文字遊戲。

——這是溝通問題嗎？是雙方的交流出現阻礙。說到自身作為如何影響他人，妳們自己說，是誰本來該想得更清楚呢？

這一切也會過去。四點四十五分。來回、反覆、滴答、滴答。有時黎亞會被想要刻薄發言的衝動攫住，這股衝動將她壓倒在地，讓她動彈不得。這一切到底有什麼意義？她花三年讀了沒用的書，不但經濟上無法負荷，也缺乏處理相關知識的能力。一開始只是為了「哲學」，她實在太怕走向死亡的這段旅程，所以覺得讀哲學或許有用，當然也因為她沒能力處理必須蒐集、分析或背下各種論據的學科，也學不會母語之外的語言。在大學的簡介手冊中，有一張福斯灣的照片，上面有行字：哲學是學習死亡的方式。但結果哲學只是在聽一些養尊處優的男孩輕語悠揚，可說比任何人此生想像過的任何無聊體驗還要更無聊。哲學會讓人渴望置身他處，哪裡都好，只要是多重宇宙中的任何其他地方就行，儘管永遠不會有人搞不懂「多重宇宙」是什麼概念。到了最後，只有一個想法能確實留存下來：時間是相對性的體驗，無論是慢跑者、愛人、受磨難者或有閒之人，對時間的感受都不一樣。就像現在，即使只有一分鐘都長得像一小時。除此之外哲學毫無用處，哲學只是一項不停累積且無法償還的債務，還讓她無法停止憎惡：為一段不真正屬於她的人生做好準備有何意義？那段日子跟一切其他事物隔閡太深，完全不真實。在愛丁堡時，她總是必須在荒鬱的小丘爬上爬下，生活充滿意料之外的小巷、城堡的陰影、五十便士的添水威士忌、蘇格蘭作家華特．史考特的紀念石碑，還必須不停比較不同就學貸款方案。然而真正能讓她朗朗上口的卻是包裝公司「蘇格拉底」和清潔劑公司「安蒂岡妮」。至於永遠、永遠忘不了的是：她在第一堂課遇上的那位渾蛋，那位總愛竊笑的渾蛋。我真是充滿同理心啊，黎亞寫下這行字，還在一旁熱情塗鴉，塗鴉中有著火的漫長弧線，還有長長尖尖的陰影。

——有問題嗎？有意見嗎？

筆斷了，隨著斷裂音響起，塑膠筆管碎開，她的舌頭被染藍。愛狄娜．喬治往她瞪過來，但阿爾巴尼亞人的問題不是黎亞的責任，黎亞口中滿是筆的碎塊，但阿爾巴尼亞人的問題不是她的責任，那些本該用在哈克尼自治市女性身上的基金遭挪用也不是她的責任。那是克萊兒．摩根負責監督的工作。就算黎亞有一片藍舌頭、一張漂亮的學歷、還有一位性感的丈夫，無意冒犯，但對我們這個社群的女人而言，對非裔加勒比海人的社群而言，無意冒犯，但只要看到我們當中有人跟像妳這樣的人在一起，那就是個大問題。那就是個妳該心裡有數的大問題。無意冒犯。（去布萊頓的那個週末，團隊向心力建立出遊，旅館酒吧，二〇〇四。）從沒人說清楚到底是什麼問題。安妮塔．貝克的〈甜蜜愛戀〉（Sweet Love）響起，愛狄娜跌坐椅子上，一副本來打算大展身手卻失敗的樣子。阻礙。

黎亞把塑膠破片吐在手上，說她沒有問題也沒有意見。愛狄娜嘆氣，離開。大家紛紛把檔案夾匆忙闔上，開始打包，就跟聽到下課鈴響的一群六歲學生沒兩樣。說不定這就是人生的真相？黎亞雙腳踩穩地面，把椅子推回桌邊，她起身，如同小船出航，這或許是她今天最享受的一刻了，然而這艘小船又在檔案櫃旁靠岸。碰。

——喂！幹他老天的，黎亞，小心點。

好大的肚子。她的鼻子直接撞上托麗的肚臍，她仔細觀察，這個原本位於人類最內裡的構造此刻突了出來，劃出身體的外在邊界。一旦超過了肚臍這個點，我們就無以存續，我們就不再是人類。

——小心。妳到底要不要來？請產假前我們要去慶祝一下。妳有收到電子郵件嗎？

她知道網路的某個角落堆著銀行對帳單、學生貸款還款通知、來自管理階層的提醒，還有許多母親寄來的史詩傑作，但只要不打開都能當作不存在。她完全清楚有這麼一封電子郵件，也知道裡面寫什麼，但她正試圖逃離托麗這種狀態的人。她正在逃離她自己。

——我、克萊兒、凱莉、貝佛麗、舒伊塔都懷過了。下個就是妳！

托麗用腫脹的手指數算每個人名。她在下最後通牒，臉上浮現獅子般的神色，臉頰鼓起，蓄勢待發。那是一頭巨貓的微笑，食肉動物的笑。黎亞望向那根代表自己的大拇指。

——我有努力想懷孕，但沒那麼容易呀。

——努力就是樂趣的一部分呀。

整間的女人都笑了。某種同性別共享的默契正在流動，但黎亞是局外人。她把雙手放在肚子兩側微笑，希望這是正常女人該有的舉動，所謂正常就是覺得「努力就是樂趣的一部分」，這種女人也不會覺得說「下個就是妳」恍若身處暗處的獄卒在高喊。接著她們開始了，一如往常，所有人的聲音混雜難辨，黎亞把頭靠上桌面，閉起雙眼，任由她們調侃：

特別是他看起來彷彿屬於妳的時候。他真可愛。　　他真可愛呀妳的米伊謝爾。他做什麼都可愛。　　小貝，妳還記得我們上次在黎亞家附近那次我的車窗壞了，米伊謝爾跪在地上拿衣架去修嗎？我把這件事跟里昂說了**一個月**。　　他是個超級感性的傢伙，超級顧家。　　每次我想：好男人都去哪啦？我就嘆一口氣，心想：至少我們還有米伊謝爾。　　但這種男人都有另一半啦！

哈哈哈哈哈哈哈　　另一半都是白人女孩！　　不是啦，別這樣。黎亞啊她只是在鬧妳啦。　　別鬧黎亞！里昂是個沒用的渾球又不是她的錯。　　里昂還可以啦。　　（天殺的沒用。「里昂，你今晚要做什麼？」「跟我兄弟一起混呀。」他永遠天殺的在「混」。）　　里昂還可以啦。　　不過說真的，妳很幸運。　　她還可以有別人幫忙吹頭髮的服務！　　一個可以幫妳整理頭髮的男人。根本是天堂。他可以幫妳編髮，可以幫妳接髮……　　凱莉，她編髮是要做什麼？她又不是寶．狄瑞克[6]。　　哈！　　（不是啦，黎亞，無意冒犯——但這實在太好笑了。）　　我只是想強調他是專業美髮師，他什麼髮型都能做。　　而且他是異性戀，沒錯吧！　　沒錯吧！　　哈哈哈　　沒錯吧，是啦。（他最好是喔！）　　這就是我最受不了的地方！又懂美髮又是異性戀！妳卻兩者兼得！妳不知道妳有多幸運。

她不知道，她不知道她有多幸運。

妳不知道妳有多幸運。

妳不知道，妳不知道妳有多幸運。

終於，五點了。黎亞抬眼望去。凱莉用力拍了一下桌面。

——下班時間！

她們每天都開一樣的玩笑。只要妳不是黎亞，只要妳不是資金分配部門唯一的白人女孩，妳就能跟著開玩笑。此時每個辦公間都有女人漫溢到走廊上，她們走進蒸騰的熱氣中，身上塗滿可可油，準備好在這個溫暖的夜晚去埃奇威爾路玩樂。這些人來自聖基茨島、千里達、巴貝多、格瑞那達、牙買加、印度和巴基斯坦，她們都是四十、五十或六十幾歲的年紀，但無論胸脯、屁股，還是亮滑的大腿都仍像初入人生的夏季，都仍擁有搔首弄姿的性感資本，而那是黎亞家人不可能擁有的資產。對他們來說，太陽足以致命，他們會被晒到發紅，他們無比蒼白。黎亞身上穿著長白布衣裙，身體包得嚴實，簡直像個沒什麼名聲的聖人。她加入人群的隊伍，經過她的犯罪現場，那裡有個廢紙桶裝滿嘔吐物，就塞在休息室的植物盆栽後方，因為廁所實在太遠了。

6 寶．狄瑞克（Bo Derek，1956-）是一位美國女星，她曾在一九七九年的電影《十全十美》（*10*）中以黑人常做的玉米辮髮型在沙灘性感出場，因此讓這個髮型一時之間在白人之間蔚為風潮。

9

從A地到B地：

A地：英國倫敦市西北八區葉慈巷
B地：英國倫敦市西北六區巴特列特大道

抵達英國倫敦市西北六區巴特列特大道的步行指示
建議路線

A5公路　47分鐘
2.4英里
A5公路和薩魯斯貝里路　50分鐘
2.5英里
A404公路／哈羅路　58分鐘
2.8英里

在葉慈巷左轉　40英尺
往西南方走向埃奇韋爾路　315英尺
在A5公路／埃奇韋爾路口右轉　1.6英里
繼續沿A5公路往前走
在A4003公路／威爾斯登巷口
左轉　0.7英里
在巴特列特大道口左轉　0.1英里

目的地會在左手邊
英國倫敦市西北六區巴特列特大道

這些指示僅供規劃參考。你可能會因為施工、交通、氣候，或其他活動而遭遇跟地圖指示不同的行進條件，此時應視情況重新規劃路線。行進間請務必遵守所有號誌及指示。

10

從A地到B地的重現：

香甜臭氣中混和著水煙、北非小米，和塞在車陣中的公車廢氣。公車98、16和32號只有站位——走路還比較快！帕丁頓的聖瑪莉醫院外，有人出來透氣：有位準父親在抽菸，還有位自己推輪椅出來的老婦人也在抽菸，這種老菸槍就算提著尿袋、血袋也要抽菸。所有人都愛菸。所有人。波蘭報紙、土耳其報紙、阿拉伯報紙、愛爾蘭報紙、法國報紙、俄羅斯報紙、西班牙報紙，世界新聞。解鎖你（偷來）的手機，買一組鋰電池、一組打火機、一組香水、太陽眼鏡，三件只要五英鎊，一尊實體大小的陶瓷老虎、金色水龍頭。賭場！所有人都相信宿命。所有人。那是命中注定。那就不是命中注定。綜藝節目《一擲千金》之交易或不交易？電視商店裡的電視螢幕。電視線、電腦線、音頻／視頻線，我給你個好價錢，真的是好價錢。廣告傳單，省錢打海外，英語學習，蜜蠟整眉，法輪功，你是否已接受耶穌作為你的命運？所有人都喜歡炸雞。所有人。伊拉克銀行、埃及銀行、利比亞銀行。因為陽光太好而沒人搭的計程車，因為陽光到處出現的大型收音機。獨自晃蕩的義大利人，腳踩平底皮便鞋，找不到路，在問怎麼到梅費爾。一百零一種遮蓋住自己的方法：包得像躲在黑斗篷裡，各種遮面的透氣裝備，頭的後方打印有LV或Gucci的商標，太陽眼鏡上貼有黃色蕾絲，幾乎沒人真正戴起來，有些有條紋，顏色有糖果粉；搭配寬鬆運動服、緊身牛仔褲、夏日洋裝、女式上衣、背心、吉普賽裙或喇叭褲。這一切都跟報紙上的爭論無關，跟國會無關。所有人都愛涼鞋。所有人。鳥鳴！從廉價又骯髒的商業拱門街走到大樓公寓走到英格蘭人的城堡。敞篷車，軟頂敞篷車，從身邊開過，嘻哈歌曲。望著錢堆起來的樣子。唷呼！保安燈、保安柵門、保安牆、保安樹；都鐸、現代主義；戰後、戰前；石造鳳梨、石造獅子、石造老鷹。建築面東，夢想著坐擁攝政公園的房子或聖約翰伍德高檔住宅區。阿拉伯人、以色列人、俄國人、美國人：在此地因為高級閣樓公寓和私人診所而你我不分。如果我們付的錢夠多，如果我們選擇視而不見，基爾本不需要存在。慈善餐點。英文作為第二語言。這就是那間有學生刺殺導師的學校。這就是那間在奎恩斯亞姆斯酒店對面的英格蘭伊斯蘭中心。走道正中央，這位裁判！就是在說你！所有人都愛英國國家賽馬大賽。所有人。現在真的才四月嗎？牠們開跑了！

11

快到家了，就在威爾斯登巷裡，兩人的路徑再次詭異地交會。她斜倚在一座被砸破的電話亭旁，嘴裡正在啃冰棒。滿地都是厚玻璃碎片，都是一片片小小的方形玻璃。距離埃及豔后按摩商場只有幾碼。黎亞張大雙眼，打算為了米謝爾盡量多記下一些細節，這也是婚姻的意義之一。但她受到錯誤的細節吸引：鬆垮垮的灰色運動褲、米白色運動內衣，除此之外就沒了，她沒穿上衣，甚至沒穿鞋！那對小小的乳房被緊緊壓在身體上。實在很難相信她生過孩子。說不定那也是說謊吧。她有讓人想握住的小蠻腰。她在陽光下看來很美，像是介於男孩和女孩之間的存在，讓黎亞回想起自己有過的人生階段，當時她還不需要對這一切做出最後的抉擇。渴望永遠沒有盡頭，渴望既不精準又不實際：妳正走向她，妳正用極快的速度走向她，然後又怎樣？然後又怎樣？她還沒看到黎亞，黎亞已經很接近她了。三星期過去了。莎爾放下話筒，試圖穿越馬路，街上交通因為尖峰時段而亂到不行。一開始黎亞慶幸米謝爾此時不在場，但接著她的臉變成他的臉，他的聲音從她的喉嚨湧現，又或許這只是一個已婚人士的藉口，或許從她喉嚨傳出的就是她自己的聲音：

——妳很得意嗎？小偷。把我的錢還來。

莎爾嚇了一跳，迅速從車流間溜走。她跑向兩個身穿連帽衫的男人，他們站在某間房子門口，那兩人身材很高，臉藏在帽子裡。莎爾埋進比較高的男人懷中。黎亞快步往家的方向走。她可以聽見身後傳來連珠炮的怒罵聲，罵的就是她，那是如同機關槍射向她的一種當地牙買加土話。

37

多年前，她躺在她愛的女孩身邊，兩人討論著「37」這個數字。狄倫的歌聲傳來。女孩有個理論，她認為「37」帶有某種魔力，我們無法控制地受其吸引。在電影、小說、畫作和詩歌中想像出來的房子地址幾乎都是37號。如果有人要妳隨機選個數字，結果也通常是37。注意37這個數字，女孩說，無論是我們買的樂透、看的賭博節目，還是夢境或笑話，黎亞照做了，現在依然如此。代我向住在那裡的人問好。她曾是我的真愛。女孩現在也結婚了。

李德利大道37號有人偷住。還是該說被人偷住？這裡的前門被用板子釘起來。有扇窗戶破了，破破爛爛的灰色網子後方有人聲喧鬧。黎亞從樹籬的陰影中慢慢移動到前院。沒人發現她。沒有任何事發生。她站著，一隻腳離地晃蕩。要是她有三十七個人生會怎樣！她只有一個人生：她正在去找母親的路上，她們打算去逛沙發。如果再站在這裡盯久一點，她就要遲到了。屋前的凸窗內擺著米老鼠、唐老鴨、霸子、一隻無名的熊，還有一頭鼻子給扯掉的大象。它們由布料製成的臉緊貼在髒玻璃上。

12

——妳慢慢來，感覺還好嗎？妳看起來有點憔悴。我們會搭銀禧線，對嗎？

寶琳倒退著從前門走出來，手裡拉著格子花紋布的附輪購物袋。她看起來總是比預期更老一些，身形也更嬌小。從路人的角度看來，這一定像人類漸趨完善的過程：每一代都比上一代更為升級。不但身體更健美、更健康，生育力也更強。簡直像從貓頭鷹進化成鳳凰，又或者所謂進化只是為了再次迎接退化？正如白日越來越長，之後又終究會變短。

——我擔心妳。妳看起來把自己累壞了。

——我很好。

——就算妳不好，妳也不會說。

要說什麼？她到現在還在到處找她，還在找，幾乎又一個月過去了。她期待看見她從商店走出來，期待轉過這個街角就能遇見她，也期待再次在那座電話亭旁見到她。比起那個幾乎看不出任何跡象但時時跟著她的孕肚（更別說此刻還藏在運動衫中），這個不在場的女孩反而更讓黎亞感覺真實。

——我只穿了這件上衣，但汗流得跟豬一樣多。這實在不正常。

這間印度寺廟的顏色看起來就像一大塊拿破崙冰淇淋，形狀基本上也一樣：就像一大塊拿破崙冰淇淋上方兩邊各倒插著一根甜筒。年邁的印度教徒從前方階梯魚貫走出，堅定信仰沒有受到熱浪咒語的動搖。她們穿著紗麗搭配連身工作服、開襟羊毛衫，還有厚厚的羊毛襪，看起來像一路從德里走來威爾斯登，越往北走越往身上添加一層層針織衣物。此刻的她們是不分妳我的一個團隊，她們共同走向最近的公車站，這個團隊將黎亞和她母親吸納進去，帶著她們一起準備上車。

——真幸運。我們一定上得了車，這樣能省時間。

——所有超過三十歲卻還得趕公車的人，基本上都可以斷定是人生失敗組。

——蜜糖，我忘了帶定期票！那是什麼，親愛的？

——柴契爾。之前那段日子多美好呀。

——一張到基爾本地鐵的車票，麻煩了。要兩英鎊嗎！她是頭糟糕的母牛，妳不記得了，我可記得很清楚。「今天是布萊頓區沉淪，明天可能就是英國了！」

——媽，坐那裡，我坐這裡。沒空位了。

——當時就登在《郵報》頭版。「今天是布萊頓區沉淪，明天可能就是英國了！」有人就是不要臉，有人就是沒禮貌。

黎亞對面的人在額頭上點了顆紅痣，她不停盯著瞧，直到那顆痣開始在眼前模糊開，占領所有視野，最後她甚至進入了那個點，穿越過去，抵達一個更為溫柔的宇宙，那是個跟我們平行的世界，那裡的人們關係緊密，那裡不存在時間、死亡、恐懼或沙發……

——或許我們不總是意見一致，但他愛妳，妳也愛他。妳該好好經營妳的婚姻。市政住屋處其實把你們安頓得不錯，你們有輛小車，兩人也都有工作。該走向下個階段了。

下個就是妳。該走向下個階段了。下一站是基爾本站。車門往內折疊後開啟，像收起翅膀的都會昆蟲。她們下車，此時一個穿戴頭巾的女孩一邊講手機一邊走上車，並用笑聲、用力咬字的「H」發音，以及同時還在化妝的場面打斷了她們的話，但寶琳總之還是逕自講她的，只是這次講得比較優雅，就像二十四小時的新聞連播，那些連播中的新聞會在不同時段出現不同版本。

——如果這裡是杜拜，光是有人接吻，兩人就要各自面臨十二年刑期。那是不被允許的行為，妳懂嗎？怎麼想都很悲傷。

但另一種更為當地的悲傷立刻超越了這份悲傷。在自助購票機旁，有名髒兮兮的吉普賽女孩和一個很高的傢伙正在跳抽筋舞。寶琳附到黎亞耳邊悄聲說。

——我沒有一個孩子做過這種事，謝天謝地。

過去的歡樂片刻如同跑馬燈在黎亞腦中迅速閃現，一切幾乎讓黎亞快樂得難以忍受：其中有棕有白、有天然有化學、有藥丸有粉末。

——我真不明白這有什麼好笑。該死，真不敢相信我把車票丟在家裡。我之前一直放在口袋裡。

——我根本沒在笑好嗎。

交通卡交通卡交通卡。

——她在說什麼？那個可憐的小東西。

——在賣交通卡，我猜。

這場景很悲傷，但也是個省錢的機會。寶琳伸手拍了拍那男人的肩膀。

——橫跨幾區？打算賣多少錢？

——一日交通卡，六區，兩英鎊。

——兩英鎊！我要怎麼知道那不是假卡？

——這位大媽，上頭有日期呀，老天。

——我出一英鎊，不可能再多了。

——好的，漢威爾太太。

她抬頭，彷彿一扭頭就穿越了時空，而且是同時往過去和未來穿越：她在這男人身上看到他孩子時的模樣，又彷彿在他還是孩子時看到了這男人的模樣。其中一個樣子她很熟悉，另一個卻全然陌生。這男人的爆炸頭弧度不是很平整，上頭還卡了片灰色羽毛，身上的衣物破破爛爛。一根大拇指從紅色條紋款的耐吉Air系列運動鞋頭穿出，孔洞周遭的鞋皮磨出許多橡膠碎屑。那張臉比他的年紀顯老許多，就算考量光陰對人類組成素材的摧殘程度而言，也稍嫌過火。他的脖子皮膚上有塊古怪的白斑，但線條仍然美麗，尚未毀壞殆盡。

——奈森？

——是的，漢威爾太太。

看到寶琳不知所措的樣子真棒，她汗溼的髮尾在臉龐邊緣往上捲曲。

——哎呀你好嗎？奈森？

——努力活下去囉。

兩人握手。他的臉給劃傷了，傷口很深，不久前的事。那是一張開放、坦承的臉，跟之前一模一樣，沒有絲毫矯飾，這讓人心裡更加難受。

——你母親如何？你妹妹呢？還記得黎亞吧，她結婚了。

——是嗎？這樣很好，沒錯。

他害羞地對黎亞微笑。她還記得十歲的他微笑多迷人！奈森・伯格這人對女孩來說就是「欲望」的化身，在他之前，只有某些芳香橡皮擦可以撩起她們的欲望。他的微笑有種魔力，就連最嚴厲的老師或其他家長也會被他的微笑擊潰。十歲的她可以為了他的微笑付出一切！一切！然而現在的她看到那些十歲小孩，卻完全無法相信他們體內擁有她十歲時的靈魂。

——好久不見。

——沒錯。

其實對她來說沒那麼久。她大概每年會在鬧區街上見到他一次，而且每次都會為了躲他跑進店裡、衝過馬路，或者跳上一輛公車。現在的他這裡那裡到處缺顆牙，眼神悽愴，本來該是眼白的部分好黃，甚至布滿血絲。

——剛剛說的一英鎊。你保重自己。代我向你母親問好。

她們快速穿過進站，匆忙間還撞到彼此，然後迅速爬上樓梯。

——實在太可怕了。

——他可憐的母親！我該找個時間去拜訪她。真悲傷。我之前就聽說狀況不好，但沒親眼見過。

列車進站，黎亞望著寶琳冷靜以對，並且往前走近黃線。寶琳的這個王國——這所謂「真悲傷」之王國——永恆存在、難以迴避，降臨時就像龍捲風或海嘯。這種情緒中不存在絲毫實質的煩憂。正常來說，這個王國不難忍受，今天卻顯得可憎。這種「真悲傷」之王國其實距離寶琳的人生很遠，因此只會令人失望，但又使失望像一種恩典。一定是因為如此，這類令人「真悲傷」的消息總是如此受歡迎，又是如此令人心滿意足。

——妳以前喜歡人家吧，我記得。沒搞錯的話，之後他進了監獄幾年。他不是殺人的那個吧？等等，不是，那是另一個。他被強制送醫過，對嗎？有過一次？他把父親揍得很慘，我只確定有過這件事。不過是那老傢伙活該之類的。

列車進站時，黎亞從那疊免費報紙上拿起兩份，因為閱讀是安靜的事。她試圖閱讀文章，那篇文章的主題是有個女演員在公園遛狗。但寶琳想讀的文章中有個硬要假扮成他人的男子，而且她還想談談這篇文章。

——哎呀，要自以為永遠不會犯錯就隨你們！想怎麼評論我們這種人都行，但至少我們不會自以為永遠正確。還真把自己當成天選之人呀，他們這些傢伙啊？那些可憐的孩子，人生都給毀了，然後他們還說這叫「宗教信仰」！哎呀，讓我們盼望這個產業能被連根拔除吧。

考量到只要開口基本上整車人都會聽見，黎亞隱隱做起反擊的準備，她想到香爐的氣味，想到那些身型豐滿的邱比特寶寶，想到金色太陽的裝飾，想到冰涼的大理石地板，還有刻花及做出編織花樣的深色木飾板，以及那些一九九三年搭火車環遊歐洲而且又跪又低語又點燃蠟燭的那些女人。

——真希望我們告解過。真希望我能去告解。

——噢，成熟點，黎亞。拜託妳成熟點，好嗎？

寶琳動作粗暴地翻閱報紙。窗格劈開了基爾本的天際線。這片沒有仕紳化之地，這片無從仕紳化之地。繁榮與蕭條的起伏從未降臨此地，此地就是永恆的蕭條。空蕩蕩的國帝影城，空蕩蕩的奧迪安電影院，畫滿塗鴉的牆板凹凸不平，就像結構不穩的雲霄飛車。屋頂和煙囪排列得雜亂無章，有些高，有些低，它們全部擠在一起，像盒子裡被搖晃過的紙菸。對面的車窗後方，威爾斯登正逐漸退去。數字37。一八八〇年代或大約那個時期，這地方突然一次性地建設起來——家屋、教堂、學校、墓園——這片倫敦市郊的土地看來一片欣欣向榮。到處都是小露臺，還有拙劣仿造都鐸時代風格的建築群。看看那些現代生活設備！那些室內廁所、那些熱水設施。對於那些厭倦都市生活的人，這裡提供完善的鄉村生活。時間快轉。對於那些厭倦了鄉村生活的人，這裡提供令人失望的都市生活。

——火、山、灰、透、過、空、氣、傳、播、的、現、象。

寶琳把每個字都發音地很用力，彷彿對其真實性抱持懷疑，還拿報紙上照片逼近女兒鼻頭。因為太近了，黎亞只能看到一坨灰灰的畫面，說不定真能看到的也就是如此。對面的文青也在討論同一件事。這是大地女神蓋亞的復仇，女孩對男孩說。你不停付出，你撐得夠久，就有機會扳回一城。寶琳總是生氣勃勃地期待著所有可能參與討論的機會，此刻她傾身向前。

——店裡沒蔬果賣了，大家都在說。仔細想想一切都說得通了。當然，我們這就跟住在孤島上沒兩樣，我總是忘記這件事，你們也是吧？

13

——電腦用完了嗎？

——我得等匯市全數關閉。

——幾乎七點了吧？我得用電腦。

——線上還沒七點呀。妳為何不先忙自己的事？

——我就是得用電腦來做自己的事呀。

——黎亞，我用完就會叫妳。

外幣交易，投機事業，利用市場變動無常的性質。她只有辦法理解那些字詞的表面含意，但不懂數字。米謝爾說的話感覺很不祥，他此刻的表情更放大了那種不祥的感覺，簡直要讓人忘記呼吸。此刻他的內在時間感受被無限延展、靜止下來，無視外在真正的分秒流逝。再五分鐘！無論時間過去了三十分鐘、一百分鐘或兩百分鐘，他都只是不耐地反覆喊著「五分鐘」。色情片也會對他產生類似效果，根據大家的說法，藝術也一樣。

在窄小如盒的房間內，黎亞站在米謝爾背後的暗處，螢幕閃爍出藍光，他距離她只有兩英尺，卻像在世界另一頭。妳為何不先忙自己的事？

她知道自己有一些等了幾星期要做的事，但之後只能以明亮又迅捷的蒙太奇畫面快速完成一切，就像電影常在中段呈現的節奏。客廳電視開著，走廊上流瀉著更多藍光。在狹小的房間內，電腦的運作節奏像憤怒的嘻哈樂，代表他的狀態不太對勁。有時她問：你玩輸了嗎？他就會暴怒起來，說不是這樣論輸贏的。有時我輸，但又有時我贏。他怎麼可能一次又一次同時輸掉又贏得那八千英鎊呢？那可是黎亞從漢威爾家繼承到的所有遺產，也是他們僅有的積蓄。這筆錢現在已成為「國家級」的交易單位，對於身為物質主義者的漢威爾先生來說——他會把紙鈔收在桃花心木餐具櫥內的厚紙盒中——這是他永遠不可能理解的概念，而黎亞也沒有比他更懂。她坐在椅子上，那張椅子位於廚房和花園間敞開的門口。她的腳趾埋在草叢裡，天空一片澄清，周遭無比靜默。隔壁打開的收音機傳來義憤填膺的聲音：我花了五十二小時從肯亞回來。血液必須被輸送過去。士兵需要補給。西北區比較寬裕的人大多去度假了，因為是復活節，他們度假時還帶著家裡甜美的小孩子。或許他們永遠不會回來了，她的思緒隨之飄盪。

納德沿著鑄鐵階梯鏘鏘鏘地走下來，他抬頭望向天空。

——真怪。

——我喜歡。我喜歡安靜。

——我可嚇壞了，感覺像被包在繭裡。

——不至於吧。

——整座小鎮都空了，國家肖像照館的阿布絲[7]照片前完全沒人潮。太誇張了吧。真是難得的體驗。

黎亞乖順地聆聽納德這段冗長的興奮描述。她忌妒他對這座城市抱持的熱情。他打發

7 黛安・阿布斯（Diane Arbus，1923-1971），美國攝影師，拍攝主題多為非主流群體。

時間的方式跟老派的鄉下男人不同，那些男人總是躲在郊區的幽居處，他們不停開啤酒來喝，一天到晚都在看電視上的橄欖球賽，而納德卻是盡可能地避免陷入這種模式。真令人敬佩。他會獨自探索這座城市，找音樂表演、演講、電影放映會和展覽去參加，他還會跑去位處偏遠的公園或鮮有人知的戶外泳池一探究竟。土生土長的黎亞卻什麼地方都沒去過。

——整座小鎮像個純粹的，怎麼說呢，像個純粹的抽象概念？真讓我吃驚。總之，我餓壞了，得上樓去弄點青醬義大利麵。聽著，我會留幾根菸給妳繼續抽。

他把事先捲好的紙菸放在窗臺上。她把三根菸平整地排列在掌心上，望著它們，然後很快抽掉第一根，抽到只剩橘紅閃亮的厚紙菸蒂。奧利芙在陰影中窸窸窣窣地來回追跑，然後她抽了第二根。樓上窗戶開著：葛羅莉亞正在對孩子吼叫。你根本沒在聽！我沒有整天時間來跟你一次又一次解釋同一件事！黎亞呼喚奧利芙，牠懶洋洋地晃過來。黎亞展開雙臂把牠撈進懷裡。牠的皮膚彷彿麂皮材質，肋骨中間的每個凹槽都能讓她放入一根手指。這麼愛一隻狗是不對的，米謝爾說，他曾扭斷過一隻雞的脖子，也曾用刀劃開一頭羊的喉嚨。奧利芙的喉嚨就在黎亞的雙手中央——擁抱孩子最溫柔的方式莫過於此吧？養了奧利芙之後，要相信動物有意識變得簡單。就連在魚販網子中吐泡泡的螃蟹都因此籠罩了悲劇性光輝，但她還是會把牠們全部吃掉，一如既往。她真是個野獸呀。別逼我過去揍扁你！她抽掉最後一根菸。

天色先是緩慢暗去，然後突然變得漆黑。蘋果樹的枝葉中纏了很多小燈泡，很像學生一時興起會做的裝飾。她的隱形眼鏡好乾，眼睛完全看不清楚。就在那棵樹、那道圍籬，以及那條鐵道之外，威爾斯登就在那裡。數字37就在那裡。正是從這個方向，父親向她走來，腳步沒有超越納德種失敗的玫瑰花叢。他戴了一頂帽子。

妳的小狗如何？他問。

黎亞發現自己不用開口就能回答他。她把自從他死後奧利芙的所有一切都告訴了他，包括去年十一月的事，還有所有小事，真的全是小事！就連狗狗白天生活的無聊細節都讓他聽得興致盎然。他說，老天呀噢老天呀，他咯咯發笑，然後把麵包屑從鼠灰藍色的羊毛開襟衫上拍掉。他的衣著就跟他們在穆爾赫斯特療養院為他穿的完全一樣，除了那頂她從未見過的呢帽。呢帽也是黎亞唯一認得的老派帽款。他的大腿上有塊白色汙跡，像精液，那塊汙跡在褪色的棕色燈芯絨褲的紋路上結成脆脆的硬塊。大家都懶得去清理，那些漂亮的烏克蘭護士向來待不久。

那真是一場流行病。其實病菌一直存在，數字始終沒變，但現在我們會說那是一場流行病。最近《標準報》的頭條寫了，**西北區爆發狐狸流行病**，照片中有個男人跪在花園中，身邊滿滿躺著被他射殺的狐狸屍體。數十隻又數十隻又數十隻的狐狸躺在那裡。數十隻又數十隻呀！黎亞說，我們現在就是這麼活的，我們必須捍衛屬於自己的小小生存領域，以前不是這樣，但一切都變了，不是嗎？大家都這樣說，他們說一切都變了。科林．漢威爾想認真聽，他實在對狐狸沒什麼興趣，對狐狸可能象徵的事物也沒興趣。

欸，我可以理解他們為何會有這種感覺，漢威爾先生說。

什麼？

我說，根據妳的說法，我可以理解他們怎麼會產生這種想法。

什麼？

如果妳告訴我妳很快樂，漢威爾先生說，妳就是快樂，但快樂是會結束的。話題轉向別的事。人永遠不可能在洗完衣服後找到自己的枕頭套。真正重要的事情是，莫琳主廚允許你吃無麩質的冷凍千層麵，她說你可以吃這些，但其他人明明都忽略必須遵守的飲食規範，結果就是血便或抽搐或打嗝到完全停不下來。是的，黎亞讓步了，是的，爸，或許是吧。或許血便比象徵比悲傷比全球局勢都更重要。妳不能這樣跟醫生說話，漢威爾先生小聲說，可能會被聽見，妳永遠不知道他們何時會來。妳只能祈禱他們會來。

黎亞逐漸感覺掌控了局勢，也覺得或許有辦法讓這場會面走向自己滿意的方向。她開始引導父親說一些話，給他指引，她挪動他的手臂，操控他的表情，一開始沒有特別意圖，後來就有了明確目的，所以他說了，我愛妳，妳知道吧。然後又說：愛，妳知道我一直愛妳。還有：我愛妳別擔心這裡很好。甚至還有：我可以看見一道光。過了一陣子，他說話的樣子顯得怪異，羞愧的黎亞停了下來，但他還是繼續說，並藉此讓黎亞意識到還有「發狂」這樣一個甜美選項，那會是多麼美好的放縱行為呀。如果她不是有每天的生活要顧，沒有各種瑣事、要付的房租、丈夫和工作要考慮，她大可發瘋啊！為什麼不乾脆發瘋！

還有記得把門鎖好注意水壓小心瓦斯很燙爐子也是離開時要關掉只用紅洋蔥和一點點肉桂晚上要在只剩私人出租汽車可搭前回家——也別喝酒，漢威爾先生提醒她。

她無法讓他靠得更近了。但他的手彷彿握在她的手裡他的眼淚也彷彿流進她的耳裡，然後黎亞親吻他的手在耳裡感受他的眼淚因為他一直是個這麼多愁善感的老傻瓜呀。她用雙手緊握住他的手，他的手指有秋天的乾澀。她可以感受到舊傷留下的瘀血成為一枚柔軟凸起，就在他的掌心，那傷口仍未痊癒，因為到了一定年紀後，傷口就不再痊癒了。那枚紫色凸起現在充滿血，其實一開始只是個輕輕刮破的傷口，不甚重要的小事，是他早在好幾個月又好幾個月前，在社區活動中心的牌桌邊緣刮傷的。被刮起的皮膚在當下垂落，他們想辦法捲回去，用醫療膠帶固定，但去年大多時候，這片青紫的皮膚總是脹滿著血。

黎亞說，爸！別走！

漢威爾先生說，我得去哪裡嗎？

米謝爾說，電腦可以用了！

14

有座雄偉的山丘橫跨過西北區，一路穿越漢普斯特、西漢普斯特、基爾本、威爾斯登、布朗德斯伯里和克里克伍德。文學圈的人對這座山丘並不陌生。小說《白衣女人》的女主角就曾從其中一側爬上山丘，跑到另一側跟盜賊傑克・薛波見面。狄更斯有時也會親自跑來這老遠的西北區，他有時是來喝點啤酒，又或是參加某人的葬禮。看哪，看那裡，就在科幻小說書區和當地歷史書區中間的圖書館地毯上，有個裡頭滿是精液的打結保險套。這區曾滿是農舍和田地，鄉村別墅沿山脊錯落相間，現在則被每半英里為間隔的眾多車站所取代。

自從那女孩來到家門前（五月底的事），一個多月過去了。馬栗樹的枝葉茂密，看來狀態不錯，但所有人都知道這些樹病了。黎亞正從布朗德斯伯里山脊的其中一側往上爬，烈陽耀眼，她渾然不知即將有誰或什麼事物出現在她面前。因為太驚訝了，當下在她心中反射性浮現的情緒是輕蔑。她的雙眼如刀射向那女孩，就像小朋友會在學校看不起人的眼神。由於時間很晚，她又如此逼近莎爾的臉龐，這項行為比她原本預計的挑釁許多。要是米謝爾在這就好了！但米謝爾不在。黎亞試圖在最後一秒時挪步避開，希望能與她錯身而過，但有隻小手抓住她的手腕。

——**欸，妳這傢伙**。

她的頭上沒有戴帽子或頭巾，厚重的黑髮亂糟糟地垂落，在蓋住臉的髮絲縫隙間，黎亞瞥見她的一隻眼睛周遭環繞著悲劇性的紫黃黑色。有水從那隻眼睛中滑落，可能是淚水也可能是她無法控制的其他物質。黎亞試圖說些什麼，但一開口就結巴。

——妳到底想要我怎樣？妳想要我說什麼？說我搶了妳的錢？我有毒癮，我偷了妳的錢，可以了嗎？**可以了嗎**？

——讓我幫妳，或許我可以……有些地方可以……幫上忙。

黎亞被自己的聲音嚇了一跳，聽起來多虛弱呀！簡直像個正在哀求些什麼的孩子。

——我現在沒錢還妳，好嗎？我這人有毛病，妳到底懂不懂？**我沒有任何東西可以給妳**。我不需要妳或妳的好夥伴每天他媽的來煩我，又是大吼又是指指點點。老實跟妳講我受不了啦。妳到底要我怎樣？要我下跪嗎？

——不是，我……我可以幫妳嗎？或許有方法？我可以做些什麼嗎？

莎爾放開黎亞的手腕，聳聳肩，轉身，身體搖搖晃晃，差點跌倒。她漂亮臉龐上的雙眼往上翻，黎亞伸手扶住她。莎爾粗魯地把她的手推開。

——收下我的電話號碼，拜託，我會寫在這上面。我的工作，我認識的人，很多人都在做慈善服務，我們可以提供工作機會，妳知道的，那或許可以……

黎亞把一個皺巴巴的信封塞進莎爾口袋。莎爾在黎亞面前舉起一根手指。

——再也受不了了，受不了了。

黎亞望著她跌跌撞撞地越過山丘，往山下走。

15

98路公車上，有個坐在對面的女人腿上抱著一個小女孩。女人拿一疊圖卡給小孩看。她要藉此為孩子提供刺激。大象、老鼠、茶杯、太陽、草原，草原上還有哞哞叫的乳牛。這孩子特別受到有人臉的卡片吸引，她只有在看到人臉時會咯咯發笑，還會伸手想去拿卡片。真聰明！露西亞！她用手指緊扣住卡片，然後用同樣粗暴的動作想去弄母親的臉。不可以！露西亞！孩子開始以眼淚要脅。有些是真的人喔，她母親解釋，另外有些只是圖案，而且有些很軟，有些很硬。黎亞望向窗外，雨彷彿沒完沒了地下。飛機又重回天際，工作還是工作。不再狡詐多變的時間重新變回一般時間。她從工作的地方帶了些文獻回來，是從文獻資料櫃裡拿的，既然她隸屬專業組織就要提供專業協助。資料裡說「盡你所能」，上癮者終究該「自己做出決定」，因為「沒有人能逼迫他人尋求所需的幫助。」所有人都在說一樣的事，所有人都在用同樣方式說一樣的事。黎亞在威爾斯登巷下車，她開始快步行走，但公車在她身旁靠邊停下，熄火。此時她正走到一座教堂外，彎下腰，在公車旁的她彷彿坐在下排的觀眾。從她口中吐出來的大多是水，跟雨水難以分辨地混在一起。其實這裡只有在她小時候是教堂，當時她是參加星期六活動的幼女童軍，而現在教堂已被改建為豪華公寓，每間都有屬於自己的一整片時髦彩繪玻璃。公寓外聚集了許多小跑車，這些車子停放的地方原本是座小墓園。公車緩慢又吃力地往鬧區街道前進。她直起身子，用圍巾擦嘴，手裡拿著一支擋不太了雨的傘，腳步輕快地出發，雨水沿著她的右手袖子緩慢流下。數字37。她快速翻看傳單，那動作像是乖女孩會先確認郵資沒搞錯，之後才把　信　推　進　郵　筒　。

37

她原本希望找到其他祕方。她想像有些老太婆能用自家浴室藥櫃裡的日常藥品低調處理掉，畢竟除此之外的任何做法都很貴，這筆開銷也一定會讓她在兩人的共同帳戶裡露出馬腳。但上網查詢後，她只找到一堆道德勸說，沒有任何實用建議，從大道德勸說時代之前留下來的也只有恐怖故事：琴酒浴搭配長長的帽針。現在誰還有帽針呀？結果她只能帶著大學時期申請的一張舊信用卡來到此地。這是個怪地方，這地方哪裡都不是，光看外表妳可以說是牙醫診所，也可以說是脊椎指壓治療所。總之是密醫啦！這裡有長毛絨沙發、玻璃鏡面咖啡桌，以及隱密性。這裡沒有夾著必簽文件的記事板，也沒有人來問妳：

1. 進行這項手術是妳自己的決定嗎？
2. 手術後有人可以帶妳回家嗎？

這裡只有個女孩問她是否需要來杯水，以及她打算用什麼方式付款。就這樣。妳能用金錢迴避掉所有的人際關係及義務。這次經驗很不同。她還記得十九歲時是大學護士為她打點好一切。當時她坐在善良的前任情人身邊，兩人穿著夏日短裙，雙腿在床緣擺動，像兩個正遭受責罵的小女孩，那時最讓她們感興趣的是麻醉運作方式。

——他好像有握住我的手腕，然後說十、九、八，然後下一秒——真的下一秒——就到了現在，然後就是妳在親我的額頭。

——兩個半小時過去了。

這過程為她帶來難以言喻的領悟。比起那些令人困惑的課堂，那些有關意識、笛卡爾和柏克萊的課堂，那是一種更偉大的領悟。

十、九、八……

……兩個半小時過去了！

沒有任何書本知識能比那天更令她信服。十、九、八……一片空白。多善良的女孩呀！她根本不需要這麼做。愛上女人並被女人愛著的好處之一：她們永遠會做得比應負起的責任多上很多。十、九、八。她重新活了過來。她的額頭獲得一個吻。她彷彿在眼前牆上看見了，她看見一個孩子的轉移，那孩子有一半被抹掉了。跳跳虎、克里斯多福・羅賓和維尼熊都少了頭。那是在孩童病房的空床嗎？她只記得十、九、八——那是一場無痛的死亡演練。每當因為可能喪命而恐懼時，這是個非常有幫助的回憶橋段。（比如在小飛機上，或者在深海中。）第一次墮胎時，她懷孕兩個月，第二次是兩個月又三週。這是她的第三次。

櫃檯人員一跛一跛走到另一頭。她的腳踝扭傷，綁在上頭的髒兮兮白色繃帶翻飛。黎亞臉紅起來。她在一個想像中的「非人」面前羞愧起來，這個「非人」不是真的人，卻能監看她的所有思緒。她責備自己。那是當然，這一切都跟她的不存在沒有關係，那是當然，這是跟另一個人的不存在有關。當然。沒錯，我就該這樣，我就該責備自己，當然。正常的女人都該這麼想。

——漢威爾太太？準備好就進來。

16

——無關緊要？妳什麼意思？妳怎麼能整個故事都說了，卻沒提到頭巾？

娜塔莉笑了，法蘭克笑了，米謝爾笑得最大聲。他有點醉了，而且不只因為手上那杯普羅賽珂葡萄氣泡酒，也因為這棟維多利亞風格的家屋有夠豪華，也因為花園有夠寬廣，另外他竟然還認識一名出庭律師和一名銀行家，最意外的是他們覺得好笑的事他竟然也覺得好笑。孩子們繞著花園瘋狂打轉，他們因為其他人笑所以跟著笑。黎亞低頭望向奧利芙，她熱切撫摸牠，但這隻狗終究坐立難安地溜走了。她抬頭望向自己最好的朋友，那是娜塔莉．布雷克，她恨她。

——黎亞呀……妳老是想要拯救別人。

——這不是妳的工作嗎？

——為人辯護跟拯救他們完全是兩碼事。總之，我現在大多接商業案件。

娜塔莉把一條光裸的腿搭到另一條腿上，她的腿看起來像滑順的象牙雕塑品。她把頭直接歪向太陽的方向，法蘭克也一樣，此刻他們兩人看起來只剩輪廓，就像古硬幣上的一對國王和王后。黎亞無法離開法蘭克稱為「涼亭」的陰影處。兩個女人就這樣隔著整理完善的草坪瞇眼望向彼此。她們令彼此心煩。她們整個下午都在令彼此心煩。

——我一直巧遇她。

——娜歐米，不要那樣。

——她跟我們上過同一間學校，真不敢相信。

——是嗎？為何？娜歐米別這樣，離烤肉架遠一點。那裡有火，很熱，妳過來。

——算了。

——抱歉，再跟我說一次吧，我這次會好好聽。莎爾，我完全不記得這名字。或許是我們的「冷戰」時期？那時妳跟很多人一起混過，很多我都沒見過。

——不，我在學校時不認識她。

——娜歐米！我是認真的！抱歉——所以等等：現在妳到底在糾結什麼？

——沒糾結什麼，沒什麼。

——但就整件事而言，那不是非常……

「她說著，聲音卻越來越小。」

——妳說什麼？娜歐米，給我過來！

——沒什麼。

法蘭克拿著酒瓶過來，他妻子對黎亞有多粗暴，他對她就有多豪爽。此刻他的臉逼得好近。他聞起來好貴氣。為了讓他倒酒，黎亞也靠向他。

——為什麼你們學校出來的都是犯罪的毒蟲？

——為什麼你們學校出來的都像保守黨的部長？

法蘭克微笑。他長相英俊襯衣完美長褲完美孩子完美妻子完美這是一杯冰鎮程度完美的普羅賽珂葡萄氣泡酒。他說：

——能在腦中把世界這樣分成兩半，一定讓妳很安心吧。

——法蘭克，別逗人家。

——黎亞沒有不開心呀。妳沒有不開心吧，黎亞。當然，我這人就是由兩個世界組成的，所以妳想必能理解，我很難用那種方式思考。等你們有孩子，他們就會知道我的意思了。

黎亞試圖用他希望的樣子去看他。她把他當成自己和米謝爾未來會面對的其中一種人生可能性。她看到咖啡色的皮膚，那些雀斑，但除了基因造就的各種偶然，法蘭克跟黎亞或米謝爾沒有任何交集。她見過他母親一次，她叫愛蓮娜。她當時抱怨米蘭是個鄉下地方，還建議黎亞去染髮。跟她相比，法蘭克像是來自另一個平行宇宙。

——我岳母很有智慧。根據她所說，如果想知道家訪護理員拜訪的人真實狀態如何，只要先按鈴，如果發現他們把燈關掉並躺在地上，就表示他們狀態不好。

米謝爾說：

——我聽不懂，什麼意思？

娜塔莉解釋：

——有時會有人不想開門迎接瑪西亞，他們擔心來的人跟社工或福利金辦公室有關。簡單來說，他們不想讓這些機關知道自己的存在。所以，要是我媽哪天真去按你們家門鈴，老天呀拜託千萬別躺在地上。

米謝爾嚴肅地點點頭，真心把這個建議放在心上。雖然他看不出來，但黎亞看得出來，無論娜塔莉用手指輕點花園桌的方式，還是說話時望向天空的樣子，他都沒看出這對夫妻覺得無聊，簡直恨不得趕快擺脫他們。他們是這對夫妻人生中的老舊包袱。但他就是不願住口，他說：

——我跟妳說那些人呀，那些人就會躺在地板上。他們都在李德利大道上鬼混。我們後來發現他們全偷住在一間空房內，他們住在一起，就在李德利大道上，其中大概有四、五個女孩在街上工作，所謂工作就是到處按門鈴，我們猜還有些男人也會去按。那些男人是皮條客，大概啦。妳每天應該都會處理到這類案件，根本不用由我來解釋，妳自己就很清楚。妳一定每天都會見到這種人，每天，我說對吧？比如在法庭上看到？

——米謝爾，親愛的……你這樣很像在派對上纏住醫生，只為了猛問背上的痣有沒有問題的那種人。

米謝爾說話時總是很認真，奇怪的是，儘管她私下非常珍視這項特質，但總在外人面前因此感到難堪。小娜的眼神本來跟著正在花床上跌跌撞撞的史派克，現在卻將注意力陡然轉回黎亞身上，黎亞估量了一下她的神態：平和、有點傲慢，而且不誠懇。

——不會，我很有興趣聽，繼續說吧，米謝爾，真不好意思。

——另外這個人，這個男人，他也讀你們學校。幾星期前，他在街上跟她要錢。

——不是這樣！他說的是奈森·伯格，他是在賣交通卡。妳知道他做什麼，妳也在基爾本看過他兜售吧？有時在威爾斯登？

——嗯哼。

竟然讓認識這麼久的朋友感到如此無聊，她覺得實在丟臉。黎亞無計可施，只能丟出一些共同認識的老友名字和臉龐，試圖跟她好好對話。

法蘭克說：

——伯格？就是那個被抓到進口海洛因的人嗎？

——不是，那是羅比．簡納，比他低一個年級。伯格不屬於那掛。他退學是為了當上足球員。史派克，拜託別那樣，寶貝。

——那然後呢？他有成為足球員嗎？

——嗯？喔——不、沒有。

或許對她來說，布雷頓中學也不復存在。那間學校沒了，被丟棄了。若說此刻的娜塔莉對自己竟然是布雷頓的畢業生而感到驚訝，這間學校對自己竟能孕育出她或許也同感震驚。在那間有著數千個小孩的瘋人院中，小娜是書讀得很好的女孩，或許可以說是太好了，如果把她的出身考量進來，更是如此。為了能過著現在的生活，妳必須忘記之前的一切。不然怎麼過得下去？

——他是個很可愛的小鬼。他媽媽是聖露西恩人？還是聖露西安人之類的？我們所有媽媽都彼此認識。他長得很好看，很調皮，還打鼓吧？打得滿好的。他坐在凱莎旁邊，當時她還叫凱莎。我那時很忌妒她，我才八歲。沒錯吧？凱莎？

娜塔莉在咬指甲，她痛恨別人拿這件事來笑她。她不喜歡回想起自己那段跟現在生活全然不搭調的過去。黎亞暗自用更激烈的詞來形容這個狀態：虛偽。黎亞現在走到街角商店時還會路過以前住的公宅區，甚至從自家後院就能看見，小娜卻住在剛好得以迴避的地方。他們每次聚會都在這裡，都在小娜家，為什麼不呢？看看這棟美麗的屋子！黎亞臉紅起來，因為腦中陡然浮現一個犯忌的說法，那是莎爾說的：外黑內白的椰子人。然後米謝爾開口說的話更是完美地讓小娜更顯窘迫。

——妳改過名字，我都忘記這事了。常有人說「依照你想要的工作來打扮，而不是依照現在這份工作。」改名也一樣，我覺得啦。

不過對黎亞來說，那個聽了讓人沮喪的「我覺得啦」毀了一切。他只會在這裡說「我覺得啦」，就是這棟屋子裡，那姿態實在讓人難堪。娜塔莉瞪大雙眼，然後快速轉移了話題，這時她總能靠孩子找到可聊素材。

——米謝爾，這事你能幫我：我該拿這怎麼辦？

小娜抓起兩把娜歐米的頭髮，試圖把手指穿過打結的髮絲，以展示那些扭纏不開的結，娜歐米則在底下扭動身體。

——她不讓我碰頭髮，所以我該交給你剃掉，對吧？她可以明天去髮廊找你，讓你把這些全剃掉。

娜歐米哭叫出聲。米謝爾親切、謹慎又誠懇地回答了這個問題。他建議不要採取這麼激進的做法，可以先試試看髮膜和椰子油。即便在這個國家待這麼多年了，他仍不明白英國人喜歡透過諷刺折磨孩子的習慣。小娜臉上燦亮的微笑紋風不動。

——好了、好了，娜歐米。娜歐米！媽媽只是在開玩笑……沒有人會……是的，晚上睡覺時綁成辮子應該會有幫助，米謝爾，謝謝你……

法蘭克說：

——我讀的學校從沒什麼「假日」，所以我母親在聖誕節前都見不到我。

他的妻子露出一個哀傷的微笑，她在他臉頰上親了一下。

——噢，我敢打賭是有假日的，我很清楚你媽，她大概只是放假時沒去接你回家而已。

這才不好笑，法蘭克說。挺好笑的呀，娜塔莉說。黎亞望著小娜收下娜歐米開始編的雛菊花串，她用大拇指指甲掐開一根花莖，將下一朵雛菊穿進去。

——我不會把我的小孩送去寄宿學校。在那個有三十個白人小鬼的班級裡，我真的太孤單了，換作誰都會發瘋。

——是「我們的」小孩。我以前班上有二十個白人小鬼，我就沒覺得有什麼不好。

——你穿平底便鞋耶，法蘭克。

這才不好笑，法蘭克說。挺好笑的呀，娜塔莉說。黎亞常想診斷出存在於這種互動中的病症為何？這兩人到底有什麼毛病？他們之間有些什麼腐壞了。他們總對彼此充滿敵意。但這兩個病人仍堅持每天生氣勃勃地起床、說一堆俏皮話，而且還親吻彼此的臉頰。

——妳弄斷了啦！

黎亞望向花串，娜歐米沒說錯：小娜把花串弄斷了。此時史派克正在為她媽幹的好事收尾，他一把將花串搶來，把所有殘花碎段撒回草地。尖叫聲響起。黎亞擺出「孩子就是這樣」的溫和微笑。法蘭克站起身，將兩個又踢又鬧的孩子一邊一個抱起來。

——看來他們得去教會學校了，為了贖我們的罪。

法蘭克在面對黎亞時總會開啟自我解嘲的模式，但黎亞會裝作不懂他的意思，藉此迫使他將曖昧不明的語意解釋清楚。

——教會學校？已經要上學了嗎？

娜塔莉說：

——超荒謬的：那是一間免費的學校，但我們必須開始上教堂，就是現在要開始認真參與，不然孩子進不了那間學校。我希望能去一間不要讓人壓力太大的教堂，寶琳去的是哪一間？

——我媽？她大概一個月去一次吧，某間聖什麼什麼堂的，我不知道。如果妳想知道，我再去問問。

法蘭克放開兩個孩子，嘆氣。

——很快就要輪到妳煩惱了，不是嗎？

米謝爾立刻接下這個話題。這是他的主場，這是他的領地。一場關於黎亞體內的對話隨之展開。如果當初米謝爾的意見受到採納，過去這幾年他們一定早為了孩子忙翻了。黎亞的注意力都在娜塔莉身上：她的身體在這裡，但心去了哪裡？她在想工作的事嗎？一段香豔的外遇？又或者只是希望這些人趕快離開，好讓她回去享受真正的人生：她的家庭生活？

——該死！香蕉麵包！我都忘了。娜歐米，來幫我一起去把香蕉麵包端來給大家。

黎亞望著娜塔莉帶著漂亮孩子大步走向漂亮廚房。那些法式玻璃格子門板後方的一切完整又充滿意義，包括那些手勢、那些眼神，還有聽不見的對話內容。妳怎麼能這麼完整？為何妳擁有的一切都充滿意義？因為沒意義的一切全被小娜放棄掉了。她是個成年人。妳到底是怎麼做到的？

——所以……米謝爾。最近如何呀，老大？跟我說一下近況吧。美髮業狀況如何？大家還是……手頭拮据嗎？

由於妻子丟下他獨自應付這兩個古怪友人，法蘭克臉上浮現輕微的恐慌。

——其實，我開始跨足你的領域，法蘭克，但規模不大就是了。

——我的領域？

——當日沖銷，在網上操作。我們上次聊過之後，你知道嗎，我買了本書……

——你買了本書？

——一本指南……我小試了一下身手，金額不大，只是為了有個開始。

法蘭克的表情顯示他需要更詳細的解釋，而且心裡隱約覺得不太對勁。那是一種形式非常幽微的羞辱，但就算幽微，仍會在轉換形態後由米謝爾傳遞到黎亞身上，就像液體轉換成氣體，然後這份羞辱又會在今天稍晚或明天出現在他們的爭吵中，或者出現在他們床上。

——總之，黎亞的父親有留給她一小筆錢，應該說留給我們。

——噢！我懂！這樣呀，從小一點的金額開始著手不錯，但聽我說，我可不想揹上害你賠到脫褲的罪名，米謝爾……我是為那種大老闆工作，你懂嗎，我們其實有所謂的安全網，但散戶，你也知道，重要的是要記得——

黎亞嘆氣，聲音很大，這樣很幼稚，但她就是忍不住。法蘭克轉頭望向黎亞，臉上帶著試圖安撫人的疲憊微笑。他用一隻手指輕拍她的肩膀，那是在指責她不乖。

——米謝爾：我只是想說，有些線上網站很值得註冊來用，像是「當日交易」這種網站，或是類似的也可以，然後一開始先用虛擬貨幣玩，熟悉一下狀況……

——我可以不參與這個話題嗎？我覺得奧利芙需要大便了，我可不想讓牠大在你們家完美的草皮上。

——黎亞。

——哎呀，別這樣，沒關係的。米謝爾，我們認識很久了，我說黎亞和我，我早就習慣她愛胡鬧的個性。史派克，奧利芙回家之前，我們把牠帶去角落溜一下再帶回來如何？我們去找個塑膠袋，好嗎？

只剩黎亞和米謝爾被留在草地上，他們盤腿坐著，像兩個孩子。這棟房子讓她覺得自己像個孩子。眼前淨是蛋糕材料和高檔毛毯和沙發靠枕和裝上自選布料坐墊的椅子，眼前沒有一張廉價的沙發床。所有人都一夜長大。她還走在成為大人的路上，大家卻早已長大成人。

——妳為什麼老把我當白痴？

——什麼？

——我問了妳一個問題，黎亞。

——不是故意的，我只是受不了他用那種高高在上的態度跟你說話。

——他沒有，高高在上的是妳。

——她到底是誰呀？現在這個人到底是誰？這一切都好布爾喬亞。

——布爾喬亞、布爾喬亞、布爾喬亞、布爾喬亞。我想這是妳唯一認識的法文單字。妳變成那種英國人了……討厭自己所有朋友的英國人。

法蘭克從那些玻璃格子門後方再次現身，如果他有更仔細留意，可能會發現他們有一瞬間處在「龐馳與朱迪[8]」的模式：兩人定格在一個彼此嫌惡及憤怒的姿態。但法蘭克實

8「龐馳與朱迪」（Punch and Judy）是英國起源於十六世紀的一種傳統偶戲，其中的主要角色就是龐馳先生跟他的妻子朱迪，劇中的龐馳先生很常用棍子揍人。

在不是那麼有觀察力的人，所以等他再次抬眼望去時，他們又回復了一直以來的樣子：一對彼此相愛的幸福夫妻。

——你們知道狗的牽繩在哪嗎？

在他身後，小娜大步走出屋外，表情平和又神祕難解。娜歐米像小寶寶一樣被她揹在背上，其實她是小寶寶也還是不久前的事，此刻她那頭蓬鬆鬈髮正狂野地往四面八方炸開。黎亞注意到米謝爾正盯著孩子。他臉上有深深的渴望。

17

——黎亞阿姨！黎亞阿姨！媽咪說**走慢一點**。

黎亞停下腳步，回頭望去。眼前沒人，接著繞過轉角出現的小娜姿態誇張地嘆了一口氣。嬰兒車是空的，史派克在她懷裡，走在一旁的娜歐米緊抓她的T恤。小娜看起來就像即將被小人國居民固定在地上的格列佛。

——小黎，妳確定這裡對嗎？看起來實在不對勁。

——就在這條路的最底，根據地圖，那邊應該會往先回彎，然後又彎回我們原本前進的方向。寶琳有說不好找。

——我能看到地方法院，然後……繞過去嗎？孩子，別亂跑，走進來一點。簡直像走在機車道路肩，真是噩夢一場。甘迺迪炸雞店。波蘭人撞球酒吧。極樂按摩。真高興我們選了一條風景宜人的路線呢。這裡不可能還是威爾斯登吧，感覺我們已經走到尼斯登。

——那間教堂就是威爾斯登存在的理由，是它定義出了威爾斯登教區。

——好啦，但它在哪？寶琳到底要怎麼來呀？

——搭公車吧，我猜，我也不清楚。

——噩夢一場。

隨著道路蜿蜒，她們發現自己站在一條窄窄的人行道上，人行道末端有根矮矮的擋柱，她們緊抓住孩子，車子從兩側呼嘯而過。兩人的右手邊是一條抵押後喪失贖回權的購物拱廊街，還有一整區設計不良的辦公大樓，這些大樓空蕩無人，很多窗戶都破了；她們的左手邊則有一道種滿草的安全島依偎在雙線車道旁。本來這座安全島是想呈現出綠洲的效果，結果卻淪為垃圾場，上頭有張吸滿水的床墊，還有一座翻倒的沙發，沙發又髒又臭，上頭的靠墊也破了。另外還有一些相形之下很古怪的物件，這些物件反映出許多人倉促丟棄的人生樣貌：只剩一半的滑板車、遭斬首的曲臂檯燈、一片車門、衣帽架，還有足以把浴室地板全部鋪滿的一捆油地氈。

車流終於出現一個空檔，他們緊貼在一起，彷彿聚集成一頭巨型動物狂奔過馬路，之後才終於鬆開彼此的手，撐住膝頭，氣喘吁吁。由於醫生建議她要在四十八小時內「放鬆一點」，黎亞此刻腦中暈陶陶的。她轉過身，緩慢抬起頭，成為這群人中第一個看見的人：在一棵高聳的白蠟樹枝枒間，剛好可以看見那片古老的鋸齒狀垛牆和尖塔。再走二十碼，這片跟周遭完全不搭調的場景就完整出現在他們面前。這是座小小的鄉村教堂。這座中世紀建造的鄉村教堂占地半英畝，位於一個圓環型交通樞紐的中央，周遭環繞著一股寧靜的力場，讓這座教堂不屬於此時也不屬於此地。東窗外有棵櫻桃樹，一道矮矮的磚牆標記出古老邊界，但與其說是為了防禦，看起來其實跟雛菊花環沒兩樣。有座家族墓穴的門被踢破了。墓碑上有塗鴉者留下顏色亮麗的作品。黎亞、小娜和孩子們走過停柩門，在鐘塔下暫時止步，陽光下的藍色鐘面美麗奪目。現在是早上十一點三十分，他們彷彿置身於另一個世紀，另一個英格蘭。小娜用寶寶的薄棉布巾擦掉額上的汗。本來一直在熱氣中不停躁動又抱怨的孩子此刻安靜下來。一條小徑在林蔭的墓地間蜿蜒而過，維多利亞石上只有揭示埋在最上層的死者姓名。娜塔莉在不平整的地面小心操控嬰兒車。

——太誇張了。從沒見過這地方。但我明明之前至少開車經過好幾百次。小黎，妳那邊有水嗎？或許這就是寶琳喜歡這裡的原因，這地方很古老，古老的事物感覺更可靠。

黎亞把雙臂平行交抱在胸前。她在此刻化身為她的母親，她端出她的面容：嘴角下垂，眼皮為了阻擋世間所有微粒而顫動，對抗著那些微粒堅持要飛進眼睛的決心。本來正大口吞水的娜塔莉笑到全身發抖，水都灑到身前的地上。

——我不可能喜歡那些新教堂，不可能。我不可能為了新教堂奉獻自我。古老的事物更可靠，就是這樣。

——別再演了——我要嗆到了啦。我在這地方住了一輩子，從不知道有這個地方。這些年來，我老跟瑪西亞困在那間和罐頭一樣小的五旬節教會裡，但我們明明可以來這裡。凱莎，聽我說。我實在希望主靈降臨到我們所有人身上。

她們可以開母親的玩笑，但無法打破此地莊嚴的魔力。孩子們在墳墓間輕手輕腳前行，他們想知道腳底下是不是真的、真的埋了死人。黎亞加快腳步，她拋下小徑，踩入高高的草叢中，留下小娜向那兩隻幼獸含糊其辭地解釋剛死的人跟死很久的人有什麼差別。黎亞把兩隻手臂朝兩側伸長，手指掃過比較高的紀念碑頂端，一只破掉的石甕，還有一枚部分碎裂的十字架。她很快就抵達教堂後方，徹底陌生的過往人群透過墓碑上僅剩的文字簇擁而來，這些墓碑設在一臉失望的天使雕像之間。有孩子死去，有人因囚禁而死。有戰爭還有疾病。巨大的石板上覆滿常春藤、地衣，還有一點一點黃色的黴和苔。

本教區的艾蜜莉・華〇已受召喚

這三十〇歲的人生
在耶穌紀元年的一八〇七年
留下六個孩子和丈夫亞伯特
亞伯特很快在這〇〇隨她而去

本教〇的瑪莉詠．〇〇〇
死於一八七八年十二月十七日，得年二〇歲
另外還有朵拉，瑪莉詠的小女〇
死於一八七八年十二月十一日

在四十八小時內放鬆一點。
在這烈陽下。
放鬆一點，本教區的黎亞．漢威爾
同屬本教區的科林．漢威爾的獨生女
餘生都放鬆一點

黎亞倚著一塊跟自己等高的石碑。石碑上有三個浮雕人像，但已磨損到幾乎看不清形貌。她把手指嵌進長滿苔癬的溝縫中。人像中有位穿著打褶裙的淑女正抓住某樣物件緊貼在身側，但那物件此刻只剩下看不清形貌的凸起，或許是有人送了她什麼。另外兩名是身穿長禮服的年輕男子，他們分別從兩側向她伸出手。她什麼人都不是，時間已吞食掉所有細節：沒有人名沒有臉孔沒有膝蓋沒有腳沒有針對那份神祕禮物的解釋——

——小黎，妳還好嗎？

——熱，天氣真熱。

她們走過厚重的雙開木門，進入教堂。有場禮拜正要結束，詭祕的焚香氣味在高聳的教堂內縈繞不去。她們沿牆行走，避免跟虔誠的信眾對上眼。這裡的溫度涼爽愜意，比開冷氣還舒適。娜塔莉拾起一本小手冊，她生來就是個熱愛學習的人，什麼都想知道。一定是那段分開的時光造就了兩人的差異。在兩人認識的漫長歷史中，正是在那段短暫的休止時光中，大約是在她們十六歲到十八歲之間，她成了娜塔莉·布雷克。當娜塔莉在肯薩綠地圖書館的地板上用功自學時，黎亞每天都在吸大麻。娜塔莉總愛拿各種介紹手冊和其他有的沒的來讀。

——本教區建立於九三八年……最開始的教堂已無餘下任何部分……目前的教堂推估是建立於一三一五年左右……克倫威爾征服愛爾蘭的戰爭在門上留下彈孔，原本……

跑在最前面的娜歐米爬上洗禮盆（一一五〇年建造，珀貝克大理石材質）。黎亞試圖躲到聽不見娜塔莉演說的地方。禮拜結束，教區信眾井然有序地往外走。在門口時，年輕的教區牧師嘗試跟她們搭話，他一隻手扠在軟趴趴的腰肉上，像位緊張的年長婦女，一簇棕髮垂落在一邊的太陽穴上。他有一張愛討好人的臉，但又因優柔寡斷而做不好。他跟一九二〇年或一八八〇年或一六六〇年的教區牧師沒有不同，他跟每個牧師都一樣，但信眾卻不一樣了。他的信眾有波蘭人、印度人、非洲人、加勒比海人，成年人都時髦地穿著從大賣場買來的亮面西裝和緊身洋裝。年輕男子穿著細條紋布的三件式西裝，女孩們手上揣著西班牙披肩，無論男女頭髮都燙得很精美，或在臉頰邊梳出彎彎的一綹髮絲。這些信眾總是很同情牧師，他總有各種溫和提議：讓我們看看下週有沒有辦法準時開始吧，任何你不用的物件都行，什麼都行。他們點頭微笑，但沒怎麼把他的話當一回事，就連牧師本人也沒在聽自己說話。他的心思都放在黎亞身上，他的眼神越過正逃離的人群上方尋找她的身影。光線從東側流瀉而入，黎亞本能性地移動過去，前方牆上掛著一塊黑白色的大理石紀念碑，看了紀念碑後她得知**讓他成為有十個兒子和七個女兒的喜悅父親是她的幸福而用這座紀念碑來紀念他是她的虔誠**。**他死於一六四七年三月，得年四十八歲**。此外就沒有其他關於**她**的資訊了。黎亞情不自禁地把手指放到字母上，她想知道摸起來有多涼，但娜塔莉說最好別這樣，她還說史派克別把聖水潑出來**哇嗚**同個雕塑師設計了**伊莉莎白一世**的墳墓耶不是親愛的不是現在這個女王是**很久以前**的女王不是啊親愛的甚至比那更早但妳知道威爾斯登以前曾叫**威—爾—斯—通**嗎這個詞彙的意思是這個嘛意思是山丘下的泉水這邊的水也是那裡來的我叫你**不要把水潑出來**。黎亞突然好渴，她是由渴組成，她是絕對的渴。她跪下檢視水龍頭，閱讀標示牌：不可飲用。神聖，但不可飲用。

——那是媽咪！

——不，不是媽咪，這是別人。「大家普遍認為比傳統的聖母更有力量。她有許多神奇能力，包括：幫忙發現意外有價值的事物、替人找回遺失的記憶、讓死去的嬰兒復活……」瑪西亞會喜歡這個（有時人們會在教堂的庭院看見她），瑪西亞這人成天看見異象。不過她看到的聖母通常是白人，一頭金髮，還穿著從馬莎百貨買來的好看上衣……

她是怎麼走過去的？她的身後是聖母，由黑玉色椴木打造出的聖母。聖母用襁褓巾抱著一個無比巨大的嬰兒。這個聖嬰基督，標示上寫，嬰兒的手臂往兩側張開，他的大手帶來祝福，標示上寫，在黎亞看來卻沒有任何祝福意味可言，反而更像控訴。這個嬰孩的手和身體呈現十字型，光靠姿態就展示出了即將摧毀他自身的事物。他伸出雙手呼喚黎亞，他伸出雙手阻擋所有可能的逃亡，無論是向右或向左的逃亡。

——「於是成為我們威爾斯登聖母，也就是『黑色聖母』的著名聖殿，但在宗教改革時期遭到摧毀、焚燒，同樣遭摧毀的還有沃爾辛漢、伊普斯威奇和伍斯特的聖母像——執行者為掌璽大臣。」還有克倫威爾，跟之前是同一個克倫威爾嗎？這裡沒寫。要是有取得中等教育普通證書的老師來點像樣的歷史教學就太有幫助了……「這座聖殿的起源是從——」等等，這裡不是改建過嗎？不是十三世紀時改建的？不可能是最原始的建築吧。這介紹寫得真爛，不清不楚——**娜歐米給我下來那裡不**

37

「妳怎麼會這輩子都住在這區卻不認識我？妳以為可以躲我多久？妳到底憑什麼以為自己有權豁免？難道妳不知道人們哭求多久，我就在這裡待了多久？仔細聽好：我跟那些說話矯情的蒼白聖母不同。那些愛傻笑的處女！我比這地方還老！比妄用我名號的信仰還老！我比所有靈魂都老，無論是山毛櫸木和電話亭、灌木樹籬和路燈柱、淡水泉及地鐵站、古老紫杉和一站式商店，還是牧草地和3D影城。在這自由不羈的英格蘭，無論是真實人生或動物的生活，我都老得全見過！我甚至比老教堂、新教堂，還有教堂出現以前的時光更老。妳覺得熱嗎？這一切太難接受了嗎？跟妳盼望的不同嗎？妳以前學到的都不對嗎？妳以前學到的不僅止於此？又或者更為匱乏？如果我們用不同名稱描述妳的處境，那種失重感就會消失嗎？妳的膝蓋要撐不住了嗎？妳是誰？要來杯水嗎？天要塌下來了嗎？一切有可能以不同方式排列組合、出現不同順序、發生在不同地點嗎？」

18

——我以前很常昏倒，很常！他們覺得是因為我個性纖細、敏銳，還有點藝術家性格，但當時所有人都去當護士或祕書了，妳懂嗎？當時就是這樣。我們沒有其他機會。

——我只是太熱了。

——因為妳很有潛力，不，聽我說，妳真的有：妳會彈鋼琴、吹雙簧管、跳舞，還有那個什麼……那個……那個現在叫什麼？噢妳知道的——雕塑啦。妳有一陣子很愛雕塑，還有小提琴，妳小提琴真的拉得很棒，還有很多其他類似的小事。

——我就從學校帶了「一個」獎盃回家。小提琴也只拉了一個月。

——我們想辦法讓妳上了所有該上的課。這裡湊五十便士，那裡湊五十便士，加起來也就夠了！我們可不是一直都有這種餘裕！是因為妳父親——願上帝保佑他安息——他不想讓妳在成長過程中覺得很窮，但我們真的窮。可是妳從未真正對一項才能投注心力，我其實是這個意思。這片草坪該澆水了。

寶琳突然彎下腰，直起身時手上拿著一把草和土。

——倫敦黏土，很乾。當然，妳們女孩現在做什麼都跟我們之前不一樣了。妳們總是等呀等呀等個不停，也不知道妳們在等什麼。

她的臉色因為剛剛的動作幾乎有點發紫，一頭有點潮溼的白髮平貼在臉側。母親總是迫切地想告誡女兒，而正是這份迫切趕跑了她們，迫使她們背棄自己的母親。於是母親只能困在原地，癲狂地握著手中的倫敦黏土、一些草葉、少許白色塊莖、一支蒲公英，還有一條用自己的身體開天闢地的肥蟲。

——嗯，可能還是把那些泥巴放下吧，媽。

她們坐在一張公園長椅上，那是米謝爾幾年前發現的一張長椅。有人把這張椅子留在北邊克里克伍德廣場那一帶的路中央。多麼冷靜沉著！這椅子就這樣坐落在車流中！看起來就像從瀝青裡長出來的。所有其他車輛都直接繞過去，米謝爾卻停下奧斯汀的「Metro」款小車，放平後座，打開後車廂門，把長椅塞進去，過程中寶琳完全沒幫上忙卻又硬要插手，兩人身邊喇叭聲大作。等帶回家後，他們發現椅子上有皇家公園的戳記。寶琳將這張長椅稱為王座。我們就在這張王座上坐一下吧。

——只是因為熱氣而已。奧利芙，來這裡，寶貝。

——別讓狗過來！我可不想過敏到翻白眼！看來這隻狗就是我的孫女了，照現在的發展看來，這是我唯一可能擁有的孫兒。我竟然對自己的孫女過敏！

——媽，好了啦。

她們沉默坐在王座上，眼神盯著不同方向。問題似乎在於存在兩種不同的時間概念。她透過動物的本能驅力知道，該是做出決定的時候了。或許她成為城市馴養的野狐太久了。所有全新人事物的到臨——她每天似乎都會收到新通知——感覺都像一場背叛。為什麼大家不能維持現狀就好？她強迫自己內心保持全然靜定，但似乎仍無法阻止世界繼續運轉，而所有發生的事只阻隔了其他尚未發生的可能性，所以數字37，所以門在她站到門前的那一刻打開，她手裡滿是小冊子，然後莎爾說：放下那些手冊，牽起我的手。我們開始跑吧？準備好了嗎？我們跑吧？丟下這一切！做我們自己吧！睡在灌木叢裡，沿著鐵路走到海邊，睡醒時長長的黑髮散落在眼前和嘴巴裡。或許還有那種投兩便士就能打的夢幻電話亭，我們就從那裡打電話回家吧。我們很好，別擔心，我想維持現狀，我想繼續移動。我想要眼前的人生也想要另一種人生。請別找我！

——只是想幫忙嘛，但也不會有人謝我。我甚至不確定妳有沒有在聽我說話。總之，這是妳的人生。

——妳到底為什麼會想去聖壇？

——妳這話什麼意思？聖壇？妳指聖母壇嗎？我沒那麼看重她，她完全無害。那邊是英國國教的教堂，幾千年來都是，對我來說這樣就夠了。那些來自殖民地的人，還有俄國的那些傢伙，他們都很迷信呀，但誰又能怪他們？他們之前過得那麼苦，我有什麼資格奪走他人尋求慰藉的權利？

寶琳眼神尖銳地望向以前住的那片公宅，那裡塞滿來自殖民地的人和俄國那些傢伙。今天就跟之前幾乎每天一樣，打從太陽升起，那女孩就來到屋外，嗓門大得像可以穿越霧氣的號角，此刻她又透過無線耳機跟另一頭不知誰吵個不停。你現在是瞧不起我嗎？別瞧不起我！無論對方說了什麼，總之她無疑是愛爾蘭後裔。她的額頭短得難堪，兩隻眼睛分很開。面對同族裔的墮落成員，寶琳總表現得特別輕蔑。

——就算是那位了不起的處女也拯救不了跟她一樣的人。哎呀，哈囉，愛德華，我親愛的！

——妳好呀，漢太太。

——噢，見到你真好，納德。親愛的你都好嗎？看來不錯，各方面都是。不會還在吸那些有的沒的吧？

——恐怕是有、恐怕是有。就喜歡那味道嘛。

——那會讓你的人生失去目標唷。

——反正我只有一個目標。

——什麼目標？

——跟妳結婚呀，這不是當然的嗎？誰都不能奪走我這個目標，對吧？

——哎呀，你少胡說。

開心，她真的挺開心，此時太陽的光線漸弱、泛出紫暈，在藍綠色的清真寺宣禮塔後方整齊排開光的線條，微風讓聖喬治的旗子如波浪起伏，那些旗子位於她的舊家建築上方，就掛在準備迎接足球賽到來的衛星盤上方。生命從未綻放成超越本質的樣貌或許也無妨。她就這麼停泊回原本出發的海岸也無妨。這不過是跟幾乎所有女人做過的，一模一樣。

——黎亞，我的愛，妳的手機在響。

看哪：右邊的圍籬幾乎不再有功效可言。從公宅區蔓延過來的常春藤入侵所有細縫，將米謝爾試圖種植的一切摧殘殆盡，蘋果樹兀自佇立，無視其他一切生長著，無須誰的幫助。她寫信給市政住屋處，他們沒當一回事，納德從不寫信過去，葛羅莉亞也是，他們雖是住在一起的房客，但只有她真正這麼看待大家的關係，噢耶穌呀那條可憐蟲在太陽下狂亂扭動，像男人的包皮在陰莖上方來回捲動，反覆來回捲動。沒人愛我啊大家恨我啊因為我是一條扭來扭去的蟲。但這是誰

誰的聲音　　好安靜

又好暴力，直沖她的耳朵裡面吼，她覺得自己一定是聽錯了，她覺得自己一定是要發瘋了，她心想

——你說什麼？

——聽懂了嗎？別再跑來我們這裡。

——什麼意思？你怎麼會有這支電話號碼？

——那女孩歸我管，別再跑來把一堆東西塞進門縫，聽懂沒？給我小心一點，我知道妳是誰。要是再敢來這裡，小心我不會放過妳。

——你到底是誰？

——幹她男人婆的臭婊子。

那條蟲把自己的中段擠得短短的。牠一無所獲。往左邊，石板；往右邊，石板。

——如果去一鎊超市，同樣這個盒子——注意唷，還是同樣品牌——只要二點四九英鎊！但如果妳去這種地方購物，純粹就是自欺欺人，我言盡於此。黎亞，親愛的？黎亞？黎亞？那是誰？誰打來的？妳還好嗎？

19

妻子的名聲必須受到捍衛。這是最根本的，他解釋，他還拿某部紀錄片裡的人猿來當例子。既然雌性人猿捍衛寶寶人猿，雄性人猿自然得捍衛他的配偶。米謝爾此刻的憤怒中帶有一絲快樂，兩人在憤怒的庇蔭下團結起來。這是他們幾個月來擁有的最美好時光。她坐在廚房的桌邊，雙手緊抓住自己手臂，他則來回走動，雙臂像人猿在空中揮舞。她也是一頭好人猿，她想為自己的人猿家族帶來更大的幸福。正是這份恰當到完美的渴求讓她這麼說：

——我覺得是，我覺得是那個男人，但光靠聲音不容易分辨。聽著，我跟他不太熟，我們認識也是二十年前的事了，但我必須說：就是他。但你若要問我是不是百分之百確定，我沒把握，真沒辦法這麼說，但我一開始就直覺是他，那就是奈森。

西北區這個角落向來太平無事，所以一旦有戲劇化的事件發生，任何人自然都想參與其中，要是能成為風暴中心就更好了。那聲音聽起來像他，真的。她告訴米謝爾。她什麼都告訴米謝爾，她用了盡可能複雜的方式訴說。

20

他們正在離開連鎖超市的路上，他們剛剛在那裡購物，儘管那間超市害當地的小賣店關門，付給員工的薪資跟蓄奴沒兩樣，每次都拿新袋子裝商品也不願用回收的舊袋子，他們還是買了肯亞的花椰菜、智利的番茄、不是公平貿易的咖啡、一堆垃圾甜食，還有根本拿錯的報紙回家。

他們不是好人。他們甚至沒辦法理直氣壯成為根本不用擔心自己好不好的那種人。他們一天到晚都在擔心。他們又把自己搞得進退兩難。他們只買灰皮諾或夏多內這兩種白酒，因為說到葡萄酒，他們認得的只有這兩個名字。他們要去參加一場晚宴，屆時需要帶瓶葡萄酒。他們知道的僅止於此。他們沒買那些符合消費倫理的商品，據米謝爾說是因為負擔不起，但黎亞說，不，你只是不覺得這件事夠重要。她私底下想：你想跟他們一樣有錢，卻又不把他們遵循的道德守則當一回事，但比起他們的錢，我對他們的道德守則更感興趣，而這個想法，這個跟米謝爾立場相反的想法，讓她感覺很棒。婚姻就是為了意氣用事而彼此對立的藝術。然後該死的是他在電話亭裡如果她再仔細想一下就不會這樣說：

——該死的是他在電話亭裡。

——那就是他？

——對，但是——不對，我不知道。不對，我剛以為是。不重要啦，算了。

——黎亞，妳剛剛說那是他，所以到底是不是？

米謝爾迅速跑遠，黎亞很快就聽不見他在講什麼了，只知道他開始挑起另一場意氣用事的爭端：他比例完美的結實身體迎向那名高大嚇人的肌肉男，對方轉身，不是奈森，但肯定是她見過的另一個跟莎爾混在一起的男人，但也可能不是。對方戴著棒球帽，身穿連帽上衣和低腰牛仔褲，這些人總是穿得好像──簡直像穿制服般難以分辨。從黎亞站的地方望去，那裡正上演一場笨拙的戲碼。兩人做出各種手勢，基於原始本能皺眉，當然也隱隱有種將引發新聞事件的氣氛，這種氣氛可以解釋所有類似的新聞故事，但解釋不了其中人物各自的悲慘及困境。比如在基爾本鬧區的大路上，有個年輕人拿刀刺向另一個年輕人，他們一定也有屬於自己的姓名和年齡，可說令人無比憂傷，也呈現了對這議題或那議題的控訴，但也會對房價產生不良影響。黎亞恐懼得無法呼吸，她趕忙跑過去，奧利芙腳步答答答地跟在一旁。她在奔跑時注意到一件實在不太重要的事：她看起來比他們兩人都老。那男孩年紀還很輕，米謝爾已經是個男人了，但兩人看乍看卻像同年紀。

──搞不懂你在說什麼，老兄，但你**最好別惹我**。

──米謝爾，拜託，別管了，拜託。

──叫妳的男人別來惹我。

──別再打來我家了，懂？別來煩我妻子！你聽懂了嗎？

──你到底天殺的在講什麼鬼？你討打？

他們像原始人一樣互撞胸口，然後米謝爾丟臉地在人行道上踉蹌，跌坐在他那條此刻看來可笑的狗身旁，牠還開始舔他的耳朵。現在他的對手居高臨下望著他，往後抬高一條腿，像準備罰球的足球員。黎亞立刻衝到兩個男人之間，張開雙臂隔開他們，所有古老故事中都有這樣一位苦苦哀求的女人。

——米謝爾，住手！這不是他！拜託——這位是我丈夫，他搞錯了，請別傷害他，請放過我們，拜託。

那條腿不為所動，反而往後抬得更高，打算踢得更用力。黎亞開始哭。她從眼角瞄到一對穿西裝的年輕夫妻正為了避開他們穿越馬路。沒人會來幫忙。她把兩隻手掌相對平貼，做出祈禱的手勢。

——請放過他吧，拜託，我懷孕了——請放過我們。

那條腿放下了。就在米謝爾掙扎著站起身時，一隻手接近米謝爾，擺出槍的形狀，抵住他的頭。

——敢再來惹我——碰！碰！——你就完了。

——幹你去死。懂？我才不怕你！

眨眼之間，那條腿又再次往後抬起，踢向奧利芙的肚子。牠被踢飛了好幾碼，落在一間糖果店門口。牠發出黎亞從未聽過的叫聲。

——奧利芙！

——你很幸運，你的小妞還來幫你求情，老兄，不然哪。

此時的他已經走到馬路中間，但還在轉頭對他們大吼。

——不然怎樣？你這天殺的懦夫！你踢我的狗！我要打電話叫警察！

——**米謝爾**。別把事情搞得更糟了。

她用一隻手扶住他的胸口，在旁觀者看來，她是在阻止他，只有她知道他根本沒打算推開她。透過這種方式，兩個男人分道揚鑣，一邊離開現場一邊彼此咒罵個不停，玩著一場「這事可還沒完」的遊戲，還假裝隨時可以回頭來給彼此好看。但這一切只是自欺欺人：一個女人的在場卸除了他們原本應盡的義務。

21

黎亞相信必須客觀看待一切。她現在稍微冷靜下來，兩人也快到家了。那個在危急現場尖叫、痛哭，還跪在街上乞求的女人是誰？說起來有點傻氣，但她當下覺得自己很「勇敢」，覺得自己是個鬥士。但此刻在她看來，那女人不過是個不停討價還價、苦苦哀求，還為了達成目標策略性說謊的傢伙。請別摧毀我珍愛的一切！對方接受她的要求，讓她做出較不嚴重的犧牲作為交換，而當下的她對於對方的退讓，只是可悲地心懷感激。

她在衝突結束後一度無法回神，當時跑去抱住奧利芙的是米謝爾，後來黎亞一直找不到鑰匙在哪個購物袋裡，也是米謝爾決定敲響他們家的大門。

——牠還好嗎？

——牠沒事，除非體內有受傷。但在我看來牠沒事，只是嚇到了。

——你還好嗎？

答案就在他臉上：丟臉、憤怒。當然，要男人保持客觀比較難。他們有自尊心太高的毛病。

——納德！

——嘿，你們兩個都還好吧？

——幫小黎拿那些袋子。

他們走進廚房，把深愛的狗放在牠的床上。牠看起來沒事。要餵牠嗎？牠吃了。丟球給牠追呢？牠也照跑不誤。或許牠真的沒事，更何況此刻這兩位人類體內也還有太多腎上腺素及創傷需要代謝。黎亞把事情經過告訴納德，但把其中令他們憤怒及丟臉的部分清除掉了。米謝爾是勇者！米謝爾保護了她！她把一隻手搭在米謝爾的手臂上，他甩開了。

——她假裝自己懷孕了。他只是可憐我們！我像個白痴一樣倒在地上。

——不，你在情況可能惡化之前阻止了一切。

她又把手搭上他的手臂，這次他沒有拒絕。

——你覺得我們今晚該把牠獨自留在家裡嗎？真不知道該怎麼辦。納德，你可以幫我看著牠嗎？有任何問題就打給我？又或者我們該一起待在家，晚上的約就取消？

那是場晚宴，米謝爾說，我不認為我們能取消。牠沒事的。奧利芙呀妳沒事吧？寶貝？妳沒事吧？兩個人類在那隻動物的眼中尋求慰藉。黎亞努力想保持客觀。如果不是因為害怕不知要花上多少錢，難道此刻不該有個人類提起「看獸醫」這個選項嗎？

22

漢威爾先生從未辦過晚宴，也沒好好上館子吃過一頓晚餐。當然那樣說也不精確：若遇上特別節日，他會帶他的小家庭去威爾斯登巷的維杰餐館，他們會坐在靠近門口的位置，吃得很快，接著談話氣氛會逐漸變得尷尬。在黎亞的童年時光中，沒什麼經歷足以讓她有心理準備面對成年後必須定期參加的晚宴，這些晚宴大多舉辦在娜塔莉家，而她和米謝爾之所以會受邀出席，是為了替宴會增添一些「當地色彩」。他們倆都不知道該跟出庭律師或銀行家聊什麼，當然也不知道要跟臨時法官聊什麼。娜塔莉不願相信他們是對害羞的夫妻。每次她都覺得只是因為座位沒安排好，但那種尷尬的氣氛依然每次都揮之不去。他們就是害羞，不管娜塔莉相不相信都一樣。他們沒有閒聊生活趣聞的天賦，他們總是低頭盯著盤子，極度仔細地切開食物，任由娜塔莉把他們的故事分享給大家，只有在確認細節、人名、時間和地點時點點頭。這些送上桌供大家剖析的趣聞會長出自己的生命。它們總能各自發展，令人驚豔。

——不然也可以直接逃走啊。換作是我的話會跑得像該死的風一樣快，丟他們自己解決。無意冒犯，米謝爾，你非常勇敢。

——然後你們就分道揚鑣了嗎？「謝謝你，我就是今天可能殺死你的人，但現在我得走了……」

——哈！

——「我還有整天的搶劫工作得完成，就用這把手比出來的槍。」

——哈！

——可以把那個有莎莎醬的食物遞過來嗎？你以為用手比出槍的樣子，就代表真有把槍啊？還是說那是你唯一的槍？經濟蕭條還真是搞垮了所有人，我猜……確實啦，幫派混混沒道理不受影響，對吧？看，我這裡也有一把唷，碰！

——哈！哈！

——等等，但是，抱歉——妳懷孕了嗎？

坐在小娜家橡木長餐桌邊的十二人停止說笑，同時看著黎亞跟盤子上那塊鴨胸搏鬥。

——沒有。

——沒有，她只是隨口說說，你們懂的，只是為了制止那個男人。

——很勇敢，腦子動得很快。

關於黎亞和米謝爾的這件趣聞，娜塔莉提供的版本已然結束。對話的接力棒傳到別人手上，他們開始聊起格局更大的瑣事，這些瑣事將他們和更廣泛的文化網絡連結在一起，又或者跟報紙上的論戰有關。黎亞嘗試跟一個根本不在乎她在說什麼的人解釋自己的工作。菠菜是從農場產地直送。所有人一度專注地抱怨起科技的邪惡面向，實在是場災難，尤其對青少年而言，但其實現場大多數人就把手機擱在餐盤旁。把奶油胡蘿蔔遞過來吧。所有家長都在孩子想擁有自己的孩子時變得又老又病。許多這些家長都是移民——他們來自牙買加、愛爾蘭、印度和中國——他們不瞭解為何孩子還沒邀請他們過去一起住，畢竟自己國家的習俗是這樣。由於這些請求不可能獲得滿足，科技成為替代品。樓梯升降梯、心臟節律器、人工髖關節、洗腎透析機，但什麼都無法讓他們滿意。他們努力工作好讓我們這些孩子能擁有現在這種生活，但除非他們真的搬進我們家，不然他們「百分之百」不會開心。把原種番茄沙拉遞過來。伊斯蘭教是這樣，讓我跟你談談伊斯蘭教，面對伊斯蘭問題的重點是這樣。所有人突然都成了伊斯蘭專家。不過你怎麼想呢？山米達？對呀你怎麼想？山米達？你的看法如何？山米達，山米達是版權律師。把鮪魚遞過來。各種答案在餐桌上傳遞，大家提出各種策略。私人病房。私人戲院。海外過聖誕節。只有五張桌子的餐廳。保全系統。圍籬。一輛四輪驅動的馬車可以讓你在車陣中傲視所有人。有棟房子可以徹底與世隔絕，要買可以，但可不便宜。不過黎亞，有人這麼說，不過黎亞，說到頭來，不過黎亞，不管怎麼說，難道妳不想給每個孩子能夠提供他們的最好機會嗎？把四季豆炒杏仁碎遞過來好嗎？最好的定義是什麼？把檸檬塔遞過來。就是能讓孩子最有可能成功的一切。把法式酸奶油遞過來。你覺得你跟我的不同在於你想給孩子最好的機會嗎？把甜點匙遞過來。女主人的工作就是要擺平紛爭，指出目前討論的一切都還是假設性議題。何必為了還沒出生的孩子吵架呢？我只知道我可不想把西瓜那麼大的東西從檸檬那麼小的開口擠出來。護士！給我上麻藥！妳有想過在水裡分娩嗎？所有人都用同樣方式討論同樣的主題。所有對話都帶有一絲恐嚇的意味。許多被捕獲的動物沉思著該如何逃回大自然。娜塔莉態度冷靜，生了小孩的她早已過渡到彼端。把筆電遞過來。你一定得瞧瞧這個，只有兩分鐘，實在太搞笑了。

缺水。糧食戰爭。A/H5N1 流感病毒株。曼哈頓滑入海裡。英格蘭凍結。伊朗按下核武按鈕。一道颶風席捲過肯薩綠地區。世界末日的概念想必有些吸引人之處。鄰近地區淪為拾荒地。廢棄的超市和學校中搭建起學校。新的小圈圈形成，新的人脈網絡建立，多重伴侶，擺脫掉這些無聊保護措施的孩子。每個街角都有音樂從手工臨時搭建的音響系統流瀉而出。很多人在不知姓名的龐大人群中移動，群龍無首，如同海浪，他們臉上戴著口罩，不只尋找食物，也找防身武器。某個星期天早上，混卡德威爾公宅區的「蒸汽流」小子糾眾沿街跑過一棟棟建築，按下每一戶的門鈴。往日時光呀，對吧？黎亞？以前真的就是那樣。把威士忌遞過來。因為這樣類比太草率了：面對一場複雜的經濟意外，你必須承擔責任的方式，不可能像個打算偷竊的傢伙去逛大街一樣。把咖啡遞過來。這可不是一般咖啡，這是品質頂尖的咖啡。

——只能說令人失望。

——真的很令人失望。

——尤其當妳已經想盡辦法要幫忙，他們卻完全不領情。我受不了這種事。黎亞就有過類似的真實案例。小黎，跟大家說那女孩的事。

——什麼？

——戴頭巾的女孩呀，跑來你們家門口那個。真是憂傷的故事。好吧：我來說——

黎亞和米謝爾的兩邊臉頰終於獲得告別的親吻，那扇厚重的前門終於闔上，重獲自由的兩人再次回到夜色中，感覺再次活了過來。但即便是這份基於輕蔑而建立的夥伴情誼也迅速崩毀。等他們抵達地下鐵入口，黎亞已經說得太多、抱怨得也太多，導致連結這個陣線的脆弱精神軸心，也就是我們與他們之間的對立，此時都已滑脫、歪扭掉了。

——妳不覺得妳就跟他們一樣無聊嗎？妳以為妳很特別嗎？妳以為我每天起床看到妳

是有多開心嗎？妳很勢利眼，只是跟他們的方式不同。妳以為只有妳一個人對人生有更多夢想嗎？妳以為只有妳希望擁有不同的人生嗎？

兩人沉默地搭車回家，一路上怒火中燒。他們沉默地走過威爾斯登。他們沉默地走到家門口，同時各自伸手去拿自己的鑰匙。他們荒唐地搶著把鑰匙插入鎖孔，最後的贏家是黎亞。走進走廊時，兩人已經在笑，很快又開始接吻。要是他們可以永遠獨處就好了。要是世界只有你和我，黎亞說，我們就能永遠這麼快樂了。妳的口氣聽起來就像那些人，米謝爾說，然後他把舌頭伸進妻子的耳朵。

隔天早上，他們心情愉悅地走進廚房，身上穿著T恤和長褲，彷彿從山坡上喜悅地滾進廣闊如草原的週六早晨。黎亞走去檢查信箱。黎亞先看到了。那隻無辜又惹人憐愛的小動物全身冰冷，但還沒僵直，牠離牠的床很遠，在儲藏室的桌子底下側躺著，嘴邊有血沫。米謝爾！米謝爾！她的聲音不夠大，又或者是因為身處花園的他正沉醉於樹木之美。門鈴響了，是寶琳。奧利芙死了！牠死了！噢我的老天！牠死了！在哪裡？寶琳問。帶我去看。她骨子裡是一名護士。等米謝爾過來看到，他的反應跟黎亞差不多歇斯底里。看到母親此刻以如此務實的態度面對這世界，黎亞驚訝地發現自己是多麼心懷感激。黎亞想哭，她只想哭。米謝爾想一次又一次梳理好事情發生的順序。他想把時間線清楚建立起來，彷彿這樣就能改變什麼。寶琳想確認桌下區域處於無菌狀態，還確認裝屍體的鞋盒必須被埋在共同區域的草地底下至少一英尺。先問別人可不可以也沒意義——她指的是其他住戶——他們只會說不可以。動作快一點，她說，想辦法振作起來吧，我們得趕快搞定。喝點茶，冷靜下來。她問：你們昨晚回來時，沒注意到牠沒有叫嗎？

23

這也可以說是米謝爾的一種夢想成真：他們確實往上爬了，至少他們內心的恐懼質量及繁複程度是提升了。黎亞的天性就是會把錯怪在米謝爾身上——他們開始變得警戒，他們裝上新買的鎖頭，他開始會去車站接她回家，就連過馬路時都會想辦法避開「某些人事物」，而且還不停討論要搬出去。米謝爾待在電腦前的時間變長，他夢想可以撈到一筆意外之財，兩人就能乘勢搬到另一個更符合他胃口的都會郊區，意思是一個更「非洲」而不是「加勒比海」風格的郊區。黎亞沒有對此表示意見。她感覺像沉沒到了水底，七月是迷失的月份，她任由這些小小的改變發生。在上面發生，在水面發生，而她則行走在海底。她還在悼念，非常痛苦地悼念。她不熟悉為動物悼念的規矩。一般來說，大家可以為貓悼念一週，狗的話，兩週算容忍範圍內，第三週就會有些荒謬，尤其在她的辦公室——充滿加勒比海精神的辦公室——所有比驢子小的動物都是有害生物。她正在為她的狗哀悼。她覺得自己會死於憂傷。每當在埃奇韋爾路上看到跟奧利芙幾乎長得一樣的狗快速走過，而且還在熱氣中一副難受模樣，她就會變得無法思考。工作時，愛狄娜會瞇眼瞪著她那沾滿淚痕的臃腫臉龐發問，不會還是因為那條狗吧？就算是虛假意識好了，若要說此刻她的哀悼情緒不是為了狗，而是源自於其他一些什麼，對哀悼者來說仍沒有任何實質差異：她所熟知的就是奧利芙，她所思念的就是奧利芙。黎亞成了那種會在街上攔下其他狗主人，只為了訴說自己痛楚經歷的瘋子。

某天結束在哈利斯登的教育訓練之後，黎亞走回家，卻發現自己迷失在後街小巷中。她隨意挑了幾個路口連續左轉，只是為了讓自己保持移動，同時為了擺脫一個身穿連帽衣但其實百分之百無害的陌生人。接著那間奇怪的小教堂又出現在她眼前，鐘樓敲響六點的鐘聲。她走進教堂，半小時後出來。她沒有告訴米謝爾或任何人，但她之後幾乎每天都這麼做。七月底時，米謝爾堅持表示他們必須放下傷痛，他們必須往前走了。黎亞同意。他們申請並排上了健保署提供不孕治療補助的等待名單，但每天早上，她鎖上浴室的門，吃她那粒小小的避孕藥丸。那些從娜塔莉家浴室藥櫃偷來的眾多小盒子就藏在她的抽屜裡。她不想「往前走」。對黎亞來說，懷孕那條路不是通往前方，她希望永遠只有他和她。

八月來了。

八月來了。

狂歡節！一起工作的女孩、在髮廊工作的男孩、以前的同學，還有米謝爾來自南倫敦的親戚，全部的人跟另外無數其他人一起走在街上。大家一起尋找音響效果最好的地方、扭動身體靠近毫不認識的陌生人和認識的彼此、大吃肉乾、最後不是淪落到即時花園醫療中心，就是在草地上喝個爛醉。往常都是這樣，但今年不是。今年他們終於接受了法蘭克的年度邀請，一起去了某個朋友的朋友家，那裡據稱是「適合狂歡的美好公寓」。對方是個義大利人。他們依照建議在週日早晨前往那間公寓，為的是趕在封街之前抵達。他們在現場有點不自在，公寓沒有家具，他們只能在不認識的人之間來回穿梭。法蘭克和小娜都不見人影。米謝爾跑去廚房幫忙，黎亞接受了別人遞給她的蘭姆酒可樂，她坐在角落的椅子上望向窗外，看著警察沿著封鎖線列隊。角落有臺電視上有人在說話，但黎亞是在聲音響了很久後才注意到，而她之所以注意到，只是因為那提起她家附近的一條街。

——昨天晚上，在基爾本的亞爾博特路上，人們原本希望能度過一個平和的狂歡節週末，但這份盼望被一場致命的持刀殺人案粉碎了。就在這裡，在狂歡節路線穿越倫敦西北區的邊界，當時人們正準備迎接今天的慶典——

亞爾博特路！廚房的米謝爾朝她大吼。黎亞也吼回去：

——**對但是跟狂歡節無關——是昨晚的事。那只是——**

米謝爾走了進來。

——只是典型的誇張報導手法。他們想把那邊塑造成——

——黎亞，可以讓我聽一下嗎？拜託。

電視繼續報導：

——這位年輕人，當地人稱他為菲立克斯．庫博，三十二歲。他成長於霍洛威那間惡名昭彰的黑人青少年中途之家「嘉維之家」，但早已和家人一起搬到基爾本這個僻靜角落，希望過上更好的生活。然而就在這裡，在基爾本，他卻在週六傍晚遭兩個年輕人攔下，當時距離他家門口並不遠。目前尚無資訊指出受害者是否認識——

——他是遭人謀殺！這跟他在哪裡長大有什麼關係？

我放音樂囉，有位義大利人說完後關掉電視。我們得搬走，米謝爾說。這裡是我的家，黎亞說。她接受了頸子上的一吻。沒得爭辯，米謝爾說，好嗎？我們盡量去享受這場派對，好嗎？我沒在爭辯，黎亞說。好，但妳表現得很天真。

兩人情緒很差地各自走開。黎亞往上爬一層樓，來到露臺，米謝爾則回到廚房。這間公寓很快塞滿人，門鈴響不停。如果把門一直開著會比較輕鬆，但主人就是很想在客人進門前透過對講機先看過每個人。人們不停湧進派對現場，彷彿進入檢傷區的士兵。外面就跟地獄沒兩樣！我本來以為我們到不了這裡！所有人輪流站到塗抹白色灰泥的陽臺上，他們跳舞，他們對底下遊行而過的狂歡節隊伍大吹口哨，口哨上塗著代表牙買加拉斯塔法里教派的紅、綠和金色。沒多久黎亞就喝醉了，她太早開始喝了。她找不到米謝爾。她在人群中偶然瞥見法蘭克，他在這些人當中很好認。他們站在門廳，音樂實在很大聲，無論屋外或屋內都很大聲，兩人只能聽到彼此交談的片段。小娜會晚點來，她和孩子跟著瑪西亞的其中一輛教堂花車走。來點香腸捲？

——所以祕訣是什麼？

——嗯？

——**你們幸福快樂的祕訣是什麼？法蘭西斯可。**

——**我聽不清楚妳在說什麼。為何叫我全名？妳喝醉了嗎？**

他們為了脫離重低音的影響走進廚房。她又問了一次。我們什麼都告訴彼此。來點水果酒？

廚房塞滿了人。她需要喝點水。她努力走向水龍頭。乾淨的茶杯或玻璃杯還是馬克杯？排水孔塞滿菸蒂和食物殘渣。光陰並沒有在她走過去的過程中停滯。法蘭克不見了。米謝爾不見了。這些人是誰？他們為何不停說服自己此刻有多開心？真的沒必要排隊等廁所，不用忍受累積在腳趾間的街頭髒汙，也不用花六英鎊買一罐牙買加的紅條牌淡啤酒。對嘛！我這些年來是不是一直跟妳說！這是個完美地點，從這裡妳什麼都能看見。突然之間，小娜出現了，她獨自站在陽臺上往外望。然後她轉身，法蘭克就在門口，黎亞處於他們兩人的中間點，但因為身在群眾中沒被注意到。她望著那位丈夫看向妻子，妻子也看向丈夫。她沒有看見他們的微笑，他們沒有點頭，沒有揮手，沒有認出彼此的反應，也沒有交流，什麼都沒有。有人在分發圓缽，其中裝著顏色鮮亮的拋棄式相機，派對主人鼓勵大家記錄下這段時光。所有人輪流試戴牙買加風格的黑人髒辮假髮。黎亞自己都感到驚訝：她玩得很開心。

37

——妳說沒有是什麼意思？我兩小時前送來的，這裡提供一小時的快沖服務不是嗎？

——我很抱歉，女士，沒有任何相機登記在這個名字下。

——我姓漢威爾，名字是黎亞，請再確認一次。

黎亞把雙手放在藥妝店櫃檯上。

——妳確定是今天嗎？

——我不明白。妳現在是說不見了嗎？我兩小時前來過，就是今天，週一，有個男人幫我收件。

——我這裡沒有這個名字的紀錄。我才剛上班，女士。妳知道是誰替妳服務的嗎？是年輕人還是年紀較大的男士？

——我不記得收件人是誰，但我記得自己來過。

——女士，車站那邊有另一間藥妝店，妳確定去的不是那間嗎？

——是的，我確定。我姓漢威爾，妳可以再找一下嗎？

她身後開始有人排隊。大家正在思考她是不是瘋了。在倫敦西北區，將人貼上各種標籤是常見的習慣，而且會這麼做的不見得是一般大家想像中的那種人。櫃檯後方身穿白袍的印度女子再次翻找了那個裝滿黃色信封的盒子。

——啊，漢威爾，沒有被擺在H開頭的那區，被分類錯了，妳瞧。我很抱歉，女士。

她沒瘋。照片呀。人們很容易忘記真實存在的紙本照片，忘記它們亮滑的表面及為我們帶來的愉悅感受。不過眼前的第一張照片卻是全黑，第二張也一樣，第三張只有紅色光環，彷彿一把火炬從紙後透出光芒。

——聽我說，這些照片不是我的，我不想要這些——

第四張是莎爾。無庸置疑。莎爾正在對拍照的某人笑，身體緊貼著一扇門，手裡握著某樣物件，伏特加嗎？她的頭頂掛著一塊飛鏢板，骯髒的室內沒有其他家具。第五張也是莎爾，她仍然在笑，不過坐在地上，看起來整個人崩潰了。第六張是個看起來骯髒又廉價的紅髮傢伙，骨瘦如柴，手上有針頭痕跡，口裡叼著一根菸，如果瞇眼看——

——抱歉，女士，這些給我吧，我們可能不小心搞錯了。

本來在找刮鬍膏的米謝爾走了過來。他一點也不吃驚。這種拒絕表現出讚嘆或吃驚情緒的頑固心態，著實令人憤怒。

西北區，這樣一個小地方。

有兩間藥妝店。

照片不小心搞錯了。

聽起來很合理，但她無法合理看待這一切。他可能不相信自己，她對這種可能性感到憤怒。就是這女孩！你不相信我嗎？這是一個誇張到不行的巧合！她的照片被裝進我的信封裡了！你不相信我嗎？但她什麼都說謊，他又為何該相信她？排隊的人們不耐地蠢動。她在大吼，人們看著她的眼神像是在說她瘋了。米謝爾把她扯向出口，門上方的小鈴鐺響起，一切結束得好快。就是因為一切太過短暫，事情更顯得混沌不清。就只有短短幾秒，她只花了幾秒看到、看見剛剛的一切：那個女孩、她的照片、我的信封。剛剛就是那樣，像夢裡的一個謎語，沒有答案。在那些正直的當地人面前，她將所見所聞大聲宣告出來，而此刻的她無法用任何方式收回，也無法再次要求看看那些顯然不是她的照片。大家會怎麼想？

訪客

西北6區

男子裸著身體，女子衣著完好。氣氛有些不對勁，但女人正打算去某個地方。他姿態滑稽地躺在床上，抓住她的手腕，而她努力想把鞋子穿上。他們聽見窗戶下方有卡車門打開的聲音，一箱箱農產品被搬到柏油地上。菲立克斯坐直身體，望向停在底下的卡車，他看見有個男人身穿橘色的防護披風，懷裡抱著裝滿蘋果的三個板條箱，此刻正辛苦地穿過電動門。葛蕾絲用長長的假指甲輕敲窗玻璃：「寶貝，他們可以看見你唷。」菲立克斯伸了個懶腰，完全沒試圖遮住自己的裸體。「有人不怕丟臉呢，」葛蕾絲說，然後繞過床周遭的狹小空間，把窗臺的陶瓷玩偶擺正。男人把這些玩偶放在這邊實在很蠢。他前晚就把好幾尊公主撞倒，現在女人想知道「艾瑞兒」去哪裡了。男人又轉身面向窗戶。「菲立克斯，我在跟你說話，你把她怎麼了？」「我沒碰呀，她是哪一個呀？淡黃色頭髮那個嗎？」「淡黃色你個鬼啦——她是紅頭髮。啊她卡在那個後面——掉進下面很髒的地方了啦！」這是他展現男子氣概的時刻。菲立克斯把手伸到暖爐後方，撈出一隻曾是人魚的公主。他抓著她得來不易的腳，舉高。「這明擺著就是淡黃色頭髮呀。」葛蕾絲把玩偶放回原位，讓它坐落在棕髮和金髮的兩位公主中間。「繼續笑呀你，」她說，「等我把你踢到街上之後，看你還笑不笑得出來。」這話沒錯。這裡的床單又白又乾淨，只有他留下的一抹潮溼痕跡，地毯因為不停用吸塵器打掃而磨得很薄。房內唯一的椅子上，他前晚的衣服已疊成整齊的一堆。鏡面化妝臺上的粉色電話閃閃發光，化妝臺本身也一樣閃亮。他見識過很多女人，但應該沒見識過這麼女性化的女人。「起來！」他抬高背部，好讓她取回一隻襪子。就連她手裡拿的香水瓶都是女人身體的形狀，那是一瓶市場買來的廉價仿冒貨。真希望她想要的他都能買給她！她想要的好多啊。「如果你經過鬧區路上的威爾森斯水電行──小菲，聽我說。如果你有經過，去找瑞奇──你知道我說的是哪一位嗎？那個皮膚顏色偏白的小個子，綁扭辮那個。問他可不可以來看看水槽。現在幾點？該死，我遲到了。」他望著她朝頸子凹陷處及手腕下方噴香水，動作快速而隱密，彷彿永遠不可能讓他知道她為何聞起來只有玫瑰和檀香的味道。「牡蠣交通卡？」男人把雙手放在頭後方，非常男子氣概地聳聳肩。女人從齒間倒抽一口氣，跑去小到不行的起居室找。只有他一人時實在很難保持男子氣概。他可是做了這麼多仰臥起坐──這麼多仰臥起坐啊！他的腹部維持完美的凹陷線條，此時有條窗簾被氣流吸到窗縫外。他從地上撿起昨天的報紙。或許關鍵在於不要太過努力。她之前最愛的男人不就是那個最不費心的傢伙嗎？「小菲，你今天要去工作嗎？」「沒，這週他們只需要我週五去。」「他們得保證讓你週六工作才對。所有案子都是那天進來。太不尊重人了。你受過訓練，你有證書，你不能再讓別人這樣不尊重你。」「沒錯，」菲立克斯說，然後翻到報紙第三頁。女人走近男人身邊，每個說出口的字後面都穿插一個吻。「別、傻、了、努、力、完、成、目、標。」她心不在焉地對報紙上的白人女性乳頭皺眉，菲立克斯當然比她更熟悉這類乳頭，此刻卻覺得有點詭異，畢竟這些乳頭好粉、好小，跟貓的好像。「你還沒做那件事對吧？小菲？對吧？」「什麼事？」「清單！你還沒列清單對吧？」菲立克斯發出一個不置可否的聲音，但他確實還沒把想從宇宙獲得的事物列出來，也很懷疑這麼做能否改善他的工作狀況。案子就是沒有多到能讓五個男人一週五天都有工作，而他最沒有經驗，又是最晚才加入。「菲立克斯！」那張他心愛的臉出現在門柱旁。「哎唷，車來了！我得走了。東西在沙發上，順路帶去給你爸，好嗎？」男人想抗議，他有自己的事要辦，但因為要辦的事不能告訴她，所以他什麼都沒說。「拿去吧，小菲，他會喜歡的。別惹上麻煩，還有聽我說，聽好：我今晚會待在安潔莉娜家，明天直接從她家去狂歡節現場。你再打電話告訴我你幾點到。」菲立克斯擺出一個不樂意的表情。「別這樣，菲立克斯，我向她保證我們會一起去了。這是一直以來的傳統。她現在自己一個人了，不是嗎？你和我隨時都能去狂歡節玩嘛，別這麼自私。我們可以週一再去一次。我們擁有彼此——安潔莉娜沒人陪呀。好了啦，別擺出那張臉。」她親了自己的兩隻指尖，然後指向他的心。他也回以微笑。「就這樣啦，之後見。」人怎麼可能藏住幸福的感覺呢？他聆聽她喀答一聲關上前門，高跟鞋踩著腐朽階梯快步往下走，一二三四。

「菲立克斯！菲立克斯·庫博。最近如何啊？老兄。」

那是個身形高大的孩子，他的臉上掛著缺牙又傻氣的微笑，一字眉，厚重黑髮在T恤後方領口處雜亂地往上翹。菲立克斯將厚重的信封塞進腋下，跟對方來了場程序繁複的握手。此刻的他距離自家大門只有兩英尺。「好久不見……你不記得我了，對吧？」菲立克斯意識到自己不喜歡被那樣揍肩膀，太用力了，但他還是拉出一抹淺笑，對他說謊。「當然記得，老兄，好久不見。」那孩子聽了很滿意，然後又揍了菲立克斯一拳。「很高興見到你，老大！你要去哪？」菲立克斯揉揉眼睛。「家裡有事。我要去找我家老頭，趕快把事情搞定。」那名年輕男子笑了。「羅伊德啊！以前常為了他要的捲菸紙來我們這裡，好一陣子沒見到他了。」對呀，老羅伊德就是這樣。對呀，老羅伊德過得還行，還住在舊公宅那區，就是卡德威爾那邊，始終沒離開。還是拉斯塔法里教徒，對呀，還在卡德威爾經營小攤位，就賣些零嘴，跟之前差不多。菲立克斯笑了，他知道自己這時應該笑。他們兩人一起望向卡德威爾，那裡高聳的建築群距離他們不到五百碼。「蘋果不會落得離樹太遠，老兄，這是真的。」隨後的資訊至少讓菲立克斯得知了他的姓氏：康恩，他是威爾斯登區康恩雜貨店的孩子。他們一家都長得很像，家裡有很多兄弟，而且一天到晚都在找他們的老爸。這一定是其中最小的小弟。他們曾是卡德威爾一帶最出名的男孩，就住在庫博家樓下兩層樓。他不記得他們當時有特別友善。菲立克斯搬到卡德威爾時年紀太大了，無法交上多少朋友。若想交上好友，你得是土生土長的當地人才行。「真懷念以前的好時光呀，」康恩家的孩子說。為了禮貌，菲立克斯表示同意，「現在你住在這邊嗎？」「我馬子就住那裡。」他用下巴指向超市招牌。「菲立克斯，老大，現在你還真是當地人了呀。我記得你在那裡工作過。我看到你站在收銀檯後面時，我真是——」「對呀，嗯，我沒在那裡工作了。」菲立克斯睜大雙眼，瞪著對街空蕩蕩的籃框，從來沒人在那裡打過籃球，以後也不會有人去打。「我現在住在亨頓那裡，可不是嗎，」那孩子說，表情有點羞赧，彷彿自己的運氣好到連說出來都不好意思。「我很喜歡那裡，結婚了，對方是個好女孩，很傳統。有個孩子快出生了，依照真主阿拉的旨意。」他舉起戴著婚戒的手給菲立克斯看，婚戒閃閃發光。「人生很美好呀，老大，人生美好。」人們總想從小事中獲得勝利的卡德威爾。

感覺。「唉唷，菲立克斯，你要去狂歡節嗎？」「要呀，不過大概只有週一會去，我年紀大了呀，老兄。」「說不定我們能在那邊見面。」菲立克斯友善地微笑，用他的信封指向

沒有門鈴

他之前看過好幾次是寫**門鈴壞了**，也看過**請勿打擾**，但**沒有門鈴**代表了一種全新的放棄姿態。寫著這些字的便利貼已經有點剝落，菲立克斯重新黏好。他敲門，但好一陣子沒人回應：雷鬼音樂吵到可以把固定信箱的絞鍊震到鬆脫。他想辦法爬到窗戶旁，將嘴巴靠在只有四英寸的窗縫上。羅伊德的身影晃進他的視野，他光腳，裸露上身，正閒散地啃著一片吐司。他把髮絲綁成一顆髻，再把一根木湯匙插在髻上，像藝妓用筷子固定頭髮。

「羅伊德，我敲門敲了很久。讓我進去，你這傢伙。」

窗臺上有盆死掉的仙人掌。羅伊德從曾經潔白的鞋帶上解下一把鑰匙，往外交到兒子手上。

「這裡熱得像三溫暖！」菲立克斯脫下外套，丟在地上，再踢掉腳上的運動鞋。窄窄的走廊上擺了好幾臺生鏽的電暖爐，他記得遠遠繞開迎面而來的第一臺，畢竟就算只是不小心擦到也會燙傷。他的雙腳深深陷入地毯，那是條很厚的紫色人造毛皮，二十年來都鋪在這裡。

「聽著，我不會久留，十二點還得趕到市中心。我只是拿東西來給你看。」

菲立克斯擠進父親身後的狹小廚房。就連這個空間都堆滿了非洲面具、鼓，還有一堆有的沒的文化遺產。每次他來這裡造訪，東西都堆得更高。瓦斯爐圈上有個巨大的鍋子邊緣正沸騰著黃色泡沫。菲立克斯望著父親用一條布纏住手，再用手拎起鍋蓋。

「那本書來了——還記得嗎？葛蕾絲找到的那本書。」他把信封遞過去。「你該把堆在這裡的東西都拿去擺攤位，老大。天氣很好，很適合，你可以賣給參加狂歡節的人。」

羅伊德揮揮手表示沒興趣。「沒空處理這些無聊事。狂歡節的音樂不合我胃口了，現在聽起來都只是噪音。」

水槽裡的碗盤堆得好高，塞在角落的床單疊得像小山一樣，都還沒拿去洗。一顆光裸的燈泡從天花板垂掛而下。半截菸蒂在菸灰缸裡冒著煙。

「羅伊德，老大……該打掃一下了。你到底在忙什麼？希薇亞呢？」

「不在這。」

「『不在這』是什麼意思？」

「那女人不在這。那女人走了。她一週前離開了。但你這星期都沒打來，所以對你來說是新消息。她不會回來了。這代表我自由了，這代表大、解、放！」最後這句話是目前正在播放的歌詞，就是這麼剛好。羅伊德用醉醺醺的交換舞步朝菲立克斯跳過去。

「她欠我四十鎊。」菲立克斯說。

「看看這邊，都灰了！」羅伊德把雙手壓在髮際線的邊緣拉扯：一綹白色髮絲彈了出來。這兩個男人只差了十七歲。「都是那女人害我頭髮變灰。才三個月，她就把我變成一個老人了。」

把公寓保持乾淨。中午之前把大麻菸捲藏好。想辦法賺點錢免得來跟我討。菲立克斯望向自己的手指。

「就這樣了，小菲，就這樣了：你怎麼可能阻止想離開的人？怎麼可能？你是無法阻止她們的。聽我說：如果四個孩子都無法阻止一個成年女性離開，那你就更不可能阻止像希薇亞那樣一無所有的蠢女孩。她一個孩子都沒有。由於強調語氣的關係，最後他的嘴唇往後拉，有那麼一瞬間看起來像條狗。「所有人都必須走自己的路，菲立克斯！如果你真的愛一個人，就放對方自由！不過，永遠別跟西班牙女孩約會，我是認真的，這是個真誠的建議。她們一點也不理性！真的！她們的腦子結構根本不正常。」上方有些什麼潮溼的東西落到菲立克斯肩膀上。由於中央暖氣一直開著，室內又會烹煮食物，再加上缺乏通風設備，天花板上蔓延了大片大片如花的黴斑。時不時還會有小碎片飄落而下，彷彿花瓣。「聽著，我沒有你媽也過得很好，現在也沒問題。別有壓力，老大，我會沒事的。一直以來也都沒問題呀。」

「燈罩怎麼了？」

「我醒來時家裡就被搬空了。上帝為證，菲立克斯，我該報警才對。她現在八成已經跑回馬德里了。DVD播放器、浴室地墊、烤麵包機，只要沒有用螺絲固定的她都拿了，她還開走了小貨車。我沒有小貨車是要怎麼做生意？你倒是告訴我。」

「她還欠我四十鎊，」菲立克斯又說了一次，但其實毫無意義。羅伊德親暱地用雙手捧住兒子的臉頰，拍了拍。菲立克斯拿起裝書的信封。

「為什麼你家的好女人不能親自來確認你有把書送到？」羅伊德從兒子手中接過信封

時說，「我是想讓她覺得我很厲害，干你什麼事呀，老大！那才是重點，對吧？我之所以練習那麼多次，就是為了讓她敬佩我呀！她想認識一個真正來自嘉維之家的男人，但你只是在那裡出生，我才是在那裡生活過，老兄。沒啦，只是開你玩笑，讓我先撒泡尿。家裡應該有薑茶。」

坐在起居室裡的菲立克斯把信封用力扯爛：一團灰灰的塵絮因為他的動作從地毯飛揚起來。電視上方有許多生鏽的心形相框，他的手足從相框裡望著他笨拙地拆開信封。相框中的德文大概六歲，他站在雪中，就在嘉維之家，身邊還有雙胞胎露比和緹亞。那張照片拍攝的時間比較接近現在，她們坐在不同的水泥階梯上，位置在卡德威爾公宅區的某處。無論他往哪個方向扯，情況只是被他搞得更糟。他深吸一口氣，用力把亮面書底吹乾淨。二十九英鎊！一本書而已！他要花多久才能把這筆錢賺回來？永遠不可能吧。那是本精裝書，重得像地圖集。《嘉維之家：人物攝影肖像紀錄》。菲立克斯隨意翻開一頁，像在玩沒有子彈的俄羅斯輪盤，眼前出現一對新婚夫妻，害羞，很瘦，看起來是鄉下人，爆炸頭的邊緣凹凹凸凸，臉上還有青春痘疤，身上的婚禮禮服尺寸太大，一看就是別人的，但仍算是盛裝打扮了。這場婚禮沒有賓客，又或者賓客沒入鏡。他們獨自用半瓶馬丁尼紅香艾酒在慶祝。他往內咬住下唇，又把下唇彈出來。另一張相片中有四名長相俊俏的黑人姊妹戴著頭巾，正拿著一桶新鮮油漆把塗鴉粉刷掉。（顏色不確定，因為都是黑白照片。）照片背景有幾張壞掉的椅子、一張床墊，還有一位在抽大麻菸捲的男孩。菲立克斯聽見沖馬桶的聲音。羅伊德從廁所走出來，鼻子嗅個不停，精神亢奮得可疑。他從睡褲底下抽出一支剛捲好的大麻菸，點燃。「那就來吧，讓我們來瞧瞧。」

這本書中的影像記錄了倫敦歷史的一個精采時代。嘉維之家是被占據的空屋、是中途之家，也是一個社群，嘉維之家歡迎所有弱勢的年輕人，他們來自邊緣。

「別唸這些我早就知道的廢話。我不需要誰來該死地跟我說一些我已經知道的事。真正在現場的是誰呀？我還是他？」書頁自動翻回菲立克斯剛剛略過沒看的頁面。「這些女孩我全認識，老大。那是安尼塔、普里希，那是薇琪，我們都叫她薇琪女王；這女的我不認識——長得還真好看！後面那個小渾蛋是丹佐・貝克，流氓一個。他們我全認識！這裡寫什麼？我沒戴眼鏡。」

一九七七年五月。這些年輕女子把住處裝飾了又裝飾。有時男孩很晚回家，把整個地方砸爛，或許是出於無聊，又或是希望雷蒙兄弟會付錢給他們，好讓他們把這地方再重新修整好。

「是啦，這裡說的大致沒錯。雷蒙兄弟有伊斯靈頓市議會的補助，我們確實有時會去找他們麻煩，沒錯。男生總把一切搞砸，女生只好試圖收拾善後，哈！無法否認。但你母親除外，她也成天在鬧事。是因為熱浪我們才把門給拆了，實在太熱啦！我在哪裡？應該在這張照片裡。這是梅若琳！還有——那是雷蒙兄弟。這照片左右反了，但確實是他沒錯。」

菲立克斯仔細瞧。嘉維之家沿著水泥後院延伸開來。孩子們光腳，家長看起來跟孩子沒兩樣。到處都是爆炸頭、頭巾、玉米辮，和怪異而僵硬的假髮，有個拉斯塔法里教徒又高又瘦，看來崇尚精神生活，照片中的他正靠著一根粗壯的棍子休息。他無法確定他是真的對這些畫面有印象，還是照片本身為他重新創造出回憶，畢竟市議會重新安置庫博一家人時，他只有八歲。「小菲！你倒是看看啊，我們有多神清氣爽！看看那件襯衫！現在的孩子不像那時打理得那麼整潔。你的牛仔褲上有一堆怪異的裂口，鬆鬆垂垂的。我們當時多整潔呀！」菲立克斯無法否認：整潔是一種沒錢的時尚，因為什麼花招都使不出來。慈善二手店搜來的尼龍襪成為時髦穿搭。明明穿著扁塌的平價其樂牌男鞋，卻一副穿著高檔義大利皮鞋的態勢。三英尺高的「黑人力量」被噴漆在花園牆面。一直以來，他以為只是為了自我滿足而刻意誇大的想像，現在卻在黑白影像中獲得確認，感覺實在有點奇怪。「讓我幫你找張有清楚拍到雷蒙兄弟的照片。我之前跟你提過多少次了呀！他是一切的原點。」羅伊德胡亂翻著滑面書頁，每次都漏掉一大疊照片。他把大麻菸捲遞給菲立克斯，菲立克斯沉默地回絕。他已經戒菸九個月兩週又三天。「如果不是因為雷蒙兄弟，我到現在還睡在王十字車站。他是個好男人。他從來沒有——」「等等！」菲立克斯把手插進書頁中。

37頁。羅伊德平躺在一張髒汙床墊上讀《馬爾科姆．X的自傳》。他身穿很寬的喇叭褲，臉上戴著小眼鏡，上半身跟此刻一樣沒穿衣服，年紀看起來真的跟現在差不多。

他的頭髮不是綁成現在大家熟悉的髒辮，而是保養得很好的爆炸頭，整圈大概有四英寸厚。「瞧？你老是不相信我，我有在讀書。我一直都有在讀書。你們孩子就是要讀書才會長腦。他們都叫我『教授』，所有人都這樣叫。當初潔琪就是因此追著我不放，她想搞懂這裡。」羅伊德拍拍自己的太陽穴，還故意做出一個表情，暗示裡頭充滿各種強大、駭人的神祕力量，就連掌控這些力量的主人也感到畏懼。「她跟吸血鬼沒兩樣。她想把我的知識都吸走。」菲立克斯點點頭。他嘗試更認真地盯著照片看。他問了照片中另外三個男人的名字——他們圍坐在一張牌桌邊，一邊抽菸一邊玩二十一點。「其中兩個男生後來被謀殺了。那個小臉的，不記得名字了。至於這個人，安東．格林，當時真苦啊！你們這些人根本不可能懂。現在的人啊……比如那個蠢貨巴恩斯。他成天不知在講些什麼鬼。『人生好難！』他可是有三房公寓的人呀！不是嗎？從郵局退休後還拿了幾年退休金。我不需要聽那種蠢貨跟我聊任何有關人生的教訓。我自己就體驗過人生有多難。」羅伊德為了強調語氣用拳頭捶起牆壁，菲立克斯的思緒隨著話音的震顫及折射飄往隔壁，「巴恩斯叔不賴啊，老大。他人不錯，」他反射性地回應，為的是捍衛腦中的一連串回憶。他曾和菲爾的幾個女兒繞著垃圾桶玩鬧、認真看過菲爾的化石，還在菲爾家陽臺用棉花種辣芽菜。成長過程中，菲立克斯曾想像這個世界充滿像菲爾．巴恩斯這樣的男人，也以為這種人在英國就像野花一樣常見。

「他是個蠢貨。」羅伊德說，然後從沙發的兩個靠枕中找出眼鏡。

菲立克斯接手翻閱，很快找到了雷蒙兄弟的照片，這次可以清楚看到他的樣子，照片中的他正在幫忙蓋前牆。「你有看到霍洛威路，對吧？所以現在就業中心在哪？之前是在這邊。」結果雷蒙兄弟是個小個子，還留著托洛茨基風的整潔小鬍子。「你之前不是說他是牧師？」「他是呀！」菲立克斯用手指滑過圖說：「自詡為社工。」「聽著：雷蒙兄弟是位牧師，他有著牧師的精神。」菲立克斯打了個呵欠，他沒怎麼費事遮掩。羅伊德因為圖說的事不太開心。「是啦，對啦，好，那個人是安，所以又怎樣？安這女人姓什麼我不記得了，都是三十年前的事了耶，老大！所有人都跟安有過一腿，她就是很隨便呀！那又怎樣？誰有說你可以這樣亂拍照片？我們這裡又不是動物園！」菲立克斯可以看出他是因為大麻而情緒起伏，隔壁的廚房有只老式錫製水壺在爐子上發出汽笛音。「小菲，去幫我們泡點茶來。」

菲立克斯打開櫥櫃，看到側倒下來的蜂蜜罐，流出來的蜂蜜把茶葉盒黏在層板上了。他拿潮溼的茶巾來處理。羅伊德在薄牆的另一邊對他大吼。「那個矮小的古怪白人，我記得他！喀擦喀擦喀擦拍個不停，我們都覺得好煩。你知道嗎？他就是那種人，他想在我們的人生苦難裡插一腳，但其實干他屁事。住在我們隔壁那個蠢貨也一樣，他們的心態都差不多。我們只想靠自己的方式過下去。有時他能活著離開純粹是運氣好，你懂嗎？我們那邊的男孩子可沒在開玩笑，真的完全沒在跟你開玩笑。當時可沒人提到會出一本書，也沒提到錢的事。要是市議會知道，可能會關切，你懂嗎？如果你真的留下了影像，菲立克斯，你懂嗎？如果你真的留下了一個人的影像，對吧？會有版權問題吧！」羅伊德出現在廚房門口，眼球滿是血絲。「就某方面來說，影像就是他的靈魂。你要怎麼在英國法律的保障下販賣一個人的靈魂？不可能的。而且還是在市議會管轄下的公共建築裡拍攝？我不認為可以這樣。去圖書館吧，去讀讀那些法律書籍。我的錢呢？他在網路上賣我的影像？

我的影像？我不覺得可以這樣。我被英國法律保障的權利呢？在我的茶裡加點蜂蜜。」

菲立克斯站在門口，望著羅伊德慢慢在灰色的老舊絲絨沙發上坐好。他手上拿著書，在玻璃邊桌上放好一小堆燕麥餅乾，茶擺在餅乾旁，然後將大麻菸小心地以微微傾斜的角度平衡在桌緣，好讓菸灰可以散落在地毯上。他本來考慮要問父親上次跟德文講話是什麼時候，但後來還是選擇自保。「羅伊德，我得走了。」「你才剛到！」「我知道，但我得走了。有一堆鳥事得去跑腿。」菲立克斯輕拍門框，暗自希望自己輕拍的手勢看來愉悅又篤定。「為誰跑腿？」羅伊德看似隨興地問，眼神沒往上抬，「為你自己還是為她？」就是那種口氣，那種高亢的質問口氣——突然之間還帶有牙買加口音——像條從籃子中探出的蛇向他纏繞而來。他試著一笑置之。「哎呀，別又講這個，老大——」但羅伊德很懂如何見縫插針。「我有試過好好訓練你，對吧？你不是沒聽到我的話，菲立克斯，你是根本不想聽我的話。你是個大人了，但讓我問你一件事就好：為什麼你老追著那些女人跑？你以為她們有辦法拯救你的人生？說真的，為什麼？瞧瞧潔絲敏，你就是學不會教訓。男人是不可能滿足女人的，無論付出多少都一樣。女人是黑洞，我深入研究過很多文獻，菲立克斯，生物的、社會的、歷史的，各種專家的意見我都看過。女人就是黑洞，你老媽是黑洞，潔絲敏是黑洞，現在你交往的這個女人也是，而且她長得很好看，所以在你還來不及意識到之前，她就會把你一丁點也不剩地榨乾了。她們長得越美，就會把你害得越慘。」羅伊德心滿意足地喝了一大口茶。「你真愛說笑，」菲立克斯聲音微弱地說，最後總算勉強走出了房門。

他走到門廊，努力自己把雙腳塞回耐吉牌的鞋子裡，他聽見羅伊德正在用力翻頁。「菲立克斯，過來！」他走回去，發現父親把書脊反折，希望把書頁之間的凹槽壓平。「就在這個縫隙裡，這件印花洋裝。我記得那些花，那些花是紫色的。百分之一百二十確定。真的！你為什麼老是質疑我？你就是這點跟潔琪太像了。聽著，她懷女兒的時候，身體很腫，所以穿平底鞋，對吧？她老是這樣，除非不得已不然絕不穿平底鞋，對吧？有夠虛榮。」羅伊德伸手去拿大麻菸，他對自己推演出的邏輯感到滿意。菲立克斯坐在沙發扶手上，往下望著那疑似屬於自己母親的手肘和左腳。他體內負責運作「希望」的肌肉試圖使力，卻又因為過往的錯誤使用方式而虛弱無力。他靠著牆，羅伊德移過來，把那本書更靠近菲立克斯的臉。這裡跟溫室一樣，他實在待不住，所有牆壁像在流汗一樣結滿水珠！羅伊德再次大力拍打書頁，「那個、就是、潔琪，我百分之一百二十確定。」「我得走了。」菲立克斯說，他快速親吻羅伊德的臉頰，逃了出去。

相較之下，屋外空氣涼爽多了。他擦擦臉上的汗，像個正常人一樣把注意力放在呼吸上。就在他關上門時，隔壁公寓也有人關上門。是菲爾．巴恩斯嗎？他現在幾歲？六十？他正嘗試把放在前門外的沉重花盆抬起來，此時剛好看到一旁的菲立克斯，他把棒球帽往後推。

「你好呀，菲立克斯！」

「你好呀，巴恩斯先生。」

「以前還被我抱在膝蓋上的小鬼，現在竟然叫我巴恩斯先生了呀。」

「你好呀，巴恩斯叔。」

「這才像樣嘛。耶穌基督呀，這實在有夠重。別像個『死年輕人』一樣呆站在那邊看呀，菲立克斯，你這樣就像那種一事無成的**死年輕人**。幫幫我吧？好嗎？」菲利浦斯把花盆抬起來。「這樣才對！」菲立克斯望著菲爾．巴恩斯的眼神在門前通道來回梭巡，一副祕密探員的模樣，然後他把鑰匙丟到地上，踢進門縫。

「很難看吧？我呀，現在像個老太太一樣擔心財產會被人偷走，跟個**資產階級**沒兩樣。再不用過多久，我就會開始說『再小心也不為過！』之類的陳腔濫調。等我變成那樣，菲立克斯，拜託直接殺了我，好嗎？往我兩眼中間開一槍。」他笑著取下那支像約翰．藍儂戴的小圓眼鏡，用身上穿的T恤擦拭。他把探詢的眼光投向菲立克斯，突然間像隻小鼴鼠般脆弱。

「你現在是要去狂歡節嗎？菲立克斯。」

「會啊，大概會吧。或許明天。不過今天才星期六，不是嗎？」

「當然、當然，我的腦子不靈光了。你爸還好嗎？沒什麼看到他出門，最近也沒在附近碰到他。」

「羅伊德還好。羅伊德就是羅伊德嘛。」

菲立克斯有點感動，因為菲爾．巴恩斯是真的很友善，在面對菲立克斯時，他竟然還願意假裝和這位三十年的鄰居平日有來往。「這話說得漂亮，菲立克斯！所謂『話中有萬紫千紅』就是像你這樣，對吧？不過仔細想想，難道不該是相反的嗎？現在想想應該是：畫中有千言萬語？對吧？」

菲立克斯愉悅地聳聳肩。

「別管我，菲立克斯！我已經成為那種老態龍鍾的傢伙，聽我這種人講話一定無聊到會讓你打呵欠，還打到流眼淚。記得年輕時，我根本無法聽老人抱怨，覺得他們真是講個沒完。就讓年輕人用自己的方式做事吧！對他們有點信心！讓他們自己搞！我有點反建制啦，你懂嗎，我當時是個摩登派青年，可不是嗎！其實現在也是，我用我自己的方式堅持。但最近呀，」菲爾一隻手搭在陽臺欄杆上，「哎呀，他們就是覺得一切都沒希望，我說年輕人，菲立克斯，他們覺得沒希望。是我們把他們的資源耗光了，是吧？一丁點也不剩，嗯，是這樣沒錯！而且現在我又在對你說教了，對吧？快跑啊！快跑！我就像『銀髮海嘯』！你有讀那篇文章嗎？前幾週刊在《衛報》上。『銀髮海嘯』，指的顯然就是我這種人。那篇文章數落的就是我們這些出生於一九四九到一九某某年間的人，還說我們是自私的嬰兒潮世代。我們占用了所有資源，你懂我意思嗎？我跟愛咪說這件事，她說，『這樣呀，所以我們到底是坐擁了什麼金山銀山，可以天殺的證明我們占盡好處呀？』笑死我了。她對政治沒什麼想法，這個愛咪，你懂我意思，但她人很好，她真的很好，」菲爾看來很困擾，因為他本來只是在閒聊，現在卻離題太遠，甚至深入了某些事物的核心——這種事越來越常發生——此時他得想辦法回頭講些無關緊要的事。「你現在幾歲？菲立克斯。」

菲立克斯用一隻拳頭輕揍另一隻懸空靜待的手掌。「三十二歲。我也老了。日子不再有什麼樂趣了。」

「哎呀，日子本來就沒什麼樂趣，不是嗎？所以他們才成天抱怨個不停呀，我說那些老人。我現在稍微能理解了，我告訴你，老人就是這裡痛、那裡疼。幫我按一下那個鈕，好嗎？壞了？啊好吧，那我們走樓梯，對你身體比較好。那些電梯實在不像話。」菲立克斯把防火門推到最底、拉住，好讓巴恩斯叔進來。「話說回來，他們也沒別的事好做，是吧，我說現在這些孩子？想到這點就不爽。應該要有人好好談談這個問題。」

他們相偕走下狹窄的樓梯間，那是一個由透風花磚砌成的空間，巴恩斯叔走在前面，菲立克斯跟在後面。從背後望著他就像回到過去，他沒比之前胖，沒比之前瘦，穿衣風格也沒變，完全看不出二十年的光陰早已遠去。他細緻、漂亮的髮絲以泛銀的方式逐漸轉白，乍看只是多籠罩上一層金光，而且仍以年輕人的風格垂落到肩上；他的肩膀也仍厚實如熊，一如往常。他仍穿著習慣的黑色西裝背心，前釦解開，翻領上別著「核裁軍運動」的徽章，背心底下是一件過大的白色襯衫，下身穿著淺藍色水洗的彈性牛仔褲。他的長褲後方口袋塞著一雙軟質拖鞋，每次輪班工作結束後就會立刻換上。你會在鬧區街邊的玫瑰咖啡店內看見他穿著拖鞋吃午餐。菲立克斯本來覺得這種行為實在太怪，直到後來到了世紀之交，他也開始送郵件，而且才短短五個月，就發現這是他此生做過最累人的工作。

「他們總是說『死年輕人』，是吧？」菲爾再次停下腳步，擺出正在沉思的姿勢，此時他們樓梯才下了一半。菲立克斯靠在扶手上等，他其實聽過這類演說很多次。「那些富貴人家的男孩子才不會在公園遭人毆打，他們就只是些『男孩子』，但我們這邊的就是『死年輕人』，我們這些勞工階級的傢伙都是『死年輕人』，實在天殺的太糟了，不是嗎？他們會跑來這裡陰魂不散，菲立克斯——我一直想跟你爸談，但他就是懶得管，你也知道他這傢伙，滿腦子都在想女人的事——我說的是警察會跑來這裡陰魂不散，問一堆有關我們孩子的事：不是真有血緣關係的孩子，這些孩子顯然早就不知跑哪去了。他們想獲得社區內所有孩子的情報，你懂嗎？好讓公園附近的那些豪宅不會受到我們孩子的『危害』！太羞辱人了，真的，但你完全不在乎這些鳥事，是吧？菲立克斯？你們這世代都這樣吧？你們只想玩樂，但憑什麼不行呢？別去煩那些孩子了，我總是這麼說。我的看法就是這樣。我妻子總覺得我有太多看法，但反正你人都在這裡了嘛。現在的新世代，他們什麼都不想知道，真讓我心碎。他們只看那些實境節目、讀低俗小報，全都是些天殺的垃圾，他們也不跟人講話了，寧願買支新手機，現在這邊的人就是這樣。他們毫無組織，他們不關心政治。話說，我之前跟你媽聊得很不錯，我們的對話內容很有趣，品質很高。她有很多有趣的想法，嗯，當然，我後來意識到她的精神有問題，很嚴重的問題，但她擁有大多數人沒有的特質：好奇心。她或許不是每次都知道正確答案，但她有提問的欲望。我很重視這項特質。我們常稱彼此為『戰友同志』，你爸超受不了的！她是個有趣的女人——我說你媽，我跟她很能聊。菲立克斯，真的很難，就是，如果你對抽象概念有興趣，就是各種跟過去有關的想法及哲學思想，真的很難在附近找到能聊的對象，這就是悲劇所在，真的，我是說，如果你認真想想的話。當然我現在已經沒辦法在這裡找到人聊了，身為女人一定又更困難，嗯。她們可能會覺得無路可逃，因為父權體制。我真的覺得大家都該偶爾閒聊一下這類話題。是的，非常有趣的女人，你的母親，她很敏感。任何人要像她那樣都很難。」

「是唷。」菲立克斯說。

「你聽起來很懷疑，當然，我跟你媽不算很熟，我確定……我知道你爸談起她時不會有什麼好話。怎麼說呢，事情太複雜了，對吧？家務事就是這樣。你靠太近了，很難看清。我跟你打個比方吧，知道你爸偶爾會賣的那些點點畫嗎？一大片點點中藏了神祕圖案的那種？如果你站得太近，就看不見圖案了，但我站得比較遠，是吧？視角不同。我家老頭住進養老院時——那地方跟垃圾場沒兩樣，真的——我告訴你，那裡的護士跟我講了一些事，都是我之前完全不知道的，完全不知道，她們比我還了解他。就某些方面來說啦，不是全部。但是，你懂我想說什麼，總之。一切都要看前因後果來解讀，真的。」

現在他們已經走到公共區域的草地，天空中橘紅的巨大太陽高掛在他們頭頂上。

「你妹妹呢？她們還好嗎？到現在光靠外表還是很難分出誰是誰吧？我敢打賭。」

「那兩個女孩呀，老大，緹亞就是很『拖』，露比這人懶惰得『光溜溜』。」

「是你說的！不是我說的唷！到時候查對話紀錄就知道了！」菲爾咯咯笑著說，雙手彷彿自認無罪的人那樣舉高。「現在讓我確認一下：『拖』代表總是遲到，對吧？我想你上次有跟我說過。你瞧？我還沒變成那種身邊已經有蒼蠅在飛的臭老頭，新的諺語我都有跟上。還有『光溜溜』是『很多』、『非常』、『真的』的意思，是強調語氣用的，大致是這樣。我有跟上潮流唷。住在這裡也有幫助，你聽見孩子們在聊天，就可以停下來問他們。他們會瞪著我，好像我腦子有問題，你一定可以想像。」他嘆氣，然後又到了必須轉換話題的艱難時刻，這種困境總是非常類似。

「你們家最小的傢伙呢？德文？他還好嗎？」

菲立克斯透過點頭表達他對這個提問的敬意。菲爾是公宅區內唯一會問起他弟弟的人。

「他還行，老大。他過得還行。」

他們沉默走過草坪。

「如果不是因為這些樹，我告訴你，菲立克斯，我有時覺得我就離開這裡了，真的，我會跟其他那些老渾蛋一樣搬去伯恩茅斯。」他用指關節輕敲眼前的樹，還要菲立克斯停在樹下抬頭看：茂盛的樹冠環繞在樹幹周遭，他們就像站在迪士尼公主的圓裙底下。菲立克斯面對大自然時總是舌頭打結。他靜靜等著。

「一點綠意可以帶來很大的力量，菲立克斯。很大的力量。尤其在英國，就算是我們這些在倫敦出生長大的人也一樣，我們需要綠意，我們會往北去漢普斯特荒野閒晃，不是嗎？我們狂熱渴望自然。就算是這一帶的公園也很重要。一點綠意。隱匿在妙韻輕歌的／山毛櫸綠叢濃蔭密布之地……快說是哪一首詩！《夜鶯頌》！很有名的詩，作者是那個誰，濟慈，他是倫敦人，嗯。但你有必要知道嗎？誰又會教你呢？你有你們的音樂，是吧？你們的嘻哈樂？還有饒舌——嘻哈和饒舌到底差在哪裡？我老是不太確定。我得說我一點都不了解那些老穿得一身『金光閃閃』的產業，菲立克斯——在我看來根本是走回頭路，因為所有焦點都是『錢』。還是這是為了象徵其他什麼，反正我看不出來。總之，我有我自己喜歡的詩，至少還有詩，但我只能自己學！你要是小學畢後的 11+ 升學考試沒考好，那就完了，滾回去吃自己吧。以前就是這樣，你想受教育就得自己想辦法。我在成長過程中對這一切很氣，但在英國這地方，我們這種人的處境就是這樣。你們其實也一樣，只是名目不同。你也該生氣才對，菲立克斯，你該生氣！」

「我比較是過一天算一天。」菲立克斯用手肘輕輕頂了頂站在旁邊的菲爾．巴恩斯。「你是個正統的老左派，巴恩斯叔，正統的共產黨信徒。」

笑聲又響起，巴恩斯笑到彎腰，雙手撐在膝蓋上。等他重新站直身體，菲立克斯在他眼裡看到淚水。

「我是！你一定會想：他講這些到底是什麼意思，幹什麼講個不停？是在做宣傳工作吧？他到底什麼意思？」他垮下來的表情顯得感傷。「但我對人有信心，你懂我意思吧，菲立克斯。我對他們有信心。倒不是說這樣對我有什麼好處，但我有信心，真的有。」

「好的，巴恩斯叔，有什麼問題就去問上帝老大吧，」菲立克斯大力拍打了這位老友的背。

他們走出集合住宅區，爬上小丘，往街上走。「我要去北邊的倉庫，菲立克斯，下午有班，要分類揀信。你要去哪？往南邊的大路鬧區走？」

「不了，我遲到了——我要進城，最好是搭火車，或許先搭這班公車。」

那班公車就在他們面前打開車門，另一位住在卡德威爾的摩希爾太太正要下車，她拖著購物袋，背對車外，正從不是用來下車的門倒退下來，她駝著背，絲襪在細瘦脆弱的腳踝處皺成一團——巴恩斯衝上前去幫忙，菲立克斯覺得最好也去幫一下。她扶起來好輕薄，幾乎像是要飛走。女人衰老的方式跟男人不同。他十二歲時，摩希爾老纏著他父親到處跑，當時的她跟他父親在一起有點顯老：而現在她已經像他父親的母親了。他記得在那些日子的隔天早晨，他會瞥見有個人的身體裹著鼠灰色浴巾，底下那雙肌肉結實的粉色小腿沿走廊衝向家裡唯一的廁所。而現在廁所也不只一間了。「真勇敢，自己照顧那四個小小孩，她根本配不上你，你值得更好的人，所有人都為你感到可惜。」卡德威爾公宅區的淑女向他父親表達同情之意，可能是在公車站、在診所的候診區，又或者是在沃爾沃斯超市，那些同情的話語彷彿一首不管到哪間店面都能聽見的流行金曲。「你為孩子付出一切，甚至願意為他們而死，不管哪一點都比她好太多了。」這些淑女中有一位史帝爾太太，她是專門跟他父親一起吃晚餐的女伴。她每次見到他父親都會臉紅，而且總會特別多帶一些薯片。人們在事後留下的記憶往往很有趣，後來才想通的一切也是。

「葛蕾絲？姓什麼？」「就叫葛蕾絲，沒了。」「妳沒有姓嗎？」「沒打算告訴你。」就是在這個公車站，她用雙眼盯住自己的深藍色牛仔褲，反覆將褲腳打理平整，好讓翻口剛好位於黑色長靴上緣。一綹綹弧度漂亮的親吻鬈髮[9]固定在她的額頭上。他沒見過如此美麗的事物。「拜託，別這樣。聽我說：妳知道『菲立克斯』是什麼意思嗎？這個詞代表『幸福』。我會帶來幸福，可不是嗎？可以問妳一件事嗎？我坐在這裡會惹妳心煩嗎？葛蕾絲？我可以跟妳說話嗎？我們都在等同一班公車，不是嗎？倒不如就聊聊吧。但我坐在這裡會惹妳心煩嗎？」她終於抬眼望向他，那對眼睛戴了在鬧區買的淡棕色隱形眼鏡，看起來有種超自然的感覺。他立刻就知道了：我找到了我的幸福。在這個公車站等了一輩

9 垂在臉頰或前額的一綹鬈髮。

子公車後，我的幸福終於來了。她開口了！「菲立克斯——這是你的名字，對吧？你沒有惹我心煩，菲立克斯，你必須對我來說有一定程度的重要性，才有可能惹我心煩，你懂嗎？對啦，反正就這樣。」她的公車越過山丘開過來。那麼。好。「別這樣，等等，別這樣，聽我說：我不是想調戲妳，妳只是美得讓我太吃驚。我想認識妳，僅此而已。妳有一張……非常強烈的臉。」她抬起那道如同電影明星的眉毛。「是嗎？你有一張看起來就會在公車站調戲女孩子的臉。」

五歲的他在這個公車站無比純真，十四歲時醉醺醺，二十六歲時抽大麻抽得好嗨，二十九歲時因為可卡因和K而神志不清：「你不能睡在這裡，孩子，你可以自己走掉，不然我們得把你帶進站內，讓你睡到清醒為止。」只要你在同一個地方住得夠久，所有回憶都會重疊在一起。「謝謝你來送行，菲立克斯，我的愛。很高興見到你。隨時都能來敲我家的門唷。跟羅伊德說我愛他。我就在樓下，歡迎你隨時來。」菲立克斯的心思跳回公車上，他對菲爾．巴恩斯揮手，對方則用兩隻大拇指向他比讚。公車爬上山丘，他對摩希爾太太揮手，直到山丘吞沒她的身影。他一隻手緊貼玻璃。他想到七十歲的葛蕾絲。她的下背部有個刺青，是彼得潘故事中的奇妙仙子，屆時想必會皺縮，又或者被撐大。但葛蕾絲怎麼可能七十歲呢？瞧瞧她。（還有，小菲，記住：我原本根本不會出現在那裡的。我本來會在我阿姨位於溫布利的家，記得嗎？那天我本來要去她家顧孩子，但她因為腳骨折待在家。所以當時我想：乾脆搭公車進城吧，買點東西。菲立克斯，請別試著說服我那不是命運。我不在乎其他人怎麼說，顯然一切都是事出有因。別試著說服我宇宙不想要我出現在那裡，就在那一刻，宇宙就是這麼希望的！）

小心月臺間隙。菲立克斯走到倒數第二節車廂，像觀光客一樣望著地鐵路線圖，還花了點時間確認一輩子住在倫敦的人從不需要確認的細節：基爾本往貝克街方向（銀禧線）：貝克街往牛津圓環站（貝克盧線）。其他人都信任自己的記憶。基於類似的直覺，他將手插入口袋深處，緊握住一張寫了人名的紙條。一輛地鐵呼嘯而過，他因為搖晃而栽進本來就打算坐下的位子裡。過了一下子，兩輛車似乎一起平穩地往前行駛。此時他望向另一輛車的同樣位置，那裡有個嬌小的女人，他判斷是猶太人，但無法清楚說出明確原因：她有著深色皮膚，長相漂亮，此刻正兀自微笑，她身穿一件七〇年代風格的藍色洋裝——領子很寬大，洋裝上印著小小的白鳥圖案。她對著他的T恤皺起眉頭，努力想看懂這風格。他心裡有股衝動：他衝動地露出微笑！那是個拉得很開的微笑，特別凸顯出臉上的酒窩，嘴巴還因此露出三顆金牙。女孩的深色臉龐像只網袋般倏然收緊。她的列車往前開，之後他的也啟動了。

（西1區）

「你是菲立克斯嗎？嗨！太好了！你就是菲立克斯！」

他站在快時尚潮牌店外面。眼前這個高瘦的白人男孩額上垂掛著鬆軟的栗子色短瀏海，他身穿窄腿牛仔褲，臉上戴著四四方方的黑眼鏡。他似乎需要一點時間理清腦中思緒，菲立克斯也就等他，一邊還拿出菸草開始捲。終於那男孩開口，「我是湯姆．莫爾瑟，們要去前面街角而已——欸，要過幾條街。」然後發出一種彷彿想要掩飾驚訝情緒的笑聲。不知為何，菲立克斯的聲音總是很容易在電話中讓人誤會。

「我們走吧？我是說，你可以一邊捲菸一邊走嗎？」

「就算只剩一隻手也能跑，老兄。」

「哈，非常好。往這邊走。」

但他似乎不知如何穿越牛津街和攝政街口的人潮，幾次嘗試出發後，他甚至比原本的位置還後退了半英尺。菲立克斯舔了舔捲菸紙，望著那男孩被一個拉著十二英尺長橫幅的祕魯男孩擠開，橫幅上寫著：**廉價地毯大拍賣，往前一百碼**。這人不是倫敦人，至少不是土生土長的倫敦人，菲立克斯心想，這種事他很清楚，因為他之前只不過是去了趟威爾特郡，回來時就被倫敦嚇得目瞪口呆。菲立克斯走到他前方，帶領他走過一群印度女孩，她們綁著裝飾華麗的黑色馬尾，翻領上別著塞爾福里奇百貨公司的徽章。這個白人男孩和菲立克斯逆著人群走，兩人花了五分鐘才跨越馬路。菲立克斯判斷他應該是宿醉，因為他嘴脣乾裂，雙眼周遭隱隱浮現黑眼圈，對光線也很敏感。

菲立克斯試著向他搭話。「你有那輛很久了嗎？」

男孩似乎嚇了一跳。他用手抓抓瀏海。

「我有……？喔，我懂了。沒很久，我是說，那是我幾年前收到的禮物，二十一歲生日時父親給我的，那輛之前本來是他的……不是個很實用的禮物，但你是專家，當然，你不會碰到跟我一樣的問題。」

「技師。」

「對，我父親知道你工作的修車廠在哪。他蒐集這些車已經有三十年——甚至更久——所以知道所有專門修車廠。你的廠在基爾本，對吧？」

「嗯。」

「欸，不太算。」

「大概是往諾丁丘的方向？對嗎？」

「啊，好，菲立克斯？我們在這裡左轉。這裡實在太混亂了。」

他們鑽入一條鋪了卵石的小巷，在他們身後距離五十碼的牛津街上，人們緊貼彼此，彷彿狂歡節已然開始那樣擁擠，所有人也幾乎跟狂歡節一樣大聲喧鬧。但此處是一片徹底的靜謐，空蕩無人，只有光滑的黑色門板、黃銅門把和黃銅郵箱，街燈也像童話故事裡的模樣。有古舊的畫作裝在紋飾華麗的金色畫框中，擱在面對巷道的畫架上。**房地產詢價**。一頂頂淑女帽掛在木掛鉤上，上頭綴有羽毛，彷彿隨時準備起飛。**如需幫助請按鈴**。他們走過一間間店面，沒看到人影，不過在這排不長的建築物盡頭有扇外側裝了花格紋框的窗戶，玻璃上沾滿雨珠，透過這扇窗，菲立克斯瞥見一名客人坐在皮製厚圓墊上，他正在試穿店中的一件綠色夾克。那件夾克的布料光滑如蠟，有點像桌巾，襯裡是格子花紋布。眼神再往上移，窗玻璃變得清透，可以看見裡面有張粉色大臉，這張臉的頭頂有些髮絲白了，白髮大多聚集在耳朵附近。菲立克斯常見到這種人，尤其在城裡這一區，這一族類的人很多，但不太跟他人來往，他們永遠只跟同類待在一起。**馬與野兔**。

「那間酒吧不錯。」菲立克斯說。這事值得一提。

「我父親也賭上性命推薦這間。他在倫敦時，這裡幾乎是他的第二個家。」

「是嗎？我以前就在這附近工作，好久以前了。是電影相關的工作。」

「真的嗎？哪間公司？」

「到處都做。華都街那邊和其他地方都做過。」菲立克斯說完立刻後悔了。

「我有個表哥在索尼公司當科長，不知道你有沒有遇過他？他叫丹尼爾·帕莫，在蘇活廣場那裡？」

「欸，沒……我只是打工而已，真的，就是到處接工作，待過很多地方。」

「懂了，」湯姆看來滿意了，因為他解開了一個小小的謎團。「我對電影很有興趣，以前也沉迷過一陣子，嗯，就是沉迷於敘事的運作方式，比如怎麼透過影像去說故事……」

菲立克斯把連帽衫的帽子戴上。「你現在還在業界，是嗎？」

「不太算，我是說，不，目前不在，不。我是說，本來真的可以，但這是個很不穩定的產業，我說電影業。我大學時是個電影狂，很痴迷的那種。不，我現在算是從事創意產業，大概算媒體相關的創意產業。很難解釋。我的公司算是，為品牌整合提供各種點子？

好讓各品牌能更精準地打中他們產品的目標客群——最先進的品牌調控策略，基本上來說是這樣。」

菲立克斯停下腳步，男孩也被迫站定。菲立克斯眼神空洞地望向沒點燃的紙菸。

「就像是……廣告嗎？」

「基本上來說，沒錯，」湯姆似乎有點被惹惱。因為菲立克斯沒跟著他走，他只好又問，「需要火點菸嗎？」

「不用，我這邊應該有打火機。你剛剛說的就像是廣告行銷？」

「欸，不是，不太算——真的很難解釋。基本上來說，我們不再認為行銷是有用的方式了。我們做的比較像是，將奢華品牌融入日常生活的意識中。」

「那就是廣告。」菲立克斯總結。他從口袋抽出打火機，說話時臉上擺出無辜的表情。

「就在下個路口右轉，如果你……」

「我就跟著你，兄弟。」

他們穿越一座宏偉的廣場，接著又轉入一條後巷，這裡的房子就沒那麼宏偉了：屋牆正面是白色，每棟都有好幾層樓高。某處有教堂的鐘聲響起。菲立克斯把連帽衫的帽子往後拉下。

「我們到了，就在那裡。我是說，顯然這不是那種可以——等等，菲立克斯，可以等我一下嗎？我得接這通電話。」

男孩把手機貼到耳邊，他走到最近房子前方的黑白磁磚階梯上，坐在兩座柑橘樹盆栽的正中央。菲立克斯原地繞了半圈，走到馬路上，他蹲下。那輛車正對他微笑，但無論狀態如何，這款車子一定帶著微笑。那輛車有蛙眼頭燈，前方格柵像是露出牙齒的狂野微笑，但目前只有一隻眼睛正常。他撫摸車頭本該貼有標徽的所在，等時候到了，他會掛上一個銀色的八角標徽，上面會有兩個字母背對背舞動。不會是塑膠標徽，要是金屬的。他會把所有細節打點好。他站直身體，把一隻手伸進軟篷車頂的折縫中，用手指夾住那片布料搓揉：那是一片褪色的輕薄聚脂布料。塑膠窗總之已經沒了，生鏽的部分也不用碰，光看就知道鏽得多嚴重。左後方的狀況最糟，簡直已經鏽成世界地圖上的大片陸塊。引擎蓋也幾乎鏽掉整片，代表很可能有穿孔。不過，車身是正確的紅色，原版的紅。前輪的車輪拱罩狀態很好，車尾呈現應有的方形弧線，橡膠保險桿也很完美，在在顯示這輛車至少確實是賣方原本宣稱的正宗M－DGET車款。這輛車修起來不難，外部細節只需進行表面整頓，引擎蓋底下才是真正需要確認的部分。有趣的是，底下的狀態越糟，情況對他越有利。修車廠的貝瑞說：「如果那輛車能開，小子，你是絕對負擔不起的。」他會想辦法讓這輛車可以開，可能不是這個月或下個月，但終究會成功。他有點等不及地轉了一下車門手把，心中湧現一股衝動，他好想把早已破掉的塑膠窗板扯乾淨，再用紙板和紙膠帶貼起來。

「這不是誰感覺比較糟糕的問題，」男孩說。他用單腳把一顆小石頭在磁磚地上拖來拖去。菲立克斯斜倚著車子。「小蘇？小蘇？聽我說，我現在沒辦法跟妳談。當然不是！我的手機快沒電了。不要，現在別這樣。拜託冷靜。小蘇我現在正在忙一件事。小蘇？」那男孩將手機從耳邊拿到眼前，表情古怪地盯著一陣子，再將手機丟回外套口袋。菲立克斯吹了聲口哨。

「問題可大了呀。我懂你之前的意思了，兄弟。」

「抱歉——你說什麼？」

「車子呀。那輛車問題還真不少。」

「啊，沒錯，」湯姆．莫爾瑟說，雙手張開做出含括整輛車的手勢。「當然，這顯然是輛供人改裝的粗胚車，不是買了就能開走，所以價格才這麼低，不然至少也要好幾萬。這顯然是粗胚車，現在讓我打開車門，給你好好介紹一下吧。」

菲立克斯望著湯姆努力用鑰匙開鎖的樣子。

「可以讓我來，如果——」菲立克斯才剛開口，車門就彈開了。

「就是需要使勁扯一下。粗胚車嘛，正如我所說，但還救得起來。」結果能介紹的細節其實很有限。「離合器，」湯姆說，然後是「排檔」和「方向盤」，他用手勢隨意地掃過這些物件，接著兩人陰鬱地望著發霉捲曲的地毯和生鏽的座位地面，髒汙的內裝各處都有線頭和鐵絲彈出來。原本裝設音響的地方現在只剩一個洞。他喃喃自語地唸出出廠年份。

「我出生的那年。」菲立克斯說。

「那就是命運了。」

那男孩從口袋掏出一張紙，開始唸出上面羅列的資訊。「MG midget 車款，油箱容量一千五百毫升，勝利十四型引擎，行駛里程數十萬，手排，汽油車，雙門敞篷小客車，變速器需要——」

菲立克斯實在忍不住想逗他。「雙門？對吧？懂了。」

湯姆彷彿討饒般地臉紅起來。「是我父親列的清單，我實在不懂車。」

菲立克斯有點被他的單純觸動，他友善地拍拍他乾瘦又高聳的肩膀。「只是在鬧你而已。可以看看引擎蓋底下嗎？」他們把引擎蓋吱吱嘎嘎地打開了，裡頭淨是他所渴盼的一切壞消息。電池上布滿鏽斑，汽缸裂了，幾顆活塞直接穿過破掉的引擎。

「還有救嗎？」湯姆問。菲立克斯看來有點迷惑，湯姆又嘗試開口，「這車有救嗎？」

「看狀況。我們現在要談的大概是多少錢。」

湯姆再看了一下那張紙。

「我得到的指示是要在一千英鎊左右。」

菲立克斯笑了，他把手伸進引擎，用指甲刮了刮上面的鏽。

「老實跟你說，湯姆，我每天都會在修車廠看到這種車，而且狀態比你這輛更好，真的好多了，它們都只賣六百英鎊。但沒人會花六百英鎊買這輛車，除了修車技工之外，我向你保證。」

太陽現在直射向車子：引擎蓋因此大放光芒。多麼光彩奪目的一輛爛車呀！湯姆抬頭望向他，瞇著眼。

「幸好你是修車技工，不是嗎？」

他說這句話的方式有點好笑，兩個男人都笑了：菲立克斯用他那種大口抽氣的方式笑，湯姆則像孩子一樣用手遮著嘴笑。他放在口袋裡的手機又響起來。

「噢，老天，聽我說，這真的不干我的事，但如果我父親知道我沒賣超過七百英鎊，他會跟我沒完沒了。我本人真的只想回床上睡覺。不好意思等我一下——小蘇，我等一下就回電給你——」但他沒把手機從耳邊拿開，湯姆用脣形無聲向他道歉時，他已經聽見原本沒想聽見的對話了。在這條路的盡頭，有群人聚在酒吧外的餐桌邊，他們爆出一陣快樂的歡呼。湯姆抬高眉毛，一臉詢問地對菲立克斯做出「舉起酒杯」的手勢。菲立克斯點點頭。

「要喝什麼？」

「薑汁啤酒，謝謝。」

「薑汁啤酒跟？」

「不了，就這樣。」

「聽著，對我來說這是九牛一毛的小錢——至少你可以跟我同樂吧。」

「不了，我真的沒關係。薑汁啤酒就好。」

「我父親說，只要是有自尊的英國人，這時只會說兩句話：我在吃抗生素，或是，我有酗酒問題。」

「我有酗酒問題。」

菲立克斯原本盯著木頭桌面的眼神抬了起來，湯姆抹掉額頭上的汗，張開嘴巴但沒說話。菲立克斯花了一陣子欣賞他的模樣，看來湯姆只要一感到羞愧，就能立刻、徹底地透過肌膚傳遞出來，菲立克斯完全沒有這種能力。湯姆的手機又響了。

原本坐在長椅上的菲立克斯站起身。「別擔心，夥伴，你接電話吧。我去點酒，一杯啤酒，對吧？」

這是夏末的一個週六，屋外是燦爛的午餐時分，屋內卻像十月某個週二晚間的十點鐘。黑色天花板面有許多六角形雕刻圖樣，地毯是吸光的深綠色。家具看起來像由棺木的木料製成，既老舊又沉重。有個老男人坐在角落的投幣唱機旁，他穿著一件肩膀上有亮面強化布料的破爛驢夾克，蒼白的肌膚乾燥如紙，頭髮和指甲都是黃色。他正在捲紙菸——他本人看起來也像一根捲菸。吧檯前有位雙腿細長的老女孩棲息在高腳凳上，她不停反覆計算四疊二十便士的硬幣，此時她停下手上的動作，有點唐突地直盯著菲立克斯瞧，而他只是報以微笑。「你好呀，」他說，然後轉頭面向酒吧女侍。結果這個老女人突然用手掌側邊砍向那一座座硬幣塔。反應很快的菲立克斯救起其中一疊硬幣，沒讓它們飛出吧檯。他用眼角餘光注意到湯姆正往廁所走。酒吧女侍用脣形無聲說了「抱歉」，舉起一隻手指頂住太陽穴轉動，暗示那女人腦袋有問題。「沒關係的。」菲立克斯說。他兩手各拿起一杯冰涼的酒，再讓女侍把一包鹽醋味薯片放進他的齒間。他咬住。

「你幾歲？菲立克斯？」

「三十二。」

「但你看起來比我還年輕？」

菲立克斯把那包薯片沿接縫扯開，平鋪在桌面上。

「是嗎？你幾歲？」

「二十五，我已經天殺的開始掉頭髮了。」

菲立克斯用咬住吸管的嘴巴微笑。「我家老頭也這樣，都沒皺紋，這是遺傳。」

「啊，是基因遺傳啊，現在什麼都可以用基因來解釋。」湯姆用一隻手遮住眼睛，假裝被陽光照得不勝其擾。菲立克斯的眼神非常熾熱，無論你多想迴避，他都會緊盯著你的雙眼。而湯姆就連面對自己的密友都無法這般眼神交會，更別說是個正要向自己買車的全然陌生人。他從口袋取出一副太陽眼鏡，戴上。「你怎麼會從電影業轉行去當修車技師？如果不介意我問的話。」

「我做過各種工作，湯姆，」菲立克斯愉快地說，他舉起手，準備用手指計算自己做過幾份工作。「廚師，我一開始是當廚師。我有拿到外燴廚師的通用國家職業資格證書，可不是嗎，年輕的時候，我還挺努力在經營我的廚師之路呢。我曾在康登鎮一間小小的泰式餐廳當上廚師長，還不錯的地方，但後來沒幹了。之後我又做過一陣子室內裝修，還有保全，嗯，就是在酒吧當保全，還幹過零售業，就是開著卡車到處去送你會在M25公路周遭吃到的油炸馬鈴薯片，還替皇家郵政工作過，」菲立克斯用一種非常奇特的口音說話，你很難想像他到底是在模仿誰。「我以前還做過這些，」他指向自己身上的T恤。「然後很幸運地獲得一份差事。你知道科─特─特─斯羅嗎？」菲立克斯問得很慢，確保他有把兩個「特」分開講清楚。「那是間劇院，」他解釋，接著不再強調「特」，反而給劇院的名字加上一個原本沒有的「弗」，「距離這裡很近。我在前臺做了一年，當售票員，之後開始在後臺幫忙，負責在有需要時把道具搬上臺，諸如此類的──我也是因此才有機會進入電影業。就是走運啦，我這人總是運氣好。但接著我就開始沉迷於藥物，老實說，湯姆，我基本上是在過去幾年才勉強振作起來的，這樣。」

湯姆等了一陣子，以為可以聽見有關修車技工的事，但沒有。他感覺像是有人向自己丟了一堆形狀奇怪的東西，只好勉強抓住首先接住的那一個。

「你以前做過T恤？」

菲立克斯皺起眉頭。人們通常不會對這項有興趣。他站起來，把身上的T恤拉直，雖然印在上面的文字褪色了，但至少他想讓對方在沒有皺褶的情況下看清楚。

「抱歉，我看不懂——這是波蘭文嗎？」

「沒錯！上面寫：我愛波蘭女孩。」

「喔，你是波蘭人嗎？」湯姆一臉懷疑地問。

菲立克斯沒想到他會這樣問，他覺得太好笑了。他笑得整個人往後仰，口中還開心地重複他的提問，雙手用力拍打桌面，而湯姆則安靜地小口啜飲滿到杯緣的啤酒，彷彿降落在水漥旁的一隻小鳥。

「不，湯姆，不，不是波蘭人。我是土生土長的倫敦人。做這些T恤是很久以前的事了——就是嘗試創業啦，五年前了——哎呀，其實七年了，時光飛逝，可不是嗎！其實那是我家老頭的主意，我比較是……負責處理金流的人，」菲立克斯說最後這句話時有點尷尬，畢竟他還有一筆大約一千鎊的交易在殺價，此時用這種方式描述自己實在有點魯莽。「每件T恤上都印了不同語言，我愛西班牙女孩是西班牙文，我愛德國女孩是德文，我愛義大利女孩是義大利文，我愛巴西女孩是巴西文……」

「是葡萄牙文，」湯姆說，但菲立克斯還在繼續。

「我愛挪威女孩是挪威文，我愛瑞典女孩是瑞典文，我愛威爾斯女孩是威爾斯文——

這其實是在搞笑啦，你懂吧？好吧，是有點過份，但你知道我的意思。我愛俄國女孩是俄文，我愛中國女孩是中文。但其實有兩種中文——沒多少人知道這件事，是我的好夥伴艾倫告訴我的。你兩種中文都得用。我愛印度女孩用印地文，另外還有很多用不同阿拉伯方言寫的T恤，對了，我愛非洲女孩用的應該是約魯巴語。這些翻譯都是我們在網路上找的。」

「好。」湯姆說。

「我們做了三千件，帶到伊微沙島去賣，還真的去了。想像一下你走在伊微沙島的小鎮上，身上穿著用義大利文寫的我愛義大利女孩！一定會賣光光啊！」

他用羅伊德當初的熱情重現出羅伊德想到這點子的時刻，羅伊德就是這樣告訴他的，菲立克斯甚至因此幾乎忘了他們根本沒把T恤賣完。他不但賠掉本錢，還丟了那份好工作，因為在羅伊德的堅持下，他為了去伊微沙島而決定離開那間泰式餐廳。目前還有兩千五百件T恤塞在紙箱裡，堆在羅伊德表哥克里夫位於王十字車站高架鐵道下的倉庫中。

「湯姆，那你呢？」

「我怎麼了？」

菲立克斯拉開笑容。「別害羞啊，我該怎麼定位你呢？每個人都有喜歡的類型，我猜猜：你喜歡的應該是巴西女孩！」

湯姆有點被菲立克斯口中閃亮的假牙或填牙料給迷惑了，「真要說的話，應該是法國女孩吧。」但其實他也不知道真正的答案是什麼。他有點困擾。

「法國女孩，原來如此。我會在成交時多附上那件T恤。現在還剩下一些。」

「確定能否成交的不是我嗎？」

菲立克斯伸手越過桌面，輕拍湯姆的肩膀。

「這是當然，湯姆，這是當然。」

那句「沉迷於藥物」帶來的尷尬氣氛還在兩人之間揮之不去，湯姆決定先不理會。

「那你結婚了嗎？菲立克斯？」

「還沒，有這個計畫，你家夫人就是因此一直打電話給你嗎？」

「老天呀，不是，我們才交往九個月——我才二十五！」

「我在你這年紀都有兩個孩子了，」菲立克斯說，然後把手機螢幕快速在湯姆眼前晃了一下。「這是他們在假日時換上了最好的服裝。菲立克斯二世……他現在快滿十四歲，已經是個可以自立自強的男人了。還有惠特妮，她九歲。」

「他們很漂亮，」湯姆說，但他其實什麼都沒看清楚。「你一定很以他們為傲。」

「我很少見到他們，跟你老實說。他們跟媽媽住在一起。我們分開了。老實說，我跟他們的媽實在處不來。她就是那種……不唱反調會死的女人。」

湯姆笑了，然後意識到菲立克斯不是在搞笑。

「抱歉，我只是——欸，這說法真的太讚了，我覺得我遇上的正是這種：不唱反調會死的女人。」

「聽著，如果我跟潔絲敏說天空是藍色，她就會說是綠色，你懂我意思嗎？」菲立克斯開始摳薑汁啤酒瓶上的標籤。「她有一大堆精神問題。她成長過程中的監護人是政府，我媽也是——這種人問題都一樣。環境會對人造成影響，真的有影響。我從潔絲敏十六歲時就認識她了，她一直以來都是那副模樣：情緒低潮、好幾天不離開公寓、不打掃、住的地方跟豬窩沒兩樣，老是這樣。她之前過得很苦，總而言之。」

「嗯，一定很不容易。」湯姆鎮靜地說，接著又喝了一大口啤酒。

之後他們就沉默地坐著，兩人一起望著窗外的街道，彷彿只是恰巧坐在一起的兩個人。

「菲立克斯，可以麻煩你幫我捲根菸嗎？我真的很不擅長。」

菲立克斯點起自己那根菸，點點頭，安靜地開始捲另一根。他的手機在口袋裡震動。他讀了傳來的訊息，然後又把那支手持裝置晃到湯姆臉前。

「唉唷，湯姆，你是做廣告的，你會怎麼解讀這個？」

湯姆有遠視，為了讀清楚字只好把身體往後仰。「我們的紀錄顯示你仍未針對發生的意外請領補助。你或許有權獲得三千六百五十英鎊的賠償金。若要免費請領請回覆『請領』，若要跳出這則訊息請回覆『停止』。」

「詐騙，可不是嗎。」

「喔，應該就是，沒錯。」

「因為他們怎麼可能知道我發生意外呢？真邪惡。想像一下，要是你都老了或病了，還接到這種訊息……」

「對呀，」湯米說，但他其實沒有真的仔細聽懂他的話。「我想他們就是有建立那種……資料庫。」

「資料庫，」菲立克斯絕望地搖頭，「但你一回覆，你的帳單上就會被扣掉五英鎊。

現在的人就是這樣。所有人都在找自己。我家女人給了我這本書，《十個成為成功領導者的祕密》，你讀過嗎？」

「沒有。」

「你該讀讀。她說，『小菲，你知道誰也讀過這本書嗎？比爾・蓋茲、黑手黨、皇室家族、銀行家。嘻哈歌手吐派克也讀過，猶太人也讀。學學人家吧。』她是個聰明的傢伙。我平常根本不看書，但這本書讓我大開眼界。這根給你。」

湯姆接下紙菸，點燃，深吸一口，身體徹底放鬆下來，那是幾小時前才決定徹底戒菸的人才會有的表現。「聽著，菲立克斯，這問題會有點尷尬，」湯姆對著放在兩人中間那包「琥珀葉」菸草點點頭，壓低音量，「你該不會剛好有些效果更強的好貨吧？不是要買，就是想嘗一點。我發現這能讓我不那麼緊繃。」

菲立克斯嘆了口氣，背往長椅的椅背靠，口中開始喃喃自語。上帝請賜我寧靜，去接受我無法改變的事；請賜我勇氣，去改變我能改變的事；請賜我智慧，以分辨二者的不同。

「噢要命哪，」湯姆說。他把身體往右邊縮，接著不知為何又反轉身體往左倒過去。

「我不是故意要——」

「不是你的問題。我家女人覺得我的額頭根本像是刻了『請跟我要大麻』的刺青。大概就是長了那樣一張臉吧。」

湯姆舉杯將酒飲盡。他這樣說到底代表他是有大麻還是沒大麻？他透過啤酒杯底檢視著菲立克斯受到扭曲的人影。

「嗯，她聽起來是個聰明人。」湯姆最後終於開口。菲立克斯把捲好的菸再次遞給他。

「再來一根？」

「你提到的那女人是你女朋友？」

菲立克斯拉出一個大大的微笑：「噢，葛蕾絲，對，她是我女友。我這輩子從沒這麼幸福過，湯姆，老實跟你講。真是改變了我的人生呀，我告訴她，一天到晚告訴她：妳是我的救命恩人。她真的是。」

湯姆拿起正在響的手機，氣沖沖地瞪了一眼。

「但我好像是被一個『毀命仇人』纏住了。」

「沒人可以摧毀你的人生，只有你自己有能力。」

菲立克斯非常真誠，湯姆臉上卻浮現不屑的冷笑，菲立克斯因此覺得必須進一步證明自己的論點。「聽我說，這女人改變了我的未來，是徹頭徹尾的改變。她看見我的潛力，到頭來，只要你能成為最好的你，其他一切也會自然跟著好轉。我經歷過，湯姆，這話沒錯吧？所以我知道。個人即永恆。你好好想想。」

在現在這個時代，他的工作是多麼容易被人取代呀！這些激勵人心的口號如出一轍，彷彿要把人們的靈魂格式化。湯姆腦筋轉得很快，他不著痕跡地慶幸起來，自己畢竟是條件比他優越很多的人。他對菲立克斯深深點頭，姿態諷刺，彷彿日本武士。「真感謝你，菲立克斯，」他說，「我會記在心上。每個人都要成為最好的自己。個人即永恆。你似乎是個已經開悟的人。」他舉起空酒杯敲了敲菲立克斯的杯子，然而聽見這等諷刺，菲立克斯也不是無動於衷，所以沒有回應。

「所見非所是，」他低聲說，然後別開眼神。「聽著——」他從後方口袋抽出一只摺起來的信封。「我還有事要忙，所以……」

那男孩知道自己有點過份了。「當然，聽我說——我們的共識是多少？你必須開個價碼。」

「你必須給我一個合理的價格，夥伴。」

直到此刻湯姆才意識到，自己終究不討厭菲立克斯這種愛跟人裝熟的習慣。相反地，在他們這段交情即將到達尾聲的此刻，光是聽到他稱自己「夥伴」，就讓他感覺像在這個世間憂傷地落敗了。為何我總要在事情快要結束時才有辦法享受其中的美好？湯姆問自己，儘管印象模糊，他仍嘗試想起某本法國作品曾為他帶來啟發的一句話，那句話完全說明了他此時的狀態，而且還能幫忙提供所需的解答。《憨第德》？普魯斯特？為何他沒有繼續學法文？他用法文想起他的「父親莫爾瑟」，今早他在電話中說：「問題是你一天到晚虎頭蛇尾，湯姆，這一直是你的毛病。」蘇菲強調的也是同一件事。某些日子就像小說，同樣的主題反覆出現，說不定他頭上的雲會在下一刻裂開，一隻從裂縫中探出的巨手會伴隨響雷指向他，然後作者的聲音響起：湯姆．莫爾瑟，史詩級的失敗。但再清楚不過的是——今早才有人向他說明！——就連這想法也不過是另一種困境。「湯姆，親愛的，認為全世界都在找你麻煩實在太自戀了。」聽著母親在電話另一頭的聲音，他驚訝地發現她的聲音如此平靜、慈愛，也發現她對自己針對兒子性格做出的診斷有多滿意。感謝老天！他母親從不認真看待他，每次只要他試圖搞笑，她都會笑，就算根本搞不懂笑點也一樣，而她可說幾乎從沒搞懂過。他們都是鄉下人，他的父母，兩人年紀都能當他祖父母了，因為這是他們的第二段婚姻。他們無法理解他的日常生活。他們不寄電郵，在他上大學前從未聽過薩塞克斯大學，也沒有體驗過什麼叫「樓下鄰居」或「夜間公車」，又或者所謂「不支薪實習」這種殘酷現實（「直接大膽丟出幾個點子吧，湯姆，讓他們知道你的價值。最少最少也會有查理認真聽。我們都已經一起工作七年了呀看在耶穌基督的份上！」），又或者是你會把衣服——或很多其他物品——寄放在門口的那種夜店。他們不是過著上班與下班分開的生活，至少在他看來沒有。他們在晚餐時喝酒，但絕不過量。有些時候，他父親會覺得湯姆這人令人惱火又莫名其妙，但他母親不會那麼嚴厲，至少她願意去接受一種可能性：他真的深受某種二十一世紀的知識分子倦怠所困擾，導致無法好好利用他與生俱來的優越條件。不過這種寬厚仍有極限。畢竟任何人都不該透過任何形式把布里斯頓牌重機當成定居的地方。「但是湯姆呀，要是真的撐不下去，貝爾斯菲爾德街二十號至少在七月底前都空著。我不懂你對梅費爾區有什麼不滿。在那裡你有地方能停車，也不用怕車在有人暴動時燒成空殼。」「那是二十年前的事了！」「湯姆，你可以從伊索寓言中學到教訓：豹，斑點。」「那不是寓言！」「說真的，我不知道你為什麼不一開始就搬進去。」因為有些時候，人就是會幻想自己能憑一己之力打造出自己的人生，但這話他沒說出口，他只是說：「母親，妳的智慧已超越一切已知的知識。」「別胡鬧，也別把事情弄得一團糟！」但他已經弄得一團糟了，他跟現在這個女友的一切全是一團糟。

「一個合理的價格，」湯姆重複菲立克斯的話，手往額頭邊緣摸了摸，彷彿腦中的亂七八糟思緒純粹是神經突觸遭到意外啟動，而且只要靠著輕拍太陽穴就能安撫。

「因為你剛剛提出的價格實在太可愛了，」菲立克斯說。他開始打包菸草、捲菸紙和手機，在湯姆看來，那姿態完美傳達了他的失望，而且他不只是對這次的交易失望，還對湯姆本人失望。

「但你不可能真的要求我用低於六百鎊的價格賣給你！」

這話才講一半，湯姆就意識到自己出現既陌生又不恰當的懇求語氣。

「四百鎊還差不多，兄弟。我會找朋友來拖車，這已經很大方了！這輛廢鐵你不可能賣到那麼貴，你可能還得花一大把錢才能找人來拖走。」

這話說得大膽，湯姆聽了微笑起來。「認真？別這樣，我們別開玩笑。」

菲立克斯仍擺著那副撲克臉。湯姆卻還在微笑，他用手撐住下巴，用一種卡通人物「正在思考」的樣子思考著。

「五百？這樣我們就都能回家了。我真的不能再降價，這可是一輛MG呀！」

「四百五。不可能出更高了。」

湯姆的手機再次響起，他臉上的表情猶疑不定，他讓菲立克斯回想起那些在日場戲劇結束後，因為還必須在晚間的演出上場，只能在後臺徘徊等待的演員。他們沒有完全入戲，但也還沒徹底脫離角色。

「毀命仇人來電了。你不好對付，菲立克斯，我看得出來，什麼都逃不出你的法眼。」

菲立克斯掏出一堆皺巴巴的紙鈔，緩慢計算後，整齊堆成一疊。

所以修車廠借了你一輛MG。

不是，髒辮仔，是我買的。

是嗎？你一定賺不少。

沒賺很多，就是一直在存錢。我打算自己改裝，就當作給葛蕾絲的禮物給自己改裝用的玩具。那是輛粗胚車。

但你知道你為什麼買那輛車嗎？你知道嗎？你不知道，對吧？你想知道嗎？我打算傳授一些智慧給你，兄弟，準備好囉。你以為你知道為什麼，但你不知道……

菲立克斯可以在腦中清楚聽見自己跟父親的對話，內容跟之前的每次一樣真實，兩者彷彿存在於實相的同一個層面。或許這現象就像大老遠看到軌道遠方有火車開來。修車廠的兄弟晚點會去拖車，然後停放到卡德威爾的居民停車場，為此他們得跟他父親索取停車證。再過沒多久，他父親就會打電話給他，一思及此，他原本因為談成交易而湧現的勝利情緒立刻變得黯淡無光。他越是沿攝政街走，感覺就越糟。

菲立克斯，聽我說：你不能靠錢留住女人。你不能靠錢獲得她的愛。她一定會丟下你，愛情無論如何都會丟下你，所以還不如省下這些買車買珠寶的麻煩。我認真的。

菲立克斯走過那座象徵愛情的小鬼雕像，他的一條腿蹺在空中，手上的弓箭已準備好要射出。誰會為他開心呢？他用大拇指在手機螢幕上下滑動，前後檢視手足的姓名和電話號碼，但聯絡每個人都代表必須面對一些令人頭痛的問題，最後他只好把手機放回口袋。緹亞總被孩子纏著，就算面對的是她根本不在乎的事物，例如車子，她的寂寞和無聊也很容易轉為忌妒。露比只會想知道這輛車能為她帶來什麼好處——她何時可以借來開？又可以開去哪些地方？露比住在雙胞胎姊妹家多出來的房間，一無所有，無依無靠，極度自憐自艾。她總期待他人的救助，但又什麼都希望用最好的。你為什麼要買這樣一輛廢鐵？蠢貨。這對雙胞胎極度厭惡二手貨，葛蕾絲也是。所以他會先把這輛車改裝得像是剛從生產線上組裝好，在此之前他什麼都不會告訴她。德文是唯一可能感興趣的人，但你不能打電話找他，你必須等他打來。

菲立克斯的口袋傳來管絃樂的數位樂音，那是他小時候在「刮鬍後香水」廣告中聽過的旋律。他開心接通電話，但他的愛人聽來情緒緊繃，連招呼也沒打。「你去找瑞奇了嗎？」「沒，抱歉，剛忘了。我會打給他。」「你要怎麼打給他？我都沒有他的號碼——你有嗎？」「我回去的路上會去一趟。」「樓下打電話來了，漏水都滲過樓板了。」「我會去找他，妳放鬆。」「你在哪？」「在我爸家。」「你給他看了嗎？他說什麼？跟他說我從網路上再多訂幾本也沒問題。哎呀讓我跟他講。」「好啦，老大，他在看了，看得很投入，還說了很多以前的故事。妳知道他就是那樣，又在回憶的小巷中迷失啦，可不是嗎？聽我說，我得掛電話了。」「把電話拿給羅伊德——」有輛救護車駛過菲立克斯身邊。「我在陽臺上，他在廁所。聽著，我等一下再打給妳，得掛電話了。」「你得掛電話！我還得工作咧！」「正是如此！」之後有段時間，氣氛不再那麼緊繃，他們開始用娃娃音講話，但又有那麼一下子，她的態度變得犀利明確。葛蕾絲很喜歡強調自己有多「下流」，但其實床上的她非常溫馴，幾乎可說矜持，而在他們交往的六個月以來，菲立克斯始終很難相信這個講電話的女孩跟躺在他懷裡的女孩是同一個人。想到她此刻其實距離自己才幾條街，感覺好奇怪。他隱約能聽見她的經理在說兩點有十二個人訂位的事。她又沒說再見就掛電話了，就像纏在你肩膀上的鬼瞬間消失，簡直是一場日常的奇蹟。他還記得需要用手撥動電話轉盤的時代，有時電話線的訊號會不小心重疊，因此出現四個鬼同時講話。而現在菲立克斯二世和他的外甥女都用視訊聊天了。只要等得夠久，所有電影情節都會成真，而且所有人都不會大驚小怪。身為一個愛看漫畫及科幻作品的閱聽者，菲立克斯覺得一切顯而易見：未來一定很適合他。好萊塢幻想未來場景的能力根本比不上菲立克斯，他甚至不用去看電影，只要像現在這樣走在街上，他就能看到一整片該死的奇觀在腦中展演出來。菲立克斯．庫博編劇，菲立克斯．庫博執導，菲立克斯．庫博主演。

克林安菲立克斯，我親愛的，你要怎麼回家？

粒子傳遞。等等見，我親愛的葛蕾絲克林安，只需要等一奈米秒。

類似的這種鬼東西總能源源不絕在他腦中湧現。有時他把想出來的整部電影講給葛蕾絲聽，她聽得入迷，但不只是因為她愛他，也因為比起人們花大錢去看的電影菲立克斯腦中的電影顯然精采多了。此時菲立克斯撞上一位真實生活中的年輕人，他正要離開一間牆面都是落地玻璃的遊戲中心，從雙開門倒退走出的他同時間還在和朋友揮手道別，那些朋友同時間還在用力操弄著遊戲搖桿。菲立克斯輕扶住他的手肘，那位陌生人同樣好意地伸手扶住菲立克斯的腰背處。兩人輕笑，彼此道歉，稱呼對方一聲「老大」後又快速分開。這位陌生人往回朝邱比特雕像走，菲立克斯則繼續走向蘇活區。

走到她家的街道上時，他掏出手機，打下：**在妳街上，有空？**她回訊：**門開著。**

他已經有三個月沒踏上這條街。他的手機再次震動：**等五分鐘，拜託。不如幫我買包菸？**

後面補充的這段話令他著惱，他感覺又落入了本來想逃脫的處境。他走到街角那間密閉不通風的小店，在燥熱的氣溫中排了十分鐘的隊，努力想把即將發表的簡短演說修飾得更好，他以為自己早已經想好要說的話，但現在腦中幾乎一片空白。為什麼他非有必要來這裡說些什麼呢？她已經不重要了。她對他已經沒有意義的消息應該早就傳到蘇活區，她只要走出前門就能嗅到氣息吧？「不收這個，」櫃檯的女人說，她把五十便士退回來，他身後的某人嘆了口氣。他立刻快速閃到一邊，身為一個倫敦人，讓另一個倫敦人困擾總讓他羞愧，就算只有一下子也不行。那包菸已經在他口袋裡，他的手中拿著找回的零錢，但關於交易過程他一點也沒有記憶。他渾身大汗，像頭蠢豬。

走到店外後，他努力讓自己冷靜下來，希望融入街上活力充沛的氛圍。太陽像興奮劑，讓過度亢奮的白日終究崩解為黑夜。年輕的小夥子脫掉衣服，袒胸露背，彷彿已經進入夜店。穿著夾腳拖和工裝短褲的白人小鬼直接就著瓶子喝進口啤酒。一小群人聚在「G.A.Y.」酒吧的門前輕巧舞動，身體還因為前夜的狂歡無法停止律動。菲立克斯悶聲竊笑，靠在一根燈柱上，手上開始捲菸。他感覺有人正在看他，有人正將一切記錄下來：（「菲立克斯這傢伙還算可靠，心地不錯，而且喜歡觀察世界。」）但等這場幻想結束後，他就沒事可幹了。一輛貼了深色玻璃隔熱紙的車緩慢開過，窗戶上反射出一個孩子受驚嚇的臉龐，他花了一陣子才意識到那是自己。他抬頭望向她家大門，門開著，那些女孩其中兩位站在門口，她們正和隔壁車道的索馬利亞司機友善地聊天。菲立克斯挺直背脊，走路時刻意表現得輕鬆寫意。（「有時你也只能盡力而為啦！」）但無論你對她們露出什麼樣的微笑，她們都不會輕易放過你。明明距離還有二十碼，香提爾就開始對他投以刀劍般的犀利眼神，等他走到她身旁時，她覺得剛剛那樣就算是打過招呼了。她用兩隻手指掐住他連帽衫的薄薄布料，仔細看了一下材質，然後鬆手丟開，像丟掉從地上撿起來的髒東西。

「你渾身散發夏日氣息呢。我的耶穌基督呀。真是位陽光先生。」

「但我不覺得天氣很熱啊，我很瘦，還得多穿幾件呢。」

「好久不見呀。」一臉刻薄的白人女孩說，她的名字是櫻桃。

「之前很忙。」

「如果換作是我，才不會把時間浪費在樓上那個『女王陛下』身上，樓下這邊比較好唷。」

「好唷好唷，」菲立克斯說話時露出他的金牙，但他其實一直無法百分之百確定：樓上跟樓下確實是兩個不同的世界嗎？樓上的女王陛下發誓真的不一樣。他們以前會為此爭吵，但現在也沒差了。

「我可以上去了嗎？」

他們都是成年人了，但不讓路給他已成為她們百玩不膩的遊戲，所以他得從兩人中間硬擠過去。菲立克斯用瘦巴巴的肩膀擠開她們。

「簡直跟雞骨頭一樣！」

「瘦到只剩肋骨了嘛！」

櫻桃還輕掐了一下他的背。就算已經爬上三樓，他還能聽見她們在底下咯咯笑鬧。他轉過最後一道欄杆，古典小提琴的樂音正澎湃，你可以聽見浴室裡有水從水龍頭嘩啦啦地猛力流瀉而下。他走到門口，周身被蒸氣環繞。

「菲立克斯，親愛的，是你嗎？門開著！卡瑞寧在外面嗎？把那個小渾蛋給我抱進來。」

卡瑞寧正趴在一張地墊上。菲立克斯隨意把牠抓入懷中，這隻貓厚實龐大的身體扭來扭去，你根本無法同時固定住牠的背、肚子和脖子，牠的身體總有一部分會從縫隙中掉出來。他在牠耳邊悄聲說：「你好，小卡。」然後走進浴室。就跟往日時光一樣，他的懷裡又躺著這隻肥貓，周遭牆面也仍貼滿泛黃的演出海報和照片，屋內還有一箱箱樂譜，不過用來彈奏樂譜的鋼琴早在菲立克斯出現之前就當掉了。空間內滿是過時的一切。他再熟悉不過了；這永遠髒汙不變的一切，這停滯於過往時空的姿態。她說這些是古董，但其實只是描述自己沒有錢買新東西的說法。五年了！他把貓放在躺椅上。彈簧都鬆了，貓踩到的地方立刻凹陷下去。他到底為何會與這地方產生關係？如果能取消他們之間的關係，一切就能恢復成原本自然、健康的狀態了。

「安妮？妳要出來了嗎？」

「還在泡澡！太享受了。進來吧！」

「不了，妳忙吧，我等。」

「什麼？」

「**我等**。」

「別搞笑了，拿菸灰缸進來。」

菲立克斯環顧四周。窗框上釘著掛衣鉤，一套沒有肉身支撐的衣物掛在上面，滿滿的陽光灑落其上：紫色牛仔褲、樣式複雜的背心前方別了根安全別針、某種方格花呢斗篷，底下還有一雙鞋根大概有四、五英寸高的黃色皮靴。這套衣物沒有機會被任何其他人看見，唯一的例外是從酒類專賣店替她送「日常用品」來的男孩。「沒看到什麼菸灰缸。」

在眾多種類的信封及報紙上方，抽過的菸及菸灰堆成一座小山，任何人想搬移或尋找物件都很困難。看來她似乎有試圖進行重整、分類的工作。一疊疊紙張坐落在地板各處，情況看起來比他父親還糟，但現在他已經能理解其中存在著類似精神：他們都是用極小的空間收納了自己宏偉的人生。他從未像今天這樣連續造訪兩個類似的所在，這兩處瀰漫著完全一樣的窒息感及不耐，也都讓他迫不及待想逃跑。

「老天呀，就在巴甫洛娃旁邊，那位長得像『有張長臉的俄國鳥』的女詩人，就在那張照片下面。」

他不用再假裝對自己毫無興趣的事物感興趣了：芭蕾舞者、小說，還有她漫長又磨人的家族史。他跨過一張玻璃咖啡桌，牆面上有八張巴甫洛娃的照片排成鑽石的形狀，跟底下堆成金字塔的紙菸遙相呼應。矗立著那座金字塔的小邊桌上沒有其他任何裝飾。

「如果菸灰缸滿了，就用掛在門把上的塑膠袋，」安妮大喊。「把菸蒂倒進去。」

他照著她的話做，然後走進浴室，他把剛買的菸放進菸灰缸，菸灰缸則放在浴缸邊緣。

「妳幹麼戴那個？」

她用指尖撫摸那支珍珠母鏡框的復古太陽眼鏡。「這是一間亮得嚇人的浴室，菲立克斯，亮得我眼睛都要瞎了。可以幫我嗎？我現在沒有手。」

有顆像是早餐麥片的東西沾在她下唇，那兩片唇被塗上了腥紅唇彩。菲立克斯把一根菸放進她的唇間，點燃。即便才幾個月沒見，她眼睛底下的皺紋似乎就已經變長、變深，甚至擴張到太陽眼鏡外。她在臉上塗撒的粉末毫不服貼，只讓膚況顯得更糟。他退到馬桶邊，坐下，這才是兩人間正確的距離。她調整了一下自己的裝扮。她把一頭厚重棕髮抓鬆，任由潮溼的髮絲一綹綹垂下，環繞住化過妝的臉。她那副窄窄的肩膀從泡泡中浮出。他熟知她身上所有的青色血管和棕色的痣。她對他笑，就是這樣的笑開啟了兩人的關係，當時她端著一盤茶水到頂樓招待拍片團隊，頭髮紮在頭巾中，就像那種戰時的女性。他看著她把薄薄的嘴唇往後拉，露出一排一英寸寬的閃亮牙齦。

「妳最近過得如何，安妮？」

「你說什麼？」她把手扶在耳後，故意裝出聽不見的樣子。

「妳最近過得如何？」

「我最近過得如何？這算問題嗎？」她往後倒回泡泡中。「我最近過得如何？我最近過得如何？嗯我最近過得該死的淒涼，真的淒涼。」她抖落了一些菸灰，但沒抖進菸灰缸，反而灑到泡泡水中。「不完全是因為你消失了，別太抬舉你自己。西敏市議會的某人擅自決定重新審查我的產權主張，只因為有個傢伙，某個市民，他擅自決定跑去通報議會，結果害我的錢都被凍結。我現在只能悲慘地吃烤沙丁魚。很多其他生活必需品也被迫縮減……」她擺出一張孩子在鬧脾氣的臉。「你猜是誰搞的？」

「巴瑞特，」菲立克斯陰沉地說。他真希望她不是沉浸在此刻這種情緒中。他小心翼翼地四下掃視，很快找到他的目標：捲成細管狀的二十英鎊鈔票跟化妝鏡，這兩個東西正從老派浴缸腳的後方探出頭來。

「他想讓我破產，我猜。然後他們就能──」

「──換個俄國房客然後每週收他一千塊房租。」菲立克斯低聲講出跟安妮一模一樣的話。

「我的話題就是這麼重覆，還真抱歉。」

她站起身。如果這是場挑戰賽，那他也不會退讓。他望著肥皂泡沫從她身體滑下。她有舞者的體格，背後該有的曲線都有，但現在呈現在他眼前的肉體只剩蒼白的務實功能：兩顆乳房像兩團肌肉般高掛在身上，身體則像一座透過滑輪和槓桿嚴謹組裝起來的火車車廂。一切設計只為了迎接一次從未真正兌現的人生。

「可以幫這女孩拿一下浴巾嗎？」

一條骯髒的破布掛在門框上。他嘗試繞過她的身體，希望能不帶一絲邪念地將浴巾披掛在她肩膀上，但她立刻將身體沉沉地靠向他，把他的衣服都弄溼。

「嗚哇，好冷又好舒服。」

「幹他老天的！」

她在他耳邊低語。「好消息是，如果他們宣布我得搬出去，那我乾脆真的展開戶外生活好了。我們也可以公開在陽光下囉。」

菲立克斯往後退一步，雙手雙膝跪地，伸出一隻手臂往浴缸底下撈。

「根據那些人的說法，我都有在出門唷。我每天晚上都在『天堂』夜店跟男同志一起熱舞呢，連我自己都不知道。原來我睡著時過著另一種人生啊。說不定這可以是展開新人生的契機！老天呀，你到底在下面做什麼？噢，菲立克斯，別這麼老古板，別動那些……」

菲立克斯重新站起來，手上拿著一把童話故事風的鏡子，鏡子的把手是銀色，有四條粗厚的粉末痕跡橫越過鏡面，另外還有根細吸管跨越那些粉線擺在上頭，彷彿某種家紋徽章的構圖。安妮手掌朝上向他伸出手，她手腕上的血管看起來更粗、更藍了。

「現在甚至還不到午餐時間。」

「剛好相反，那就是午餐。如果不會太介意的話，可以麻煩你放回剛剛找到的地方嗎？」

他們站在馬桶兩側，這是一種不言而喻的表態，也算傳達出他原本想說的話。

「放、回、去、拜、託。」微笑的安妮露出一口彷彿廣告女郎的牙齒。有人在敲門。

菲立克斯瞥見她的眼皮難以控制地抖動了一下，她想強裝輕快，但又感受到現實的沉重。

他把東西放回去。「來了！」

她從門板掛鉤上抓了件日式絲質衣袍，快速套上，把一側的前擺塞進另一側，好掩藏住衣袍上那條大裂縫。衣袍的背後有群燕子從她的頸項處沿脊椎一路往下，彷彿正朝地面翻飛。她跑了出去，把菲立克斯關在浴室裡。出於習慣，他打開洗手臺上的鏡面櫥櫃門，推開第一排藥妝品：旁氏乳霜、伊麗莎白雅頓的保養品，還有一罐不知放了多久的香奈兒五號香水空瓶——然後伸手去拿擺在後面的藥罐。他拿起一罐*poxywhadyacallitrendridine*，那是個紅蓋子藥罐，這藥如果混酒服用會讓腦子嗡嗡作響，整個人既狂躁又暈眩，很像添加快樂丸效果的K他命。若是混伏特加吃效果更好。他把藥罐拿在手上，又放回原處。他聽見她在隔壁的聲音，她的口氣突然顯得嚴謹。「這樣呀，不……我完全不能理解……」

出於無聊，菲立克斯漫步走過去，他坐上一張很不舒服的高背木椅，這張椅子曾為古蹟溫特沃斯城堡的接待廳增添過不少光采。

「我根本很少在用樓梯。那或許是『共用』區域，但我沒在用啊。我唯一可能用到的時候，就是偶爾有送貨員或朋友來找我，但頻率真的不高。我自己是不下樓的，我沒辦法。你們應該要跟樓下那些女士談才對，我們都很清楚，她們——我想你是見過世面的男人吧。她們那種女人一天到晚都有訪客上上下下用力踩、踩、踩地走來走去。上、下、上、下，這裡簡直像該死的皮卡迪利大道圓環一樣忙碌。」

她往前踏，舉起一根手指，在空氣中劃出眾人常理直氣壯通過的路徑，菲立克斯瞥了站在門口的男人一眼：那是名身形高大的金髮男子，顯然有上健身房的習慣，他身上穿著一件深藍色西裝，手上拿的多孔活頁夾上面有Google的標誌。

「貝德佛小姐，拜託，我只是在做我的工作。」

「抱歉，你叫什麼名字？可以看一下你的官方證件之類……」

金髮男子把一張名片遞給安妮。

「你有收到前來騷擾我的指示嗎？有嗎？我不認為你有，這位——我怎麼可能知道這名字怎麼唸——我不認為你有，埃里克。因為恐怕我沒有回應貝瑞特先生的義務，我只需要對真正的房東負責。我是真正的房東的親戚，他擁有這地方的產權。他是我的近親，我很確定他不會希望我受到騷擾。」

埃里克打開多孔活頁夾，然後又闔上。

「我們是仲介代理人，我們獲得的指示是要建議房客改善共用區域的狀況，並讓每間公寓平均分攤開銷。我們寄過好幾封信到這個住址，但沒有獲得回應。」

「你的口音真怪，是瑞典人嗎？」

埃里克幾乎擺出立正站好的姿態。「挪威人。」

「噢，挪威人！挪威，多棒呀。我沒去過，顯然是這樣。我哪都沒去過。菲立克斯啊，」她轉身，姿態邪媚地倚向門框，「埃里克是挪威人呢。」

「是嗎，」菲立克斯說，他僵硬地挪動下巴，模仿安妮的樣子，她對他吐舌頭。

「這樣呀，埃里克，瑞典就是那個最近麻煩很多的國家嗎？」

「什麼意思？」

「我是說挪威啦。喔你也知道呀，就是錢的問題，很難想像國家也有可能破產。我嬸嬸海倫就破產過，但當然她是自找的啦。不過一整個國家破產，感覺……做事也太隨便了吧。」

「妳在說的是冰島，我想。」

「是嗎？喔，可能是唷。那些北歐國家我總是搞不清楚……」

安妮把手指絞紐在一起。

「貝德佛小姐——」

「聽著，重點是，沒有人比我更想看到這地方被整頓得更好，很久沒有攝影團隊來了，自從——反正自從某個時候啦。這裡的屋頂實在太適合用來拍攝，真的適合，任由屋頂擺在那裡不用有夠荒唐，那裡可以拍到倫敦最棒的景觀之一呀。我真的覺得，如果能讓這個地方更吸引外界的投資客，對你才有利。關於吸引投資客這件事，你實在很不用心。」

埃里克的身體彷彿在那套廉價西裝中萎縮了一些。她胡說八道了什麼並不重要，重要的是她的腔調具有類似咒語的效果。這種場面菲立克斯見過幾次，她會用這種說話方式神奇地逃脫看似難以脫身的處境，就連社會福利處的人找上門時也一樣。還有一次，警察突襲搜索樓下的妓院，當時甚至有包體積可觀的海洛因就放在她的床邊桌上。她可以靠語言把任何人趕離她家門口。她可以不停墜落、墜落又墜落，但仍始終不會真正落到谷底。她的叔祖父是伯爵，他擁有這片土地，他是存在於這棟建築底下的幽魂，他在這條街的所有建築底下，也在劇院、咖啡店和麥當勞的底下。

「這樣一個獨居又幾乎不離開公寓的纖弱女子，必須跟大概每八分鐘就有男性訪客前來的那群『生意女子』支付一樣的費用。我認為這想法實在難以置信。他們就是這樣踩、踩、踩，」她大吼大叫，還在門口有節奏地跺腳。「地毯就是這樣被磨損的。踩、踩、踩。那些買春客就是這樣在樓梯上用力踩。」埃里克的眼神越過她——那是有點絕望的樣子——望向菲立克斯。「那位，」安妮指向菲立克斯，「可不是買春客，他是我男友，他的名字是菲立克斯．庫博，一個拍電影的人。而且他不住這裡，他住在倫敦西北區，一個你大概從沒聽過的小地方，叫做威爾斯登。我可以告訴你，你要是覺得那地方沒什麼就錯了，那裡其實很有趣，很『多元』。上帝呀，多麼了不起的一個詞啊。事情是這樣，我們兩人很獨立，我們有各自的工作，也喜歡保持獨立生活的狀態。這種關係其實沒那麼少見，是吧，就是——」

此時菲立克斯跳了起來，他用雙手環抱住安妮的腰，把她拉進房間。她嘆著氣倒在躺椅上，注意力全轉到卡瑞寧身上，卡瑞寧則一副理所當然獲得關注的模樣。埃里克打開多孔活頁夾，取下其中一頁紙張，遞給菲立克斯。

「我需要貝德佛太太為這份文件簽名，其中注明她有義務分擔以下工程——」

「你現在就需要拿到她的簽名嗎？」

「我這週得拿到，沒得商量。」

「這樣吧，把文件留下好嗎？之後再來收，我說週末的時候——到時就會簽好了，我保證。」

「我們之前寄過好幾封信——」

「你們做得很好——但是她狀態不佳，老大，她精神有些毛病⋯⋯她有這個什麼『人群恐懼症』，」菲立克斯老是把「廣場恐懼症」講成「人群恐懼症」，不管安妮為此翻過多少次白眼也沒用，他老是混淆這兩個詞彙。這個行為或許暗示出了更深層的事實：她其實不是真的懼怕開放空間，而是害怕在開放空間中，可能發生在自己和他人之間的各種事。「之後再來，文件到時就簽好了。我會讓她簽好。」

「哎呀，實在很煩人耶，」門還沒完全關上，安妮就開口抱怨。「我一直在想，菲立克斯，我自從太陽升起就開始想，這個夏天剩下的日子啊，我們都在屋頂上度過吧。我們以前多喜歡在那上面打發時間呀。你這個週末就住在我這如何，週一是國定假日！我們等於有個長週末。」

「這個週末是狂歡節。」

但她似乎沒聽見他說話。「不是跟大家一起混，就我們倆。我們可以做那個你喜歡的什麼雞肉的菜，就在這裡烤肉。我說煙燻那種，牙買加煙燻雞肉，煙燻雞肉剛好搭配我們我兩個醉醺醺的渾球。」

「妳現在也會吃真正的食物了？」

本來在笑的安妮安靜下來，有點受冒犯地往後退了一些，臉也轉開。她把雙手優美地交疊在大腿上。「看別人吃東西總是很不錯呀。而且我可以吃神奇蘑菇。我們可以搞來一些合法的神奇蘑菇。還記得嗎？當初我們不過是想從這裡走到那裡——」她從椅子指向躺椅——「簡直就像花了一年的時間。不知為何，我深信這裡是法國，而且需要有護照才有辦法跨越到房間另一頭。」

菲立克斯伸手去拿菸。他不打算被捲入她的美好懷舊情緒中。

「不能再買那種蘑菇了。政府禁了，幾個月前的事。」

「是嗎？政府也太無趣了吧。」

「海格區有個孩子以為自己是電視，為了把自己關掉，他從橋上跳下去，就是那條霍西恩巷之橋。」

「喔，菲立克斯，那道橋跟我一樣老。我大概一九八五年在康登女子學校的遊樂場就聽說過了，『自殺橋』嘛，大家口中的都市傳說。」她朝他走過去，拿下他的帽子，搓揉他剃光的頭頂。「我們現在上去頂樓吧，去把皮膚晒成古銅色。啊，我去晒我的皮膚，你就去流汗。讓我們正式展開夏天的序幕吧。」

「安妮呀，老大，夏天都快結束了。我現在有在工作，穩定工作。」

「你現在看起來沒在工作呀。」

「我通常週六工作。」

「那我們約下次吧，日子給你選，最好是固定時間來，之類的。」安妮用她的北方口音說。

「辦不到。」

「他無法抗拒的到底是我的魅力？」——這是美國口音——「還是我家屋頂？」

「安妮，坐下，我想跟妳談談，認真談。」

「到屋頂跟我談！」

他試圖抓住她的手腕，但她動作迅速地繞過他。他跟著她走進臥室時，她已經打開天花板上的暗門，拉下暗門內的樓梯，而且已經爬了一半。

「不准偷看！」但她爬上去的姿勢實在讓他很難不看，她的身體底下還垂著棉條尾端的細小棉繩。「小心——有玻璃。」

菲立克斯從灑滿陽光的屋頂探出頭，他的眼睛花了一陣子才適應光線。他小心把膝蓋靠在地上，在兩個破掉的玻璃瓶中間，然後把身體撐上去。他的雙手離開地面時，上面沾滿木頭被雨水摧殘又被太陽烤過崩落的白色粉片。是他蓋好這座露天平臺，還上好油漆，當初好幾位技術人員跟製片都有一起幫忙，因為無論時間或預算都很吃緊。為了讓現場映射出最亮的光線，一切都上了厚厚的白色亮漆。他們之所以快速完工，是為了完成一個虛構的世界，打從一開始就不是建來給真實世界的人使用。此刻她撿起一只壓爛的菸盒和一只空伏特加瓶，然後過份認真地塞入一個早滿出來的垃圾桶，彷彿光是移除這兩樣物件，就能讓屋頂這片垃圾之海出現莫大的改變。菲立克斯跨過一個溼答答的睡袋，這睡袋因為吸飽水而顯得沉重，裡頭還裝滿東西，但總之不是人，謝天謝地。昨晚有下雨，此刻的空氣有種被露水沾溼的新鮮氣息。但還有一種不容忽視的氣味飄散過來，陽光更使這氣味每分鐘都變得更加難以忽視。菲立克斯往東側遠處的角落走去，那裡靠近煙囪，有一片陰影，而且沒塞那麼多東西。他腳下的木板發出彷彿無法承受的嚎叫。

「這裡該徹底整修一下。」

「是，但現在這個世道實在找不到人幫忙啊。很久很久以前，會有可愛又年輕的電影工作團隊出現，不但每週付妳兩千鎊，為妳蓋露天平臺，油漆，熱情地幹妳，還會說他們愛妳。但現在恐怕沒有這種服務了。」

菲立克斯把頭埋進雙手中。

「安妮，老大，妳的笑話還真好笑，我說真的。」

安妮露出一個憂傷的微笑。「很高興我還能對你有些貢獻，至少……」她把一張翻倒的露臺椅扶正。「看起來狀態不太好，我知道……但我最近有在招待客人。比如上週五就度過了一個盛大的夜晚，很美好的時光，你該來的。我有傳訊息給你。那群人相處起來很愉快，都是很好的人。這裡熱得跟伊微沙島沒兩樣。」

她說得彷彿那是場社交派對，來的好像還是些有頭有臉的人。菲立克斯撿起一個詩莊堡蘋果酒的空瓶，那個瓶子被改裝成抽大麻的菸斗。

「妳不該再讓別人占妳便宜。」

安妮笑到發出豬叫。「說什麼鬼話！」她張開雙腿跨坐在連接兩座煙囪的磚橋上。「人就是這樣用的，大家就是彼此占便宜。不然人還有什麼用？」

「他們之所以跟妳混在一起，是因為妳有他們想要的。這些人就是在蘇活區白吃白喝，只想找地方免費住一晚。如果還有些免費的玩意兒可享用，那就更走運了。」

「很好，我遇到的就是這種人，但如果我有對他們有用的東西，為什麼他們不該占我便宜？」她把一條腿跨到另一條腿上，彷彿正要講到今日課程主旨的老師。「在房產跟藥物方面，我算是強者，他們是弱者，但若講到其他方面，情況就反過來了。弱者本來就該占強者便宜，你不覺得嗎？總比強者占弱者便宜好吧。我想要我的朋友占我便宜，我想要他們喝我的、用我的，我想要他們榨乾我，為什麼不行？他們是我朋友，不然我在這裡還能做什麼？結婚生子嗎？」

最後這句話是陷阱，菲立克斯知道，他立刻轉移話題。

「我要說的是，這些人不是妳的朋友，他們只是在利用妳。」

安妮越過太陽眼鏡上方盯著他瞧。「你似乎很確定，這是你的個人經驗談嗎？」

「妳為什麼要扭曲我的話？」他很容易慌亂不安，而別人很容易以為他這樣就是在生氣。很多時候，他明明只是緊張，或者有點不高興，大家就以為他要揍人了。安妮舉起一根顫抖的手指。

「別對我這麼大聲，菲立克斯，我希望你不是來這裡吵架的，我現在感覺很脆弱。」

菲立克斯低聲呻吟，他在她身邊的磚橋坐下，把手輕柔放在她的膝蓋上，代表自己現在是以慈父或朋友的身分在關心她，但她緊抓住他的手。

「你有看到嗎？那邊？王室旗升起來了，看來女王大人在家。這裡的景觀真是鎮上最頂尖的。」

「安妮——」

「我母親有去白金漢宮觀見過，你知道？我祖母也有。」

「是嗎。」

「是的，菲立克斯，真的。我之前一定跟你說過。」

「對，妳說過，妳就是這樣。」

他努力把手從她的手中抽出來，再次站起身。

「他們逃離我，有時卻又尋覓我[10]，」安妮沉靜地說，然後脫下衣袍，裸體躺在陽光下。「冷凍庫裡有伏特加。」

「我跟妳說我不喝酒了。」

「現在還不喝呀？」

10 取自英國政治家兼詩人托馬斯．懷亞特（Thomas Wyatt，1503-1542）的作品〈他們逃離我〉（*They flee from me*）。

「我跟妳說過了。我就是因為這樣才不來。其實不只這樣，還有其他理由。我走上正途了，妳也該考慮看看。」

「但是，親愛的，我也走上正途了，都走兩年了。」

「只是還享受古柯鹼、大麻、酒、各種藥片……」

「我是說我走上正途，可不是變成該死的摩門教徒！」

「我說的是真正好好遠離那些有害物質。」

安妮用手肘把自己撐起來，她把太陽眼鏡往上推，架在頭髮上。「然後每天聽那些人喋喋不休，大談如何發現自己在充滿嘔吐物的垃圾筒中醒來的故事？假裝曾有過的所有快樂時光都不過是從青春期延伸而來的幻覺？」她重新躺下，把太陽眼鏡戴好。「不，謝了。可以幫我拿伏特加來嗎？還有檸檬，如果找得到的話。」

斜對街有另一座屋頂露臺，有位盛裝打扮的日本女性（身穿緊身黑長褲搭配黑色V領上衣）不小心掉了手上的托盤。玻璃杯碎裂，有盤食物飛了出去，但她的另一隻手竟仍緊抓住托盤不放。她原本正走向一張小小的熟鐵桌，桌邊坐了個身形瘦高的法國人，他似乎有點刻意搞笑地穿了紅色吊帶褲，褲腳還捲到小腿中間。他看到這場面跳了起來，有個小女孩也從屋內跑出來，她望著這場家庭慘劇，單手遮住嘴巴。菲立克斯對這三人很熟，這些年來他見過他們很多次。一開始她獨居，然後他搬進來，接著又冒出一個嬰兒，現在這嬰兒看來四、五歲大了。時間都消失去哪裡啦？很多時候，只要天氣好，那女人就會拿出一臺很不錯的相機，她幾乎都會把相機架在三腳架上，為的是幫家人好好拍照。

「哎呀，」安妮說，「天堂出現麻煩了。」

「安妮，聽我說：還記得我之前提過的女孩嗎？不是玩玩的那個？」

「恐怕他們真的是活該，誰叫他們就是不能好好在公寓裡用餐，在室內用餐到底對他們來說是有多折磨？他們就是要把每片沾滿黏答答味增的鱈魚片分別放到不同盤子上，再跑到溼答答的露臺上來吃，過程中不停自我陶醉：能在露臺上用餐多幸運呀！怎麼會這樣！簡直像在托斯卡尼！嘗過這個了嗎？親愛的？這些是油炸櫛瓜花，是日本與義大利風格混搭的料理！我自己發明的！該拍照嗎？可以放到我們的部落格上。」

「安妮。」

「我們的部落格就叫『朱爾斯 and 金姆』。」

「我和那女孩，葛蕾絲，我們是認真的。我之後不會來找妳了。」

安妮把一隻手抬到眼前，彷彿正在仔細檢視指甲，但其實她的每片指甲都沒有超過指尖。指甲兩側的皮膚被撕扯得破破爛爛，表皮布滿許多血液凝結的痕跡。「我懂了，她不是也有另一個情人嗎？」

「那段結束了。」

「我懂了，」安妮再次開口，然後翻身趴在地上，彎曲膝蓋，將足弓曲線極度顯眼的雙腳上下踢來踢去。「幾歲？」

菲立克斯無法克制地微笑。「二十四，快滿二十四，我想，十一月的時候吧。但不只是因為年紀的關係。」

「結果我還是沒伏特加喝嗎？」

菲立克斯嘆了口氣，開始往回走向那道暗門。

「想想另一個情人呀！」他往下爬時聽見安妮在身後大喊。「我該同情他！我們人類能夠彼此同情是很重要的！」

馬龍。那段感情終於在二月的一個週日結束了，當時菲立克斯坐在葛蕾絲住處外的樓梯間，捲紙菸的手微微顫抖，眼睛透過編織門簾的網洞往裡面窺看。菲立克斯這個男人望著另一個男人在公寓中來回踱步，一邊走一邊收拾單車鎖頭、難看的衣物、一個iPod用的音樂傳輸座，還有一組髮夾。他的身形很有份量，這個馬龍啊，但不算是胖，只是身上的肉很軟，看起來笨拙。他在浴室待了很久，走出來時手上拿著幾罐髮蠟和幾管乳霜，其中至少有一個是菲立克斯的。但菲立克斯已經贏下這個女人，就算不靠Dax髮蠟過日子也行。馬龍把東西收完後，菲立克斯望著他執起葛蕾絲的雙手，彷彿要開始進行某種宗教儀式，他開口，「我對我們一起度過的時光心存感激。」可憐的馬龍，他真天殺的搞不清楚狀況。他之後甚至又出現了幾次，還帶來自己錄的西印度群島舞曲組曲，另外附帶手寫信和淚水，但這一切都沒有幫助。到了最後，葛蕾絲宣稱喜歡他的所有原因——他不是個「玩家」、他溫和又笨拙、而且對錢不感興趣——都成為她離開他的原因。他太溫和了。他花了一段時間才搞清楚葛蕾絲真正的意思。終於他帶著那些「我是一名男性護理師我覺得嘻哈樂傳遞的訊息太負面我可以煮咖哩羊肉我想搬去奈及利亞」諸如此類的碎碎念回到了南倫敦，就菲立克斯看來，那些碎碎念就該留在南倫敦。

「冰箱，」菲立克斯自言自語地打開冰箱，裡頭有兩瓶家庭號的健怡可樂、三顆檸檬，還有一罐鯖魚——然後他想起來了，於是打開冷凍庫，拿起伏特加，回到冰箱冷藏庫，取出看起來最不白的檸檬。他四下張望，廚房只有一個小小的廚具櫃，搭配著已有裂痕的貝爾法斯特規格方形水槽，沒有提供收納或放垃圾桶的剩下空間。水槽是滿的，到處都找不到乾淨的玻璃杯，一條破破爛爛的窗簾布在半開的窗前翻飛，一排螞蟻從水槽爬向窗戶再爬回來，背上揹著小小的食物碎片，牠們渾身散發著自信，顯然不覺得此生有機會撞見水龍頭流出的水。菲立克斯找到一只馬克杯，用很鈍的刀鋸開檸檬，把伏特加倒進杯子。他重新把伏特加的瓶蓋拴上，放回冷凍庫，然後開始思考，若是有機會跟戒酒的夥伴分享這故事，他要如何描述眼前場景：自己在這個週二晚間七點竟然堅持保持清醒，大家一定會覺得是宛如英雄的行徑吧。

重新回到屋頂後，安妮已換了姿勢。她雙腿交叉，擺出某種瑜珈姿勢，雙眼緊閉，身上竟穿著一套綠色比基尼。他把馬克杯放到她面前，她點點頭，彷彿接受供奉的女神。

「妳從哪搞來那套比基尼？」

「一堆問題，你好愛問問題。」

她沒張開眼睛，手指向對面露臺上的家庭。「現在他們只能收拾殘局，午餐反正是毀了。松塞爾白酒也流乾了，但總之、總之，他們還是會找到某種過下去的方式。」

「安妮——」

「還有什麼新消息嗎？我都不瞭解你了。在電影業有什麼進展嗎？你弟如何？」

「我離開那間公司好一陣子了，現在是修車廠的學徒，我跟妳說過。」

「玩骨董車是不錯的嗜好。」

「不是嗜好——那是我的工作。」

「菲立克斯，你很有拍電影的才華。」

「拜託呀，老大，我之前的工作是什麼？就是端端咖啡，幫人拿可樂，我的工作就只是這樣，他們不會讓我做其他事了，相信我。妳為什麼老要講那些根本不是事實的狗屁話？」

「我只是剛好覺得你很有才華，如此而已。你熱愛貶低自己的程度簡直天理難容。」

「別管這事了，老大！」

安妮嘆氣，她取下髮夾，把頭髮分成好幾束，開始綁起兩條孩子氣的長辮。「可憐的德文最近如何？」

「還行。」

「你把我當成只是出於禮貌問候的那種人了。」

「他還行。他知道暫定的出獄日期了：六月十六日。」

「那很棒呀！」安妮大喊，菲立克斯內心湧現了對此刻毫無幫助的溫暖感受。跟葛蕾絲在一起時，德文很少被提起，因為他是「負能量」的來源之一，必須從他們的人生中掃除。

「為什麼是『暫定』？」

「還要看他的表現。在暫定的出獄日期前，他不能再惹火任何人。」

「要我說的話，他因為危害社會付出的代價未免也太大，畢竟他也只是用玩具手槍惡搞了一下。」

「那不是玩具，只是沒裝子彈。他們說仍算持械搶劫。」

「喔，但週五有個人跟我講了個超好笑的笑話，你一定會喜歡。唉我的老天，我得想一下該怎麼說，大概就是：你知道窮人什麼……？不，抱歉，重來。窮人——唉我的老天：『在貧窮地區，人們偷你的手機，在富有地區，人們偷你的退休金。』」菲立克斯扯出一個難以覺察的微笑。「只不過後者偷得比前者高明。」

此刻的她已經在大吼，自己卻沒有意識到。另一邊的露臺上，日本女人轉身，姿態有禮地將眼神投向不近也不遠的此方。「我是說，看看那女人：她為我著迷。瞧瞧她，她想為我拍照，但又不好意思問。真憂傷，真的。」安妮舉起一隻手向日本女人及她的家人揮舞。「吃你們的午餐吧！繼續你們的人生！」

菲立克斯擋在安妮和那家人之間。「她有一半牙買加血統，一半奈及利亞血統。她母親在靠哈利斯登那邊的威廉·凱布爾學校教書，很正經的女人。她跟她媽很像，她有受過那種奈及利亞式的教育，做事專注。妳會喜歡她的。」

「嗯哼。」

「妳知道那間約克餐廳嗎？在蒙茅斯街上那間？」

「當然，八〇年代時大家都去那裡。」

「她剛升遷，」菲立克斯很驕傲地說。「她就是那種頂尖的服務生，妳都怎麼稱呼那種職位？她不做前場工作了。妳是怎麼稱呼的？」

「服務生總管。」

「對，她現在做的大概就是這個。餐廳每天都客滿，很多人想去。」

「是，但想去的是哪種人？」安妮把酒水舉到脣邊，一口飲盡。「還有什麼嗎？」

菲立克斯再次結巴起來。「我們有很多地方很像，就是……很多就是了。」

「我們花很多時間在鄉間散步、喝紅酒、看韋瓦第歌劇、她幽默感佳……」安妮把雙臂張開，手指併攏，擺出默禱的瑜珈姿勢。

「她知道自己在做什麼，她是有意識的。」

安妮神情古怪地望著他。「這標準有點低吧，你不覺得嗎？我是說，這就像是：她沒有陷入昏迷簡直太讚了……」

菲立克斯笑了，他看見她笑得牙齦都露出來了。

「我是說她有政治意識、種族意識，她能理解，她理解人的辛苦。我說的是這種意識。」

「她很清醒，她能理解，」安妮閉上雙眼，深深地呼吸。「對你來說太讚了。」

但她臉上有種傲慢的神色一閃而過，菲立克斯無法再保持冷靜。他開始大吼。

「妳就只知道開別人玩笑，妳就只會這樣。妳有做過什麼真的很了不起的事嗎？妳有完成過什麼嗎？」

安妮張開一隻眼睛，眼神顯示她嚇了一跳。「我有完成過——你到底在說什麼呀？我就是開開玩笑，老天爺呀。我到底該完成些什麼？」

「我是在說妳有什麼目標？妳想要妳的人生變成什麼模樣？」

「我想要我的人生變成什麼模樣？抱歉，我覺得這個問句的文法實在有夠詭異。」

「去妳的，安妮。」

她這次也想一笑置之，還伸手去抓他的手腕，但他把她推開。「算了，跟妳說也沒意義，對吧？我想跟妳解釋我的人生進展到哪裡，但妳一直在開玩笑。沒有意義，跟妳說話完全沒有意義。」

這話說出來比想像中殘酷。她看起來受傷了。

「我覺得你現在很冷血，我只是還在努力搞懂。」

菲立克斯想辦法讓自己稍微冷靜下來，他不想這麼冷血，也不想要自己看起來這麼冷血。他坐在她身旁。他本來準備了一篇演說，但此刻他也意識到，其實他們都在讀早已寫定的臺詞。她跟他一樣做了準備。

「我對以前的生活方式厭倦了。我覺得自己在一場遊戲裡，但始終停留在目前的等級，雖然我在這等級過得很愉快。但，拜託，安妮，就算是妳，也會承認這等級的惡魔很多。很多惡魔，除了惡魔還有——」

「不好意思，你現在說話的對象是個乖巧的天主教女孩，她——」

「讓我說完！就這麼一次讓我說完！」

安妮閉嘴，點點頭。

「我現在都不知道講到哪裡了。」

「惡魔。」安妮說。

「對。我已經殺掉那些惡魔，這可不容易。現在那些惡魔死了，我突破了這個關卡，是該前往下個等級了。現在的問題甚至不是要不要把妳帶去下個等級，而是妳本人根本就不想去。」

這是他準備好的演說，但真正講出來時卻不像在心裡構思那樣擁有細緻的深度，但他仍能看出這段話起了某種效果：她的雙眼張開，原本因為瑜珈姿勢交疊的雙臂也鬆開，她將雙手平貼在地面。

「妳有在聽嗎？我在講下一個等級的事。人們可以花一輩子的時間耽溺不前。我可以花一輩子的時間為了發生在自己身上的鳥事而耽溺不前。我做過這件事，但現在該前往下個等級了。我正在遊戲中往上升級。我準備好了。」

「好啦、好啦，我懂你的比喻，你不用反覆講個不停。」安妮點燃香菸，深吸一口，從鼻子吐出白煙。「人生不是電動遊戲，菲立克斯，你沒辦法累積了足夠點數就晉升到下個等級，事實上根本沒有下個等級。壞消息是，所有人最後都會死。遊戲結束。」

天上僅剩的幾朵雲正往特拉法加廣場的方向轉移陣地。菲立克斯往上望向它們，希望自己臉上露出某種靈性充滿的表情。「好，那是妳的看法，是吧？每個人都有權擁有自己的看法。」

「不只是我的，也是尼采、沙特，還有一大堆人的看法。菲立克斯，親愛的，我很感謝你願意來這裡跟我進行這樣一場『嚴肅的談話』，還分享了你對上帝的看法，但我真的覺得，一直講話無聊透了。就我個人而言真的很想知道：我們今天到底有沒有要幹一場？」

她調皮地拉拉他的腿，他嘗試起身，但她開始親吻他的腳踝，結果他很快又跪回地上。他失敗了，而且要怪她。他抓住她的肩膀，動作毫不溫柔，兩人一起跌跌撞撞移到牆邊，兩人一起自我說服這裡不會有人看見。他用拳頭緊抓住她的一把頭髮，本來想用教訓的態度吻她，但她有種刁鑽的才能，能將所有帶有惡意的撫觸轉為熱情。他們真的很合拍，始終如此，但只有在這方面合拍，其他方面完全合不來，這樣又有什麼意義呢？他感覺她把雙手搭在自己的肩膀上，她把他往下壓，很快地，他的眼前就是她因為盲腸炎開刀留下的疤。她翹起屁股，他用雙手抓住，將臉埋入她的胯下。十四歲時，羅伊德曾向他說明：為一個女人吃下面不但不衛生，還是種恥辱。就他父親的觀點，男人只有被槍抵住頭時才不得不這麼做，而且即便是在那時候，也要女人把所有陰毛刮乾淨才行。安妮是他第一次吃的對象。多年來受此觀念制約的他在某個下午打破了這個規則。他好想知道羅伊德會怎麼想此刻的自己，他的鼻子現在埋在一叢生長旺盛的直順毛髮中，口中還能嘗到奇怪的味道。

「如果妨礙到你的話，直接弄出來！」

他用牙齒夾住那條彷彿老鼠尾巴的棉繩，用力往外拉，輕輕鬆鬆就把棉條扯了出來。他把棉條像死物一般隨意扔下，任其成為白色露臺上的一抹紅。他回頭面向她，用舌頭開始掏挖，彷彿正瘋狂鑽往某處，彷彿希望抵達某個彼方。她嘗起來是鐵的味道。五分鐘後抬頭換氣時，他想像自己的嘴邊有一整圈紅色的血，但其實只有一小點，她把那點血吻掉。接下來的一切都很快，畢竟他們是彼此的老情人，也有習慣的體位。他們一起跪著俯瞰整座城鎮，相當快速地有了確實的愉悅感受，也各自達到了目標，然而跟剛剛的五分鐘比起來，他們達到的目標其實算是反高潮，畢竟五分鐘之前，世界似乎還存在一種可能性。你有可能爬入另一個人體內，頭先進入，接著整個身體消失其中。

結束之後，他趴在她身上，感覺著那種既汗溼又不舒爽的親暱，同時思考該何時移動才有禮貌。他沒等很久，就翻身平躺到地面。她把頭髮撥到一邊，頭靠上他的胸口。他們望著警察直升機朝柯芬園的方向飛。

「對不起。」菲立克斯說。

「到底在對不起什麼？」

菲立克斯伸手重新拉好牛仔褲。「妳還有在吃那個藥嗎？」

菲立克斯看到一絲慍怒閃過她的臉龐，也能看出她是如何將忍耐沒發作的情緒發洩在一系列動作上：她打開菸盒、敲出一根菸、點燃、陰沉微笑，然後真正笑出聲。

「沒這個必要，比起懷孕，我被閃電擊中的機率還比較高。經血大概還是會流，但相信我：這口井差不多要乾啦。大自然！命運的執行官！也是摧毀者！說到這，我親愛的兄弟詹姆斯為了慶祝我們兩人的衰老，打算帶我去沃爾斯利餐廳。他昨天打電話來，口氣一派自然，你聽了會以為我們時不時都有在連絡呢。有夠荒唐，但我還是配合演出，我說，『哈囉，我的雙胞胎兄弟！』他提議來場生日午餐——我們的生日可是十月呢，根本還沒到，順便提醒你一下——我說好，但當然我完全清楚他打什麼主意，他想要我簽那份天殺的轉讓契約書，好把我名下的房子賣掉。他好像就是不能理解，無論他怎麼想，那棟房子就是有一部分屬於我，而且為了支付他那位小甜心的教育開銷，誰知道他已經把房子拿去抵押了多少錢，大概已經貸到極限了吧，我想一定是。我懷疑那棟房子到底還有沒有剩餘價值，而且我們都知道，他多希望在老媽肚子裡就把我吞掉，但恐怕是沒成功囉，總之，只要我媽還活著，我實在看不出有什麼理由把房子賣掉。要是賣掉，她要去哪？誰要支付她的開銷？那種照護機構很花錢。但他總是那樣，詹姆斯總是表現得像家中獨子，好像我根本不存在。你知道他跟爹地之前私底下怎麼叫我嗎？比較晚生的那個。我們是不是該再來一杯？天氣好悶。」

她躺回他的胸口。她親吻他在鎖骨附近的皮膚。他任由手指鑽入她的髮絲。

「妳大概還是吞一下那個什麼藥比較好，就是那種事後藥。以策安全。」

安妮發出惱火的聲音。

「我不想生你的寶寶，菲立克斯。我可以向你保證，我不像那種悲慘的沉淪婦女一樣每晚坐在這裡，夢想著要為你生個孩子。」她開始用指甲在他的肚子上反覆畫出數字8，這個動作看似閒散，但其實指甲很用力地掐入他的肉裡。「你當然也很清楚吧，要是我們立場交換，就會有專門的法律處理這種狀況，是真的法條唷：高等法院約翰對上珍一案之判例。約翰會向珍表達，她花了五年時間想上自己就上，卻在他的生育期接近尾聲時毫無預警地甩掉他，然後跟另一個年輕小夥子傑克交往，對方才二十四歲，老二跟他的手臂一樣長。法院判決會對約翰有利。總是這樣。珍必須賠償他的損失，而且是大筆賠償金，另外還得在監獄待六個月。不——九個月。正義獲得聲張。而你不再有辦法——」

「妳知道嗎？我得走了。」他把她的頭從自己身體上推開，套上T恤後站起來。她坐直身體，雙臂交叉在乳房前方。她望向河的方向。

「是呀，為什麼不呢？」

他彎腰試圖親吻她道別，但她像個孩子把頭甩開。

「妳為什麼要這樣？我只是得離開了，如此而已。」菲立克斯覺得有什麼不對勁，他往下看，發現拉鍊開著，於是拉起來，然後突然意識到，自從走進她家大門，他的言行都跟原本計畫的正好相反。

「對不起。」他說。

「不需要，我很好。下次帶你那位葛蕾絲女士來。我喜歡有意識的類型，他們比較有活力。我發現大部分的人幾乎都跟植物人沒兩樣。」

「真的很對不起。」菲立克斯親吻她的額頭。

他開始走向暗門，但沒過多久就聽見身後有腳步聲接近，他看見她搖曳的睡袍，看見睡袍上張開翅膀的絲質燕子。一隻手掐住他的肩膀。

「你知道嗎？菲立克斯——」那聲音優雅、低微，像正在朗誦今日特餐的服務生。「不是每個人都想要你划著小船試圖抵達的那種人生。我喜歡我的浴火之河。一旦時候到了，我完全願意將我的一人小舟划進火焰，我完全願意被火吞噬。我才不怕！我從沒怕過，大多數人會怕，你也知道，但我跟大多數人不同。你從來沒為我做過什麼，我也不需要你為我做什麼。」

「從沒為妳做過什麼？當妳躺在這屋頂上，口裡流出泡沫，雙眼都要翻到後腦杓時，是誰在這裡？是誰把手指——」

安妮的鼻孔張大，表情變得冷酷：「菲立克斯，你為什麼非得要是一個好人？這種病態的需求是怎麼回事？真的很無趣。老實說，你是我的藥頭時有趣多了。你不用拯救我的人生，又或者任何人的人生。我們都很好。我們不需要你騎著白馬來救。你不是任何人的救星。」

他們說話的聲音還算輕柔，但始終試圖在精神上扳倒彼此又放棄，這個過程不停重覆，而且越來越暴力，菲立克斯意識到了，又來了，不可能更糟了，就是這個場景讓他好幾個月不敢來，奇怪的是，他完全知道此刻身為安妮是什麼感覺，他擔任過安妮的角色好幾次，當時面對的是他母親，又或者是其他交往的女人。而他越是理解這件事，就越想逃離她，彷彿她此刻的失控是種會傳染的病毒，彷彿他會因為憐憫她而染病，接著以同樣的方式失控。

「妳表現得像我們有過穩定交往的關係，但那根本算不上關係。我現在有一段真正的戀愛關係了，我就是來這裡跟妳說這件事。但我們這樣？我們這樣根本只是鬼混，什麼都不算，我們——」

「耶穌基督呀，又是個嚇死人的詞！願上帝拯救我遠離所有『關係』！」

菲立克斯好想離開，所以打出他認定的最後的一張致勝王牌。「妳已經四十幾歲了，瞧瞧妳自己吧，竟然還住在這種破地方。我想要孩子，我想往前走了。」

安妮擠出一個勉強算是笑聲的聲音。「你是指想要『更多』孩子，是吧？還是你是那種樂觀主義者，覺得每隔七年的細胞重生後，自己就是個全新的人啦——白紙一張，重新開始——還能因此永遠不用在意自己傷害了誰、不用在意之前發生過什麼事？反正現在是該建立新關係的時候了嘛！」

「走了。」菲立克斯開始往她的反方向走。

「多麼可悲又拐彎抹角的說法呀：關係。這詞是給那種沒膽子好好生活的人用的，那種人毫無想像力，他們面對自己大約七十載的人生，不知道可以往其中填塞什麼，只好——」

菲立克斯知道現在不該被她捲入這場爭論，他已經王牌盡出，而她還在獨自打這場比賽。進入這個狀態的她可以跟衣帽架爭執，或者跟掃把吵個沒完。誰知道在他出現前她已經這樣獨自吵過多少次了？他不再理會她，打開暗門往下爬，但她跟了過來。

「現在的人都這樣，不是嗎？只要他們想不到其他事可做。政治太麻煩、腦中沒想法，人生籌碼又少——那就結婚吧。但我已經超越這一切，很久以前就超越了，我有我的亙古不變。這種把幸福託付在另一個人身上的想法，這種想要追求幸福的想法啊！我根本活在跟你們不同的意識層面，親愛的。我擁有的人生籌碼完全超越你們這種人生哲學可以想像的程度。我十九歲時訂過婚，二十三歲也訂過婚，我本來有可能就在漢普郡那種高檔垃圾堆中腐爛，成天用不同布料重新裝飾我的沙發，跟某個男爵過著完美又無性的和諧生活。我這種人就是這樣搞的，而你們這種人就是在明明養不起又無法照顧的情況下生一堆孩子。我確定這麼做一定很令人愉悅，但去他媽的別把我算成其中一分子！」

在臥房和起居室中間的走廊上，菲力克斯轉身抓住她的兩隻手腕。他在發抖。他直到現在才意識到自己想要什麼。他不只要她落敗，還希望她根本不存在。

「你能輕鬆看待這一切是一種福氣，菲立克斯。你能感到幸福是一種福氣，你知道如何幸福也是一種福氣，而且你還是個好人。你希望大家幸福，希望大家成為好人，因為你就是這樣，你也希望大家跟你一樣輕鬆看待這一切。但你難道從沒想過，並不是每個人都跟你一樣，覺得人生有辦法輕鬆地過？」她看來勝券在握，他則望著她的下顎怪異地挪動。

「我的人生？我的人生很輕鬆？」

「我不是說你的人生很輕鬆，我是說你選擇輕鬆看待你的人生，這是有差別的。所以我喜歡芭蕾；芭蕾對每個人來說都很難。菲立克斯，放手，會痛。」

菲立克斯鬆開手。由於兩人的身體彼此碰觸太久，即便是盛怒之下的火氣都不容易維持。他們兩人軟化下來，放低音量，雙眼也不再死死瞪著彼此。

「我成為你的阻礙，我懂，好吧，不傷感情。我真正的意思當然是：除了傷感情外，也沒什麼其他可傷了。」

「每次我來這裡，都會上演同樣鬧劇，每次都一樣。」菲立克斯面對著地板搖頭。

「我不懂，我一直對妳很好，為什麼妳想毀掉我的人生？」

她眼神犀利，彷彿可以鑿穿他。

「多有意思呀，」她說，「但在你看來自然是這樣吧。」

之後他們堪稱冷靜地走向門口，男人走得稍微前面一點。若有陌生人看到這個場景，可能會以為這男人打算賣一套聖經或百科全書給她，可是這次沒成功。就菲立克斯而言，他百分之百確信自己是最後一次來了。這是他最後一次經過這張照片，這是他最後一次看到牆面灰泥上的那道裂痕。他在心中默念一小段表達謝意的禱詞。他幾乎希望可以跟所愛的女人描述這一切，她教導自己的一切正好可以用這個例子幾近完美地說明。宇宙希望你自由。你必須自己擺脫那些負面能量。宇宙只需要你說出自己的要求，這樣你才能有所獲得。他聽見身後的女人悄聲啜泣，這是要求他轉過身去的信號，但他沒這麼做，到了門口，原本的低聲啜泣轉為大聲抽噎。他往樓梯快步走去，往下走了幾步，聽見上面砰咚一聲，是她跪在地毯上。他知道她的內心勢必感到沉重，但事實是，他覺得自己經歷了尚未發明出來的「粒子傳遞」，而且無比美好、幸福地感到輕盈。

西北6區

菲立克斯努力擠進車廂深處。他抓住欄杆，端詳起地鐵路線圖。這張圖反映的不是他眼中的現實。他自己的路線圖中央不是「牛津圓環站」，而是「基爾本大路站」，在他眼中的溫布敦不過是是鄉下，皮姆利科站則是徹頭徹尾的謊言。他把右手食指點在皮姆利科站所在的藍線上。那根本是個不存在的地方。到底有誰住在那裡？有人真的會經過那裡嗎？

四人座位上有兩個座位空了出來，菲立克斯走過去坐下。他對面的傢伙正隨著很大聲的電子樂碎拍搖頭晃腦，他身旁的朋友把腳蹺到椅子上。這個朋友瞳孔放得很大，時不時還朝著自己的肩窩笑，顯然正沉醉於腦中某些精神錯亂的幻象。菲立克斯也建立了屬於自己的空間，他雙腿張得很開，身體軟軟地癱坐著。到了芬奇利路站，地鐵軌道從地下來到地面，他的手機重新有了訊號，方才的未接來電讓手機嗶嗶響起。他滿懷希望地用大拇指在螢幕上滑動查看。同樣的號碼打來三次。這號碼在這世上只確切指向一個地方：一間固定在水泥廊道中段牆面的破爛電話亭。他見過那間電話亭好幾次，是透過監獄訪客室的強化玻璃看見的。他重新把手機收回口袋。

德文是這樣，你會想跟他說話，但又不想跟他說話。那個人其實已經不是德文了，真的，那是個聲音冷硬的陌生人，只會打來說些冷硬、傷人的話。那其實是潔琪透過德文的嘴巴在說話，她一直有寫信給德文。菲立克斯是從羅伊德那裡得知此事（德文自己沒說；菲立克斯也沒問）。他們的母親對人有種古怪的影響力，菲立克斯不排除巫術的可能性。（潔琪宣稱她有個來自迦納的奶奶，巫術在那裡可說時有所聞。）她當然對菲立克斯也有影響力，很久很久以前有過，對兩個女兒也有造成影響。但所有人在跟潔琪建立關係後，一定都會遇上壓垮關係的「最後一根稻草」。德文本來也會在走到這一步時清醒過來，菲立克斯和兩個妹妹都早已學到教訓。菲立克斯非常清楚記得自己清醒過來的那一刻。當時距離她的上一次「來訪」已經過了八年，她的兩個女兒拒絕見她，總是多愁善感的菲立克斯決定收留她，但仍小心翼翼地沒向她許下任何承諾。他請弟弟來提供道義上的支援，第一天晚上剛揭開序幕時，德文只願意站在房間另一頭的牆邊怒瞪著母親，但到了當晚的尾聲，他已經舒適地窩在沙發上，接受潔琪在他臉上的一陣陣狂吻。菲立克斯的態度也軟化了。他從架子高處取下白蘭姆酒。有夠傻。緹亞很早就放棄母親了，露比也是，羅伊德也一樣。大家都放棄了。潔琪的姐姐凱倫說，「聽我說：把她丟出家門，換鎖。」但當時德文接受了母親，那態度讓菲立克斯覺得似乎也能這麼做——或說不得不這麼做。畢竟那些年來，他受的苦比菲立克斯多上太多，卻沒有懷恨在心。

她在盛夏時現身，他們花了好幾天在漢普斯特荒野抽大麻，狂笑，在草地裡一起翻滾，彷彿年輕的戀人們。潔琪、德文和菲立克斯啊。夜晚時他們坐起身喝酒。「真不敢相信，這男孩皮膚真黃！瞧瞧那些鬈髮！」

某天她拿著餅乾從廚房走出來，態度隨興地向可憐的德文說他父親其實死了，好些年前就死了——溺死的。菲立克斯覺得她在胡說八道，但沒說什麼。原來搞半天他們是同母異父的兄弟，但這不干他的事。他有自己的父親，他有自己的人生問題。她會在大清晨時站在地板正中央，彷彿站上舞臺那般大談自己身為年輕女性在英國是多麼地孤獨、悲慘。這些事菲立克斯沒聽說過，他發現自己很想知道，儘管他也非常清楚，她隨時可能把自己的人生故事換成另一套說法，但總之他仍會欣然接受。他想要愛她。他想像她在惡名昭彰的嘉維之家生活，那種「在雜貨店被極右翼的國民陣線的孩子吐口水。」她大談自己所知道的各種陰謀論，菲立克斯不會打斷她說這些。他想要幸福。其中一個陰謀論跟美國雙塔倒塌有關，一個跟登陸月球有關，處女生子的聖母瑪利亞是黑人，地球其實越來越冷，二〇一二年一切都會終結。她過去幾年似乎都在為了蒐集這類資訊泡在全國各地的網路咖啡店。德文不管她說什麼都會認真聽進去，菲立克斯則抱持懷疑態度，他大多時候聽聽就算了，不會發表評論。她把頭髮綁成兩條粗粗的辮子，像美國的印地安人，還把一條細細的金鍊子掛在額頭上。瞧啊，未來會是個完美世界，大家不需要錢也不需要商店，只有城鎮中央的許多倉庫，你所需的一切都能在倉庫中找到，大家也不用鎖門。所有人住在一起，沒有任何宗教信仰。他知道，她的眼裡沾染著一絲瘋狂。

隔天她就不見了，還帶走了菲立克斯的提款卡、他的手錶，還有他所有的金鍊子。兩個月後，德文走進鬧區街上的「坎迪珠寶快送及首飾店」，手上拿著一把槍，身邊跟著一個從南基爾本來的孩子，他叫克堤斯．埃因格。笑一下吧，你被監視錄影器錄下來囉。他走進那間店時十九歲，這個夏天的他已經二十三。

「抱歉，可以請你叫你朋友把腳放下來嗎？」

菲立克斯取下耳機，眼前是個因懷孕而身形巨大的女人，她正滿身大汗地站在他面前。

「我想坐下。」她說。

菲立克斯望向對面那位一動也不動的「朋友」，覺得最好還是先跟他旁邊那個人搭話。他往前傾身。這傢伙的頭靠在玻璃上，漠然的臉有一半藏在連帽衫的帽子中，他的頭正隨音樂點呀點。菲立克斯輕輕碰了一下他的膝蓋。

「喂，兄弟——我想這位女士想坐下。」

那傢伙把耳機一側的巨大耳罩拉起來。

「什麼？」

「我想這女人想坐下。」

那位懷孕婦女擠出一個很緊繃的微笑。天氣很熱，要她一直站著確實有點辛苦。光是看著她，菲立克斯的鼻頭就爆出一堆汗水。

「是嗎？但你為何問我？你為何碰我？」

「什麼？」

「為什麼是你問我？為什麼不是她問我？」

「你的夥伴把腳放在她想坐的位子上了，好兄弟。」

「但這又干你什麼事？你為何要攬到自己身上？你叫誰好兄弟？我才不是你的什麼兄弟。」

「這事跟你有關嗎？你自己就有座位——你他媽的起來呀。」菲立克斯試圖捍衛自己，但那小鬼用一隻手在他臉前揮舞。「閉嘴啦——蠢貨！」

另一個傢伙張開一隻眼睛，默默地笑了。菲立克斯站起來。

「坐我的位子吧，反正我要下車了。」

「**謝謝你**。」菲立克斯能看出她抖得厲害，眼眶也盈滿淚水。他躬身繞過她，感覺到她溼答答的手臂肌膚擦過他的手臂。她坐下，雙眼直直望著那兩個男人。她的聲音因憤怒而顫抖。「你們該為自己感到羞恥。」她說。

他們的地鐵在基爾本站緩慢停下。車廂中一片靜默。沒有人看過來——又或者他們確實有看過來，只是速度快得難以察覺。菲立克斯可以感覺眾人認可他的作為，那份強烈的情緒朝他湧來，但既無用又窒人。另外同樣強烈的輕蔑及不屑則包裹住那兩個男人，將他們和菲立克斯區隔開來、和車廂中所有其他人區隔開來，也和所有人類區隔開來。他們似乎感覺到了，兩人猛然起身往車門走，此時菲立克斯已站在門邊等待。他無可避免地聽到一陣咒罵，是針對他的，幸好門終於開了。菲立克斯感覺有人撞他的肩膀，他像小丑一樣蹣跚步上月臺，耳邊有笑聲傳來，本來很近，後來逐漸消失。他抬眼望見他們穿的運動鞋跟，那兩人正兩階一步地往樓梯上爬，然後跳過圍籬，消失不見。

頭頂的樹木枝葉茂密。灌木叢狂野地越過籬笆。他越過人行道上的每道裂縫，越過樹木的每條根脈。他望著太陽直射98路公車頂部座位。猶太學校的圍牆蓋得更高了，穆斯林學校的圍牆也一樣。基爾本酒館重新油漆過，亮黑色外牆上有金色字體。要是他走快一點，或許還能在她之前到家，然後他就能躺在那間乾淨的房間裡，那個美好的地方。他可以把她拉進自己懷中。一切重新開始，一切潔淨如新。

酒館外，菲立克斯偶然撞見了西凡和凱莉，他們正在野餐桌邊共享一盤薯片，這兩人在學校是他的同年級校友，他的頭禿了，她看起來還不賴。為了讓場面有點笑聲，菲立克斯跟西凡擊掌，他還親吻了凱莉的臉頰，偷走一片薯片，再繼續走，彷彿這是一套設計好的動作，彷彿一系列舞步。「你那麼開心是怎樣？」凱莉在他身後大喊，菲立克斯頭也沒回地大吼，「因為愛，小矮子，L、O、V、E，因為愛！」他往前走，他用街舞的舞步扭腰擺頭，他享受著身後的笑聲，腳步流暢地消失在轉角。沒人看見他撞上酒館後方的一堆灰色垃圾桶，他單手扶住酒館後門，穩住自己，這扇門在裝修後有了花俏的彩繪玻璃和黃銅把手。酒館內以前鋪了地毯的地方已經換成木地板，現在提供的也不是油炸薯片和豬皮，而是像樣的食物，一杯酒還要價約六英鎊！就算潔琪來了也一定認不出這地方。說不定現在她已經是那種流亡者了，那種人因為習慣去的酒吧都已重新裝修，無處可去，因此總是聚在賭博投注站門口的階梯上，而且人人手上緊抓一罐嘉士伯特釀啤酒。說不定她這人一直都沒那麼壞。你永遠無法判斷羅伊德的話有多少是事實，又有多少純粹是為了宣洩恨意。菲立克斯的眼神穿越窗玻璃往內瞧，現在已經沒有角落的天鵝絨包廂座位了。他曾和兩個妹妹坐在那邊的座位上，晃蕩著碰不到地面的六隻小腳，三人認真聆聽潔琪的離家演說。她認識了一個新男人，這男人讓她感覺自由。他住在南漢普頓，是個白人。七歲的孩子怎麼會懂呢？他不懂自由是可以被感覺到的，他以為自由單純是種狀態。他不知道南漢普頓在哪裡。他愛自己的父親所以不想去跟陌生的白人男子住在一起。等到這場演說幾乎要結束時，菲立克斯才突然意識到，她不是在要求他一起去南漢普頓。兩年後，她又出現在倫敦，身邊帶著一個淺棕膚色的男孩。她把德文留給羅伊德後就走了，不知去了哪裡。但她去哪其實都沒差。

亞爾博特路上，菲立克斯走在一個高大女孩身後，兩人步伐一致，那女孩穿著紅色緊身牛仔褲，搭配黑色細肩帶短上衣。她的肩膀很寬，身軀是沒什麼曲線的直筒狀，身上的肌肉比菲立克斯還多。那些肌肉在她走動時一起運作，律動流暢又繁複，光是手臂肌肉就連動到上背、下背，還延伸到屁股。葛蕾絲完全不是這樣，她比較矮，身材凹凸有致，肉也比較軟。眼前這女人可是有能力把菲立克斯一路跑回他家門口再放下，就跟抱小寶寶沒兩樣。她戴了很多廉價的銀色戒指，手指因戒指氧化沾上不少綠色痕跡，其中一隻前臂上的大片刺青有花朵和蜿蜒的漫長花莖。她乾燥的腳跟充滿裂痕，上衣標籤翻了出來，他該把標籤塞回去嗎？有汗水從她的一隻耳朵旁涓滴流下，沿著脖子往下流到背部，直接抵達那片肌肉勃發的區域——那是個邊界定義明確的區塊——就在她的身體左側及右側之間。她的手機響了，她接起來喊了聲「寶貝」。她往右轉。那是另一段人生了。菲立克斯感覺有人用兩隻手指用力頂住他的背。

「錢，手機，立刻拿出來。」

那兩人分別站在他的兩側，他們戴著連帽衫的帽子，但臉還是能看得很清楚。就是地鐵上那兩個人。他們的身高沒比他高上多少，身形也沒比較壯。此時正好是傍晚六點。

「拿出來。」

他感覺被人粗暴地推擠。他往上望向他們的臉，其中一人話多，就是在地鐵上咒罵他的人，他看起來年紀真的很小；另一個人不講話，他跟菲立克斯年紀相近，實在老得不適合幹這種蠢事了。他蒼白的雙手歷經風霜，跟菲立克斯的手很像，臉上也散發那種百無聊賴的氣息，一邊臉頰上有條長長的疤。他應該是當地人，看來眼熟。菲立克斯試圖轉身離開，但他們又用力把他轉回來。他終於開始破口大罵，還發明了很多創新的罵法。他往右邊看，四棟房子外，那個高大女孩把鑰匙插進門鎖，進屋去了。

「聽著，我什麼都不會給你們，不給！」

瞬間他發現自己倒在人行道上，重新跪著起身時，他聽見其中一人說，「在地鐵上很了不起的樣子啊，現在沒那麼了不起了嘛。」他沒有恐懼，心中反而浮現一絲憐憫。他還記得過去那段時光，當時做個「感覺了不起的人」是他人生中唯一重要的事。他將手伸進口袋。他們可以拿走他的手機，如果真的走到那一步，他們也能拿走他身上僅有的二十鎊鈔票。他被搶過很多次，他知道大概的流程。年紀比較輕的時候，他們還可能讓他自尊心受損，現在的他早已沒有過往那種憤怒及受辱的感覺——想拿走什麼就拿吧。他所在意的一切都不在這裡。他遞出那些價值極低的「貴重物品」，同時試圖說笑。「你們該兩小時前來堵我的，好兄弟，兩小時前我可帶了大筆現金呢。」那個小鬼用無神的雙目瞪了他一眼，擺出殘暴又不爽的表情。那是必要的偽裝，因為若沒戴上這張面具，他就沒辦法做出現在正在做的事。「還有那些寶石。」那小鬼說。菲立克斯摸摸耳朵。那對他珍視的蘇聯鑽是葛蕾絲送他的禮物。

「別做夢了。」他說。

他再次臉朝下跌到街上。一陣微風拂過他們三人，吹飽三人連帽衫的帽子，還讓一批懸鈴木的葉子旋轉、飛落至人行道。他的身側挨了一記扎實的重拳。重拳嗎？疼痛感撕開他的身體左側，深入體內。有溫暖的液體逆流到喉頭，再從他的脣間湧出。只要他能說出來就不會失去意識了，他這麼想，於是他大聲說出自己剛剛遭遇了什麼，此刻正遭遇什麼；他想說出來，但什麼都沒說出口。葛蕾絲！遠方的威爾斯登巷有輛公車轟隆轟隆地開來，就在那一刻，菲立克斯瞥見了刀柄和刀身他看見了98路公車重新打開門在他眼前把最後一個活人接上車——那是位身穿黃色夏季洋裝的年輕女子。她往前跑，高舉過頭的車票像是試圖證明些什麼，她及時趕上，口中大喊「謝謝你！」然後任由車門的門板在她身後俐落展開、闔上。

主人

1 紅色髮辮

之前有過一件大事。描述此事必須用過去完成式。凱莎．布雷克和黎亞．漢威爾是事件的兩個主角，當時她們只有四歲。那座戶外泳池——其實就是公園的一條淺水道——擠滿孩子，大家「正往四面八方潑水，場面一片混亂。」事件發生時沒有救生員在場，家長們只能盡可能注意孩子的狀況。「山丘上面那邊有警衛，但他們服務的是漢普斯特的居民，我們這邊什麼都沒有。」這是個有趣的細節。凱莎——現年十歲的她已開始對大人之間的緊張關係感興趣——試圖解讀其中意涵。「別死盯著我，腳抬起來，」她母親說。她們坐在基爾本大路的某間鞋店內的長凳上，正為了一雙有T字綁帶的無趣棕鞋測量腳的尺寸，無論怎麼看，這雙鞋都散發不出世間確實存在的任何一種歡樂氣氛。「雪柔在其中一個角落胡鬧，傑登還在我懷裡哭嚎，我努力想注意妳在哪裡，希望顧好所有人……」就在這段刪節號沒有明說的當下，事件發生了：有個孩子差點溺死。不過事件的關鍵意義藏於別處。「妳站起來，手中抓著紅色髮辮把她拖出水面。妳是唯一看見她遇上麻煩的人。」事件過後，那孩子的愛爾蘭裔母親感謝了瑪西亞．布雷克好多次，這本身就是件大事。「我認識寶琳，但只是點頭之交，平常根本不會聊天。她當時有點看不起我。」凱莎無法反駁或證實這說法，她沒印象了。不過事件發生前的描述倒是令她頗感可疑。她早已建立了出名強悍的意志力，看待事物也固執己見，至於雪柔這人向來易失控又不可靠。此外，傑登在事件發生時絕對還沒出生，畢竟他小凱莎五歲。「保持不動，」瑪西亞喃喃地說，然後把測量腳長的金屬桿往下推到她的趾尖。

2 奇異果

在漢威爾家足以殺死人的靜默中，「零食時間」是少見的亮點。漢威爾太太非常重視這段時光，還為此買了臺手推餐車擺在公寓內。那臺餐車有三層，底下有可旋轉的黃銅輪子。不過餐車實在太低，任何人推動時都必須彎著腰，看起來有夠荒謬。「只有兩個人時，用這臺餐車實在沒什麼意義，但如果有三個人，我就希望餐車出場。」凱莎．布雷克盤腿坐在電視前，旁邊是她的好友黎亞．漢威爾，自從那場戲劇化事件之後，兩人感情就變好了。她轉身觀察餐車行進到何處：食物總能讓凱莎．布雷克開心，沒什麼比食物更能讓她引頸企盼。但漢威爾太太擋住她們的視線，對著電視問：「這個坐在廂型車中看起來很危險的傢伙是誰？」黎亞把音量調大，她指向電影《人魔》主角漢尼拔的一頭燦亮白髮，接著指向她現實生活中的母親。「那種頭髮讓妳看起來很老，」她說。凱莎努力想像若她這樣跟自己母親說話會有什麼下場，接著開始哀悼自己即將損失的餅乾盤，以及塞在那些毛茸茸棕色蛋形物內的新奇點心，她甚至併攏雙腿，準備起身回家，但漢威爾太太沒有大吼大叫，也沒有打人。她只是摸摸自己的頭髮，嘆了口氣，「我是懷妳時頭髮才變這樣。」

3 洞

那根棍子卡住了電梯門，演習的重點就在於此。警鈴響起。三個孩子尖叫笑鬧著走下樓梯，又沿著一道斜坡往上走，越過圍牆，坐在牆另一邊的人行道上。奈森．伯格用膝蓋頂住下巴，雙手抱住雙腿。「妳們有幾個洞？」他問。兩個女孩都沒說話。「什麼？」終於，黎亞開口。「我說下面那邊——」他為了說明還用手指向凱莎胯下。「幾個？妳們自己都不知道嗎？」凱莎鼓起勇氣將眼神從路面轉向她的好友，此時黎亞的臉已紅得一蹋糊塗。「每個人都知道好嗎，」凱莎．布雷克反擊，努力振作起她隱約覺得還需要更多的勇氣。「你最好滾遠一點，自己去搞清楚。」「連妳們自己都不知道，」奈森做出結論，黎亞突然站起身踢了他的腳踝後大吼，「但她明明知道呀！」然後她握住凱莎的手一路跑回公寓，自從那個戲劇化事件後，她們就成為最好的朋友，卡德威爾的所有人最好都搞清楚這點。

4 不確定性

她們發現雪柔在看電視。她把頭髮由後腦杓往前綁成辮子。凱莎．布雷克決定挑戰她姊姊，她問她有沒有辦法說出自己有幾個洞。被雪柔嘲笑絕不是好事，那笑聲總是很響亮，而且沒打算要停下來，若是對方一臉被嚇傻的模樣，她還會笑得更張狂。

5 哲學上的分歧

凱莎．布雷克非常想複製她在漢威爾家看到的細節：先拿茶杯、放茶包，然後加水，然後——唯有在加了水之後——才會加牛奶，之後才是放在茶盤上。她母親的看法是，若是有人造訪他人公寓的頻率跟黎亞．漢威爾到布雷克家一樣頻繁，那人就不再是客人，可以享有家族成員的對待，包含附帶的所有特許權利及自由。雪柔卻持第三種看法：「她老待在這裡不走，難道是不喜歡自己家嗎？她為什麼要搞清楚我有什麼化妝品？她以為她是誰呀？」

「媽，妳有茶盤嗎？」

「就直接拿去給她吧，老天啊。」

6 一些答案

凱莎・布雷克	**黎亞・漢威爾**
紫色	黃色
卡米歐樂團、文化俱樂部、巴布・馬利	瑪丹娜、文化俱樂部、攣生湯普遜合唱團
變很有錢	變很有名
麥可・傑克森	哈里遜・福特
沒有。非要選的話，拉希姆。	機密：奈森・伯格
不知道	雛菊或毛茛
醫生或傳教士	經理人員
黎亞・漢威爾	凱莎・布雷克
南非可以世界和平	不再有炸彈
耳聾	耳聾
《颶風》	《納尼亞傳奇：獅子・女巫・魔衣櫥》
《E.T.外星人》	《E.T.外星人》

7 麥香魚、大薯和蘋果派

在卡德威爾公宅這地方，大家都覺得水電工過得很好。凱莎倒是很少看到相關證據，首先，水電工的私人資產始終是個沒人清楚的謎，再來是她父親本身就很無能。她過去還會替奧古斯塔·布雷克禱告，希望他獲得更多工作機會，但成效不彰。此時週六都快過了一半，卻還沒有任何水管漏水或馬桶阻塞的消息傳來。只要一感覺有壓力，奧古斯塔·布雷克就會站在陽臺上抽蘭伯特·巴特勒牌子的菸草，現在他正這麼做。凱莎不確定黎亞能否感覺到其他人的焦慮，這間公寓中的其他人都在等電話響起。兩個女孩趴在電視機前，她們已經看了四小時的晨間節目和卡通。由於兩人輪流嘲笑節目的每個橋段，傑登根本無法好好享受，但如果她們不這麼做，就無法解釋為何要跟一個六歲男孩看同樣的節目。午餐時間到了，奧古斯塔走進來問雪柔去了哪裡。

「出門了。」

「那她活該要錯過囉。」

尖叫，孩子牽起小手跳舞慶祝。瑪西亞提出從不同角度切入的觀點。「只要去你們真心想去的地方，瞧你們多快就準備好啦？」大家樂不可支，也紛紛參與、延續了這份情緒。瑪西亞沒要求他們在商店街上跟所有教會阿姨打招呼，奧古斯塔稱凱莎「夫人一號」，黎亞則是「夫人二號」，而當傑登一馬當先地跑向那如同孿生拱門的金色M字招牌底下，奧古斯塔也沒生氣。

8 放射治療

但他們在回家路上撞見了寶琳．漢威爾，她正獨自拖著帶輪子的購物袋走著。她看起來真的很像在《第凡內早餐》中飾演男主角的美國帥氣演員喬治．比柏。傑登把快樂兒童餐送的玩具高舉給漢威爾太太看，但漢威爾太太沒認真看——她的眼神射向黎亞。凱莎．布雷克望著她的好友黎亞．漢威爾，她望著那片紅暈一路爬上她的喉頭。布雷克太太問漢威爾太太一切都好嗎，漢威爾太太說很好然後同樣表示問候並獲得同樣回答。漢威爾太太是皇家自由醫院的一般專科護理師，布雷克太太則是家訪護理員，隸屬於帕丁頓的聖瑪莉醫院。兩個女人再怎麼說都不屬於布爾喬亞階級，但也不真正認為自己屬於勞工階級。兩人稍微談了一下國民保健署的事，話語中混雜了抱怨及自豪之類的情緒。漢威爾太太告訴布雷克一家，她正在重新受訓成為放射治療師，凱莎不確定漢威爾太太是否有意識到，幾天前她才在一堆垃圾桶前提過一模一樣的事。「對了，奧古斯塔，科林說如果你還有需要廂型車的停車許可，他可以幫你。」科林．漢威爾先生為議會工作，主要業務是腳踏車的行車安全，但在停車事務上也掌握些許權力。凱莎心想：接下來她就會說她要去馬莎百貨，而當她確實這麼說了之後，一種主宰萬物的感受穿過凱莎的身體，令她難忘。或許這世界真能任由她創造。「黎亞，」漢威爾太太說，「跟我去嗎？」在這個問題提出直到獲得答案前的空檔，凱莎．布雷克體驗到一種難以忍受的張力，這張力超越了她的忍受程度，彷彿永無止境。

9 陷入困惑

顯然凱莎是個無法虎頭蛇尾的人。只要一爬上卡德威爾的圍牆，她就得走完整圈，無論途中遇上多少阻礙（啤酒罐、樹枝）都一樣。這種強迫症若實踐在其他領域，會以「聰明」的形式展現。比如她只要遇到未知字詞就一定會跑去翻字典，她追求某種「圓滿完成」的感覺。但每本書都會引導她找到下一本書來讀，導致這段過程永遠不可能「圓滿完成」。在她的人生初期，這種追尋路徑帶給她不少喜悅，而她的渴求及才能基本上可以彼此配合。她想閱讀，她無法抗拒閱讀的渴望，而且閱讀是她能輕易做到的事，相對來說也不花錢。但另一方面，這些源自直覺的習慣卻能受到眾人讚譽，確實讓這女孩困惑，因為她很清楚自己在許多方面都蠢到不行。難道沒有一種可能是，大家所誤認為的「聰明」特質，其實只是一種意志力的突變型態？她可以比其他孩子呆坐在同一個地方更久、可以連續幾小時感到無聊卻不抱怨，也能專心致志地把奧古斯塔·布雷克偶爾帶回來的著色本每個角落填滿。她無法克制這種意志力的突變型態，就像她無法控制自己腳的形狀，也不能決定自己出生在哪條街上，她無法憑藉意外獲得滿足。於是這孩子內心出現了缺口：在她本質上對自己的認知，以及他人針對她的本質做出的理解之間，出現了這樣一道缺口。她開始為了他人存在，若有人問了她不知道答案的問題，她會習慣雙手交疊在胸口，頭往上望，彷彿這問題的答案太過明顯，不值得為此費心。

10 說話，廣播

是巧合嗎？再巧合也有個極限吧。科林．漢威爾廚房中的廣播節目ＤＪ不可能總是剛好播完一首曲子，又剛好下一首曲子還沒開始吧。不可能每次凱莎．布雷克走進漢威爾家的廚房時，那個ＤＪ都剛好進行到兩首曲子的中間啊。她問了，但黎亞的父親似乎不懂她在問什麼，他正在流理檯邊把豆子從豆莢裡剝出來。

「這問題是什麼意思？本來就沒音樂啊。這是ＢＢＣ廣播四臺。這頻道只說話。」

在她的人生初期，這例子說明了一句格言：「真相往往比小說更奇怪。」

11 想盡辦法

凱莎．布雷克從未想過她的朋友黎亞．漢威爾可能擁有某種特定類型的「個性」。就跟大多數孩子一樣，她們的關係奠基於各種動詞，而非名詞。黎亞．漢威爾這人願意、有空做各種凱莎．布雷克願意、有空做的事。她們一起奔跑、跳躍、跳舞、唱歌、洗澡、著色、騎腳踏車、把情人節卡片塞到奈森．伯格的家門下、讀雜誌、一起吃薯片、偷香菸、讀雪柔的日記、在某本聖經的第一頁寫「幹」、試圖將《大法師》從出租店偷借出來、望著妓女或隨便的女人或瘋狂熱戀的女孩在電話亭幫人吸屌、找出雪柔的大麻、找出雪柔的伏特加、用雪柔的刀片刮掉黎亞的前臂汗毛、月球漫步、模仿因為嘻哈女團「胡椒鹽」而風行的淫穢舞步，還有一大堆其他類似的事。但現在她們要離開昆因頓小學，進入布雷頓綜合中學了，那裡的每個人似乎都有自己的個性，於是凱莎看著黎亞，試圖搞清楚她大概有什麼樣的個性。

12 性格速寫

她是個慷慨的人，她願意對全世界敞開心胸——大概除了自己的母親之外。她因為海豚而不吃鮪魚，現在則因為所有種類的動物不吃肉。如果剛好在克里克伍德區的超市外有位遊民坐在地上，凱莎．布雷克就得等黎亞．漢威爾彎腰跟對方聊完天，而且她不只是問他需要什麼，還會跟他聊上好一陣子。若說她面對家人的態度比面對遊民還草率，只代表她能付出的慷慨絕非沒有止境，所以必須策略性地運用在最有需要的地方。她在布雷頓中學跟所有人交朋友，不會將人貼標籤或結黨結派，但就算她跟那些沒救的傢伙來往，受歡迎的孩子也不會疏遠她，反之亦然，而凱莎．布雷克完全搞不懂她是怎麼做到的。作為黎亞的好友，這種討人喜歡的特質也有讓凱莎受惠，但大家分得很清楚，黎亞有的是慷慨精神，而凱莎則是基於理性而擇善固執。

13 碎石

和名叫亞妮塔的女孩一起從學校走路回家時，凱莎．布雷克和黎亞．漢威爾聽了一個可怕的故事。亞妮塔的母親在一九七六年被表哥強暴，這男人就是亞妮塔的父親。他曾被判入獄，之後出來，亞妮塔從未見過他，也不想見他。她的家族中有些人相信她父親強暴了她母親，但有些人不這麼想。那是別人的混亂家務事，但也是個駭人聽聞的恐怖事件，畢竟誰知道亞妮塔的父親會不會就住在西北區，而且／或者此刻正從某個制高點觀察她們？三個女孩在教堂鋪滿碎石的庭院停下腳步，她們在長板凳坐下。亞妮塔哭了，黎亞也哭了。亞妮塔問：「我要怎麼知道自己的哪一半是邪惡的？」但家長遺留下的影響對凱莎．布雷克而言沒什麼意義；她深信自己不是父母的創造物，也因為如此，她無法認真相信其他人是他們家長的創造物。確實，她一直幻想自己有個不存在的父親和／或母親，而她最喜歡的童書開頭總會有家長遭遇了末日事件，導致主角獲得悲慘的自由。她在地上用左腳運動鞋劃了個8字，腦中思考著明天早上之前必須寫的兩頁報告，主題是一八〇四年的穀物法。

14 朦朧的欲望[11]

那間用希臘勝利女神符號作為商標的公司[12]運用「空氣」科技生產出一雙紅白色商品。凱莎．布雷克將手貼在店面櫥窗的強化玻璃上，她感覺自己正跟幸福遙相對望。其實

11《朦朧的慾望》（*That Obscure Object of Desire*）是一部一九七七年的法國喜劇電影，此電影改編自一九八九年的小說《女人與木偶》（*The Woman and Puppet*）。

12 耐吉（Nike）的勾勾商標源自於勝利女神的翅膀弧度。

本來到處都是，她是說空氣，而且怎麼用都免費，但她終究淪落至此，終究渴望著那項運用了「空氣」的商品，眼睜睜看著空氣被定義、抽取，乃至於具象化。原本感覺可以無盡取用的事物，現在卻被圈限在鞋子的鞋跟中了！你不得不讚嘆這作為之大膽。九十九英鎊。或許聖誕節再想辦法買吧。

15 依雲礦泉水

一模一樣的事也因為「水」而發生了。瑪西亞．布雷克發現有只瓶子被藏在一袋紅蘿蔔底下，她於是咒罵了凱莎．布雷克，然後從推車中抽出那只瓶子，放回果醬旁的錯誤架位上。

16 新課表

「這邊。他跟妳上同一堂法文課，還有戲劇課。」

「誰？」

「奈森！」

「伯格嗎？所以呢？」

「！」

「噢我的老天，凱莎，我跟他交往過。妳有時真的很蠢。」

17 中等教育普通證書

在凱莎．布雷克那屆的學年總導師辦公室內，牆面鉤子上掛滿棒球帽和被沒收的各種違禁首飾。凱莎．布雷克不是被叫來責罵，她是要來討論三年後的那些考試，並看看自己有哪些選擇。她不是真的很想討論這些考試，她只是想讓人注意到自己是那種會提早三年思考重大人生選擇的人。就在她起身準備離開時，她看到一條銀色鍊子，上面掛著一只人造水晶手槍。「那是我姊的，」她說。「喔，是嗎？」老師回答時望向窗外。凱莎堅持道：「她已經不讀這間學校，她被退學了。」老師皺起眉頭。他取下牆上那條項鍊，遞給凱莎，說：「實在很難相信妳和雪柔．布雷克竟然有血緣關係。」

18 索尼牌隨身聽（借來的）

凱莎沿著威爾斯登巷行走時，還能在耳中聽著「黑色叛逆摩托車俱樂部」的歌曲，這件事本身就是奇蹟，也是一種現代的狂歡方式，然而如今這世道，無論是狂歡、縱情或甚至單純的慵懶都沒什麼存在的空間，因為妳的人生中無論做什麼都得比別人努力兩倍，「只為了至少能打成平手」，凱莎．布雷克的母親和舅舅傑弗瑞都抱持這種令人困擾的信念，他們都是被視為「有才華」而且「行事風格偏離常軌」的人。

19 繞路至過去完成式

（有時傑弗瑞——他沒上教會——會逮住他的十三歲外甥女，就為了說些令她一頭霧水的事。「妳去查查！去查查！」他昨天就在蓋兒表姊的婚禮上這麼說。凱莎只能假定他指的是兩人上次的談話內容，那是好幾週前的事了。因此他的意思應該是：「去查查美國中央情報局是如何計畫性地讓貧窮的黑人住宅區充滿快克古柯鹼，妳查了就會知道我說的沒錯。」怎麼查？去哪查？）

20 索尼牌隨身聽復刻版

她母親和舅舅傑弗瑞的個性差很多，這樣的兩人竟會對一個看法產生共識，似乎讓這個看法變得更令人信服。但相信你們絕不會有人對凱莎・布雷克此刻因為音樂產生的快樂而心生怨懟吧？噢，這戶外生活的配樂！噢，這宛如管弦樂團的存在！

21 簡愛[13]

遭受霸凌時，凱莎・布雷克發現一個很有用的方法，就是回想妳閱讀過的相關文學作品，或去看類似主題的電影，然後妳很快就會意識到，遭受霸凌代表妳的個人特質比別人強太多，而且受到的霸凌越嚴重，之後在相隔久遠的另一個人生階段，妳可以雪恥的機會就越高，更何況，凱莎．布雷克擁有的這些特質——聰慧、意志力強——「本身就是她的福報」。凱莎真心相信這一切，就算文學作品及電影中的人跟她毫無相似之處，也來自不同社經階級和歷史向度，而且要是他們有機會見到她，還很可能奴役她，甚至他們就算沒那麼差，也可能像羅娜．麥坎奇那種自以為優越的傢伙，用像她那麼誇張的程度去霸凌她，凱莎卻仍真心相信這一切。

22 引用

關於前述那項原則，可在《聖經》中找到足以佐證的相關資訊。

23 Spectrum 128K

黎亞生日時收到一臺家用電腦。凱莎．布雷克讀完隨附的手冊，想辦法設定出一系列指令，好讓電腦螢幕可以針對特定提問做出回應，讓電腦像是會「說話」一樣。他們為漢威爾先生設計了這樣一套對話：

>>你的名字是什麼

「我要打在這裡嗎？感覺很蠢。」

13《簡愛》（*Jane Eyre*）是一八四七年出版的英國文學名著。

>>科林・漢威爾

>>很高興認識你，科林。

「唉唷喂呀！這是妳弄出來的嗎？凱莎？妳怎麼做到的？我真是跟不上時代了。寶琳，過來看看這個，妳不會相信的。」

等到他們把漢威爾夫妻迷得神魂顛倒之後，她們自己又為了好玩設計出另一套對話：

>>妳的名字是什麼？

>>黎亞・漢威爾

>>喔，真的嗎？實在天殺的太讚了。

24　數字37

每到週日，凱莎・布雷克會跟家人一起去基爾本的五旬節教會，雪柔除外，黎亞通常也會一起來，但不是因為她在任何方面足以被稱為信徒，而是受到上述布雷克家的慷慨精神所吸引。兩人的關係現在出現新的模式。每當她們走到麥當勞的轉角，黎亞・漢威爾會跟凱莎・布雷克說，「其實，我想我應該會搭37路公車到運河船閘區，去見在那邊混的那些傢伙。」「好吧。」凱莎・布雷克說。那個夏天，其實有人嘗試讓康登區那些傢伙和在卡德威爾混的這些傢伙交流一下，但凱莎・布雷克實在不是特別在乎波特萊爾、布考斯基、尼克・德雷克、音速青春樂團、歡樂分隊樂團、像女孩的男孩或像男孩的女孩、安・萊絲、威廉・柏洛茲、卡夫卡的《變形記》、核裁軍運動、格拉斯頓柏立當代表演藝術節、情境主義、電影《斷了氣》、山謬．貝克特、安迪．沃荷，又或者其他幾百萬件康登人才在意的事，而當凱莎帶了饒舌歌手莫妮．樂福的七寸黑膠，用黎亞的高傳真音響播放時，黎亞的臉以一種有點尷尬的方式紅起來，彷彿這只能勉強當作跳舞的配樂。她們最後的交集只剩歌手「王子」，但就連這個交集也快沒了。

25 賴活[14]

發現兩人的喜好以這種極為誇張、暴力的方式驟然分歧開來，對凱莎來說是很大的打擊，但她堅信黎亞的新喜好純粹是矯揉作態，跟她的本質毫無關連，她主要只是想惹惱跟她交情最久的老友。「之後再打給我。」黎亞．漢威爾說完後跳上公車的開放式車尾。凱莎．布雷克那遠近馳名的意志力及專注力不容許她心懷憂慮，因此她只是望著朋友爬上公車頂部的露天座位，眼周畫著以前沒出現過的熊貓風格眼妝，有那麼一瞬間，她難受地思考著，她自己究竟有沒有任何個性可言，又或者事實上所謂的個性純粹只是她在書中、在電視上吸收到的一切事物之累積及投射？

14《賴活》（*Vivre sa vie*）是一部一九六三年的法國電影，說的是一名女性為了追求演員生涯，離開丈夫和兒子，但後來下場淒涼的故事。臺灣翻譯為《賴活》，香港翻為《她的一生》，中國翻為《隨心所欲》。若單就字面翻譯，可直譯為「過好妳的一生」。

26 相對時間

基於綜合起來的幾個因素——愛穿風格溫婉的洋裝、身體很早發育，以及戴眼鏡——凱莎·布雷克看起來比實際年齡大很多。

27 五十毫升的伏特加

凱莎·布雷克沒被當作「個性鮮明的傢伙」，但現在的她卻因為某項功能而間接受到歡迎：她為很多人買酒。這些人通常認為自己看來太年輕，沒辦法買到酒。眾人認定凱莎在此領域擁有「才華」的盲目信念逐漸變得不證自明，也開始讓她相信自己沒做錯任何事。不過，替黎亞買酒還是感覺不太對勁。「妳買的酒必須是可以塞進我褲子後方口袋的尺寸。」「為什麼？」「因為現場會有兩百個人到處狂舞，妳不可能還拿著酒杯到處晃盪。」由於活動要很晚才開始，黎亞先跑來凱莎·漢威爾的房間打發時間，兩人一路喝酒、閒聊到必須出發之前。之後或許她會跟某個頭髮亂到蓋住眼睛的傢伙幹上一場吧。「我昨天在炸魚薯條店看見奈森，」凱莎說。「老天呀，奈森，」黎亞·漢威爾說。「他下學期不會回來上課了，」凱莎·布雷克說。「他們最後決定把他退學。」「早晚會發生的事，」黎亞·漢威爾說，她為了抽菸打開窗。黎亞又喝了點酒，她轉動收音機的廣播旋鈕，希望找到一個盜版電臺，但沒成功。大概在晚上十點十五分時，黎亞·漢威爾說：「我不覺得女人真有辦法變美麗，我認為女人可以很有吸引力，妳會很想上她們、愛她們、怎樣怎樣她們之類的，但我真的覺得，說到底，只有男人能變美麗。」「妳以為只有妳這樣想呀？」凱莎說，然後為了掩飾自己的迷惑從馬克杯中喝了一大口茶。她完全不確定自己剛剛那句話的「妳」是指誰。

28 兔子

在凱莎十六歲生日前夕，她家公寓門外的走廊上放了一個指名要給凱莎．布雷克的禮物。包裝紙上印刷著如同複製品的大量蝴蝶圖案。卡片沒有署名，只寫著「私下拆封」，但她靠著字跡知道是好友黎亞．漢威爾送來的禮物。她躲進浴室拆，禮物是一根按摩棒，螢光粉色，巨大的尖端處有好幾顆會旋轉的珠珠。凱莎坐在馬桶蓋上，腦中規劃了一下。她把那根人造陽具用浴巾包起來，藏在她跟雪柔一起住的臥房裡，然後把盒子和包裝紙拿到中庭靠近停車區的公共垃圾桶丟。接下來的週六早晨，她開始假裝出現感冒徵兆，然後在週日宣稱自己咳得厲害，肚子也痛。她母親用一根叉子壓下她的舌頭看，然後說真是可惜，阿金萬德牧師今天要談的是亞伯拉罕和以撒的故事。凱莎．布雷克在陽臺上目送家人朝教堂的方向離開時，心裡不是沒有遺憾：她是真的對亞伯拉罕和以撒的故事有興趣。

29 兔子，跑啊[15]

但她早已默默決定要成為跟母親不一樣的信徒，而且要能以人類學式的冒險精神體驗了「罪」之後全身而退。她回到屋內，從鬧鐘和計算機裡偷了幾顆電池。她沒有為了氣氛調整燈光、放輕音樂或點薰香蠟燭，她甚至連衣服都沒脫。三分鐘後，她確認了好幾件之前完全不知道的事：陰道高潮是什麼、陰蒂高潮和陰道高潮的差別、自己的身體會分泌一種黏答答的物質，還有，結束之後，她得在房間角落的小水槽中沖洗按摩棒上所有凹凸不平的邊角。她只擁有這根人造陽具幾星期，但那段時間都有固定使用，有時甚至一天好幾次，而且常用完後沒洗就又用一次，她總是採取一種公事公辦的態度，彷彿分派一項工作給別人執行。

30 剩餘價值、思覺失調、青春期

「我們這裡該這樣，」蕾拉說著又唱了一個新的音，凱莎記下來。「楷模，」蕾拉起了一個新調開始唱，「為我們帶來真理，帶來光。」凱莎把接下來的旋律也記在樂譜上。「導正一切。」蕾拉說，接著用不同旋律又唱了一次，凱莎點點頭，繼續記譜的工作。蕾拉是真的有音樂天賦，歌聲也美。她母親是獅子山共和國的著名歌手。凱莎不會唱歌，直笛也吹得很糟，記譜是她是用教會的鋼琴曲自學來的。就跟所有其他牽涉到「符號」及「指稱」的學問一樣，這套系統對凱莎來說並不難學，她不知為何如此，不知這項技能有什麼意義，不知為何姊姊雪柔沒有獲得類似天賦，也不知該拿這項技能做什麼或怎麼辦。她甚至不知道這個「技能」到底算名詞還是動詞，也不知道這項技能在她的腦子外是否還具有實質意義。這兩個女孩正在為一個十二歲以下的信仰團體寫歌，這團體會在每週四的禮拜結束後在這個後方小房間聚會。凱莎和蕾拉她們兩人是好友，但沒有像凱莎和黎亞那麼要好，畢竟她們不是靠一個戲劇化的事件成為好友，但在教會信眾的眼中，她們自然且難以避免地成為「天生一對」。「領我們前行，」蕾拉繼續唱。凱莎又在樂譜上記錄。她可以聞到自己手上有陰道的氣味，此時蕾拉又轉回說話模式。「又或者該改成『今日成為姊妹，領我前行。』」凱莎記下這段，但又在兩邊括弧，代表這段歌詞還不確定。如果這些算是「才華」——有唱歌的能力，或說可以快速理解並創造出新的樂段——「才華」到底是什麼樣的事物？一種商品？一種天賦？一種獎勵？因為什麼而獲得的獎勵？「我們跟隨真理！我們跟隨光！」蕾拉唱道，這一段無論是旋律或歌詞都確定了，沒有什麼可記的凱莎焦慮起來。房間對面掛了一面鏡子，鏡子裡是兩位令人敬佩的年輕姊妹，兩人的頭髮還是靠母親幫忙紮成辮子。她們坐在臨時搭建的舞臺邊緣，一人唱歌，另一人把音樂化為音樂的影子，也就是樂譜。那個是妳，那個是她。她是真的，妳是贗品。仔細點看，別看了。她始終一致，妳卻只是一路捏造。她一定始終不知道吧。「然後從這裡到這裡。」蕾拉唱，她把這句話唱出來，藉此把指示本身唱成樂音。凱莎記下。

31 獲准進入

儘管布雷克家有五個人，住的卻是只有三張床和一間衛浴的公寓，其中只有小弟傑登

15 美國名作家約翰．厄普戴克（John Updike，1932-2009）著名的兔子四部曲的第一部就是《兔子，跑啊》。

有自己的房間。根據凱莎的觀察及理解，她的弟弟絲毫不在意隱私，十一歲的傑登到現在都還喜歡在家把衣服脫光，然而她非常需要隱私，而且一天比一天更需要，那根人造陽具的到來更促使她向母親挑起爭端，兩人都不知為此吵過了多少幾次。

「那是人權！」凱莎．布雷克大叫。中等普通教育歷史學門 B16：美國民權運動；歷史學門 D5：憲章運動者。

「如果有火災，妳會在房裡燒死，」她母親說，「這是雪柔的點子嗎？想要門鎖的人都是想隱瞞些什麼。」

「想要門鎖的人只是想擁有基本人權，就是隱私，妳自己去查查看啦。」凱莎說，不過這次她的氣焰沒那麼高了，因為她警覺到，母親靠著陳腔濫調中說的母性直覺，竟然還是精準觸及了真相。她回到房內，想起耶穌，另一個充滿深刻神性，卻沒有被自以為神一般偉大的老掉牙傢伙以敬神態度理解的人，雖然持平來說，那些傢伙或許也很偉大，他們有一種未受教育的偉大，但那只是意料之外的偶然，而且也就只有，那麼一丁點偉大。

32 差異

陰蒂高潮是局限在陰蒂的局部現象。但一意孤行地直接刺激陰蒂通常沒有喚醒的效果，只會讓人疼痛又惱火，有時還無趣到不行。以活躍的畫圈手勢同時操弄陰蒂和陰唇，而且要以單手進行，是最能直接使其興奮的方式。最後得到的痙攣感受非常尖銳，極度令人愉悅，但為時短暫，就跟男性高潮一樣。大家很愛爭論有關陰蒂和陰道高潮孰優孰劣，但凱莎發現自己對此抱持不可知論者的態度。畢竟這種問題跟問人藍色是不是比綠色更優越有什麼兩樣？

陰道高潮可以因為插入而獲得，但也可以靠一邊前後小幅度搖動骨盆，一邊想著「有趣的」畫面而獲得。後者在公車或飛機上執行起來效果特別好。在陰道中段靠近肚臍處有一小塊突起，尺寸大概跟十便士硬幣差不多，這塊突起可以受到這種「搖動」所刺激，但究竟這是不是所謂的「G點」？那種幾乎讓人難以承受的愉悅感受是不是源自此處？凱莎．布雷克無法以任何方式驗證。不過無論透過何種方式成功，陰道高潮值得注意之處在於其長度及強度。妳會感覺到一連串痙攣，此時的陰道就像一隻反覆打開又握起的拳頭。或許實際情況也就是那樣。但究竟這是不是所謂的「多重高潮」，凱莎．布雷克也不知道，不過，女性似乎總有低調不張揚的傾向，因此通常願意接受一次「握住拳頭」就是一次完整高潮的說法。或許這只是現象學問題。畢竟如果黎亞．漢威爾說花是藍色，凱莎．布雷克也說花是藍色，她們又怎能確定各自理解的「藍色」是同一種現象？

33 控告方

瑪西亞在某次定期打掃時找到了黎亞送的禮物。她之所以會定期去打掃，其實主要是針對雪柔，她開始會在週五消失，週一才回來。要是能把持有人造陽具的罪名推給她姊就輕鬆多了，反正她姊的名聲早就差不多毀光光。凱莎．布雷克無法繼續直視揮舞著手中塑膠袋的瑪西亞，所以臉朝下撲到床上，她開始假哭，但在過程中真心感到掙扎，因為她無法接受自己把錯推到姊姊或黎亞身上，但又無法想像另一種可能性——被她爸知道。而現在她面臨的可能正是這個結果。凱莎．布雷克左思右想，找不到逃脫困境的出口。這很可能是她第一次意識到「自殺」這個選項。

「別跟我說妳是自己買的，」她母親說，「我不知道妳自以為可以從哪搞來這筆錢。」審問期間，瑪西亞把這區所有女孩的名字都問過一輪，最後才努力逼自己面對「黎亞」這個痛苦的可能性，而女兒的表情也證明，她猜得沒錯。

34 裂痕

接著在黎亞．漢威爾及凱莎．布雷克之間產生了裂痕，一開始是因為瑪西亞的推波助瀾，但之後兩人的關係降到冰點，這段冷卻期卻不能全怪在瑪西亞身上。那兩個女孩當時十六歲。這段冷卻期持續了一年半。

35 煩憂啊！

黎亞從她生命中消失的時候——無論在學校、在街上，或在卡德威爾——凱莎．布雷克都覺得好赤裸，覺得失去了保護。直到兩人關係破裂後，她才意識到「身為黎亞．布雷克的朋友」是一張通行證，確保黎亞得以融入各種處境。就概念領域而言，她現在被重新分類為「那些教會的孩子」，其中大多是奈及利亞人，不然就是非洲人，而且他們不像凱莎・布雷克一樣對「罪」抱有人類學式的好奇心，也不愛饒舌樂。對那些跟她擁有類似背景的孩子而言，無論這看法是對是錯，她都確信自己是個格格不入的傢伙，而對那些尋歡作樂及特立獨行的孩子而言，她又是類型完全不對的邊緣人。凱莎・布雷克沒有意識到的是，所有地方的青春期孩子都會經歷類似的疏離感，這是他們再普通不過的宿命。她認為自己特別為此受苦，而且說起來不誇張，除了或許詹姆斯・鮑德溫和耶穌之外，她還真想不出有誰經歷過這種深刻的孤絕和寂寞，而那是她此刻在世界中唯一能認知到的真實。

36　敵人的敵人

我們必須承認，因為凱莎・布雷克和黎亞・漢威爾決裂，瑪西亞・布雷克看到了一個好機會。這個事件剛好跟「性」的問題同時發生，而反正這問題也不可能再拖著不管。若只是單純地禁止只會招致反彈，他們在雪柔身上已經印證過了，現在二十歲的她都已經懷孕六個月。布雷克太太找到一個巧妙的解決辦法，就是把凱莎・布雷克跟羅德尼・班克思湊在一起，在她女兒這顆炸彈即將引爆的前一刻，她藉此直接拆除引信。羅德尼跟她女兒住在同一條走道上，兩人上同一間學校。他是教會中那群具有加勒比海背景的孩子之一，母親克里斯汀是她的摯友。「妳該花點時間跟羅德尼相處，」瑪西亞遞了一個洗過的盤子給她擦乾。「他跟妳很像，總是在讀書。」其實正是因為如此，凱莎之前總是提防著他，也盡全力避開他——在卡德威爾這地方已經是盡可能避開了。她這麼做是基於這項原則：一個溺水的人最不需要的，就是另一個溺水的人緊抓住自己。

38 但就另一方面來說

乞丐實在沒得選。

39 和羅德尼一起讀書

凱莎．布雷克坐在羅德尼．班克思的床上，她屈膝把雙腳坐在屁股底下。她的身高已經超過一百七十公分，羅德尼卻從去年夏天開始就不再長高。為了在羅德尼．班克思的眼中有基督徒的樣子，凱莎．布雷克努力在大部分場合乖乖坐好。羅德尼手上有從圖書館借來的阿爾貝．卡繆名作刪節版。凱莎．布雷克和羅德尼．班克思都會把這位作家法文名字的最後一個字母T和姓氏的最後一個字母S讀出來，簡直完全搞不清楚狀況：這就是自學主義者面臨的危機。羅德尼．班克思正把書中內文大聲讀出來，還不停發出充滿懷疑精神的評語。他稱這種行為是「檢驗信仰」。牧師喜歡建議他的青少年信眾採取這種陽剛的手段，不過他這麼說時腦中想的基本上不可能是卡謬。羅德尼．班克思看起來莫名有點像馬丁．路德．金恩：他們都有張溫和的圓臉。每次他提出一個感興趣的論點，就會在書頁邊緣做下破壞圖書館書籍的筆記，凱莎讀了後則會努力表現出讚嘆的模樣。她發現要專注在這本書上很難，因為她在意的是兩人何時開始彼此愛撫。這件事上週五和上上週五都有發生，但她每次在發生前心底完全沒把握，因為不知為何，他們兩人都無法透過言語提起此事，也無法自然地醞釀、累積必要的氣氛。那兩次都是她主動對羅德尼出擊，希望能獲得一些回應，而她也確實成功了……或多或少啦。「我們在獲得思考的習慣之前，就已經養成了存活的習慣，」羅德尼朗讀道，接著他在這個句子旁做了筆記：「那又怎樣？（謬論）」

40 醜律師[16]

大學入學的A級考試期間，凱莎．布雷克和黎亞．漢威爾的關係始終冷淡、疏離，就凱莎．布雷克而言，這其實是個具有實際效益的決定，畢竟這段期間，幾乎每到週末，黎亞．漢威爾都在嗑酒吧裡大受歡迎的安非他命迷幻藥，而凱莎無法相信自己在捲入這種生活的前提下，還有辦法通過她現在開始認為至關重要的考試。她之所以會有這種覺悟，有一部分要歸功於新來的客座生涯指導員。讀者：跟上新進度呀！那是名年輕女性，來自巴貝多，她剛開始做這份工作，人很樂觀。名字不重要。羅德尼特別讓她留下深刻印象，她會認真理解他說的每句話，也仔細聆聽他對「法律」的看法。羅德尼到底是從哪裡建立起「法律」的概念實在很難說。他母親在學校教餐飲，他父親是公車司機。

16 此處的標題「Rumpole」取自《法庭上的魯波爾》（*Rumpole of the Bailey*）這齣電視劇，劇中的魯波爾是一名出庭律師，常常替弱勢者辯護，他的長相以清透的眼球及一張醜臉聞名。

41 補充（說明）

（又過了很久以後，凱莎．布雷克有次在倫敦西北區花很長的時間散步，突然之間意識到，那名被她在晚宴上當成話題的年輕男子，那名被她當成搞笑趣事分享給別人聽的男子，其實本人就各方面而言，都是證明了「自立自強」這句諺語的一場奇蹟，那名年輕男子的意志力無比堅強，而且遠勝過她。）

42 好地方／沒有的地方[17]

那個巴貝多人告訴凱莎．布雷克和羅德尼．班克思，他們必須做出計畫。他們三人都清楚瑪西亞．布雷克心中自有盤算：她想讓他們去讀「柯爾斯學院」為期一年的商業行政課程，而那間位於基爾本大路上的「學院」，其實不過是沃爾沃斯超市樓上的一排辦公空間。那就是個詐騙學費的單位，是毫無公信力的機構，授課的全是奈洛比裔教師，也都是阿金萬德牧師的熟人，讀這裡完全不需要從家裡搬出去。

43 對立

來自巴貝多的指導員為了凱莎．布雷克和羅德尼．班克思選了五間教育機構——她為兩人選的五間都一樣；他們認為兩人不能分開——然後教他們如何正確填寫必要的申請表格。她代表凱莎寫信給瑪西亞說明此事：讀這些機構都不用錢，她可以拿到議會的全額獎金，那邊也有教堂，這裡有前往那些地區的直達火車，她會很安全，也不會是唯一去那裡讀書的人。她建議凱莎．布雷克整個冬天都要進行安撫母親的遊說儀式，同時也要羅德尼對母親克里斯汀做一樣的事。凱莎一開始就覺得不會成功，瑪西亞去過所謂「鄉間」，她不覺得那裡的環境安全，她覺得至少待在倫敦還能清楚知道自己需要防備什麼。更糟糕是到了四月，那個「毫無反抗的能力的可憐男孩」——瑪西亞一直這樣稱呼他——在埃爾特姆公車站給刀捅死了，「那群禽獸」讓他無路可逃。凱莎．布雷克、瑪西亞．布雷克、奧古斯塔．布雷克、雪柔．布雷克和傑登．布雷克聚集在電視機前，望著那群白人男孩全身而退地走出法庭，他們還對攝影記者揮拳。那男孩的屍體被送到牙買加，他被埋在瑪西亞的教區。

44 未訪的布萊茲海德莊園[18]

前門只有上門栓。羅德尼直接走進凱莎和雪柔．布雷克的臥房。他說，「在哪裡？」

17 烏托邦（Utopia）就是從古希臘文中的「no place」（沒有的地方）新造出的字，而古希臘文中「沒有的地方」（ou-topos）是從好地方（eu-topos）改寫而來。

18 這裡的標題「Brideshead Unvisited」是改寫自英國男作家伊夫林．沃（Evelyn Waugh，1903-1966）的小說《重返布萊茲海德莊園》（*Brideshead Revisited*），臺灣譯為《欲望莊園》。

凱莎說，「在床上，」羅德尼說，「讓我看看，」凱莎把那封看起來很怪的信拿給他，信上蓋了一枚紋章戳記，然後她說，「但如果你不去，我就不去，」羅德尼說，「讓我看一下信，」凱莎說，「對方只是提供我面試機會，我沒打算去。反正，讀那裡一定得花上一大筆錢，」羅德尼說，「如果妳面試通過，政府會付學費，妳連這也不知道嗎？」雪柔說，「你們兩個最好閉嘴，寶寶在睡覺！」凱莎說，「我根本沒想去呀！」羅德尼說，「我可以看一下內容嗎？拜託！」他看完，之後沒再提起這封信，凱莎．布雷克也沒有。那天晚上他們去瑞士屋區的奧迪安電影院看電影，內容是個男人為了監督孩子打扮成女人，但她太為其他事分心，分心到完全無法理解他這麼做的原因。

45 經濟學

去曼徹斯特的入學面試安排在早上十點到十一點之間。從倫敦的尤斯頓車站抵達曼徹斯特必須搭上百分之百在九點半前出發的火車。搭這班火車來回需要花費一百零三英鎊。就是因為類似問題——其實是更昂貴的開銷——導致愛丁堡的學校出局。

46 為一個抽象的概念暫停

在全世界的所有家屋中，這個句子很常出現，無論如何都會以各種語言出現。「我再也不認識你了。」這句話始終存在，只是躲在屋內的隱密角落等待出場時機。這個句子和所有茶杯疊在一起，又或者塞在許多DVD或其他儲存訊號的終端格式之間。「我再也不認識你了！」

47 再一次暫停

在一本很受歡迎的科學雜誌中，有人提出一個關於細胞再生的生物學範例。在以上回頭重述的事件發生很多年之後，在女主角自家的一場晚宴上，坐在她旁邊的哲學家提議進行一場思想實驗：如果把妳的每顆腦細胞都用另一個人的腦細胞代換掉會怎樣？到什麼程度妳將不再是妳自己？到什麼程度妳會成為另一個人？他的口氣很難聞。他把手放在她的膝蓋上，她沒伸手挪開，因為不想在他太太面前把場面搞得太難看。布雷克太太此時已是個行為舉止極度得宜的人了。那位哲學家的灰髮妻子是品質管控專員。在哲學家傑出的心靈中，她已經老到無法被認定為他的妻子。但也就這樣了。

48 居民大會

在卡德威爾的居民委員會的大會上——現場只有黎亞和凱莎是被家長逼去參加的年輕人。凱莎看到黎亞旁邊有空位，但沒走過去。會議結束後，她試圖在被發現之前逃離現場，但黎亞．漢威爾從會議室的另一頭喊她，凱莎轉身，看到那張熟悉又坦率的臉正對她微笑，完全無視凱莎．布雷克在想像中詆毀那張臉的所有嘗試。

「嘿。」黎亞・漢威爾說。

「妳好啊。」凱莎・布雷克說。

她們談起會議有多無聊，還有雪柔的寶寶，但另一個話題沒過多久終究浮現檯面。

「妳覺得曼徹斯特的學校怎麼樣？妳見過麥克・康斯坦丁諾了嗎？他是妳面試那天的考官。不過他是做媒體研究的。」

「我們沒打算讀那裡，後來決定的，」凱莎・布雷克說。她提起複數代名詞時刻意強調語氣。「不是去布里斯托，就是赫爾。」

「我在歷史課上有看到羅德尼。他這人一個字也沒說過。」

凱莎一聽到這句評論，就覺得是對她個人的羞辱，於是開始姿態強硬地為羅德尼辯護。黎亞似乎有點迷惑，她把玩著從耳側軟骨垂下來的三枚圈型耳環。

「不是，我是說：他沒有問題要問，因為他早就知道所有答案了。他是沉默但只要開口就能直擊要害的那種人。你們倆一定能輕鬆通過面試。至少你們倆的數學在校成績還有C，我的根本就是U。如果數學是零分，很多學校根本連A級考試的成績都不看。我現在只能期望老天行行好了。」

凱莎試圖緩和自己剛剛反應過度的氣氛，所以提議邀請老友黎亞・漢威爾來參加凱莎和新男友的讀書會。

「我知道我該好好讀書，我該專心。我想會順利的啦。不過，能很快跟妳見面也挺好，尤其在搬家前。寶琳對搬家的事很高興，我是沒差。我九月就會去愛丁堡讀書了——我們祈禱是這樣啦。她表現得像是送了我一份大禮：一段全新的人生。『幾乎就像是搬去梅達谷那種富人區呢。有總比沒有好啦，我想。』」最後這句話她模仿了寶琳的語氣。

49 流動性

漢威爾家要搬去一間兩層樓的複式公寓套房。幾乎就像是搬去梅達谷那種富人區呢。凱莎都已經從瑪西亞那裡聽說了。那裡有公共花園、三間臥房，還有一個叫「書齋」的空間。

50 羅德尼的筆記

「我們的卓越超群之處在於：我們活在一個充滿比較的時代。」（尼采）

51 臥底

羅德尼．布雷克不在課堂上惹事，也不說話，他成了隱形人，他沒有名字。凱莎．布雷克問他為什麼不跟老師說話，他說那是他的策略。他跟凱莎一樣喜歡實行各種策略，這是他們的共通之處，不過應該說明的是，兩人的策略內涵相當不同。如果凱莎的策略是想靠著自身魅力從前門華麗出場，羅德尼的策略就是為了從後門溜走，而且不能惹人注目。羅德尼．班克思在馬基維利的《君主論》中畫了太多重點，遠看根本是一大片黃，導致他不敢把書還回圖書館。「由於處境艱難，王國又很新，迫使我做出這些事，也迫使我必須保護王國的各處邊界。」他似乎總把這本書帶在身上，另外還帶著《欽定版聖經》，而且不覺得這個組合有任何矛盾之處。

52 勢均力敵

到了七月，黎亞．漢威爾和凱莎．布雷克同樣獲得大學入學資格。兩人也都有了愛人。（黎亞的愛人在樂團裡彈貝斯，樂團名稱是「不、不，絕不」。）兩人的大學跟愛人有許多不同之處，但水準相當。她們都長成了相貌不錯的女人，沒有嚴重的身體或心理問題。她們都沒有興趣把皮膚晒黑。黎亞的計畫是把待在西北區最後一年的大半夏日時光耗費在漢普斯特荒野的橡樹蔭下，她打算跟各種朋友混在一起，野餐，喝一大堆酒，抽點大麻。她不停邀凱莎，凱莎也很想去，但凱莎在基爾本大路上的麵包店打工。她如果不在麵包店就在教堂，又或者在幫雪柔帶寶寶。她在麵包店的工作時薪是三十五英鎊，工作時必須穿著規定的黑色圓頭平底鞋，鞋跟厚重，上衣是棕白條紋，另外還得戴上「烘焙師帽」。那頂帽子的邊緣有一圈鬆緊帶，員工的每根頭髮都得被固定在帽子裡，脫下帽子額頭還會留下一條凹痕。她得刷洗可頌麵包模，她得打掃，而且要把卡在展示櫃和玻璃之間細長溝槽裡的甜甜圈糖粉全清掉才可以。另外還有其他各式各樣的苦工。她本來以為比起衣物零售自己比較能接受這份工作，但到了最後，對熱狗麵包捲和糖粉麵包的熱愛都無法支持她做下去。她把大學的招生介紹手冊收在個人衣物櫃中，幾乎每到午餐時間就會緩慢翻看那本使用亮面紙張的冊子。

她每隔週的週六有半天假，有幾次她想辦法溜去了漢普斯特荒野，但就只有她一個人。羅德尼不會喜歡在荒野發生的事，她無法用合理的方式跟他描述這一切，而且一旦說了，凱莎原本固定分開的兩套說法就會出問題。其中一套說法的內容是專門針對羅德尼、瑪西亞、她的手足、教會朋友，還有耶穌基督本人所設計，而在另一套說法中，黎亞躺在山坡高處的草地上喝蘋果酒，問她的好友凱莎．布雷克，若南非政治家彼德．威廉．波塔[19]站在她面前，會不會把握機會殺掉他。「我怎麼會有殺人的能力，」凱莎．布雷克表示抗議。「任何人都有做出任何事的能力，」黎亞．漢威爾堅持。

53　超脫樂團

此時黎亞一定是待在自己的房間，手上緊抓他[20]的照片，哭泣。凱莎發現很難壓抑因為想像這個場景產生的愉悅情緒。接著，新聞播報到一半時，瑪西亞說了件不得了的事，引用來源是一位診所醫生，隔天早上凱莎直接去圖書館調查，憤怒地發現就數據而言，瑪西亞夸夸而談的內容竟然是真的：我們族群的人才不那麼幹。

---

19 彼德．威廉．波塔（南非語：Pieter Willem Botha）是積極擁護種族隔離政策的南非政治家。
20 此處指的是超脫樂團（Nirvana）主唱科特．柯本（Kurt Cobain）於一九九四年自殺的事件。

54 擴充教育[21]

那年秋天，凱莎．布雷克和羅德尼．班克思開始上布里斯托郊區的一間教會，教會名稱是聖靈會，其精神本質跟基爾本的五旬節教會一模一樣，當初也是五旬節教會的牧師推薦他們去的。大學的第一學期，他們都在那間教會進行社交活動，也在其中遇見各種友善的人，這些人幾乎都已經六、七十歲。他們融入同齡人的嘗試不太成功。羅德尼把教會文宣塞進凱莎宿舍走廊的每道門縫底下，這些人後來開始迴避他們，他們也就開始迴避這些人。他們就是找不到跟這些人來往的切入點。這些學生對凱莎從未聽過的事物感到厭倦，對她唯一知之甚詳的事物又唯恐避之不及：聖經。每到晚上，羅德尼和凱莎會面對面坐在凱莎房間的書桌兩側，為了學校考試讀書準備，他們耳裡戴著耳塞，一切筆記都用手寫，而且一定會先寫一份草稿，之後再寫出「頂尖」的版本——這是他們在主日學校養成的習慣。凱莎宿舍地下室有間新蓋好的電腦中心，那裡本來有可能讓他們的日子好過一點：開始營運的第一週，他們就去看過了。有個男孩坐在那裡玩《毀滅戰士》，他戴著軟呢帽，一根細皮繩沿帽緣垂下，在遊戲中，有條陰暗廊道不停反覆通往原本的廊道。剩下的其他人不是在寫程式，就是在用大學與大學之間的一種內部通訊軟體，有點像電子郵件的初期版本。凱莎．布雷克從某人肩膀上望見看起來一片混沌的螢幕。

55 凱莎的第一次造訪

她們兩人身處的物質環境相當不同。凱莎的宿舍建築蓋於六〇年代，幾乎沒什麼設計可言。黎亞住的是十九世紀蓋的排屋，每間房內都有已經無法使用的壁爐，跟她住在一起的還有九個房友。那裡也沒有起居室，只有「休閒區」，休閒區中有臺巨大音響，但沒有沙發。凱莎沒有預期會在第一天來的晚上參加派對，她也沒穿適合坐在豆袋椅上的短裙。電音或不知啥的音樂實在太吵，對話成為一件苦差事。所有人都是白人。拉住敞開冰箱門的黎亞正在發表演說，整個空間因為冰箱門沒關變得很冷。她已經拉著冰箱門很久，似乎也不記得為什麼要這樣了。

「聽我說，如果你是愛因斯坦，你正在思考——你其實無時無刻都在思考，突然之間你有個了不起的想法，關於宇宙或不知啥的本質。那個思想跟其他時刻不同，因為儘管你是在正常的時間中獲得那個思想，但那個思想基本上是關於宇宙的本質，而宇宙算是無限的，對吧？所以那是個不同種類的時刻。齊克果稱此為『瞬刻』，這個瞬刻不像其他時刻位於正常的時間範疇內，反正有很多這類東西。我得在課堂上一直捏自己才能保持清醒，腦中想著：我怎麼會在這裡？我跟這些聰明的渾蛋待在這裡做什麼？有人在入學審查中搞錯什麼了嗎？」

21 英國的擴充教育（further education），是為十六到十九歲的青少年提供義務教育以外的教育課程，層級低於高等教育。

凱莎用圓麵餅舀起一些豆泥，然後望向她朋友擴張的瞳孔。

「我之前有想過要讀哲學，」凱莎說，「但又聽說要讀一堆數學。」

「喔，沒有要讀數學。」黎亞說。

「真的嗎？我以為有數學。」

「沒有，」黎亞說，然後背過身去，終於從冰箱內抽出一瓶啤酒，「沒有數學。」有在跟黎亞上床的那個男生也很笨拙。如果不一直問跟他本人有關的問題，或者跟他拍的短片有關的問題，他就不會說話，眼神放空。

「是關於無聊。他解釋。

「聽起來很有趣。」凱莎．布雷克說。

「不，完全相反。比如這場派對，派對裡充滿有趣的人，但正是一個完美的例子，因為這場派對一點也不有趣。」

「喔。」

「一切的本質都是無聊。這是唯一僅剩的主題。所有人都覺得無聊。妳不覺得無聊嗎？」

「讀法律時，」凱莎．布雷克說，「我們得背很多條文，那很無聊，讀醫藥學也是。」

「我想我們在聊兩件不同的事。」有在跟黎亞上床的那個男生說。

56 家族羅曼史

公共走廊上的電話響起。羅德尼點點頭。凱莎站起來。每次響起的電話通常都是找羅德尼或凱莎，打來的不是瑪西亞就是克里斯汀，所以他們兩人會輪流接電話。他們就各方面而言都像一對手足，只是偶爾會上床。性生活本身令她舒適、熟悉，沒有任何情欲意味，也沒有陰道或陰蒂高潮。羅德尼是個行事謹慎的年輕人，他一天到晚想著保險套的事，就怕害她懷孕或兩人得病。在他終於同意和凱莎．布雷克上床後，一切就像一場技術轉移，她沒有因此更了解羅德尼的身體，也沒有更了解羅德尼，只了解了很多有關保險套的知識：不同保險套的相應功效、橡膠厚度，以及做完後移除保險套的正確時機——一定必須要是最安全的時機。

57 抱負

他們會成為律師，他們會成為兩個家族中首先擁有專業技能的人。他們認為人生這個問題，可以透過獲得專業化的職業技能來解決。

58 黎亞的第三次造訪

春日。花朵高掛。布雷克小姐在長途客運站焦急又滿懷希望地等待，但記不清自己是否曾為了這位來自家鄉的至親好友經歷過這種緊繃情緒。黎亞．漢威爾呀。長途客運抵達，車門打開。一個個掛著不同臉龐的不同身影陸續湧出，布雷克小姐的大腦搜索著腦中有關黎亞的最新記憶，努力想將記憶跟眼前的物質現實連結起來。她犯的錯在於緊抓住純然屬於上次造訪的各種細節不放，包括「紅髮」和「黑色牛仔褲／黑色皮靴／黑色T恤」。流行時尚會變。大學正是進行各種自我實驗並不停變身的階段。此刻抓住她肩膀的那人絕對無法再被誤認為地下暴女龐克樂團[22]的團員，也不會是那種在柏林小有名氣的藝術家。她現在是那種號稱「捍衛地球」的金髮環保戰士，很髒的那種，頭髮不用特別處理就已經是髒辮，還有細看絕對會髒到嚇死人的軍裝長褲。

59　妥當的名字

布雷克小姐不是沒注意過那種白人，那種白人不是帶著攀岩裝備到處遊蕩，就是聚在樓梯間討論把自己用鍊子鎖在橡樹上的最佳方法。針對這類社會議題，她早已一如往常地產生過人類學式的好奇心，但她總以為那更接近一種美學展現，而不是為了抗議。關於那項計畫的細節她記不清了。「這位是傑德，」黎亞說，「這位是凱蒂、還有連姆，這是保羅。各位，這是凱莎，她——」「不，娜塔莉。」「抱歉，這是娜塔莉，我們以前上同一間學校，」黎亞說。「她在這裡讀大學，她是律師。終於真正見到你們感覺好奇怪呀！」黎亞接著提議大家一起喝一杯。「不，你們坐著，我們去拿——」娜塔莉．布雷克恐慌起來，她手頭預算很緊，實在沒有餘裕請這些她這輩子沒說過一句話的「硬殼龐克族[23]」喝一輪酒。但到了吧檯邊，黎亞遞出二十英鎊，所以娜塔莉唯一的工作，就是在一個圓型托盤上，把六瓶酒擺成最適合五個人喝的位置。

「黎亞，妳到底怎麼認識這些人的？」

「在紐伯里！」

60 她的恍然大悟

如果要阻止政府蓋這條小路，「不停施加壓力」顯然是很重要的事。羅德尼有在聽，但聽了也只是用手指向桌上的書，那些數千頁厚的書只有隨便裝訂上功能性的書封，但確實盛載了法律的重量。黎亞換了一個說法：「這基本上是法律問題，現場就有很多讀法律的孩子。這會是很棒的體驗，羅德尼，就算是你也會同意，田野法庭上的羅德尼法官一定會同意。」娜塔莉．布雷克發現自己在微笑。她想像自己遠遠離開這個令人產生幽閉恐懼症的房間，去到數百英里外的地方，跟好友黎亞．漢威爾憶起坐在樹上。她真的無法想到更美妙的事了。羅德尼從那本判例書中抬起頭，表情不為所動。「我們不關心樹，黎亞，」他說。「妳才有這種奢侈的閒情，我們哪有時間關心樹。」

22 暴女（Riot grrrl）是一種地下龐克女性主義運動，源起於一九九〇年代早期的美國華盛頓州及西北岸。後人通常會將此文化和第三波女性主義一起談。

23 硬殼龐克（Crust punk）是受英國龐克搖滾以及極限金屬影響的一種音樂形式，發展於一九八〇年代初的英國，其歌詞通常陰鬱、悲觀，且探討各種政治及社會弊病，態度傾向無政府主義。

61 一見鍾情24

「德安傑利斯先生，你可以從『習慣的力量』繼續讀下去嗎——從第二頁的最開頭，」柯克伍德教授說完，前排有名外貌傑出的年輕男子站起來。他不是法律系學生，但在這裡聽「法律哲學」的課。娜塔莉覺得他的各個部位彼此互斥，無法理解怎麼會有這種組合。他有一片讓人看了意外的雀斑，鼻子很長，風格突出，而她當時懂得不夠多，不知道可以將這種鼻子稱為「羅馬風格」。他的髮絲捲曲成髒辮的形狀，但很清新，跟黎亞完全相反。那些髮絲整潔地環繞在他的臉龐兩側，髮長剛好到下巴。他穿著絲光斜紋棉布長褲，沒穿襪子，鞋子兩側有穿繩，上身是藍色西裝外套配粉色襯衫。他的口音很厲害，彷彿是出生於加勒比海的某艘遊艇，再由羅夫．勞倫撫養長大。

62 蒙田

在某個國家，處女會公開展示她們的私處，已婚婦女會遮起來。在另一個國家有男性妓院。還有另一個國家，人們會在乳房及屁股穿戴沉重的金棍，男人會在晚餐後用睪丸擦手。有些地方的人會吃人。又有些地方，父親能決定還在腹中的胎兒命運，也就是哪些胎兒可以留下來養大，哪些則需要殺死或拋棄。柯克伍德舉起一隻手停下這段描述。「當然，」他說，「這些人都覺得自己的習慣相當平凡。」幾個學生笑了。娜塔莉．布雷克和羅德尼．班克思努力想在兩人共用的那本廉價課本中找出剛剛那段文字（他們通常會一起買一本課本，然後一用完就賣回大學旁的二手書店）。那篇文章的標題似乎不在目錄或索引中，再加上兩人目前還在冷戰，因此讓合作找出文章的過程變得更困難。「身為律師可以從這裡學到什麼教訓？」柯克伍德問。那名長相出色的男子舉手，即便從娜塔莉．布雷克所在的地方望過去，都能清楚看見他棕色手指上戴的珠寶，手腕上還有支配有鱷魚皮錶帶的優雅手錶，那手錶看起來比柯克伍德還老。他說，「也許你是帶著各種道理走上法庭，但我們畢竟是住在一個毫無理性可言的世界中。」娜塔莉．布雷克試圖分辨這算不算有趣的答案。柯克伍德沉默了一下，微笑，然後說：「你很相信理性，德安傑利斯先生，但想想上週的例子吧。數百位證人站在證人席上：他們是被告的好友、以前的老師、照顧過他的護士，還有交往過的戀人。而他們全都說那就是蒂赫本。那個男人的母親也起立指向他表示：那是我兒子。理性告訴我們，真正的蒂赫本．克雷門比這個聲稱自己是他的傢伙重了一百四十磅。理性也告訴我們真正的蒂赫本．克雷門會講法語。但結果還是這樣。而在『理性至上』的時代，為何人們還會上街暴動？別太相信理性。是這樣的，我認為蒙田抱持的是更為懷疑的態度。我認為，他的重點不是說，你們這些律師都是理性的，而那些人是不理性的，他說的甚至也不是人們服從的律法本身是不理性的。他要說的是，那些服膺於傳統律法之人至少可用『純樸、服從和儆戒』的精神來自我辯護——有看到嗎？第三頁的最後？——儘管很多人試圖改變他們，事實是，任何的律法，通常都有某些部分是非常醜惡的。只是我們自以為是完美的例外。」娜塔莉．布雷克感覺迷失。年輕男子緩慢

24　一見鍾情在此處用的是法文的 Coup de foudre。

點頭，看來是認同這項說法，那是男人在面對勢均力敵者的姿態。他的自信看來毫無根據，不是基於他的任何言行。有張紙在課堂上傳遞，所有學生被要求把全名和系別寫上去。娜塔莉．布雷克還沒寫自己的名字，就先找起他的名字。

63 事先考察

法蘭西斯可．德安傑利斯。經濟系二年級。大家都叫他「法蘭克」。他下個月要競選非洲及加勒比海學生會的主席，很可能會贏。他之前就讀的是一間「二流寄宿學校」。這話是某位就讀「高等文法學校」的人說的。補充資訊：「他媽是義大利人之類的，他爸大概是某個非洲國家的王子。通常都是這樣啦。」

64 教育方面的補充（說明）

（有些學校讓人「就讀」，而布雷頓那地方，只算是讓人「有去學校」而已。）

65 三月八日

黎亞．漢威爾第三次造訪時剛好遇到國際女性日的晚餐會。這是個不用跟羅德尼見面的好藉口。黎亞穿了綠色洋裝，娜塔莉穿了紫色洋裝，她們一起著裝準備，一起手挽手走到晚宴廳。她們顯然很開心能有彼此的陪伴，也享受那種深刻的親暱與自在感受，並因此成為特別吸引人的一對出席者，其受歡迎程度遠勝過她們曾獨自出席的任何場合。她們自己也很清楚這個情況，因此不停強調兩人相似的身高及體格，也不停為了展示長腿大步走路。走到桌邊後，因為青春的力量，娜塔莉開心得頭暈目眩，幾乎可說徹底擺脫了那個無聊男人的影響力，之後也很快開始享用那頓不只兩道菜的晚餐。

66 菜單

蜜瓜虎蝦沙拉
義大利培根捲雞胸肉佐菜豆
及茱麗葉馬鈴薯
巧克力火鍋與香草豆冰淇淋
起司拼盤
咖啡、薄荷糖

67 渴望

「那誰？」黎亞·漢威爾問。

「主席，」娜塔莉·布雷克說，然後舔掉沾在牙齒上的巧克力。「等她停止大發議論後，我們就可以去酒吧那邊了。」

「不，我是說桌子另一頭的女生，戴高帽的。」

「什麼？」

「中國人或日本人的那個——那邊。」

「喔，我不認識她。」

「她好美。」

68 范倫鐵諾

是韓國人。她把帽子放在酒吧區的桌上，娜塔莉．布雷克在包廂座位中跟另一個人講話時，她（這裡說的還是娜塔莉．布雷克）就不停伸手去摸那頂帽子的緞面帽緣。她可以聽見身後的好友黎亞．漢威爾正在跟那個韓國人說話，還逗她笑，韓國人的名字是愛麗絲，娜塔莉去吧檯點酒，此時她可以在視野不受阻礙的狀況下觀察黎亞，黎亞就像學校中會出現的老派色狼，她用一隻手搭在對方的座椅背後，另一隻手放在愛麗絲的膝蓋上，還不停對那女孩細緻的頸項低語。娜塔莉．布雷克見過黎亞這麼做很多次，但對象都是男孩，之前她每次這麼做時，舉止間總有些許令人感到震驚的墮落氣息，但現在這兩人的組合卻無比自然。這想法讓娜塔莉懷疑起自己，這些日子以來的她到底跟隨上帝去了哪裡？又或者她是否真的有跟上帝同行？因為無法阻止自己盯著她們瞧，她只好逼迫自己走到點唱機旁，播放嘻哈樂團「探索一族」的歌〈醉到放鬆〉，希望自己也能因此放鬆下來。

69 愛的發明：第一幕

她在酒吧或任何其他地方都沒看見法蘭克。

70 一次次分離

返回長途客運站的公車上，在剛剛發生的事之後，面對現實吧，這是一次非常關鍵的造訪，甚至可說是一次戲劇化的造訪，此時黎亞．漢威爾說：「希望妳不介意我昨天後來不見了。至少這樣，妳跟小羅德尼又可以在房間獨處了，」關於黎亞．漢威爾跟愛麗絲．盧度過的那晚，她談到的只有這些，娜塔莉．布雷克也沒提那天她根本沒找羅德尼來房間，之後也沒再這麼做過。公車開始爬上一個感覺幾近垂直的山坡。娜塔莉．布雷克和黎亞．漢威爾往後緊貼椅背，她們也緊貼著彼此。「真的很高興見到妳，」黎亞說。「只有跟妳在一起時，我才可以完全做自己。」這句話讓娜塔莉開始哭，不是真的因為其中傳達的情懷，而是她恐懼地意識到，如果角色互換，這話會變得毫無意義，因為布雷克小姐沒有可以做的「自己」，跟黎亞在一起時沒有，跟任何人在一起時都沒有。

71 幫黎亞把沉重的旅行背包搬上客運門口的階梯

娜塔莉．布雷克心中有股衝動，她想把在柯克伍德班上見到的那位異國弟兄告訴她朋友。但她什麼都沒說。除了車門快關上之外，她更害怕的是法蘭克・德安傑利斯和羅德尼・班克思之間的社經差異，或許會向黎亞・漢威爾透露出她，娜塔莉・布雷克，在心理層面上是個什麼樣的人。

72 羅曼史的語言

在羅德尼・班克思之後，跟娜塔莉・布雷克有過情感關係的許多男人就跟法蘭克・德安傑利斯一樣，無論社經地位或文化背景都與她差異甚大，但所有人都沒有法蘭克那麼迷人，不過她仍沒有主動接近法蘭克，他也沒採取行動，然而兩人都強烈意識到彼此的存在。如果用詩化的語言來描述會是這樣：

「在通往彼此的道路上，有股無可避免的力量促使他們一路徘徊。」

73 唯一作者

若用更散文化的方式描述，娜塔莉・布雷克正瘋狂忙著「發明出自我」。由於太過順利、無痛地失去了上帝信仰，她甚至必須重新思考之前這個詞彙對自己代表的意義。她發現了政治還有文學、音樂和電影。「發現」其實不是正確的說法，應該說她是開始對這些事物投注信念，在此同時，她無法了解為何她的同學似乎早已對這一切死心。每當有同學問她法蘭克・德安傑利的事——她不是唯一注意到兩人在本質上如此契合的人——她都說他太自以為是、太虛榮、太像貴公子、種族認同混亂，總之完全不是她的理想型，但兩人之間隱形的連結力量卻默默在增強，因此除了法蘭克·德安傑利斯之外——或者除了像是法蘭克·德安傑利的這類人之外，她正準備展開一場陌生的人生旅程，而她又怎麼還可能找到更好的人選，來陪自己走上這一遭？

74 一次目擊

在《黑人奧菲爾》[25]的午夜放映場中，他坐在前五排，抬頭望向那個彷彿是他的分身。

75 行動主義

娜塔莉沿著學校外圍的大學廊道騎腳踏車時，一個有在和她上床的年輕男子站在路中間，擋住她的去向。他臉上有種狂亂氣息，娜塔莉一開始以為他準備宣告自己永遠愛她。「妳有半小時的時間嗎？」伊姆朗問，「我想讓妳看個東西。」娜塔莉把腳踏車推到伍德蘭德路上，用鐵鍊把腳踏車鎖在伊姆朗的宿舍外。在他的小房間內有兩位跟他們同年級的女生，還有一位她不認識的研究生。「這是行動小隊，」伊姆朗說，然後把一捲錄影帶推

25《黑人奧菲爾》（*Black Orpheus*）一部改編自希臘悲劇的電影，主題有關一場悲劇性的愛情。此作拍攝於一九五九年，導演是法國的馬賽爾·加謬斯（Marcel Camus），拍攝地點位於巴西。

進錄影機。當然，娜塔莉知道有波士尼亞戰爭，但持平來說，她實在不覺得這場戰爭有多重要。她告訴自己，這是因為她沒有電視，而且大多時間都待在圖書館的緣故。同樣在兩年前，靠著一篇新聞報導，她也才得知一個名叫「盧安達」的國家以及其中正發生大屠殺的事實。此刻她盤腿坐著，一邊看著行軍的士兵，一邊聽著狂人大吼大叫的演說錄音，影像的字幕內容跟種族純化有關，跟一個名為「大塞爾維亞」的妄想有關。這件事才剛剛發生嗎？沒多久前的事嗎？這就是所謂的「歷史終結」[26]嗎？她想到她跟黎亞每次都會問自己——為的是要進行一種思想實驗——要是她們身處一九三三年的柏林，她們會怎麼做？「我們會開一輛載滿補給品的救護車前往塞拉耶佛，」伊姆朗說，「協助那邊的重建工作。妳也該一起來。」這麼做會打破娜塔莉．布雷克的第一條家訓：「勿使汝身陷不必要之危難。」

接下來幾星期，娜塔莉致力於這趟旅程的組織工作，也跟伊姆朗做愛，多年之後，她回想起這段時期，覺得這算是她青春時期探索各種激進可能性的巔峰之作，其中融合了性、抗議和旅行的元素。在回憶中，那趟旅程有沒有真正成行似乎不那麼重要，重要的是她一開始是真心想要去。（就在出發幾天前，她跟伊姆朗吵架，他沒打電話來，她也沒再跟他聯絡。）

76 放縱

娜塔莉．布雷克取出一大筆學生貸款，還決心只把錢花在一點也不重要的事物上，比如美味的餐點、搭計程車，又或者買內衣褲。為了跟上「這些主流的傢伙」，她很快發現自己再次變得一無所有，但現在她插入簽帳金融卡，盼望可以至少提出五英鎊時，內心已經沒有之前跟羅德尼．班克思一起湧現的那種無盡焦慮。她培養出一種墮落精神。現在的她瞥見了未來的可能性，光是一次透支已經不會像之前那樣將她困在恐慌的情緒中。瑪西亞．布雷克對這類人有她的洞察觀點，這些觀點原本悉數複製到女兒身上，但此刻都在她隨興地縱情於各種褻瀆行為中灰飛煙滅，所謂縱情包括大麻和古柯鹼，另外還有怠惰。布雷克家的人之前總是拿出最好表現，難道就是為了證明給這種人看嗎？無論在地鐵上、在公園裡、還是在商店中，他們都是在向這種人證明嗎？為什麼？瑪西亞：「要讓他們無法對自己的行為找藉口。」

77　一次目擊

在娜塔莉．布雷克打扮成安吉拉．戴維斯[27]的那場派對中，打扮成法蘭茲．法農[28]的

26 法蘭西斯．福山（Francis Yoshihiro Fukuyama）一九八九年發表了論文〈歷史的終結？〉（The End of History?），之後又於一九九二年出版了著作《歷史之終結與最後之人》（*The End of History and the Last Man*），福山在書中提出「歷史終結論」，認為西方國家的自由民主制度，可能就是人類社會演化的終點、是人類政府的最終形式。

27 安吉拉．戴維斯（Angela Davis，1944–）是一位黑人女性，她是美國政治家、學者，也是作家。戴維斯在六〇年代是美國著名的社會運動人士，也是美國共產黨和黑豹黨領袖。

他站在一座樓梯上。他的裝扮包括一張名牌和向醫學系學生借來的白袍。娜塔莉準備得比較認真：她身穿顏色花俏的短袖套衫「大喜吉」，還仔細梳理出爆炸頭，不過多年來使用電棒燙傷害了髮質，爆炸頭無法挺立地很漂亮。這場扮裝派對是辦在四名哲學系學生的共租屋中，主題是哲學論述名家。他帶來的女伴打扮成莎弗[29]。

78 關於不停關注米雪爾．荷蘭德人生發展的一個理論

資本主義在滲入女人的心靈與身體的過程中，影響最深遠的大概是讓「殘酷的比較」成為她們與他人建立關係的基本模式。比起關注自己的人生，娜塔莉絕對更仔細關注米雪爾．荷蘭德的人生發展，但她其實根本沒和她說過話。除了羅德尼之外，米謝爾是這間大學中的唯一的布雷頓畢業生。她是名數學奇才，她沒辦法享受平庸之人的餘裕。她成長於南基爾本密集而高聳的集合式公宅區，那裡的生活條件很嚴苛，沒有任何值得推薦給同學的事物，別說沒有彬彬有禮的教會文化、沒有卡德威爾公宅的綠地，也沒有（這是娜塔莉的推測）親密的鄰里關係。她怎麼可能有機會成為傑出的人呢？她的父親在牢裡，母親因為精神病遭到強制入院。她和奶奶住在一起。她個性敏感、誠懇、笨拙、防衛心重，而且孤獨。娜塔莉．布雷克深信，她，娜塔莉．布雷克，不需要跟米雪爾．荷蘭德說一個字，就已然摸清了這一切，她光看米雪爾走路的姿態就都知道了。我是唯一作者。結果完全不出所料，就在大學最後一年讀到一半時，娜塔莉後聽說了米雪爾的衰敗及墜落。不是因為喝酒、嗑藥或什麼出格的行為，她只是停止前進。（這是娜塔莉的詮釋。）她不再去上

課、不再讀書，不再進食。她的狀態就像是：人生要求她將完整的自我送過一道窄門，但最後卻只有一小部分擠得過去。（這是娜塔莉的結論。）

79 歷史的終結

現在的娜塔莉想到成年生活時（她幾乎不再想了），腦中的畫面是一道長長的走廊，走廊邊有很多房間，每個房間裡都有一個朋友，另外還有共用廚房，和一張所有人都可以睡在上面彼此互幹的超級大床，總之那是個以友情為原則運作的世界。以上是比喻，但也精準呈現了娜塔莉的思維，畢竟怎麼有人能壓迫朋友？怎麼有人能欺騙朋友？怎麼有人能在自己飛黃騰達時要求朋友受苦？透過這種簡單的思維——無須遊行和口號、無須政治、無須經歷將鋪路石從地上全數翻拆起來的混亂——革命就已到來。雖然是這場主流派對中的遲到者，娜塔莉．布雷克非常積極地聽取了好友黎亞．漢威爾的建議，開始在舞池上到處擁抱陌生人。她望著手掌上的白色小藥丸。會有什麼問題呢？現在我們都是朋友了嘛。記得帶瓶水。反正命運早已決定一切。別咬，用吞的。舞池燈閃爍，重音節拍還在律動。（我會成為律師你會成為醫生她會成為老師她會成為銀行家我們都會成為藝術家他們會成

28 法蘭茲．法農（Frantz Fanon，1925–1961）是一位黑人男性，他是法國的心理分析學家、革命家，同時也是作家。他曾出版《黑皮膚，白面具》（*Peau Noire, Masques Blancs*）這本重要的後殖民主義著作。

29 莎弗（Sappho），古希臘抒情女詩人，詩作常以女性情欲為主，許多詩作也展現出針對女性的情欲。

為士兵，而且我會成為其中的第一個黑人女性你會成為第一個阿拉伯人她會成為第一個中國人然後所有人都會成為朋友，所有人都能彼此理解。）朋友會善待彼此，朋友會彼此幫助。沒有人需要變得傑出。朋友知道事務律師和出庭律師的區別，也知道去哪裡申請工作最好、最容易獲得錄取，也熟知相關的獎學金和清寒補助。「我們無法選擇家人，但可以選擇朋友。」娜塔莉．布雷克聽過這句話多少次了？

80 流行娛樂中的意識型態

為了避免可能有人遺忘的風險，世上所有流行電視節目都不停強調「家」的概念，基本上一週五次。

81 無從撫慰（黎亞的第六次造訪）

「噢耶穌呀我剛剛在森寶利超市看見羅德尼！」沮喪的黎亞把手裡兩個購物袋丟在桌上。「我看了他的購物籃，他買了一份肉派、兩罐薑汁啤酒，還有一瓶妳什麼都愛加的那種辣醬。我排在他身後等結帳，他假裝忘記買某個東西就匆匆離開了。但幾分鐘後，我在遠方另一個隊伍的最後看見他，而他籃子裡還是那四樣商品。」

82 就業博覽會

現場歡騰、混亂，就跟新生博覽會一樣擠滿人，只是現場的橫幅不是手工製作，參加的單位也不是托爾金研究社或合唱團。這些橫幅現在都印上音韻如歌的法律公司名稱，還有大家熟悉的銀行名字。身穿啦啦隊服的女孩身上印著管理諮詢公司的商標，她們在會場到處走動分發小盒冰淇淋和小罐能量飲料。娜塔莉．布雷克把手上的罐子壓扁，一邊閱讀著上面的廣告詞。抓住你的未來。她用小小的金色木板平匙挖冰淇淋，看著綠色的德國銀行氣球從原本綁好的地方鬆開，再緩慢飄上天花板。她聽見羅德尼的聲音從某處傳來。他在距離她三張桌子的地方，整個人態度積極、熱烈地坐在塑膠椅邊緣。而在他對面，那名身穿西裝的男子往手上的文件夾板寫筆記，顯然一副很被逗樂的樣子。

83 隱喻的引喻失義

一年半之後，就在所有人都回到或搬去倫敦，娜塔莉為律師資格考努力讀書之際，羅德尼．班克思透過瑪西亞．布雷克寄了一封信給她，信的開頭寫道：「凱莎，妳總說要跟隨自己的心，但奇怪的是，妳的心總是知道怎麼西瓜偎大邊。」法蘭克．德安傑利斯把信從娜塔莉．布雷克手上拿過來，親吻了她的太陽穴上方。「可憐的老羅德尼，他還在嘗試成為律師嗎？不會吧？」

84 團隊思考

一則有關軍隊的電視廣告。有群士兵從低飛的直升機跳到地面。運鏡混亂：我們必須理解這些人正面臨攻擊。他們跑過條件嚴苛的環境，風沙滿天，最後終於抵達一片空地，現身在一座峽谷邊緣。他們希望可以通往峽谷對面，但眼前的木橋已然半毀，破碎木片落入底下的溝壑。士兵們望著溝壑，望著彼此，望著身上背的沉重行囊。

85 林肯律師學院

新入學生穿著晚宴服抵達，大家一起坐著觀看這則廣告，他們把身體斜靠在椅子或沙發上，一邊喧鬧聊天。娜塔莉．布雷克也是新來的，但比大家更害羞。她站在娛樂間後方，假裝在點心桌邊忙個不停。廣告詞出現了，看起來像是用烙鐵烙在螢幕上，負責旁白是一位教育班長：

如果你在想，「我」該如何抵達峽谷的另一邊，軍隊不需要你。

如果你在想：「我們」該如何抵達峽谷的另一邊，聯絡我們。

「我正在想：你們該如何抵達峽谷的另一邊。」

他指向電視，身邊所有人都笑了。她立刻認出他的聲音，那源自米蘭的邪惡迷人口音。

86 風格

那頭髮絲已不是髒辮風格。他身上穿的晚宴外套簡潔、優雅。一小角粉色手帕從胸前口袋探出頭來，襪子上滿是菱形圖案。他穿的耐吉球鞋有點浮誇，是全新的。不過這身裝扮現在不再顯得奇怪。（現在任何一位饒舌歌手都可能穿成這樣。金錢就是最新的時尚。）

87 米迦勒學期[30]的第一場導師晚宴

娜塔莉．布雷克是她那區座位的「隊長」。她不太確定這是什麼意思。她站在自己被分配的餐桌座位後方，等待她的導師辛格博士。她往上望向拱型天花板。一位穿著絲緞禮服的白人女孩走來站在她身邊。「很美，對吧？這宏偉的屋頂布滿陽光般的金火波紋[31]！哈囉，我是波莉，是妳的隊員。」波莉旁邊有個名叫強納森的男孩，他說「隊長」只代表食物會從妳的左邊送上桌。四處都是偉大的死人畫像。沉重的銀器。吃魚用的叉子。一身黑衣的學院監督魚貫入場，他們身上的衣袍飄動，他們鞠躬。有人開始帶讀拉丁禱詞。百無聊賴又心滿意足的人聲複頌那些感覺無比遙遠的文字。

30 米迦勒學期（Michaelmas term）是指英國某些大學的第一學期。
31「that majestical roof fretted with golden fire」這句話取自莎士比亞的《哈姆雷特》（*Hamlet*）。

88 愛的發明：第二幕

娜塔莉．布雷克在大腿上攤開厚厚的亞麻餐巾，抬頭剛好看見遲到的法蘭克．德安傑利斯，他正往她的桌邊走來，他發現了她。他看起來極具毀滅她的能力，而且前所未有地像奧菲爾。他的反應讓她受寵若驚。「布雷克？妳看起來太棒了！見到妳真好。噢，隊長呀我的隊長……」他微微鞠躬，然後坐得離她好近，兩人大腿幾乎靠在一起，他仔細看了菜單卡片，做了個鬼臉。「鄉村派。我真懷念義大利。」「哎呀，死不了的。」「你們倆認識？」波莉問。確實，兩人的交談散發出親暱的氛圍，他們頭靠得很近，眼神還一起望向場地的另一頭。娜塔莉輕易進入了這個角色，但同時她也得提醒自己，這股親暱氛圍在今晚之前並不存在。這份親暱確實延續了兩人過去的微妙關係，也是在此時刻意製造出來的。

糟糕的葡萄酒被倒進酒杯。一位骨董級的法官起身發表演說。他的眉毛像貓頭鷹從臉上垂下。他完全沒少提《第十二夜》的第一場演出[32]，還詳細描述了農民把法律書籍放火燒掉的可怖場面[33]：「……如果我們仔細看歐門翻譯的《佚名編年史》，我們就會發現，恐怕呀，裡面有稍微打擊我們這行業士氣的描寫……因為，在當時，我們那些不怎麼偉大的前輩困在屬於我們的聖殿教堂內，對於擊退暴徒一事幾乎毫無貢獻。請容我引用一段：真的很驚人，看到就連最老、最弱的人都起身迎戰，動作彷彿老鼠或邪靈般敏捷……現在這世道，我可以向你們保證，斬首這件事——至少在倫敦！——已經少見得令人欣慰，而對律師造成傷害的狀況僅限於……」娜塔莉聽得入迷。她本人竟有可能跟活在六百年前的人產生關連！她不再只是桌邊的客人——她一直都是如此理解自己的存在——而是一個主人，還可以跟其他主人共同延續一項傳統。「所以現在輪到你們了。」這位法官說，法蘭克望向娜塔莉，他試圖與她四目相交，還故意誇張地打了個哈欠。娜塔莉交疊在桌面的雙臂更加不動如山，她轉頭面向那位法官，卻又在這麼做時覺得背叛了他，但法蘭克・德安傑利斯這人對她又有什麼特殊意義呢？無論如何，她還是回頭望向他，輕微抬起眉毛。他眨眨眼。

89 時間慢下來

一名波蘭裔女服務生謹慎地在桌邊移動，她在尋找吃素的賓客。法蘭克在說話，不停說話，什麼都聊，但又嗑嗑碰碰地不停換話題。原本她只在他身上看到令人厭惡的優越出身，但現在不管他做什麼，她都只看到其中難以掩飾的焦慮情緒。難道她真有可能讓他緊張？但她只是安靜坐在這裡，雙眼盯著盤子而已。「妳的髮型不一樣了。是真髮嗎？那個妳會塗奶油？妳有跟詹姆斯・波爾西見面嗎？他是正式律師，已經是了。第一次面試就過了。妳氣色很好，布雷克。妳看起來很棒。說真的，我以為妳會在我抵達之前離開。妳之前一整年都在做什麼？我得滿嘴麵包地向妳坦承：我都在滑雪。聽著，我也有辦法聊法律話題。我不像妳以為的純粹是個廢物。」「我沒有覺得你是廢物。」「有，妳有。不，我要

32《第十二夜》的的一場演出舉辦於一六〇二年二月二日，地點在中殿律師學院，當時學生也有受邀觀賞。

33 此處指涉的是一三八一年發生的瓦特・泰勒農民起義（Peasants' Revolt）。

牛肉，謝謝。但妳到底都在忙什麼？」娜塔莉．布雷克之前沒在滑雪。她在布倫特十字購物中心的一間鞋店工作，還為了存錢和父母一起住在卡德威爾，另外夢想著可以贏得曼菲斯爾德獎學金，但其實——

一臉歉意的辛格博士現身了，在娜塔莉的想像中，辛格博士是名戴著頭巾的成功人士，但此刻那個想像被一個光頭且身形嬌小、年紀約三十多歲的女性取代，她身上的黑袍間隙還露出紫色的絲質上衣。她坐下。臺上的法官此時結束演說。底下掌聲聽來像驢叫。

90　社交脈絡的理解困難

娜塔莉．布雷克不再跟法蘭西斯可．德安傑利斯調情，而是開始大肆羅列辛格博士的學術成就。辛格博士看起來很累。她往娜塔莉的玻璃杯裡加水。「妳休閒時都做些什麼？」法蘭克靠過來。「沒時間休閒，這位姊妹是薪水的奴隸。」當然這本來只是玩笑話，雖然確實有些笨拙，娜塔莉努力擠出笑聲，但看到波莉臉紅起來，強納森也呆呆盯住桌面，她就知道情況不妙。法蘭克試圖挽救局面，所以提出一個較為廣泛的社交性觀察。「當然，像我們這種人已經瀕臨絕種了。」他環顧場內，一隻手架在眉毛處。「等等，那裡還有一位。這樣算起來總共是六位，數量實在不多。」他醉了，而且正在大出洋相。她憐憫他。他說出的那聲「我們」聽來很怪——毫不自然。他甚至不知該如何表現出真實的自己，但又有什麼必要呢？她忙著慶幸自己有辦法同情並正確分析法蘭西斯可．德安傑利斯令人玩味的苦難，所以過一陣子才意識到，辛格博士正朝他們兩人皺眉。

「我們這裡有各種多元的課程設計。」辛格博士一本正經地說完，接著轉頭跟坐在她左邊的另一個金髮女孩聊起來。

91 週四下午十二點四十五分：辯護

四名學生和一名老師在教室前方就定位。上訴人和被告分別取了像是扮家家酒的名字：洗錢者鈔票先生和縱火犯火把先生。此時的娜塔莉．布雷克已被迫離開教室去找廁所，她得處理她的頭髮。天氣熱得毫無道理，完全不符合現在的季節，也搞亂了她原本的計畫。汗珠從編髮根部滲出，把她的髮型搞得一團亂，而且她越是去想，情況就越糟。無論她多有野心，根柢上仍是個倫敦西北區的女孩，無法對即將逼近的危機坐視不管。她沿走廊快步疾走。走到廁所時，她把水槽裝滿冷水，頭髮往後抓，臉浸到水裡；等回到教室時，只剩下法蘭西斯可．德安傑利斯旁邊有空位。是他刻意幫她留的嗎？愛的發明，第三幕。她坐下，感覺他的手搭上她的膝頭。他在桌面上遞了枝鉛筆給她。

「那天晚上真抱歉，布雷克。有時我就是個白痴，大多時候啦。」

這是娜塔莉．布雷克以前不知道存在的現象：沒想到男人竟能自發性地承認錯誤，還能為此致歉。在兩人一起生活很久之後，娜塔莉．布雷克才想到，她丈夫的耿直或許只是擁有超凡特權的結果之一。但在這個下午，她只是單純被他卸下心防，而且心存感激。

「動作最好快一點，妳錯過一大段了。」他開始在她耳邊悄聲複誦所有的「不爭執事項」，但態度過於自信，裡頭參雜了不少加油添醋或無關的評論，她必須一邊寫筆記一邊即時更正，並一條條列出所有上訴理由。「初級出庭律師上場了。好，妳趕上進度了。」初級出庭律師起身。娜塔莉轉身望向法蘭克的側臉。他真是她見過最美麗的男人了。他身形寬闊，氣勢驚人，眼珠的顏色比皮膚淺一個色調。她重新轉頭望向臺上的初級出庭律師。他看起來才剛進入青春期，表現笨拙，眼神幾乎沒有從那一大疊厚厚的A4紙上移開過，而且還兩度將女性老師稱為「爵爺閣下」。

92 正餐之後

「我們在哪裡？我為什麼在這裡？」

「馬里波恩。倫敦不是只有基爾本大路好嗎？」

「我在學院那邊有房間了。」

「女士A提出了她的論據。」

「法蘭克，帶我回去。我不知道我在哪。」

「有時什麼都沒把握也挺好的。」

「我們早上才參加了假設案件討論會。老兄，那食物有夠難吃，葡萄酒也太多了。你也回家吧。」

「我在家了呀。我就住這。」

「我們沒人住這好嗎。」

「欸拜託妳對我有點信心。這是我奶奶家。為什麼妳就不能好好放鬆、享受一下？」

93（陰性的）討人喜歡[34]

冰箱裡只有一個從福南梅森百貨買回來的粉紅色大盒子，裡頭有四排馬卡龍，顏色是美味的粉彩色。娜塔莉．布雷克把盒子拿去法蘭克坐的地方，他像一艘遇難的船擱淺在廚房的中「島」邊。四面八方都是一片空無。他從她手中接下盒子，雙手搭在她的肩膀上。

「布雷克，試著放鬆一下。」

「在這種漂亮空間裡沒辦法。」

「自以為底層萬歲的傢伙。」

「我好餓。早上的食物真的太糟了。餵我。」

「結束之後。」

他把她抱上樓，走過許多畫作、平版印刷作品、家族照片，還有一張走廊上的斜躺椅。他們進入公寓最頂端的小閣樓，床鋪就放在簷柱正下方，她的手肘一直撞到書架。架上有許多厚重的法律書籍、托爾金的作品、八〇年代的恐怖小說平裝本，還有商人和政治家的傳記。她只在書堆中看到一個熟悉的好友，《下一次將是烈火》[35]。

「你有看這本？」

---

34 這裡用的是借自義大利文 simpatico 的單數陰性型態 simpatica。

35《下一次將是烈火》（*The Fire Next Time*）是美國黑人男性作家詹姆斯．鮑德溫（James Baldwin）在一九六三年出版的非小說類書籍。

「我記得他在巴黎認識了我奶奶。」

「那本書很棒。」

「我會相信妳的話，初級出庭律師。」

94 命名的喜悅

或許性跟身體完全無關。或許性是由語言運作的官能感受。人能透過身體作出的表示很有限，身上就只有那麼些地方可以讓人做出那麼些事情。羅德尼在技巧上絕沒有任何缺失。他只是沉默。而法蘭克傻氣、無法控制、下意識投入又令人尷尬的說故事技巧，卻在此時找到了發揮空間，在床上。

95 性交之後

「他來自千里達，他住在南倫敦，他的工作跟火車有關。她為了在敘述時製造某種戲劇效果稱他是『司機』——事實並非如此。他是警衛，之後也曾在某間辦公室工作過。她是在公園遇見他。我從沒見過他。他叫哈里斯。其實我該叫法蘭克·哈里斯。他死了。就這樣。」

他就連裸體時講話也氣勢洶洶。娜塔莉·布雷克想辦法坐到他身上，望進他的雙眼。他的神情脆弱，像個小男孩，那張成年人的臉上可以清楚看見驕傲及恐懼交雜。當然也正是這些特質吸引著她。「她懷著我回到米蘭，當時是七〇年代，然後我去了義大利的普利亞，又到英國上學。那不是個問題，用這種方式成長很棒，我愛我的學校。」獨子，歷史故事豐沛的家族，富有但不再像以前那麼富有。「很久很久以前，所有義大利的像樣家庭都有一臺德安傑利斯瓦斯爐……」沒人知道該拿他的頭髮怎麼辦。他不說英文，他漂亮得散發危險氣息，他八歲。

96 唯一作者

「但妳讓我聽起來像個受害者，我想說的是，我其實之前過得很不錯，那些都是小事，我其實不太知道為何要談起他們。妳的問題都有引導性。我是個具有黑人背景的義大利人，雖然少見，但童年愉快，有學拉丁文，就這樣。接著在一九八七年到今晚之間，沒什麼有趣的事發生。」他幾近揮霍地狂吻她。或許她會一直照看著他，幫助他成為一個真正的人。畢竟她是如此堅強！在卡德威爾的她相對孱弱，但這份孱弱卻在進入成年世界後轉化為令人讚嘆的力量。世界對一個人的要求是如此之少啊，為此整備齊全實在容易多了。

97 注意

娜塔莉沒有停下來思考的是，法蘭克就讀的寄宿學校，會不會也對他造成了同樣效果？

98 六個月紀念

「法蘭克，我要下樓了，電視開著我無法專心。我可以把史密斯和霍根的那本《刑法》拿走嗎？」

「好呀，然後拿去燒掉。」

「你到底打算怎麼通過考試？」

「機巧的謀略。」

「那是什麼鬼？」

「MTV基地臺。音樂錄影帶是唯一能帶來歡樂的現代藝術形式。瞧這多歡樂呀。」

他身體還在床上，只是把手伸長，手指向那位身穿白色輕薄運動裝的霹靂舞女孩。

「他死掉的時候，我在普利亞。沒人理解。哪來的黑道肥仔？誰在乎啊？態度這樣就對了，他們在乎的甚至不是音樂[36]。」

他說的一切聽起來有夠美好。他缺的只有義大利人口中的「forza」，也就是強悍的「力量」，而這部分娜塔莉可以負責提供（請見96）。

99 法蘭克尋求黎亞的認可

穿過百葉窗的陽光拉出長長的影子。娜塔莉・布雷克站在起居室，她很緊張，她拿著一個裝了伏特加的平底酒杯，準備好為任何可能的口角打圓場。黎亞和法蘭克並肩坐在他奶奶的切斯特菲爾德沙發上。娜塔莉可以看出黎亞如何長成她的「自我」該有的樣子。她不再清瘦，她很高，頭髮也不再是薑黃色——「是赤褐色。」實驗自我樣貌的階段已然結束。現在的她身穿牛仔裙、連帽衫、毛茸茸的靴子，兩邊耳朵各掛了一圈金色耳環，一切終究回到源頭。娜塔莉．布雷克望著她的男友法蘭克．德安傑利斯在玻璃桌面切出一條條歪扭的白線，她的好友黎亞．漢威爾則把一張二十英鎊鈔票捲成一根細管子。她看著他是如何認真聆聽黎亞談起一個男人，根據她的發音，那男人名叫米謝爾。他們才剛在伊微沙島認識。法蘭克相當認真對待眼前的任務。他很清楚如果要愛娜塔莉．布雷克，他得先愛黎亞．漢威爾。

「有件事我很感興趣：妳們女孩——妳們都喜歡我們這種『歐洲敗類』。這是真的嗎？實在是奇怪的巧合。我們這種敗類其實不多。難道妳們是在比賽？」

「聽著，老兄：你是歐洲敗類。他可是來自法國的瓜地洛普區！他爸參加過地下反抗運動之類的，基本上後來就是被迫逃亡，而且是整家人都得逃。他爸現在在馬賽當工友，媽媽是阿爾及利亞人。她不識字也不會寫。」

法蘭克垂下頭，嘴巴做出像是卡通人物的噘嘴動作。

「漢威爾得分！他聽起來太高貴了，簡直是地球之鹽[37]，他可是自由鬥士的孩子呀。我非得讓出這片道德高地不可。我百分之百不是地球之鹽。」

36 這裡指的是美國饒舌歌手聲名狼藉先生（The Notorious B.I.G.）。

37 這個詞彙出自耶穌的布道內容，後來主要用來形容德行無比高尚之人。

黎亞笑了。「你是鏡子上的古柯鹼，而且還是切得很歪的那種。」

100 娜塔莉尋求愛蓮娜的認可

一頓在梅菲爾上流住宅區的午餐。一個美麗女人把牡蠣滑入喉嚨。她的手機如此輕薄，可以輕巧擺放在上衣的絲質口袋中。「所以他有認真讀書？」她問。愛蓮娜．德安傑利斯用細菸在桌布上輕輕地敲，眼神犀利又靈巧地睥睨了娜塔莉．布雷克一眼。娜塔莉甚至還來不及結巴地給出答案，愛蓮娜就笑了。「別擔心——我不是要妳說謊。我的小西斯可絕不會走法律這條路，這是當然，他沒這能耐，但我希望法律對他有幫助，我是指對他的個性來說。他舅舅也是這樣。總之，他認識了妳，他帶回家見我的女人中，妳是第一個像樣的女朋友，這可不是小事。告訴我，你們真的需要在這一年參加特定數量的晚宴嗎？不然就不能成為出庭律師？」娜塔莉望著愛蓮娜把菸灰彈進晚餐盤中。她真的好想知道這樣一個女人是如何愛上又失去了一個千里達裔的火車站警衛。「沒錯，」她說，「十二次。在一間很大的廳堂。以前還必須參加三十六次。」愛蓮娜的鼻孔噴出兩道白煙。「多麼古怪的國家呀！」有名服務生過來，有人掏出皮夾付錢，之後竟也沒發生任何場面難看的彼此試探。「我的小西斯可，請打電話給你表哥。我兩週前就說你會打電話過去了，他們不可能永無止境地等下去。這樣很不好意思。」

101 繼續、向上

法蘭克的律師資格考沒過，而且失敗地非常慘烈，他在考試開始後四十五分鐘才現身，結束前十分鐘就離場。考完後他做的第一件事就是打電話給母親。娜塔莉能看出這段對話令他愉快。與其用傳統的方式失敗，愛蓮娜那種女人寧可慘烈地陷入悲劇。

黎亞．漢威爾在河的南岸找了間荒涼的公寓，就在新十字區，基於對兩人過往友誼的重視，娜塔莉．布雷克成了她的室友。她會在漫長的三角形地鐵車程上閱讀訴訟摘要：她不停在新十字區、林肯學院、和馬里波恩區之間移動。她會匆忙跳到法蘭克的床上，又跳下床，再跳回去。「現在幾點？」「十一點十五分。」「我得走啦！」她試著逼自己起身搭上往南駛去的夜間公車。「真正待在那個垃圾小窩裡不走的是妳的原則，不是妳本人。」他提出他的觀察。她的頭再次陷回枕頭裡。

她突然看清了自己，壓抑後的爆發總是難以預測。

他傻氣又深情，他總是打電話找她。

她穿過剪票口，他買給她的電話響起。

「娜塔莉．布雷克，我在這世上唯一可以忍受的人就是妳，不誇張。」

人們就是從那年開始會說「不誇張」。

法蘭克當時就坐在德漢及麥考雷投資公司的辦公桌前，他的工作是針對某些事物的未來價格下賭注，至於是什麼事物他很難向她描述。反正應該是更多符號之類的，她猜想，但不是她有辦法解讀的那種。

102 救救妳自己

為了向自己解釋她自己，娜塔莉・布雷克引用了一個傳統意象。寬廣的河面、洶湧的水流、跨越河面的一顆顆踏腳石，這些石頭分別是卡德威爾、各種考試、大學、律師資格考——初級實習律師。最後要跨越的這段距離實在太遠，她幾乎要跳不過去。這個時期沒有獎學金可申請，實習的前半年也不可能真正賺到什麼錢。她得再去貸款，再把從小存在「房屋互助協會」始終沒動過的那些錢拿來用。這種時不時會出問題的地方性「房屋互助協會」，其運作方式剛好也符合某種「傳統意象」。

103 資本主義的豬

牠被稱為彼得：牠背後有個硬幣形狀的插槽。瑪西亞・布雷克存錢都是透過收納員，她本人則是一直收著那本小小的紅色存摺。一旦存入的錢累積到一定的整數金額（二十五、五十英鎊，或一百英鎊），孩子就會收到第一隻彼得，接著還會收到印上「房屋互助協會」的豬家族不同成員。在布雷克家，這些豬是裝飾品，所有成員都站在起居室的一層書架上。有些時候，瑪西亞會讓她瞄一眼「存入」欄位，上頭通常寫了驚人（但碰不得）的總數，比如七十一英鎊。娜塔莉從未碰過那筆錢，而現在，二十年後，這些錢終於得以做出貢獻。啊，好多回憶湧現！她甚至還記得親手處理過一英鎊舊紙鈔的感覺。她是否真的摸過其實很難說，鄉愁實在具有扭曲記憶的力量。

「妳在排隊嗎？」

娜塔莉低頭望向手肘邊，這位手裡抓著紅色小存摺的老婦人一副隨時要找人吵架的態勢。她將手中的存摺稍微舉起。「我想是吧。」

但所謂的隊伍其實亂糟糟的，一群吵吵嚷嚷的西北區居民手拿存摺彼此推擠，還不停大吼。有人說：「排隊路線需要規劃吧，老天！這裡總是一團亂！」又有人說：「這些人根本不懂英國人都是怎麼排隊的。」

本來該在骯髒地毯上以固定間隔設置的鋁柱沒有放出來。娜塔莉可以看見那些鋁柱堆在出納員櫃檯旁邊的角落。

「輪到妳了，快去！」老婦人說，娜塔莉也不知道這算不算正義獲得聲張，但還是走向她指示的那個櫃檯，接著和一位名叫多琳．貝里斯的出納員進行了一段令人煩心的對話，然後她離開人擠人的現場，走上基爾本大路，靠著一根公車站牌，啜泣。

104 百分之一百一十

「我實在太氣牧師了，」瑪西亞啜泣著說。「實在太糟了，我把錢給他時滿懷信心，他也向我強力保證，說妳的錢百分之一百一十可以拿回來，他向我保證時手還扶著心口，因為這筆錢是為了教會好，而且只是暫時借用！我們正在寮國擴展教會勢力，為的是把上帝的話語傳遞過去，那裡的人真的有需要啊。我真不敢相信，我本來打算沒過多久就存回去，妳本來根本不可能發現，因為就只是暫時借用一下。那筆錢只是為了填補過渡時期的缺口，他是這樣說的，我也相信他，怎麼會不信！他是個好人啊。我現在真的很氣牧師，凱莎！我發現時真的氣瘋了。我太容易信任別人，問題在這裡，糟透了，因為就算別人根本在騙我，說了一堆謊，我也會以為他們在說實話。遇到這種事之後真的很難再信任別人。很難。」

105 綠園的浪漫場景

娜塔莉立下一條規矩，所有戀愛活動的開銷不能超出雙方的經濟能力。有時兩人會因此爭吵，但今天這點沒得商量。週末報紙。名人訪談。電影評論。社論。寂寞芳心徵友版。熾熱的陽光。打包好的午餐。紅條牌牙買加啤酒。

「喔，還有我跟愛蓮娜談過了——她也同意。」

「那裡有警衛。法蘭克，我們直接去草地那邊吧。我才不打算租那種兩英鎊一張的露臺椅。」

「妳有聽我說話嗎？我跟母親談過了。我們打算直接給妳錢。」

娜塔莉放下手上的週六雜誌，背對法蘭西斯可．德安傑利斯，把臉埋進鋪在地上的帆布裡，她本來打算啜泣，藉此表現出「感動到不行」的模樣。但她的臉一片乾燥，心裡古怪地全想著別的事。

106《居無定所》[38]

女性個體會為了戀愛關係找上男性個體。反之亦然。

若是地位較低的人擁有知識資本，但沒有剩餘財產，就會找上擁有充足剩餘財產的人，以享受雙贏的好處，這些好處很多，其中包含預期壽命較長、營養較為充足、工時較短，還能較早退休。

需要食物和住所的人類動物會為了子嗣找上人類動物中的異性，並希望對方留在自己身邊，直到剛剛提到的子嗣有可能獨立生存為止。

有些基因為了讓自己存續下去，會去尋求所有可能的複製機會。

107 我們別吵了，噓

他還在講個不停。他擺出成年人的表情，就是每天帶去上班的那種表情。她知道那是裝出來的。他之所以無法向她解釋自己的工作內容，不是因為複雜到難以讓她理解（雖然也確實是這樣沒錯），而是因為他自己也並不真正理解。他只是虛張聲勢地度過每一天。一直以來她都很清楚，他的自尊心非常脆弱，根基不穩，而她認為這個特質——根據她的經驗，所有男人都有這種狀況——正如之前所提，這個特質是她在享受他的誠實、性開放

38《居無定所》（*Parklife*）是走另類搖滾路線的布勒合唱團（Blur）在一九九四年發布的專輯。

及美好的部分時，所需要付出的小小代價。

「……我當時就是這樣跟愛蓮娜說：這女孩以那年的第二高分通過資格考。就算我沒有愛她，讓這種才能因為缺乏資源而浪費掉也沒有道理，在財務規劃上更沒有道理。妳的家人無論因為什麼理由拒絕幫助妳——」

「他們沒有拒絕幫助我，法蘭克——他們是沒辦法！」娜塔莉．布雷克扯開嗓門大喊，然後激情地為家人辯護，儘管她現在根本不和家裡的任何人說話。

108　積極行動的政治學

「雪柔可以停止生小孩，妳弟可以去找工作，他們可以離開那個會搶走他們錢的邪教，妳的家人總是做出糟糕的人生選擇——我只是實話實說。」

「你該住嘴了，因為你完全不懂自己在講什麼。我不想在該死的地鐵上聊這件事。」娜塔莉．布雷克和法蘭西斯可．德安傑利斯對「選擇」這個詞彙的理解完全相反，而且兩人都認為自己比較客觀，也都認為自己絕對沒受到剛好相反的成長環境所影響。

109　約翰．鄧恩，林肯學院，一五九二

樓上的職員辦公室有騷動聲傳來。波莉用了非常巧妙的說法來描述：「一堆語助詞組合起來的考克尼方言[39]交響樂。」

「小娜，妳搭幾點的飛機？」

「明早七點。」

「聽著，妳覺得哪裡比較有吸引力：托斯卡尼？還是西倫敦青年法院？我是認真的，趁現在還沒問題時趕快滾吧。」

現在只剩她們兩人在實習律師辦公室。其他人不是去了法院，就是在酒吧。

「妳甚至可以把我的最後一根菸拿走，就當作是一部分嫁妝吧。」

娜塔莉把兩隻手臂伸進大衣袖子，波莉開始點打火機，但她們速度不夠快，來不及避開職員伊恩．克羅斯。手拿一份訴訟摘要的他走下樓梯，出現在兩人面前。

「欸，把菸熄掉。振作一點。誰要這個案子？」

「什麼案子？」

伊恩用雙手翻看那份摘要。「癮君子、強盜罪，還牽涉輕微的縱火罪。背後有年輕那位漢普頓－羅威先生的筆記。他去幫布里司通的忙了，因為臨時接到更大的案子。瑪爾斯登教士真的完了。那案子現在曝光度實在太高。」

娜塔莉望著波莉臉紅起來，伸手假裝有點興趣地接下那份案件摘要。「哪個教士？」

「開玩笑的吧，妳認真？有位教區牧師把妓女分屍後丟在康登鎮的運河船閘區，消息都傳遍大街小巷了，妳不看報紙嗎？」

「不看那種報紙。」

39 主要指倫敦東區工人階級常用的語言。

「歡迎加入二十一世紀，親愛的。現在只有一種報紙。」他微笑，左眼周遭的葡萄酒斑可怕地皺起。波莉對此也有個巧妙的形容。「據此發展出整體人物個性的一枚斑點。」

「給我吧，她不行接。小娜週日要結婚了。」

「致敬。所有人都該這麼做。沒有人是孤島[40]，我總是這麼說。」

「啊，這是你的名言，是吧？我還老想這是誰說的呢。小娜，我的親親，快逃吧。救救妳自己。多喝點酒，算我的。」

110 關於個性的補充說明

（有時候，在享受小波對他人個性的濃縮式評論時，娜塔莉也擔心當她自己（娜塔莉）不在場時，她自己（娜塔莉）的個性也會被小波濃縮成一句膠囊式的俏皮話，儘管她無法真的對這個可能性感到害怕，因為根柢上來說她就不相信她（娜塔莉）有可能真的被談論而且是用她（娜塔莉）談論他人以及聽見他人被談論的方式。但總之得進行一場思想實驗：娜塔莉的個性是根據什麼建立起來的呢？）

111 職場酒局

娜塔莉．布雷克匆忙爬上階梯，快步經過職員辦公室，希望避開任何可能出現的案件摘要。她走入中殿律師學院巷，匯入街上的人潮，所有人都朝同個方向流動而去：法院巷。她也就跟上大家的腳步。她遇上兩個朋友，然後又是兩個朋友。等他們抵達七星酒吧時，人已經多到沒有室內的位子可以坐了。這群人中唯一的另一名女性叫做雅米塔，她主動提議要去買酒，娜塔莉也表示可以幫忙。「小杯伏特加還是啤酒？」她們忘記先問了。雅米塔也是勞工階級出身的女孩，不過老家在蘭開郡，她很著急地想把事情做對——她們這種出身勞工階級的女實習律師總急著想把事情做對。娜塔莉．布雷克代表她倆把每個人要的酒都問清楚了。幾分鐘後，穿著得體工作套裝的她們重新出現，手裡搖搖晃晃拿著兩個托盤，上頭濺滿溼答答的泡沫。那些男人在皇家法院的欄杆旁站成一排，抽菸。這是夏末倫敦的一個美好傍晚。男人吹起口哨。女人向他們走去。

112　湯瑪斯．摩爾爵士，林肯律師學院，一四九六[41]

「誰來把這女孩抬起來慶祝啊！她要結婚了。啊，人生苦短，何必想不開。妳之前說他叫什麼名字？法蘭西斯可？蠢義大利佬？我提出審判無效。有一半千里達血統啦，其實。**這就是政治正確過頭到瘋狂了**。我說真的，不過，小娜。真心祝妳好運。我們都祝妳好

40 指英國詩人約翰．鄧恩（John Donne，1572-1631）的〈沒有人是一座孤島〉（*No Man is an Island*）。

41 湯瑪斯．摩爾爵士（Sir Thomas More，1478-1535）在一四九六年於林肯律師學院入學。他是北方文藝復興的代表人物之一，也是英格蘭的政治家、作家、空想社會主義者，以及哲學家。他的著名著作為《烏托邦》，約於一五一六年出版，全名為《關於最完美的國家制度和烏托邦新島既有益又有趣的金書》。

運。雖然我個人不相信好運。我的請帖呢？對呀我的請帖呢？小心那個杯子！我們沒邀請任何人，就連家人都沒請，希望自己搞定。噢噢噢，外人止步啊！來個誰把她抬起來啊。小波說他超有錢，在德漢及麥考雷投資公司工作。會去伊斯靈頓市公所很快登記一下，然後去義大利的波西塔諾度蜜月。商務艙。哎呀我們都知道了啦。哎呀沒錯，我們知道。布雷克可精明了。唉唷！別打人啊！重點是，妳加入對面陣營了，妳投身敵營。我們被迫在妳不在時繼續風流。這個叫做法蘭西斯可的傢伙：他同意婚後性行為嗎？義大利人應該都會吧。至於天主教呀，我們都像在法庭上，我們用假設的唷，哎呀沒錯，我們假設。法蘭克，大家都叫他法蘭克，他只有一半義大利血統。傑克，抓住她的右腳，埃澤拉，抓住她的左腳，雅米塔抓屁股。放我下來！妳負責屁股，雅米塔，親愛的。反對！為什麼雅米塔可以負責最棒的部分？因為我就是可以。反對無效。為什麼男人現在都不能談論女人的臀部了啊？我跟你說**這就是政治正確過頭到**——喔管他的啦。一、二、三，**抬**。」

　這些之後會成為出庭律師的練習生抬著娜塔莉．布雷克穿越馬路，沿路激動叫囂。她的鼻子被抬到跟十六世紀的拱門一樣高。她已經離家走了這麼遠！

「**她明早要結婚啦**。」

「清晨就會登記。這座雕像[42]是誰？上面那座？」

「我的拉丁文爛到生鏽了，該死的完全不知道這寫的是啥鬼……我們要往哪個方向走？北方？西方！妳要搭哪條地鐵線？銀禧線？」

113 蜜月[43]（兩週）

太陽
氣泡酒
天空，淡白
燕群。弧線飛行。俯衝。
卵石藍。
卵石紅。
搭電梯到沙灘。

空蕩蕩的沙灘。日昇。日落。

「妳知道這場面在義大利有多不常見吧？你們付錢就是為了這個——這片寂靜！」

噢。

他游泳。每天。

「海水太完美了！」

海浪。

42 這裡指的應該是在皇家法院對面，位於湯瑪斯·摩爾爵士之家二樓外牆的湯瑪斯·摩爾本人雕像。

43 這裡的「蜜月」用的是義大利文Luna di Miel，很可能暗示一部拍於一九四一年的同名義大利電影。

英文報紙。兩杯啤酒。義大利飯糰。

「如果我們把帳記在這張卡上可以嗎？我們住在五一二號房。我有帶護照。」

「當然沒問題，夫人，妳住在新婚套房。介意我問件事嗎？你們從哪裡來？」

海浪。

服務生戴著白色手套。

訃聞。評論文章。從頭讀到尾。

蘭姆酒可樂。起司蛋糕。

「可以直接把這些掛在房間的帳上嗎？另外一個人說可以。五一二號房。」

「當然可以，夫人。你們怎麼稱呼這個？英文怎麼說？」

「雙筒望遠鏡。我丈夫喜歡鳥。說出那個詞感覺真奇怪。」

「雙筒望遠鏡？」

「丈夫。」

公共沙灘位於半島尖端。從尖端延伸共四英里長。喧鬧。尖叫。笑聲。音響大聲放出音樂。身體比沙子還多。

真希望妳也在這裡？

空蕩。

外人止步。

「這裡真的很像天堂！」

噢

海浪

獨自一個家庭。紅色遮陽傘。母親、父親，和兒子。路易斯。

路——易——！粉紅色短褲。海浪

哪裡都沒有什麼都沒有

路——易——！

伏特加雞尾酒。

「你有筆嗎？你知道他們從哪裡來嗎？」

「巴黎，女士。她是美國模特兒。他是電腦。法國人。」

路易斯被水母叮到了。

戲劇性事件！

蘭姆雞尾酒。明蝦。巧克力蛋糕。

「五一二房，麻煩了。」

「夫人，我向妳保證不可能有這種事。這裡沒有水母。我們是一座豪華度假村。妳是因為這樣才不游泳的嗎？」

「我不游泳是因為我不會游。」

蛤蠣細扁麵、琴湯尼酒，和藍姆雞尾酒。

「女士，妳哪裡來？美國？」

「五一二。」

「這位在游泳的是妳男友？」

「丈夫。」

「他義大利文說得很好。」

「他是義大利人。」

「那妳呢？女士？*Di Dove sei*？妳從哪裡來？」

114 夢幻島[44]

「妳至少該去水裡站一下，」法蘭克．德安傑利斯說，娜塔莉．布雷克抬頭望向她丈夫美麗的棕色胴體，鹹水從他的皮膚滴下，她低頭繼續閱讀。「妳從飛機上開始就揣著那些紙到處跑。」他越過她的肩膀看。「到底什麼這麼有趣？」她把那些因為沾過水而紙質損傷又皺巴巴的徵友廣告拿給他看。他嘆氣，戴上太陽眼鏡。「『靈魂伴侶。』*Che Shifo*！

好噁心！真不知為何妳喜歡看這種東西。那些徵友廣告讓我沮喪。好多好多寂寞的人啊。」

115 老貝利街

伊恩・克羅斯的頭從實習律師辦公室的門邊探出。一整個房間的實習律師滿懷希望地抬起頭。克羅斯望向娜塔莉・布雷克。

「想看一整群成年陪審團員抱頭痛哭嗎？布里司通需要隨便找位實習律師來湊人數。一號法庭，老貝利街的中央刑事法院，跟強尼・漢普頓—渾蛋一起出庭。別擔心，什麼都不用做，看起來漂漂亮亮的就好，帶上妳的假髮吧。」

她因為被選上而興奮。這證明她的策略有效，比如說，跟波莉比起來吧，她的策略是有效的。她的策略是別跟刑事部門的明星正式律師談戀愛。把工作做好。耐心等待妳的好表現被注意到。她始終懷抱這份天真與自傲，直到她在法庭上就定位，看到受害者家屬坐在旁聽席，一看就知道是牙買加人，其中的男人穿著閃亮的灰色雙排扣西裝，女人則戴著綴滿人工花的張揚寬邊帽。

「好好看，學著點，」強尼悄聲說，接著起身進行開場陳述。

---

44 這裡用的是義大利文L'isola che non c'è，很可能是指義大利歌手埃德瓦多・本納托（Eduardo Bennato）於二〇〇二年發表的同名歌曲。

116 窺淫癖

辯方說詞基本上就像是由天主教聖餐變體論[45]的臺詞所組成：有其他人用了教區牧師的公寓來分屍被害者、有其他人把她的屍體丟棄在康登運河船閘區旁的好幾個大型垃圾袋中，而且剛好距離他家後門不到二十碼。他還宣稱把自己的鑰匙免費發放給教區信眾，很多人都有。至於在她體內找到他的精液只證明一切實在是太巧合了。（記者還挖出另外好幾個長相跟死者相似到可疑的當地妓女，而且都宣稱跟教區牧師有過「神聖的」行為。）

「但這場審判跟種族無關，」強尼說，然後稍微揮動手臂，將陪審團的注意力轉移到娜塔莉．布雷克身上，「若是任由這場審判往這個方向走，等於是將舉證責任──身為英國陪審團員的你們，最在意的就是這件事──讓渡給服膺於『這些人有罪因為我們說他有罪』原則的可悲低俗小報。」陰鬱的受害者家屬擠在一起，他們在旁聽席中依偎著彼此尋求溫暖，娜塔莉沒再望向他們。

檢方準備了投影片簡報。畫面上是康登鎮一間骯髒屋內的場景。娜塔莉．布雷克坐在椅子上的身體往前傾。重點在於那些血跡，但引起她興趣的都是血跡以外的元素：四張時髦的六〇年代白椅，並不是一位神職人員常會做出的選擇。不成套的沙發和軟墊凳，一臺頂級電視。過時的固定式全套廚房，地板鋪了軟木地墊，血都已經不幸地滲進地墊裡了。娜塔莉感覺到這位初級訴訟律師用手肘頂了頂她，她於是依照之前收到的指示，開始假裝寫起筆記。

117 更衣室內

娜塔莉・布雷克轉身脫掉律師袍時，強尼・漢普頓－羅威出現在她身後，他用手摸她的上衣，再連著胸罩往一旁扯。她愣了一下才做出反應：他都已經在捏她的奶頭了，她才開口問你到底以為自己他媽的在幹什麼。靠著她剛剛在法庭看到的精巧手段，此刻他也將她的大叫轉化為罪行。他立刻退開，嘆氣。「好吧、好吧，是我不好。」然後在她還沒轉身前走了出去。等她冷靜下來，走出更衣室，他已經在走廊另一端跟團隊中的其他人打鬧，一邊討論隔天的策略。這位初級訴訟律師用一隻筆指向娜塔莉。「酒吧，七星酒吧，一起來嗎？」

118 緊急諮詢

黎亞・漢威爾跟娜塔莉・布雷克約在法院巷地鐵站見面。她在這個地鐵站附近工作，擔任托特納姆宮路上一間健身房的櫃檯人員。她們一起走到亨特博物館。天空開始下雨。黎亞站在兩根巨大的帕拉迪歐石柱間，抬頭望向刻在灰色石塊上的拉丁文引語。

「我們不能去酒吧嗎？」

「妳會喜歡這裡。」

---

45 天主教聖餐變體論基本上相信，麵包和葡萄酒可以通過聖餐禮轉化為基督的身體與血液。

她們在桌上的捐獻箱捐了一點錢。

「亨特是一位解剖學家，」娜塔莉．布雷克向她解釋。「這些都是他的私人收藏。」

「妳跟法蘭克說了嗎？」

「他幫不上忙。」

娜塔莉毫無預警的把黎亞推進第一個有陽光由屋頂灑入的大廳，法蘭克幾個月前也對她做過同樣的事。黎亞沒有尖叫、倒抽一口氣，或者用雙手遮住眼睛。她直接走過那些懸浮在瓶裝福馬林中的鼻子、小腿骨和屁股，然後走向巨人奧布萊恩[46]的全身骨架。她把手掌平貼在玻璃櫥窗上，微笑。娜塔莉．布雷克跟在她身後讀手冊內容，解釋，她總是在解釋。

119 那些屌

又厚又方還有點可笑，距離頭幾英寸處有個傷口，又或者單純只是在死後縮水。有些屌割過包皮，有些屌顯然生過壞疽。「實在沒覺得他們多出這根有多值得羨慕，」黎亞說。「妳呢？」她們繼續往前走。她們經過那些髖骨、腳趾、手骨、肺臟、大腦、陰道、老鼠和狗和下巴有顆恐怖腫瘤的猴子。等走到晚期胚胎區時，兩人已經有點歇斯底里。那些胚胎擁有巨大的前額骨、窄小的下巴骨，他們雙眼緊閉，嘴巴大開。娜塔莉．布雷克和黎亞．漢威爾對彼此擺出挪威名畫「孟克吶喊」的臉，她們將那張臉轉向那些胚胎。黎亞跪下看一片人類的患病組織，娜塔莉看不出那是什麼。

「妳剛剛有去酒吧？」

「我在那裡坐了二十分鐘，盯著桌面的紋理看。他們在討論案子。之後我就走了。」
「妳覺得他也有這樣對那個叫波莉的女生嗎？」
「他們『有一腿』，或許也是用這種方式開始的吧。說不定他對誰都這樣。」
「真是越來越糟了。真恨這種事。健身房也一樣，全都是一堆愛鬧事的爛屌。我快要被逼瘋了。」
「這片到底是什麼？癌症？」
「腸子那邊吧，感覺是老爸會得的那種病。」黎亞離開那只玻璃罐，在展間中央一張小小的長椅上坐下。娜塔莉也跟著坐下，捏了捏她的手。
「妳打算怎麼做？」
「什麼都不做。」娜塔莉．布雷克說。

120　介入

幾週過去了。辛格博士在實習律師辦公室逮住了娜塔莉．布雷克。顯然她是以一位密使的身分前來，因為樓上的某人——未具名——感到「憂心」。為什麼她不再參加部門的社交活動呢？她覺得被孤立了嗎？如果跟「有過類似經驗」的人談談會有幫助嗎？娜塔莉

46《巨人奧布萊恩》（*The Giant, O'Brien*）是在一九九八年出版的英國小說，裡頭描述了巨人奧布萊恩和蘇格蘭醫師約翰．亨特的故事。

接下那張名片，在沒有意識到的情況下翻了個白眼。辛格博士似乎很受傷，她用手指在一排字母下方比劃：QC，OBE[47]，PhD。「希爾朵拉·路易斯·連恩是我們這條路上的拓荒前輩」——這話有勸戒的意味。「如果沒有她，就沒有我們。」

121　值得學習的那些楷模

她們約在格雷律師學院路上的一間花俏蛋糕店。娜塔莉晚了十五分鐘到，但希爾朵拉遲到二十分鐘，顯示「牙買加時間」仍未從她們體內徹底消失。娜塔莉讚嘆地欣賞希爾朵拉如同參加談話節目的編髮（她最近在法蘭克的要求下放棄編髮），還有儘管身穿女性出庭律師幾乎有志一同的「非官方制服」，她還是做出許多嘗試：西裝外套下是金色緞面襯衫，黑色的法庭鞋鑲了帶亮片的布邊。她至少已經五十歲，不過仰仗島國優勢看來比實際年齡小二十歲。驚訝的是——儘管她的名聲令人畏懼——身高卻不超過一五八公分。娜塔莉把椅子往後推，起身與希爾朵拉握手，希爾朵拉看起來有些慌亂，不過一坐下就重拾威儀。她用大自然中找不到的一種口音——大致介於女王以及會用人聲報時的時鐘之間——點了大量糕點，然後在沒人問起的情況下談起自己在恐怖野蠻的南倫敦的成長經歷，以及在事業上獲得幾近奇蹟的成功。這個故事離講完還有好一陣子時，娜塔莉·布雷克一絲不苟切了一小塊可頌放進嘴裡，彷彿喃喃自語地說，「我猜我只是希望別人用專業角度看待我的工作……」

她把眼神從盤子移上來時，看到希爾朵拉把兩隻小小的手交疊在大腿上。

「妳其實並不是真心想找我聊，對吧？布雷克小姐？」

「什麼？」

「讓我跟妳說吧，」她用笑容填滿整張臉，那抹動也不動的笑容非常犀利，「我是我們這世代中年紀最輕的皇室御用律師，不管妳怎麼想，總之這絕非僥倖。任何人在這一行都會很快學到，好運會眷顧那些勇敢的人——以及務實的人。我猜妳有興趣的是人權之類的部門吧？警察暴力？妳是計畫走這種路線嗎？」

「我還不太確定，」娜塔莉說，她試著讓自己的口氣樂觀一點。她的眼淚快流出來了。

「我不走這種路線。在我那個年代，一旦妳選擇那條路，人們就會把妳跟妳的客戶想成同一種人。我很早就聽取了一些建議：『避開那些貧民窟的苦差事』。那是惠利法官給我的建議。他比任何人都懂。第一代人做的是第二代人不想做的事，至於第三代想做什麼都可以。妳多幸運啊。如果妳擁有的好運可以再搭配上一點禮貌的謙遜態度就好了。好了，我想這地方有葡萄酒吧。妳也喝一點嗎？」

「我不是故意表現得無禮，抱歉。」

「我可以給妳一個上法庭的好建議：不要以為別人看不見妳的不屑。隨著年紀增長，妳會發現人生是一面雙面鏡。」

「但我沒有不屑——」

「冷靜點，這位姊妹。喝杯酒吧。我在妳這年紀也一樣，我那時也討厭人家說教。」

---

47 QC 是 Queen's Counsel 的縮寫，代表皇室御用律師。OBE 是官佐勳章 Officer of British Empire 的簡稱。

122 希爾朵拉的建議

「第一次出現在法官面前時，我一直被訓斥。案子在我手中兵敗如山倒，而我不懂為什麼。接著我意識到：若是某個來自薩里大學、頭髮亂糟糟的年輕小夥子站在這些法官面前，所有他的激情論述都會被解讀為『單純的辯詞』。他會和法官彼此認可。他們會彼此理解。兩人之前還很可能上同一間學校。但惠利法官的激情，或是我的，或是妳的，卻會被解讀為『攻擊』，而且是對法官的攻擊。這是他的法庭，而我們是其中的入侵者。讓我告訴妳吧，身為女人就更糟了：妳會成為『具有攻擊性又歇斯底里的傢伙』。妳要學的第一課是：降低自己的存在感，像調音量一樣把自己的存在感降低一、兩格。因為這一點也不中性。」她把手從頭畫到大腿，像是用雷射掃描自己姣好的身形。「這一點也不中性。」

123 先說掰敗

嗨終於
現在沒那麼難了對吧
只是不喜歡下載東西
我不愛電腦
我用「辦公室」的網路。政府電腦弱爆。來個小病毒

我怕未來

電腦就死當了對吧

是嗎

閉嘴布雷克

真是他媽的「太厲害了」

哈囉漢威爾「親愛的」。妳怎麼會在這個美好的下午跑來上網

中午

我旁邊的女人挖鼻孔挖得有夠深

有打給妳但妳沒接

還真令人愉快

在實習律師辦公室ㄕ不能接私人電話怎樣

大消息

妳要進行貓咪救援行動？

五月六日有空？

妳五月六日要去進行貓咪救援行動？我要是不用出庭就有空。我這大律師最近很懶剁

可不是嗎

大律師最近很懶墮啦老天爺啊

該死一直打錯自啦

懶墮耶穌[48]我要結婚了

！！！？？？

五月

太棒了！什麼時候？？

六日去登記跟妳一樣但友腰情客人

我真的很為妳開心真的

有邀請客人

為了媽才請der

好

還有，我真的愛他

真的渴望他

結婚對他很重要他想結

大家都這樣做對吧

抱歉樓上職員來等一下

這樣的理由夠嗎？

我想我會穿紫色

也是為了寶琳

還會像個天主教牧師一樣穿金色

哈囉？

抱歉那真的很棒——恭喜！

難道這代表

代表繁衍後代？？

「滾開啦臭女人」

☺

「帶著妳的笑臉滾開」

真不敢相信妳被婚姻套住了

到底發生什麼事了這個

我也不相信

宇宙？

我們老惹

我們才不他媽的老

至少妳有些成就。我只是緩慢死去

這是我實習的第二年。可能這輩子都會是實習

而且是因為無聊而死

律師

不懂啥意思

---

48 這邊娜塔莉一直把 lazy 打錯，第二次時打成 lady，所以如果直譯，黎亞後來是故意用她打錯的字稱她為「女士耶穌」（lady jesus）。

就是，不好的意思。大部分人一年後就會成為正式律師

總之很無聊——我可以問問題嗎妳不要受冒ㄈ

我是要說不要受冒犯抱歉

大部分人都去死吧

哈哈我現在完全逃不了

可以問嗎？

被婚姻套住後反正就得放棄其他所有人了

婚姻就是這樣，不是嗎？

真蠢

哈哈

所以只是必須放棄更多人而已。

有回答妳的問題嗎懶墮耶穌？

哈哈有。妳真的會讀心術耶

等其他努力都失敗了：

www.adultswatchingadults.com

用這個打發時間

妳知道我在講什麼。上吧女孩！

欸夥伴別把我晾在這裡！

抱歉。一堆狗屎工作滾滾而來我得下線了愛妳

先說辦敗

「先說掰敗」

124 升任正式律師的面試提問

布雷克小姐，妳有做好代表英國國家黨[49]出庭的準備嗎？

125 哈利斯登的英雄（搭配補充說明）

娜塔莉．布雷克沒預料到自己有機會升為正式律師。為了將外界對自己的評價轉化為個人選擇，她一直拿一套故事來說服自己，那是個有關重視法律倫理、擁有強烈道德感以及視金錢如浮雲的故事。她也把這故事告訴了法蘭克和黎亞，告訴了她的家人，還有跟她一起受訓的出庭律師練習生，總之就是所有問起她未來的人。這樣做能讓未來感覺安全、感覺穩當。（娜塔莉每次訴說這故事時，最終都是以安穩的未來為目標。）然而，事情出乎預料，她獲得升為正式律師的機會，娜塔莉．布雷克因此陷入尷尬處境，因為這項選擇不符合她重視法律倫理、擁有強烈道德感，以及視金錢如浮雲的敘事（或至少說，不符合她所公開展示出的這些特質），她因此被迫拒絕這個機會，接下一份自己提了好幾個月的

49 英國國家黨（British National Party）是反移民的極右翼政黨。

工作，那是在羅○伯○斯○提和諾○事務所的一份律師助理工作。這間小小的法律援助公司位於哈利斯登，油印的招牌字母都剝落了。

126 童雅尋求凱莎的認可

娜塔莉．布雷克的客戶會在不恰當的時間點打電話來。他們常說謊。他們一天到晚出庭遲到、很少穿律師建議他們穿的衣服，還會拒絕完全合理的認罪協議。有時他們還會威脅要殺她。她在RSN事務所的前六個月，就有三個年輕男性客戶「上過布雷頓中學」，不過年紀比娜塔莉．布雷克小很多。這讓她開始思考這間學校是不是在走下坡——應該說進一步延續之前走下坡的路線。她會去麥當勞對面的垃圾食物餐廳隨便買午餐吃，她吃飯時坐在高腳凳上，每次都會把油沾到套裝。大多時候，她的午餐就是漢堡肉、魚肉餃，和一罐薑汁啤酒。她嘗試在午餐時點些別的來吃，但每次走到櫃檯，那種想冒險一試的精神就消失無蹤。本來她有個長期計畫，就是要每天跟瑪西亞及瑪西亞的妹妹艾琳一起吃午餐，她們就住在事務所附近，在這個幻想行程中，她不用讀案件摘要，還可以完整擁有兩小時無所事事的時光，但這計畫似乎始終沒有實現，很快地，娜塔莉．布雷克也意識到，這計畫是真的永遠不可能實現了。她倒是常在哈利斯登大街上跟表妹童雅見面。每當兩人見面——儘管她已經有了「大律師小姐」這個全新身分——她還是會跟童年時期一樣，因為童雅再次經歷那種覺得自己很無能的不安情緒。這天下午，童雅穿著臀部寫了「蜜糖」的運動褲，上半身是緊身牛仔短外套配黃色內衣。她的瀏海是紫色，圓形大耳環在肩頭擺動，腳上穿的厚底細跟高跟鞋是紅色，而且足足有五英寸高。儘管她的雙座推車中有一個幼兒和一個嬰兒，童雅卻仍保持漫畫書裡那種超級女英雄的身材比例。此時的娜塔莉以牙買加語來說就是「margar」，對白人來說這個詞可被翻成「纖瘦」或「運動風」，而且通常是一種稱讚。但對娜塔莉而言，這只代表自己的身體毫無曲線，什麼都沒有。童雅的肌膚從不會乾燥蒼白，而是絲緞般充滿滑順的奢華感，也不像娜塔莉偶爾會在額頭上爆出一大片青春痘，娜塔莉可是直到現在都還會長痘子。娜塔莉的牙齒又小又灰，童雅的牙齒卻大顆、潔白、平整，此刻正向她展示出一個好大的笑容。就在童雅走過來時，她，娜塔莉，確信自己嘴邊正沾著一圈餃子油。但她之所以將焦慮轉移到身體形象上，或許是下意識地希望透過女性觀點，去簡化兩人之間另一種更深沉、更難以解釋的差異：娜塔莉認為童雅有一種把日子過好的天賦，至於娜塔莉自己，看來是沒有。

「這些孩子長得真好，簡直好看到犯法。」

「謝謝妳！」

「看看安卓——他很清楚自己有多好看。」

「是他爸搞的啦，他爸幫他買了那條鍊子。」

「他的表情就像在說：我就是個三歲的玩家啦。」

「妳完全懂我的意思！就是這樣。」

在那抹微笑之下，娜塔莉看得出來，她的表妹其實對這段交談感到失望，因為她一如往常地想跟娜塔莉建立更深刻的「情感連結」，但娜塔莉卻想迴避那種親暱情感，結果就是，為了避免跟表妹更靠近，她僅僅維持著表面上的宜人樣態。此時娜塔莉放下安卓，抱起莎夏。無論娜塔莉已在懷中感受過多少次他們的重量，兩個孩子對她來說仍顯得不真實。童雅怎麼可能是這兩個孩子的母親呢？童雅怎麼可能二十六歲了呢？童雅何時不再是十二歲了呢？她自己的成年期究竟何時會到來？

「總之我搬回石橋區了，跟我媽住。艾爾頓跟我之間結束了，就這樣。我受夠了在他身上浪費時間。不過一切都很好。我現在回學校讀書，在北邊的多利斯山那區，知道嗎？西北倫敦大學。觀光與餐旅管理系。就是一直在讀書、讀書。很難但我很享受。是妳啟發了我！」

童雅把手放在娜塔莉那套醜到不行的海軍藍裙套裝的肩膀上。她表妹眼裡浮現的那是同情嗎？娜塔莉．布雷克感覺自己不存在。

「妳那位好夥伴最近如何？人很好的女孩？紅髮那位？」

「黎亞。她很好，結婚了。在議會工作。」

「是這樣。很好呀。有孩子嗎？」

「沒有，還沒。」

「妳們這些人都很能拖啊，是吧？」

童雅的手從表姊的肩膀抬到頭頂。

「這裡是怎麼回事？凱莎？」

娜塔莉摸了摸頭髮上不平整的分線、乾巴巴的髮髻，往後梳緊的髮流。她的頭髮沒有任何造型。

「沒怎樣，就是沒時間處理。」

「我都自己弄，我會自己編細辮子。妳該來找我，我幫妳處理，只要六小時。我們可以找個晚上來編髮，還能好好聊一場。」

127 混亂和其他特質之間的連結

在RSN事務所，你可以看到各種法律相關文件從破損的檔案箱中爆出，跟法律有關的一切排列在每條走廊、廁所和廚房裡。這樣的混亂無從避免，但就某種程度而言也是一種美學展現，事務所中的正式律師也會誇大這種美學代表的意義，藉此傳達出一種無私、誠懇的精神。娜塔莉可以看出這種混亂讓她的客戶安心，就像中殿律師學院的仿安妮女王風格沙發和獵狐犬油畫，也能讓另一種客戶感到安心。任何人在這裡工作只可能是基於對法律的熱愛，畢竟只有真的行善家才可能這麼窮。為了出庭，客戶會被帶去克里克伍德區那間平價的吉米西裝倉庫，案子勝訴後也只會在公司慶祝，現場只有便宜的酒水、圓麵餅和豆泥。RSN的事務律師若是要探監，也是坐公車去看你。

128「在前線」

有時候，在法庭或警局，娜塔莉會撞見以前大學認識的同學，他們現在都是大公司的事務律師。有時她還會跟他們通電話。他們通常會刻意地大肆稱讚她是多麼重視法律倫理、擁有強烈道德感，以及視金錢如浮雲。有時在掛電話前，他們會做出隱含諷刺意味的恭維，暗示她所成長的這個街區，也就是現在她又回去工作的地段，其實在他們心裡已經無可救藥，基本上跟戰區沒兩樣。

129　回歸

通勤這事真讓她抓狂。有時光是正確的措辭就能讓妳獲得更多人認同，比如「抓狂」就成為她回歸西北區的前提。「那我要怎麼通勤？」法蘭克・德安傑利斯抗議。「銀禧線，」他的妻子娜塔莉・布雷克說，「從基爾本搭到金絲雀碼頭。」她謹慎地起草合約、談下貸款，把存款分成兩份，一切都是為了在基爾本買下一棟公寓，換作她丈夫的話其實能輕鬆買下，可說真正是花錢不眨眼。房子成交後，娜塔莉買了瓶卡瓦葡萄酒慶祝。她拿到新家鑰匙時，他還在工作，一直到八點都還沒結束——接著那通電話無可避免地在九點四十五分時打來。「抱歉，得熬夜。妳自己去吧，如果想要的話。」這句話真是婚姻生活的座右銘。娜塔莉・布雷克打電話給黎亞・漢威爾。「想看我把自己這位新娘抱進新家門檻嗎？」

130　重新回歸

黎亞在卡得很緊的鎖頭中轉動鑰匙。跟在她身後躡手躡腳進門的娜塔莉也在此時進入了成年生活。成年生活中最值得一提的就是可以擁有安靜及隱私。電還沒接好，清朗的月光照亮光裸的白牆。娜塔莉羞愧地發現自己竟然有一瞬間感到失望：這幾個月來在法蘭克家借住後，眼前的一切看起來好小。黎亞在起居室繞了一圈，吹起口哨。她正用老派的方式測量空間大小：比卡德威爾的雙人公寓大上兩倍。

「外面那邊是什麼？」

「樓下的屋頂。那不是陽臺，仲介說不可以——」

黎亞把身體探出上下推窗，靠在爬滿藤蔓的壁架上。娜塔莉也跟著這麼做。她們抽起大麻菸。底下車道上有隻胖狐狸像隻貓一樣大剌剌坐著。牠也抬頭望向她們。

「妳的藤蔓，」黎亞摸著藤蔓說，「妳的磚塊，妳的窗戶，妳的牆，妳的燈泡，妳的排水管。」

「是我跟銀行一起的。」

「但還是很了不起。那隻狐狸帶著孩子。」

娜塔莉用大拇指把軟木塞推出來。軟木塞往下敲到牆面後往下彈入黑暗。她胡亂喝了一口酒，黎亞傾身替朋友把下巴擦乾淨。「真是卡瓦酒的社會主義者。」此刻就看娜塔莉如何把對話重新拉回正軌吧，那是一種女性技藝。她跟法蘭克的朋友在一起時，可說將這種技藝用得最得心應手，題外話：那些單身年輕男性拿到的聖誕節獎金簡直多到令人難以理解。而現在面對黎亞的娜塔莉只需使出一半功力。她發現向黎亞描述那個世界是很愉快的事，她幾乎對此一無所知。富裕的切爾西區、伯爵府、西漢普斯特。沒有被小孩或女人搞得髒兮兮的高級閣樓及豪華公寓，這些地方都沒有家具，這些區域周遭環繞著貧民區。

「更正：住處一定會有很大的棕皮沙發，很大的冰箱，還有幾乎跟這間公寓一樣大的電視。另外還有龐大的音響系統。他們不到凌晨兩點不會回家，因為都在『招待客戶』，通常是在脫衣舞酒吧。所以那些房子大多時候都空著，其中或許有五個房間，但就一張床。」

黎亞把一截菸屁股往狐狸的方向甩。「那些寄生蟲。」

娜塔莉突然被一種她認定為「良心」的概念攫住。「他們其中大多數人其實還可以啦，」她很快地說，「很友善，我是這個意思，個別來說的話。他們也滿搞笑的，而且工作很認真。下次我們辦晚宴時，妳該一起來。」

「喔，小娜，大家都很友善，大家都工作認真，大家都是法蘭克的朋友，但那些跟我說的話又有什麼關係？」

131 重訪

有人病了。

「妳記得伊卡伯太太嗎？嬌小的女人，總是有點看不起我那位。她得了乳癌。」

有人死了。

「妳一定記得他，他住在『洛克』那棟樓。週二突然死了，救護車花了半小時才到。」

有人不要臉。

「寶寶兩週前就出生了，他們現在還不讓我去訪視。我們甚至不知道裡面有幾個孩子。他們根本不報戶口。」

有人不知道自己出生了。

「猜猜那些市場的蛋要多少錢。有機的。猜呀！」

有人被看見。

「我看見寶琳。黎亞現在為議會工作。她總是對那孩子寄予厚望，結果變成這樣還真搞笑。某方面來說，妳現在過得比她還好，真的。」

有人沒被看見。

「他跟湯米在樓上。他現在無時無刻跟他混在一起，兩人只有想釣女人時才會離開房間。傑登和湯米把所有時間和錢都拿來釣女人了。妳弟整天想的就這件事。他需要給自己找份工作，我一直跟他說。」

有人根本不算人，只是語言產生的效果，妳可以用一句話讓他們浮現腦海，再用一句話抹殺掉。

「歐文・卡夫提。」

「媽，我不記得他。」

「歐文・卡夫提。歐文・卡夫提！教會的外燴都是他包辦的。有留小鬍子。歐文・卡夫提！」

「好，有點印象。為何提他？」

「死了。」

這間公寓內的一切都一樣，但又出現新的匱缺感和體悟。瞧呀，她們看見自己的赤裸，她們多羞愧。瑪西亞在桌上攤開一堆信用卡，她向女兒逐一解釋每張卡的混亂歷史，娜塔莉則盡可能把重點記下。她被叫來進行一場緊急諮詢，但其實不知為何自己在寫筆記。唯一有幫助的方法就是簽下一張鉅額支票，但考慮她眼下的狀況並不可行。她無法忍受自己去拜託法蘭克幫忙。就算把阿拉伯數字化為書寫體又有什麼差別？「我告訴妳我真正需要什麼，」瑪西亞說，「我需要傑登振作起來，離開這裡，去結婚，這樣他才可以經營自己的家庭，然後妳姊的那些小鬼才不用跟母親睡同一個房間。我需要的是這個。」

「喔，媽……傑登永遠都不可能結……傑登對女人不感興趣，他——」

「拜託別又開始胡說八道了，凱莎。傑登是你們當中唯一有在照顧我的人。我們就是這樣過下來的。雪柔幫不了任何人，她連自己都幫不了，現在都要生第三個孩子了。當然我愛這些孩子，但我們就是這樣過的，凱莎，老實說，就是勉強可以糊口。就是這樣。」

有人是這樣在過活。是那樣在過活。是這樣在過活。

132　家裡的（事）

「我受不了他們把日子過成那樣！」娜塔莉．布雷克大叫。

「妳拿這件事來鬧情緒沒有意義，」法蘭克說。

133　合眾為一[50]

她能重新加入中殿律師學院這群人的隊伍，確實可說不同凡響，但娜塔莉．布雷克本來就各方面而言就是不同凡響的人選，許多部門的正式律師明明對她的理解僅止於匆匆一瞥，卻都曾考慮透過非正式管道收她當門生。娜塔莉有種讓人想幫助她的特質，大家彷彿覺得藉由幫助她，就能幫助到他們看不見的某一群人。

134 疑心病

男人和女人，他們是一對，他們兩人坐在娜塔莉和法蘭克對面，四人正在倫敦西北區的一間咖啡店吃週六的早午餐。

「這是有機的。」雅米塔說，她指的是番茄醬。

「很難吃。」她的丈夫伊姆朗說，他指的也是番茄醬。

「不難吃，裡面只是沒加你習慣的十四匙砂糖。」雅米塔說。

「那不是叫作風味嗎？」伊姆朗說。

「天殺的你吃就是了，」雅米塔說，「誰在乎呀。」

在他們身邊，在別張桌子邊，別人的寶寶哭了起來。

「我也沒說有誰會在乎。」伊姆朗說。

「印度對上巴基斯坦，」法蘭克說——他這打趣的態度指的是他兩位朋友出身的國家——「最好祈禱最後不會動用到核武。」

---

50 合眾為一（拉丁語：E pluribus unum，英語：Out of Many, One）是美國國徽上的格言之一。

「哈哈。」娜塔莉．布雷克說。

他們繼續吃早餐。然後早餐逐漸變成早午餐。他們每個月會這樣聚會一、兩次。今天的早午餐氣氛在娜塔莉看來比平常更活潑，也更令人自在，彷彿因為她重新加入商業性部門，並表現出自己至少算是為了一般性的公司利益而工作的樣子，終於擺脫掉最後一絲令朋友困擾的氣息，也讓他們跟她相處時不再需要小心翼翼。

135 不屑

雞蛋太晚送上來了。法蘭克親暱地跟服務生爭論，最後帳單上的雞蛋費用終於扣除，為此他還一度拿出「我們都是受過教育的好兄弟」的說詞。娜塔莉．布雷克突然意識到自己的婚姻不算美滿。他這人傻傻的，愛說冷笑話，一天到晚冒犯別人；幽默感還不錯，但很固執。他不閱讀，也沒有任何文藝興趣，只對九〇年代的嘻哈樂抱持懷舊情感。加勒比海這個地區概念不吸引他，若是談到黑人的靈魂核心所在，他寧願想到非洲——「衣索比亞是瞬逝的陰影，埃及就是人面獅身像[51]——」在遠古的傳說中，存在於他DNA中的兩個譜系就是在非洲進行過高尚的戰爭。（他只隱約記得這些故事在聖經中的梗概。）他的嘴邊有番茄醬，兩人當時很快就結婚了，根本還不算很認識彼此。「我算是喜歡她了，」雅米塔說，「我只是不特別信任她。」法蘭克．德安傑利斯絕不會偷吃、說謊或傷害娜塔莉．布雷克，絕不可能。他是個外表美麗的男人。他善良。「那不是避稅，」伊姆朗說，「只是在進行稅務管理。」幸福沒有絕對值，是比較而來的狀態。他們有比伊姆朗和雅米塔更不幸嗎？即便只有一點？跟那邊那些人比呢？跟你比呢？「只要有麵粉的食物就會讓我起疹子，」法蘭克說。桌上堆了一大疊報紙。在卡德威爾時，報紙的選擇是頗為重要的大事。這對瑪西亞來說攸關自尊，布雷克家只接受黑人報紙《聲音》和《每日鏡報》，其他「髒東西」絕不看。現在所有人都會帶著他們的「高質感」報紙搭配垃圾報紙一起看。奶子和牧師和名人和謀殺。她母親對新聞的虔誠信仰——也延續到娜塔莉身上——因此顯得老派。「那是場暴動，」雅米塔說。娜塔莉用刀子擠壓蛋，她看著蛋黃流入豆子堆中。「還有另一種茶嗎？」法蘭克說。他們都同意戰爭不該發生。他們都反戰。九〇年代中期，娜塔莉・布雷克還有在和伊姆朗上床時，兩人計畫過一趟利用救護車掩護前往波士尼亞的旅行。「但伊里無論如何都會成為那種母親，」雅米塔說，「我五年前就能告訴你們。」現在只剩私領域了：工作和家庭，婚姻和孩子。現在他們只想回自家公寓過著充滿對話和電視節目和洗澡和午餐和晚餐的真正的家居生活。早午餐存在於私領域之外，但距離不遠，剛好在邊界之外。但就連早午餐都離家太遠。早午餐並不真正存在。「我可以教你一個小訣竅嗎？」伊姆朗說。「從第二季的第三集開始看。」即便是在早午餐時，若討論起跟戰爭有關的事，人還有可能感覺到——時時感覺到自我的存在嗎？「她現在每個種族孩子都有一個了，她一個人就能成為蠢貨聯合國，」這是個透過諷刺性評語來顯示自己對「名人八卦」不是真心感興趣的清高姿態。「和兩個脫衣女郎『性愛衝撞』，」雅米塔

51 這句話引用自杜波依斯（W.E.B. Du Bois）的著作《黑人的靈魂》（*The Souls of Black Folk*），內容影射了黑人歷史受到忽視的情況。

讀出報紙上的內容。「為什麼老愛提『性愛衝撞』？我天殺的這輩子從沒體驗過什麼『性愛衝撞』。」性變態也已經顯得老派，稍微有點復古的韻味。在當今的經濟體系中，性變態顯得過於混亂、丟人，而且不切實際。「我一直不知道怎樣算是合理，」伊姆朗說。「百分之十？十五？二十？」全球意識。在地意識。意識。瞧呀他們看見了自己的赤裸但不羞愧。「你只是在自己騙自己，」法蘭克說。「你若想要那種鄉間宅邸的大庭院，不花超過一百萬英鎊是不行的。」若是以為金錢能準確代表——或等同於特定組成的磚塊和灰泥，那妳就錯了。錢不是用來買那些有著短小後花園的狹窄排屋，錢是用來買妳和卡德威爾之間的距離。「那條裙子，」娜塔莉．布雷克指著副刊上的照片，「我有，不過是紅色的。」

隨著早午餐逐漸變成午餐，伊姆朗像個美國人一樣點了扁扁的圓片鬆餅。在經過數十年的失望後，咖啡終於是像樣的咖啡了。如果現在丟下他們不是很殘忍嗎？好不容易他們進步了這麼多？他們四人是在服務咖啡廳裡的其他人，他們光待在這裡就是在為所有人提供服務。他們是這區房仲口中的「活絡在地生氣的元素」，也正是因為如此，他們不太需要在意政治的事。他們本身就是政治元素，他們本人就是。「波莉不來嗎？」法蘭克問。四人都拿起手機檢查，看看他們之中最後一位單身的朋友是否有捎來什麼消息。那個手持設備在掌心中的觸感好平滑，像保證每個人擁有外界連結、工作和各種會面約定的一份許諾，又像一枚不停發出閃光的信封。娜塔莉．布雷克已經成為一位不適合自我反省的人了。娜塔莉．布雷克若任由她透過口號或行動安撫自己，最後只會很快陷入自我嫌惡的漩渦。工作適合她，每次法蘭克帶她去他想要好好享受週末時光的地方，她都藏不住自己期待週一早上趕快到來的熱切情緒。她只能在工作時合理化自己的存在。真希望她可以躲去廁所花一小時用電子郵件處理工作。「她在週末工作，又來了，」伊姆朗說。他的手機最快連上網路。「真可惜，」娜塔莉．布雷克說，但真的可惜嗎？就算波莉來了，她也只會坐下聊起她在工作上的好表現——警方的審訊、民事訴訟、劣勢國家面臨的國際仲裁，最近針對戰爭合法性所發表的社論文章。最近才剛被一個時髦且值得信賴的法律部門挖角，對方提供的薪水很好，道德上也毫無瑕疵。她正在活出她的夢想。人們就是從這年開始會說「活出夢想」這種話，有時是真心但大多時候語帶諷刺。娜塔莉．布雷克的薪水也很好，然而她卻發現，最近必須聽波莉講話時，感覺幾乎像面對一場難以承受的挑釁。

136 蘋果花，三月一日

她讚嘆於眼前的美麗，站在霍普菲爾德大道上一棟屋子的花園前。昨天就有了嗎？走近一點觀察後，那一大片白分散為數千朵中心為黃色的小小白花，另外還有許多綠色區塊和粉紅斑點。身為一隻城市裡的動物，她沒有描述自然事物的妥當詞彙。她伸手去折因花朵而沉重的細枝——本來想像會是個簡單、自在的舉措——但那段細枝結實、中心仍然鮮綠，還沒有脆得足以被折斷。可是一旦動手後她就無法輕易放棄（街上並不空蕩，有人會看到她）。她把行李箱放在某人家前方的花園圍牆上，伸出兩隻手使力拔。結果最後拔下的已不是細枝，而是一整段枝幹，上頭還連著許多因花朵而沉重的細枝，娜塔莉．布雷克只能拿著竊盜來的物品匆匆繞過街角離開。她正要去搭地鐵，拿著這樣一根枝幹她該怎麼辦？

137 思路

編劇家丹尼斯．波特曾在電視上受訪，當時大概是九〇年代初期。他被問到剩下幾週可活是什麼感覺。娜塔莉．布雷克記得他的答案。「我往窗外看，看到那些花，那些花比之前所有時刻綻放地更張揚。」若是之後有機會進入電視臺，她就要去查他是哪年說的，還有他的精確用字為何。不過話說回來，她選擇記住這句話的內容或許才是最重要的。那根枝幹被丟棄在基爾本站旁的一座電話亭外。娜塔莉．布雷克坐在地鐵上，骨盆非常輕微地前後移動。對娜塔莉．布雷克而言，花總是綻放地很張揚。美會在她心靈中創造出特別的頓悟。「時刻和瞬刻的差別。」關於這項哲學差異的重要性，她實在沒留下太多印象，只記得很久以前，她的好友黎亞．漢威爾曾努力想要理解，而且還想讓娜塔莉．布雷克也理解，當時她們還是學生，而且比現在聰明太多了。然後到了一九九五年，曾有一段時間，大概一週吧，她以為自己真的理解了。

138

http://www.google.com/search?client=safari&rls=en&q=kierkegaard&ie=UTF-8&oe=UTF-8

這樣的時刻帶有獨到特質，而且確實短暫、易逝，就跟每個時刻一樣；這樣的時刻跟所有時刻一樣轉瞬即逝；那既是過去，跟下一刻的每個時刻一樣終將成為過去，然而那又是決定性的一刻，其中充滿永恆。這樣的時刻必須擁有特定名字，就讓我們稱其為圓滿的時間。

139 雙重思考

營利本位的出庭律師娜塔莉・布雷克會為死刑犯無償辯護，那些案子都發生在她祖先出生的加勒比海島上，她還指導會計師將她收入的十分之一挪出來，一半用來做慈善，另一半用來資助家人。她覺得宗教信仰應該仍有在自己身上留下痕跡，害她對自己的選擇感到既焦躁又懷疑，她總會去想這些善行，事實上，若是更進一步探究，會不會真正追求的還是自我利益，而且反映出的終究還是她滿足自我良知的需求。意識到這種自我懷疑的根源並無法使其煙消雲散。她從丈夫法蘭克・德安傑利斯身上也無法獲得安慰，他反對她這麼做，但理由相當不同：他嫌她多愁善感、頭腦不清楚。

140 公開展示

布雷克——德安傑利斯夫妻每天很早開始工作，通常也很晚下班，而在工作之間僅剩的少少時間，他們會過度溫柔地對待彼此，彷彿只要稍微多施加一點壓力，這段關係就會爆炸、毀滅。有時他們會一起出門通勤，但路途不長，等娜塔莉改到芬奇利路上班後也沒機會了。大多時候，娜塔莉．布雷克會比丈夫早半小時到一小時出門。她喜歡和同辦公室上班的實習生梅蘭妮早點見面，並搶在整天的業務開始前做好準備。到了晚上，這對夫妻會一起看電視，又或者上網規劃未來的假期，這種行為本身就是一種詐欺，因為娜塔莉痛恨度假，她寧可工作。他們只有到了週末才會真正夫妻同心，在所有朋友面前，他們會表現得神清氣爽、精神煥發（畢竟他們才三十歲），而且充滿老派幽默感，就像只會在臺上互動的一對雙人喜劇搭檔。

141 約炮網站

大約是這個時期，娜塔莉．布雷克開始偷偷上網。為什麼大家會開始去看這種性愛網站呢？人類學式的好奇心吧。「我聽說大家都會上這種網站」的說詞很快變成「真不敢相信大家會上這種網站！」接著就是「哪種人會上這種網站啊？」不過一旦多次造訪這類網站，答案也就呼之欲出了。原本的問題也就成為無限迴圈的無效提問。

142 科技

「我是為了工作才用。」「是為了工作——不是我自己付錢。」「我為了工作非用不可，事實上也確實覺得輕鬆不少。」「那是工作用的手機，不然我才不用。」

143 禮物

娜塔莉·布雷克這人，她跟別人說自己痛恨昂貴的科技商品，而且厭惡網路，但實際上極度寶貝她的手機，而且無法克制地、簡直像有強迫症地瘋狂對網路上癮。儘管網速已經很快，她仍嫌手機的速度太慢。在柯芬園站的電梯門關上之前，手機還沒把律師會所的新網站完全載下來。因此在二十分鐘的地鐵車程中，她手上的螢幕始終執拗地停在一個句子上：

在今日快速
變遷的世界中持續做出最高水準的法律代理工作

144 速度

在某些時候我們會意識到什麼叫「現代」，什麼又叫快速變遷。什麼叫剛剛才追上潮流。約翰・鄧恩也是個現代人，他當然也看到了改變，但我們覺得我們更現代，經歷的改變也更快。即便是永恆不變的事物也顯得更快。就連花也是。在法院巷站內一間髒兮兮的店內買三角印度餃時（記住自己的出身代表願意從任何地方的任何人手中買(任何食物），娜塔莉・布雷克再次造訪了約炮網站。此時的她已經每天會上這網站兩、三次，不過仍只是個窺淫癖者，她還沒發布過任何貼文。

145 完美

不知為何，這場早已計畫好的野餐對娜塔莉・布雷克非常重要，她打算一絲不苟地處理好所有細節。所有食物都是她從無到有做出來的。她還選了一只野餐用的柳條籃，籃內附有真正的瓷器和酒杯，其實在網上下訂時，她也覺得這樣做「太過頭了」，但她已經設定好路線，此刻不覺得可以更改方向。工作時的她深陷於某間中國科技公司和英國經銷商之間的爭端。第一場視訊會議時，中國管理總監藏不住他的驚訝。她應該別去野餐才對，她應該待在辦公室處理對方剛剛得知她是女性後衍生的狀況。但娜塔莉仍繼續在設定好的路線上前進。她選好當天要穿的衣服：撒了亮片的涼鞋和大圓圈耳環和手環和黃赭色長裙和棕色背心還有大爆炸頭假髮用一雙黑色絲襪剪下的其中一條腿環繞後在後腦杓綁結固定。她可以在這套衣服中感受到非洲的靈魂，儘管除了耳環和手環可能在概念上有關之外，沒有一樣單品真正來自非洲。她丈夫從廚房經過，當時她正試圖把三個加大玻璃保鮮盒塞進鋪了格紋布的野餐籃中，那是她特地為這個場合買的野餐籃。

「老天呀，那是我們要帶去的？」

「她是我交情最久的朋友，法蘭克。」

「他們倆都只會穿運動服唷。」

「野餐不只是抽大麻跟吃超市三明治而已。我們現在很少跟他們見面了。那天天氣會很好。我想講究一點。」

「好唷。」

他姿態誇張地從她身旁繞過，彷彿迴避瘋子的一位醫生。他打開冰箱。

「別吃東西。我們是要去野餐，你想吃什麼到時候再吃。」

「妳什麼時候開始會烘焙了？」

「別摸。那是薑汁蛋糕，是牙買加的食物。」

「妳知道我不能吃任何有麵粉的食物吧。」

「又不是給你吃的！」

他安靜地離開，他還太清楚這算不算一場爭執的開端，或許之後想清楚再決定吧，主要取決於若兩人真的吵起來，是否對他有實質上的好處。娜塔莉把雙手放上流理臺，花很多時間盯著眼前廚房的黃色磁磚。她這是為了誰？黎亞？米謝爾？

146　雪柔（L.O.V.E.）

「直接把那個移開。」卡麗趴在她的屁股上尖叫，雪柔彎腰把芭比娃娃和不重要的一堆信件掃到地上。娜塔莉找到一本像是硬殼年曆的冊子，把裝了茶的兩個馬克杯放上去。「讓我試試看能不能把這隻小鬼放倒，這樣我們就能去客廳了。」兩人在以前一起睡的雙人床上面對面坐下。娜塔莉確信自己記得曾在床的這側躺在姊姊身邊，她會在姊姊背上寫細長的字母，而雪柔必須猜出字母並拼成完整詞彙。雪柔把卡麗的奶瓶遞給她，她自己抱著第三個孩子直挺挺坐著。她是個有著成年人困擾的成年人。娜塔莉則像個孩子般盤腿坐在床上，沒把腦中的美好回憶說出口。畢竟光是「美好回憶」這概念，不就像是青春期少女才會說的話嗎？

「小莎，把那條毯子拿給我，她全都要吐出來了。」

寶嘉康蒂公主的身影印在緊閉的百葉窗上。太陽讓她看起來一片金黃。跟過去的日子相比，這房間沒有太大改變，只是現在大略分出了男孩和女孩的區域，前者充滿紅色、藍色和蜘蛛人的元素，後者則是鑲滿亮片的公主粉色。娜塔莉撿起一臺砂石車在自己的大腿上來回行駛。

「這裡是二比一。」

雪柔疲倦地抬起頭來，她懷裡躁動的寶寶就是不肯乖乖喝奶。

「就是——粉紅色對上藍色的戰爭。可憐的老大雷伊，他現在面對克莉歐和卡麗看來是無法活命了。」

「活命？妳這樣講是什麼意思？」

「沒事，抱歉，妳繼續說。」

每個什麼東西的表面都有些什麼勉強地平衡在其他什麼上還有更多的什麼垂掛在什麼

的邊緣或包裹著什麼或塞在什麼裡面。布雷克家就是什麼都不會丟掉。娜塔莉家也一樣，唯一的不同之處，在於擁有了較好的收納空間後，成堆成堆廉價的消費社會劣質品得以隱藏在櫥櫃門後方。

雪柔把奶瓶從孩子口中拔出來，嘆氣。「她看來是不會睡了。我們就將就著吧。」

娜塔莉跟著姊姊沿狹窄的走廊前進，走廊的兩面牆之間拉了鐵絲，上面晾的衣物差點讓她們走不過去。

「我可以幫什麼忙嗎？」

「可以呀，幫我抱她一下，我得尿個尿。卡麗，現在去找妳阿姨。」

娜塔莉不怕應付嬰兒，她之前練習過太多次了。她把卡麗隨性地揹在下背，另一隻手打電話給梅蘭妮，交代了擺明可以等兩人都到辦公室時再處理的一系列指示。她一邊還來回走動，輕搖背上的嬰兒，口中大聲說話，看起來完全應付自如，姿態隨性。嬰兒似乎也感受到她傑出的應付能力，逐漸安靜下來，抬頭用仰慕的眼光望向阿姨，娜塔莉似乎還在她眼中看到一絲依戀。

「但現在的狀況是，」雪柔走回來時說，「小傑離開了，家裡變得很空，我也不想把媽一個人丟在這裡。」

「奧古斯塔總有一天會把房子蓋好，到時候媽就可以搬回牙買加了。」

雪柔用兩隻手扶住下背，肚子往前挺，做出那種看了令人難受的媽媽姿態，娜塔莉確定自己絕不會這麼做，就算成為母親也不會。「還早得很呢，」雪柔一邊打呵欠一邊伸懶腰。「他有寄照片來，不是用電子郵件寄的唷，是放在信封裡寄來的。那就是個沒有屋頂的方形瓦楞空間，浴室外有棵正在長大的棕櫚樹。」

這讓她們回想起父親的純真、樂觀及無能，兩姊妹微笑起來，娜塔莉也因此鼓起勇氣。她把外甥女抱到胸前，親吻她的額頭。

「我就是無法忍受你們過這種生活。」

雪柔在她們父親留下的舊椅子坐下，面對著地板搖頭，口中發出不太愉快的笑聲。

「這下好了。」她說。

娜塔莉．布雷克這人最害怕的，就是別人覺得自己可笑，或者是即便只有那麼一個片刻，在某個道德問題上被人認為選錯邊。所以她假裝沒聽見這句話，只是對著寶寶微笑，然後把寶寶高舉過頭，努力逗她發笑，但在發現沒用後又放回大腿上。「如果妳這麼討厭卡德威爾人，為什麼還要來這裡？說真的，老大。沒人要求妳來。滾回妳的新豪宅吧。我很忙，實在沒什麼時間坐在這裡跟妳閒扯。妳有時真的很讓我火大，凱莎。少在那邊，妳就是會。」

「我在RSN事務所工作時，」娜塔莉語氣堅定，她在用出庭的聲音說話，「妳知道我有多少客戶是卡德威爾人嗎？想看到妳和孩子在好地方生活又沒有錯。」

「這裡就是好地方！更糟的地方多的是。妳在這裡長大不也混得很好？凱莎，如果我想離開這裡，我寧願想辦法去跟議會申請福利房，總之不會去找妳幫忙，我老實講。」

娜塔莉開始對著四個月大的嬰兒說話。「我不知道妳媽為什麼要用那種態度跟我說話。我可是她唯一的妹妹！」

雪柔處理起緊身褲上的汙漬。「我們向來沒那麼親，凱莎，少在那邊。」

娜塔莉的包包放在門邊，裡頭有三顆唑吡坦安眠藥，就在皮夾旁的內袋中。

「因為我們差了四歲。」她聽見自己開口說，聲音很小，聽起來很可笑。

「就算沒差四歲也一樣啦。」雪柔說這話時頭也沒抬。

娜塔莉從椅子上彈起來，但一站起身就發現卡麗還在身上，無法做出太戲劇化的反應。那孩子在她肩膀上睡著了。她們從童年開始就是這樣，每次只要雪柔變得冷靜，娜塔莉就會暴躁起來。

「還真抱歉呀是我忘了：這個他媽的家裡大家都不准交朋友。」

「家人第一。這就是我的信念。上帝第一，然後是家人。」

「哈，妳他媽的省省吧，少一副聖母瑪利亞的樣子。只因為妳找不到那些孩子的爸，不代表他們就能昇華成為妳純潔無瑕的處女受孕成果喔。」

雪柔站起身，用一根手指直直指向妹妹的臉。「妳嘴巴最好放乾淨一點，凱莎，妳為什麼一天到晚在罵髒話？天哪。到底懂不懂尊重人啊。」

娜塔莉感覺淚水刺得雙眼痠疼，一種孩子氣的自憐情緒徹底淹沒了她。

「為什麼我要因為人生有了成就而受罰？」

「噢天哪。誰懲罰妳了？凱莎。沒有人。一切都是妳自己的想像。妳真的有妄想症耶，這位老大！」

此時的娜塔莉．布雷克勢不可擋。「我很努力，一切都是我自己從零開始，我還建立起像樣的事業，妳到底知不知道很少——」

「妳還真跑來向我吹噓妳成為多了不起的女人嗎？」

「我是來幫妳。」

「但這裡沒有人希望妳幫忙，凱莎！就是這樣！妳才不是我夢寐以求的學習對象，話題結束。」

此刻她們必須把卡麗從娜塔莉的肩膀上換到她母親身上，在兩人激烈的言語廝殺間，這段小心翼翼的過程顯得異常古怪。

娜塔莉．布雷克四下張望，腦中絕望地想使出最後一擊。「妳得想辦法處理一下妳的態度問題，雪柔，真的，該去看個醫生什麼的，妳的問題真的很嚴重。」

孩子一回到自己懷中，雪柔就立刻轉身背對妹妹，她沿著走廊往臥室走。

「最好是，反正，等妳有孩子後就不會有什麼機會跟我聊天了，凱莎，我就老實跟妳講。」

147　約炮網站

在那個網站上，她是大家夢寐以求的存在。

148　未來

娜塔莉．布雷克和黎亞．漢威爾二十八歲時，這些電子郵件開始出現在她們的收件匣裡，數量在接下來幾年更是等比級數增加。這些郵件夾帶的照片中總有一名表情呆愣的女性，她的手腕綁著醫院的標籤手環，胸前橫躺著嬰兒，頭髮莫名溼透。她們似乎是跨越了巨大峽谷，抵達了另一個世界。她自己的母親很可能去過這些新手媽媽的家，她會在裙上用別針別著名牌，用細針輕戳那些嬰兒的腳，又或者幫那些側躺在沙發上的新手媽媽縫合。根據當地人口平均數換算，瑪西亞一定見過其中一、兩名女性。她們不是那種會在家訪護理員造訪時關燈躺在地上躲藏的人。這些母親和孩子狀態都很不錯，只是疲倦。這些人老是搞得像迎來人類史上的第一個寶寶，而且是開天闢地以來。大家現在都是這種態度，她覺得乾脆用這種態度作為新的祝福語：「搞得像迎來人類史上的第一個寶寶。」娜塔莉把電子郵件轉寄給黎亞。搞得像迎來人類史上的第一個寶寶。

149 大自然成為文化

對她們的母親而言，在常識的世界中，許多事物似乎始終不證自明，但現在卻讓娜塔莉和黎亞感到驚訝或憤怒。生理上的痛楚。疾病的存在。男性和女性在生育年齡方面的不同。年齡本身。死亡。

她們自身的物質性是恥辱。肉體存在的事實是恥辱。

她是娜塔莉．布雷克，她很堅強，她決定奮戰。她要跟這一切宣戰，像個士兵一樣。

150 約炮網站

打開一封附有新生兒的電子郵件後，她打開那種性愛網站，上傳貼文。她上樓躺到床上。

151 反悔

「妳去哪裡？」

娜塔莉・布雷克把丈夫抓住自已小腿的手甩掉，下床，她沿走廊走到客房，坐到電腦前。她在網頁瀏覽器上打下網址，姿態流暢如同彈奏音階的鋼琴家。她把自己剛剛上傳的貼文移除掉。

152 過去

「奈森？」

他坐在公園的露天演奏臺上抽菸，旁邊還有兩個女孩和一個男孩。其實應該說是兩個女人和一個男人，只是打扮得像孩子一樣。娜塔莉・布雷克的打扮就是一位三十出頭的成功律師。如果沒有別人，他和她可能會沿公園的外環步道散步，聊聊過去，或許她還會脫掉那雙醜陋的高跟鞋，坐在草地上，然後娜塔莉還會抽一下他的大麻菸，用一種母親說教的態度要他別再碰那些藥了，他也會點點頭保證不會再犯。但像現在身邊這麼多人，她不知該如何反應。

實在好熱，奈森．伯格說。真的很熱，娜塔莉．布雷克表示同意。

153 布里克斯頓區

她有受邀何時過去都可以，但沒有打電話或傳訊息通知她要過去，只是在維多利亞車站有股衝動就出發了。十五分鐘後，她走在布里克斯頓大街上，因為剛剛出庭而疲憊不堪，身上還穿著工作的套裝，礙眼地擋在正打算展開週五狂歡夜的人群中。她在加油站外的路邊買了花，想起電影中那些有人在加油站外路邊買花的場景，又想到其實空手造訪一定比較好。她找到那間屋子，按電鈴。有個扮裝皇后模樣男子前來應門，他的爆炸頭染成金色。

「嗨，傑登在嗎？我是他姊，小娜。」

「難怪。妳長得跟安潔拉．巴賽特[52]簡直一模一樣！」

廚房裡的人多到令人頭昏腦脹。他說的那人是那邊的扮裝皇后嗎？還是其中一個白人？還是這個中國男人？還是另外那個男人？

---

52 安潔拉．巴賽特（Angela Bassett）美國的黑人女性演員，曾在一九九三年於電影《與愛何干》（*What's Love Got to Do with It*）中飾演流行歌手蒂娜．透納（Tina Turner）。

「他在沖澡。妳要喝伏特加還是茶？」

「伏特加。你們現在要出門？」

「才剛回來。這裡現在唯一能吃的只有這個佳發牌夾心蛋糕。」

154　大自然的力量

她上次這麼醉是什麼時候？由於身邊環繞著太多對自己毫無興趣的男人，她莫名開始過量狂飲。她得知了許多原本不知道的小弟趣事。他因為喝白色俄羅斯調酒而「聞名」。他迷戀過奈森．伯格。他喜歡奇幻小說。他可以比屋內其他男人多做一百下伏地挺身。

伏特加喝完了。他們從櫥櫃裡拿出一種藍色飲料，倒進小烈酒杯裡開始喝。娜塔莉意識到這間房子裡沒有那種「特別」或「萬中選一」的男人。傑登想辦法為自己找到一個充滿各種彈性的友善空間，而那正是娜塔莉好些年前夢想能擁有的生活型態。如果硬要說實在無法為他感到開心的原因，是因為這種生活型態不受時間影響——不受時間架構的框限——而這源自於一個關鍵細節：沒有女性被含括在這個型態中。女人生來就帶著時間。娜塔莉將時間帶入了這間房子。她無法停止提起時間，她擔心著時間。要是她能擺脫身體的控制，加入沃克斯豪爾酒館這些人的隊伍，再續攤玩上一場就好了。但現實是，她已經收到十封法蘭克傳來的簡訊，她該回家了。時間到了。

「全發生在同一星期，」傑登說，「都在同一星期，她叫我們社區那個不停找我麻煩的沒禮貌男生滾蛋，是真的直接把他趕跑，當時她才剛考完期末考，而且每一科都拿Ａ。

這婊子沒在開玩笑。這位姊妹天生強悍，相信我！」整個空間感覺在傾斜，在旋轉。娜塔莉不認為這個故事是真的。她不認為這兩件事發生過，至少不是在同一星期內發生，甚至根本不是在同一年發生。她絕對沒有哪次考試每科都拿A。這故事今晚出現很多次，每次的版本都彼此矛盾，一開始她試圖提出疑問或進行修改，但現在她只是往後靠在一位名叫保羅的男人懷裡，輕撫著他的二頭肌。哪些是真實哪些又不是，重要嗎？

155 關於電視的幾點觀察

她和瑪西亞一起看電視上的窮人。那是一部在政府公宅拍的實境節目。於是此刻的她坐在公宅裡觀賞電視上的公宅，但電視上的公宅感覺更糟一些。瑪西亞時不時就要強調電視上的人住的公寓有多髒，而她又是如何把自己的公寓打理得一絲不苟，但雪柔搞出來的一團亂就禁不起比較了。「健力士啤酒！早上十點就在喝！」瑪西亞說。娜塔莉沒看過這節目，她頻頻追問其中一位參演者之前的發展。瑪西亞雙手抓住椅子扶手，閉上雙眼。「她在嗑快克，滿腦子想的只有化妝跟衣服。她弟弟在拿疾病津貼，但根本沒病，有夠丟臉。爸爸因為偷東西在牢裡，媽媽就是個毒蟲。」在這個節目中，貧窮被理解為個人特質造就的結果。「看啊！看看那間廁所，太沒羞恥心了。怎麼會有人過這種生活？妳有看到嗎？」娜塔莉為自己沒看見做出辯解，畢竟她剛剛在看手機。「妳一天到晚只知道看手機。妳來這裡是看我還是看手機？」

娜塔莉抬起眼來。一個沒穿上衣的小夥子手拿一瓶啤酒跑過兩棟高聳建物之間的草地，那片草地灌木叢生，然後他把啤酒瓶緩慢的低手丟進一輛燒毀的汽車殘骸，丟進那殘骸唯一還完整的窗洞中。這段動態影像搭配了音樂，確實呈現出一定程度的美感。

「我真的很痛恨攝影機總是晃來晃去，」瑪西亞說。「害人沒有一刻能忘記攝影機的存在。為什麼現在他們都要這樣拍？」

娜塔莉被這個深奧的問題難倒了。

156　梅蘭妮

娜塔莉．布雷克正在辦公室內針對產權法的一個晦澀細節做筆記，內容跟逆權侵占有關，梅蘭妮在此時走進辦公室，才剛試著開口就哭了出來。娜塔莉不知該拿正在哭的人怎麼辦，只好把一隻手搭在梅蘭妮的肩膀上。

「怎麼了？」

梅蘭妮搖頭。有液體從她的鼻孔流出，她的嘴角也冒出一顆泡泡。

「家裡出事了嗎？」

娜塔莉對她的私生活所知不多，只知道她有位警察男友，還有名叫瑞費拉的女兒。無論那名警察或女兒都不是義大利裔。

「拿著衛生紙吧。」娜塔莉說。她一看到鼻涕就會湧現生理上的恐懼。梅蘭妮跌坐在一張椅子上，從口袋取出手機，她不停大口抽泣，似乎還不停在手機上找些什麼。娜塔莉看著她的大拇指在手機滾輪上瘋狂滑動。

「我只是真的很需要離開這地方！」她遇到的麻煩聽起來很有趣，出自說話總是直接又可靠的梅蘭妮口中更令人意外，畢竟娜塔莉常把她比喻為「我穩固的堅石。」（就是從這年開始，人們很愛講什麼事或什麼人是「他們穩固的堅石。」）然後梅蘭妮又瞬間變得溫柔、務實。「也不是一直這樣！事實是，我有了小瑞這女兒，我愛她，我不想再假裝自己沒有小瑞了！看看她——她現在天殺的棒透了，她快兩歲了！」

娜塔莉往前傾身，望向螢幕上的那個人的影像。她就像一名封建領主，眼前有名嚇壞的農民為她帶來渴望告解的心聲。

157 公園之上

娜塔莉・布雷克在忙著處理喀什米爾的邊境爭議，而她牽涉到「爭議」的部分，其實是因為她代表的日本電子製造巨頭客戶正打算透過杜拜把立體聲音響運進印度。她丈夫法蘭克・德安傑利斯出去招待客戶了。他們倆可說是「時間窮人。」他們甚至沒時間收割兩人努力工作得來的最新成果，於是瑪西亞非常好心地在房仲公司關門前去取了鑰匙，之後娜塔莉和母親及黎亞約在新房的大門前見面。她們進門時壓低聲音交談，沒人知道為何要這樣。屋內的窗戶還沒裝上百葉窗，她們的影子一路拉長到壁爐上方，再延伸到天花板。娜塔莉領著她們四處看，指出之後沙發、椅子和桌子會放的地方，還有哪些構造會被敲掉，哪些又會留下，哪些地方會鋪上地毯、哪些物件會被剝除或打亮。娜塔莉鼓勵她的母親和朋友站在凸窗前欣賞公園的風景。她意識到自己需要看到她們徹底為這一切傾倒。

她稍微跑在前頭，搶在她們面前先欣賞了一間臥房。看看那獨特的壁帶！這邊的壁爐還可以用！她等著母親和黎亞加入她的讚賞行列。她用指甲摳掉一塊鬆脫的灰泥。還是實習律師時，她有次在一場刑事案件中代表了「錯誤的」一方，那時瑪西亞曾要她「想想受害者的家人吧。」而今，每當她必須聽從大型跨國公司的指示，她還得聽搞不清楚狀況的黎亞自以為是地對她大聊全球化有多邪惡。只有法蘭克支持她。只有他似乎永遠以她為傲。只要她的案件獲得越多關注，他就越滿意。多年前，雪柔曾說：「每次只要我想回學校讀書，寇爾都會想辦法搞大我的肚子。」多虧上帝的恩典，我不像雪柔，每次焦慮時想起雪柔實在太有幫助了。至少娜塔莉．布雷克和法蘭克．德安傑利斯不會找彼此麻煩，又或者彼此競爭。他們合作無間，這點本身最能讓外人理解他們的價值。讓我帶妳們看看這地方，這地方最能讓妳們理解我的價值。這裡是窗戶，這裡是門。然後她繼續說明，她說個不停。

娜塔莉打開一扇門，門後是她之後打算當作工作空間的地方。此時瑪西亞說了想必沒什麼惡意的一句話——「有很多可以建立大家庭的空間」——娜塔莉立刻跟她吵了起來，而且不打算退讓。她望著母親沿著鋪了黑白磁磚的走廊走向門口，她不再是童年時期讓她覺得無堅不摧的女主人了，現在的她是一名嬌小的灰髮婦人，頭上戴著凹陷的羊毛帽，而且絕對值得更好的對待。

「妳還好嗎？」黎亞問。

「沒事、沒事，」娜塔莉說，「我們就是老吵一樣的事。」

黎亞在廚房的櫥櫃中找到一些茶包，還有一個杯子。

「大家其實覺得我是個人才，我很早就可能成為皇室御用律師，但這對她來說沒有任何意義。妳唯一能跟她產生關係的方式就是重新搬回家。雪柔現在是她最甜美的小天使。她們簡直是乾柴烈火，情投意合啊。」

「妳對她來說太難理解了。」

「為什麼？哪裡難了？」

「妳有妳的工作。妳有法蘭克。妳有一大堆朋友。妳正在前往成功的路上。妳從來不孤單。」

娜塔莉試著想像這段描述中的女人。黎亞坐在階梯上。

「相信我，寶琳也是這樣。」

158 共謀

娜塔莉．布雷克和黎亞．漢威爾相信，大家總希望透過各種方式督促她們繁衍後代，無論是親戚、街上的陌生人，還是電視上出現的人，總之就是所有人。事實上，這場眾人的共謀比漢威爾想像得更複雜。布雷克其實是雙面間諜。無論他人對自己抱持什麼期待，她都不打算因為沒有實現而受到恥笑。對她來說，現在只是時間點的問題。

159 公園裡

黎亞遲到了。娜塔莉坐在公園咖啡館的戶外座位。她坐在木桌邊，頭頂上的綠色雨傘為她擋住絲絲細雨。她瀏覽了一下約炮網站，又瀏覽了一下電子郵件，然後瀏覽了一下報紙。她把手機放進口袋。之後又過了十分鐘，沒有任何人跟她說話，她也沒跟任何人說話。許多松鼠和小鳥在她的視線中出現又消失。她獨自待的時間越長，就越覺得自己面目模糊。她的自我像是從罐子注入的某種液體。她看見自己從長椅滑到地面，變成一隻動物的形狀，她用四肢移動，走完那條潮溼的柏油碎石地面，過渡到長滿草及覆滿腐植物的彼端。她繼續往前，速度變快，因為逐漸掌握同時運作四肢的訣竅，因此更是迅速越過草坪、人造小土丘、冥想小花園和花床，她進入灌木叢，越過道路，爬上鐵路的側軌，她嚎叫。

「抱歉抱歉，妳也知道中央線的狀況。老天，這裡簡直像托兒院。」

娜塔莉抬眼望向周遭每張桌子，她望向那些孩子，望向那些混亂場面，然後對朋友露出一個中性的微笑，同時她也思考著，在這場午餐約會中，她何時要將這個新消息告訴黎亞。

160 時間加速

世上有個既定系統在運作每個角色該有的形象。我們總在等待一個巨大、殘酷事件發生，並希望這個事件足以干擾、徹底打破這個系統，但這一刻始終沒有真正到來。或許我們必須等到世界終結之時，屆時想維持任何形象都已不再可能。在非洲，據推測，所有既定形象都源於自然世界，以及人們的集體想像力，這些形象塑造了人類的生命樣態，賦予生命意義，人們也將自己灌注其中——比如那些從兒子變成酋長，以及從女兒變成生命護衛者的人生旅程。（當娜塔莉．布雷克說「在非洲」時，她指的是「時間之流中較早的時候」。）在那樣的條件下，個體與群體之間的疊合應該也存在一種美。

懷孕只為娜塔莉帶來更多殘缺不全的形象，這些破碎形象源自她每天透過不同裝置攝取到的大塊大塊文化破片，其中有些是手機這類手持設備，有些則不是。根據既定形象行動令她感到無聊，偏離既定正軌又讓她產生老派的焦慮。她對自己該焦慮的事不感焦慮所以也為此焦慮，這樣的自己似乎不符合那個形象系統。她跟之前一樣喝酒和進食，偶爾還抽菸，但到了最後，她終於還是迎來了那兩條線，那兩條百無聊賴的線終究在驗孕棒上浮了出來。

對於之後的生產，她那位生過三個孩子的老友蕾拉是這樣說的：「就像在陰暗的走廊盡頭遇見自己。」

對娜塔莉．布雷克而言卻不是這樣。她為了生產要求的藥物帶有驚人的昇華效果；沒有像迷幻藥那麼棒，但足以讓她稍微想起之前那段快樂時光中清澈、喜悅的感覺。她感到喜樂，像是之前一直去夜店現在也還一直去夜店而不是在某個比較有理智的人建議她搭夜間巴士時就回家。她把耳機戴上，她繞著醫院病床隨「替天行道大佬」的饒舌歌起舞。整個過程一點也不戲劇化。她感覺一小時像一分鐘般飛逝而過。在最關鍵的時刻，她能聽到自己冷靜地說：「對了，是這樣的，我要生了。」

這一切也就是說，她殘酷地意識到，她所盼望又渴望的真實——她之前甚至沒意識到自己仰賴這份真實——最終並沒有到來。

161 差異性

然而，有那麼一刻——事情發生的幾分鐘後，孩子身上的黏滑物質一被洗掉就被抱回來給她之後——她幾乎以為自己有可能感覺到。她望入那個生命滑溜溜的黑色眼睛中，那個生命跟娜塔莉．布雷克的本質沒有任何一致之處，就連娜塔莉．布雷克本人就某方面而言，也證明了這個實體並不存在任何獨樹一幟的本質。然而這個生命不也是娜塔莉．布雷克的屬性之一嗎？是她的一種延伸？就在那一刻，她哭了起來，內心出現一種極為謙卑的感受。

沒過多久，花和卡片和照片和朋友和帶禮物來的家人都出現了，這些禮物展現出不同程度的味道及觸感，這個神祕的黑眼他者也慢慢遭到取代，成為一名個性甜美、體重有七磅重，名字是娜歐米的女孩。此外大家也帶來各種建議。卡德威爾人覺得，只要沒把孩子直接從樓梯頂端往下扔，一切都不會有問題。非卡德威爾人則覺得除非把每個細節做到完美，一切才有可能順利，而且就算做到這個程度也無法百分之百保證。她從未覺得見到卡德威爾人是這麼開心的一件事。面對這兩個陣營時，她無法找到黎亞．漢威爾的精確定位，因為要透過諷刺性描述將妳此生最愛的人歸類，是最困難的一件事。黎亞帶了一隻柔軟的白色兔子娃娃來，她望過來的眼神就彷彿娜塔莉跨越了峽谷，進入了另一片國度。

162 證據

第一個孩子出生十四個月後，娜塔莉・布雷克生了第二個孩子。他本該取名為班傑明，但來到這個世界時頭頂有一小簇頭髮，像根尖尖的刺，所以有三天他們都叫他史派克[53]，接著他們回想起多年前，在一個還沒有孩子的浪漫下午，兩人一起看了電影《美夢成箴》重新翻拍的電視劇，那個導演的名字也叫史派克。

法蘭克很開心，但完全沒有費心記住所有必要的務實細節，有一陣子，娜塔莉發現她必須把他當成第三個孩子看待——如果把保姆也算進來的話，他就是第四個——她必須把他跟其他人一起管理、給予明確指示，才能真正好好利用時間，所有人也才能真正各就其位。只有娜塔莉本人擁有浪費時間的資格，她會坐在桌子前透過數位化的照片望著她這一家孩子。這行為若是客觀來看，其實跟她被叫去審視犯罪現場照片的樣子一模一樣。有天早上，因為逮到又在桌前出神望著電腦螢幕的娜塔莉，梅蘭妮完全藏不住內心喜悅。但其實在史派克的照片後方還有一個視窗，那是約炮網站的視窗。娜塔莉仍只能心浮氣躁地接受梅蘭妮給她的擁抱。

53 史派克（Spike）這個名字也有尖頂、尖刺的意思。拍攝《美夢成箴》（*She's Gotta Have It*）的導演則是美國黑人導演史派克・李（Spike Lee）。

163 建築作為一種命運

對黎亞來說，這是家裡的「坐臥間」，對娜塔莉來說是「客廳」，對瑪西亞來說是「起居室」。這裡的光線總是宜人。她仍然喜歡站在凸窗前欣賞公園的景致。每當娜塔莉環顧四周，望著自己和法蘭克購買後布置在家中的各種物件，她喜歡想像這些物件說出了他們的人生故事，在這個故事中，屋子本身存在的現實絲毫不重要，但當然很有可能的狀況是，這間屋子才是無可置疑的現實，娜塔莉、法蘭克和他們的女兒不過是投射在牆上的影戲。自從一八八八年開始，許多人影就已掠過這些牆面，他們在這裡或坐或臥，在這裡待客，也度過他們的生活起居。每當日子過得順心，娜塔莉就會為那些微小的差異感到自豪，那些她跟過去居民、過去鄰居，還有過去的自己之間的微小差異。看看那些非洲風面具吧。描繪金斯頓地區巷弄的抽象畫。極簡主義的桌子旁圍繞四張彷彿王座的椅子。當日子沒那麼順心時——尤其當保姆帶著娜歐米出門，只剩她獨自待在客廳餵寶寶時——她會喪氣地覺得自己的人影跟所有其他人影毫無區別，跟隔壁房子甚至再隔壁房子牆上的人影也毫無區別。

那年秋天整條街上的嬰兒哭聲始終讓屋子燈火通明，即便到了深夜仍是如此。銀行系統崩潰[54]的衝擊讓牆面落下一塊拳頭形狀的灰泥，也中止了他們擴建地下室的計畫。因為沒工作但又迫切希望有點用處，娜塔莉．布雷克等到史派克午睡後，打開電腦上的空白文書檔案，帶著要為人生創造偉大意義的精神打下標題關於表達自我，她擁有專業等級的天賦，而且她實在太氣了，因為聽到廣播及電視裡的人攻擊在她想像中屬於丈夫的良好特質，他們這樣講就彷彿可憐的法蘭克——就比例來說，他獲得的好處可說微不足道——跟那些史詩級的壞蛋及詐欺犯沒兩樣。

他回家時，她熱切地希望跟他聊一下這個主題。他的眼神從外帶餐點中抬起來。

「妳從沒問過我工作的事，一次都沒有。」

娜塔莉否認，但其實他說得沒錯。以採訪為名，她堅持向他確認自己的論點。

「這不該是個人的道德問題，對吧？應該是跟法規有關的法律問題。」

法蘭克放下筷子。「我們為什麼要談這件事？」

「這是歷史。你是歷史的一部分。」

法蘭克否認自己是歷史的一部分。他開始吃炒麵。但娜塔莉・布雷克勢不可擋。

「我們很多正式律師這幾天都在網路上寫文章，或為報紙寫稿，就是那種有署名的評論文章。我應該多做這種事。這是我待在家至少能做的事。」

法蘭克對著遙控器點點頭。「現在可以看電視了嗎？我快累死了。」

電視也無法為人帶來安慰。

「關掉吧。」法蘭克看了五分鐘新聞後說。娜塔莉關掉電視。

---

54 這裡指的是二〇〇八年全球金融海嘯的結果。

「如果市政府明天關門，」法蘭克說話時沒望向妻子，「這個國家就會垮掉。就這樣。」

樓上的寶寶開始哭。

接下來幾天，娜塔莉只有在這篇她嘗試書寫的社論中加上兩句話：

我非常清楚自己跟大家想像中的「銀行家妻子」不一樣。我是個受過高等教育的黑人女性。我是一名成功的律師。

她把自己書寫進度緩慢的問題歸咎於史派克，但事實上這孩子很能睡，而且娜塔莉還有一位名叫安娜的波蘭女性幫忙帶孩子。她有的是時間。一星期後，她在打算處理電子郵件時不小心瞥見電腦桌面上的檔案，於是默默將檔案移到不會再次不小心撞見的地方。她在客廳裡看電視，她餵孩子喝奶。天色越來越早暗去。葉子轉成棕色、橘色和金色。狐狸開始尖聲嚎叫。有時她會上約炮網站閒晃。電視上的年輕男人們清空辦公桌，把個人物品收進箱子，再把箱子彷彿盾牌般抱在胸前，離開。

164 半抽離

每次她重回職場必須遇到的挑戰都很明確：就是把什麼都做好，一副自己從未去生過孩子的模樣。這個現象在週日副刊的「女人」欄位有過很多討論，娜塔莉總是興味盎然地讀著。關鍵在於時間管理。幸運的是，娜塔莉擁有時間管理的天賦。她發現光靠維持模稜兩可的心態就能省下大把時間，比如她對幼兒必須吃、穿、觀看、聆聽，或要用什麼飲料容器去喝牛奶或牛奶以外的飲料都沒有強烈意見。

又有些時候，她會驚訝地在陰暗走廊盡頭遇見自己，每次只要看到她被寵壞的孩子坐在地板上，把他們自己在爸爸手機上的照片移來移去或拉大拉小，她就覺得既驚恐又憤怒，那是自我意識開始萌芽的過程，在人類存在的歷史上，這個過程直到非常晚近才被人發現——透過夢或奇蹟體驗到的不算數。對她來說更是直到最近、直到剛剛。

165 舞臺指示

屋內。夜晚。人造光。

左側及右側後方高處，有扇小窗戶。百葉窗簾拉下。

前方右側，有一扇門，半開。左側跟右側都有書架。[55]

簡單的書桌。摺疊椅。椅子上有書。

小娜從門走進來，抬頭望向窗戶，站到靠近窗戶的地方。

拉開百葉窗簾。關上百葉窗簾。走回來。離開。

55 這段舞臺指示改寫自法國劇作家山謬・貝克特（Samuel Backett，1906-1989）於一九五三年創作的劇本《終局》（*Endgame*）。

停頓。
急匆匆地回來，拉開百葉窗簾。拿開椅子上的書。坐下。站起來。走到門邊。走回來。坐下。打開筆電。關上。打開。
打字。
法蘭克〔機械音，視線外〕：要上床了，一起來嗎？（停頓）來嗎？
小娜：好。〔快速打字〕不用。好。

166 時間加速

現在既然有這麼多工作要做現在既然她的整個人生只剩下工作——娜塔莉．布雷克感覺既平靜又滿足，之前她只有在準備大學入學考試或開庭前才會有這種感受。如果她能把一切都慢下來就好了！她覺得自己已經八歲了一百年，但三十四歲只維持了七分鐘。她常想到一幅用粉筆畫在黑板上的圖表，很久以前的事，當時一切事物都是以合理的速度在行進。那是一個鐘面，目的是用二十四小時為單位展示宇宙的推進史。大爆炸發生在正中午，恐龍大概在下午過了一半左右降臨。而跟人類有關的一切都發生在午夜前的五分鐘。

167 疑慮

史派克開始說話了。他最喜歡說的是：「這是我的媽咪。」而且每次還會強調不同重點。「這是我的媽咪。這是我的媽咪。這是我的媽咪。」

168 非洲小百貨的終局

她有一股新的衝動，她渴望的不只是憑藉動能往前衝，她也想靜定守恆。為了達到這個目標，她開始尋找童年吃的食物。每到週六早晨，在造訪過英國超市之後，她會立刻推著坐在雙座推車裡的兩個孩子，在沒人幫忙的狀況下舉步維艱地穿過充滿人潮與商店的大路，來到非洲小百貨買些像是番薯、鹽漬鱈魚，還有大蕉之類的商品。某次還遇到下雨，傾盆大雨，兩個孩子都在大聲哭叫。還有比她這齣更崇高的悲劇嗎？

娜歐米把一堆商品丟進推車。娜塔莉丟出去，娜歐米又丟進來。史派克尿在自己身上。大家都在看娜塔莉，她也望著他們。多疑又輕蔑的眼神在兩邊之間流動。外面冷得要命，裡面也冷得要命。他們總算想辦法排入一列結帳隊伍，勉強成功，真的只是勉強成功。

「我會跟妳說一個故事，可愛可口的小娜娜，如果別再鬧了，我就跟妳說個故事。你們想聽故事嗎？」娜塔莉．布雷克問。

「不想。」娜歐米．德安傑利斯說。

娜塔莉用圍巾擦掉額頭上的冷汗，抬頭想看是否有任何人敬佩地望向她，畢竟她面對的正是一場徹底為難母親的挑釁。排在她前方的女人正把口袋裡所有錢掏出來，還要求把已結帳的這個和那個商品取消。她的孩子，四個孩子，全都畏畏縮縮地擠在她的雙腿旁。娜塔莉．布雷克完全忘記貧窮是什麼感覺了。那是一種她不再有辦法訴說、甚至無法理解的語言。

169 和蕾拉吃午餐

她的老友蕾拉・湯普森現在已經是蕾拉・迪恩了。她多年前就不再上教會，現在在一間黑人及亞洲廣播電臺擔任音樂節目總監。她和一個在哈利斯登經營兩間網路咖啡館兼影印店的男人結婚，對方的名字是戴米恩，兩人有三個孩子。每次娜塔莉・布雷克跟人爭執有關教育的話題（她老跟別人吵這件事），她都會把老友蕾拉當成說明自己論點的正面例子。

儘管很常把蕾拉當成一個正面例子使用，她卻不常提起自己已經好幾年沒跟蕾拉見面。之前蕾拉一直在生孩子，娜塔莉沒生孩子，因此在這段期間，娜塔莉覺得跟蕾拉吃午餐是件苦差事，因為她關注的都是眼前那些雞毛蒜皮的瑣事。但現在既然娜塔莉也有孩子了，她突然意識到，自己很樂意再次跟蕾拉一起進行定期的午餐聚會。現在她之前無法跟任何人談的很多事，都可以跟蕾拉說了。她們約好一起吃午餐。這次她發現自己說話速度很快，而且在這間位於康登大街美麗的靈魂料理[56]餐廳中，她完全在利用蕾拉熱情待客的好意。她幾乎像是遺憾自己講得不夠快，她彷彿始終來不及把想說的話全講出來。

「能夠不用再假裝對新聞有興趣實在讓我鬆一口氣，」娜塔莉引述另一名女性的話，同時吃掉小小瓷匙中浸在椰奶高湯裡的明蝦。「我就跟這群怪胎圍坐在一起，心想：我真的完全不屬於這裡。出口在哪？我需要可以跟我一起出去跳舞的人。」餐廳外，一輛播放麥可・傑克森〈比利・珍〉的車子駛過。

「我會跟妳去跳舞，娜塔莉。」

「謝謝妳！法靈頓區有個地方要辦老派嘻哈之夜，我弟跟我說的。我們下週六可以一起去，我也可以把朋友雅米塔找來。絕對好過唱〈王老先生〉那種兒歌。」

「我很喜歡那種兒童歌唱教室。我以前都會去。」

「我們要去的可不是喔，這個高檔多了。但我真的無法應付的是當她們都——」吃主餐時娜塔莉繼續傾訴類似心聲。有人送香料水果酒來。他們送香料水果酒來。她的杯子始終不是半空或半滿而是總在被加滿。有人送香料水果酒來。餐廳外有輛車駛過，車上的音響正在播放麥可・傑克森的〈滿足為止〉。

「什麼？」娜塔莉・布雷克問。她真的醉到不適合回律師會所了。她的朋友蕾拉正在微笑，笑容有點哀傷。她正盯著桌布看。

「沒什麼。妳跟以前一模一樣。」

娜塔莉正在打簡訊，她要讓梅蘭妮知道自己無法在明早之前回辦公室了。

「對啦。我又不會變成另一個人，只因為——」

56 靈魂料理（Soul food）是一種民族融合菜餚。英國於一六〇七到一七三三年期間，在北美洲大西洋沿岸建立了一系列殖民地，而在殖民地的南部農場中，靈魂料理是進行種植工作的西非黑奴常食用的料理。然而這類食物一開始並不被稱為靈魂料理，是後來隨著黑人「靈魂樂」的概念才逐漸有了這個稱呼。「靈魂料理」一詞也曾出現在《馬爾科姆・X的自傳》中。

「妳總想確定大家曉得妳跟我們其他人都不一樣。妳到現在還是這樣。」

有名服務生來問是否需要點心。娜塔莉・布雷克真的很想吃點心，但又覺得似乎不太適合。她突然感到無比恐懼，心臟瘋狂跳動。她有種女學生式的衝動，她想跟服務生告狀，她想說蕾拉・迪恩（娘家姓：湯普森）這傢伙對我不好！蕾拉她恨我！餐廳外有輛車開過，放的音樂是麥可・傑克森的〈想要挑動事端〉。

蕾拉沒有抬頭看服務生，過了一陣子後，服務生離開了。蕾拉手上有條厚厚的餐巾，她正用雙手絞扭那條餐巾。「就連以前我們一起做歌的時候，妳就算陪在我身邊，卻也完全沒跟我站在同一陣線。妳只是在炫耀自己的能力。妳很虛偽，妳很假，妳老在跟聽眾中的男孩調情，之類的。」

「蕾拉，妳到底在講什麼？」

「妳到現在還是這樣。」

170 扮裝

女兒扮裝。姊妹扮裝。母親扮裝。妻子扮裝。出庭扮裝。有錢人扮裝。窮人扮裝。英國扮裝。牙買加扮裝。每種扮裝都需要不同服裝。但考慮到不同扮裝需要採取不同態度，她開始艱困地思考哪種扮裝最接近真實，又或者離不真實最遠。

171 我，我自己，我一人[57]

娜塔莉把娜歐米放進汽車座椅，扣上安全帶。娜塔莉把史派克放進汽車座椅，扣上安全帶。娜塔莉爬進這輛巨大的車。娜塔莉關上所有窗戶。娜塔莉打開空調。娜塔莉用音響播放傑斯的〈合理懷疑〉。娜塔莉指示法蘭克在嘻哈歌詞出現誇張的粗話時關靜音。

172 套裝組合

沿著基爾本大路行走時，娜塔莉．布雷克內心升起一股強烈的渴望，她希望可以悄悄進入他人的生活。這種渴望究竟要如何在實務層面獲得滿足，又或者到底代表什麼意思，實在不是很容易想像或理解。「悄悄進入」也是個不精確的描述。難道是要跟著一個索馬利亞孩子回家嗎？坐在一英鎊超市外的公車站和俄羅斯老太太聊天？在蛋糕店內和一名烏克蘭黑道男子同桌吃點心？在地的小建議：只要去基爾本任何一間一英鎊超市外的公車站，就能聽到在倫敦市內堪稱引人入勝的大量談話內容。不客氣。

聆聽還不夠。娜塔莉．布雷克還想真正認識別人。她想跟大家產生密切連結。

在此同時：

57〈我、我自己，我一人〉（Me, Myself & I）是美國饒舌歌手 G-Eazy 與美國歌手碧碧．蕾克莎（Bebe Rexha）於二〇一五年發表的歌曲。

娜塔莉和法蘭克職場上的所有人，現在都跟一群非裔美籍人士的生活[58]產生密切連結，那些非裔美籍人士大多是男性，在美國謀殺率最高而且受人遺忘的那座貧困城市裡，他們會把每瓶二十美金的快克丟在一大排設計糟糕的建築高樓群間的灌木叢。真沒想到所有人竟然都想跟這群年輕人產生密切連結，法蘭克非常為此心煩，但也不太清楚為什麼。出於抗議的精神，他讓自己及妻子免除了這項「義務」，即使就各方面而言，觀看這個電視節目的經驗確實令眾人著迷。

在此同時：

娜塔莉．布雷克又瀏覽了約炮網站，她回覆了其他人回覆她的訊息。

173 在遊樂場

任何人都不能在遊樂場抽菸。這是常識。任何有點文明素養的人都該知道。

對，娜塔莉表示同意。對，想也知道。

他還在抽嗎？白人老太太問。

坐在長凳上的娜塔莉身體往前傾。他還在抽。那人大概十八歲，身邊還有另外兩個小鬼：其中一個白人男孩臉上長滿青春痘，另一個非常漂亮的女孩身穿成套的灰色運動服，腳上是螢光黃的耐吉球鞋。女孩的舉動以前被娜塔莉和朋友稱為「閒躺」或「悠哉派對」，簡單來說，那女孩坐在白人男孩腿間，兩隻手肘靠在他的膝蓋上，彷彿慵懶躺在夏日的懷抱中。他們閒躺在遊樂場的旋轉椅上，看來挺好的。不過無法否認的是：抽菸男孩也站在旋轉平臺上。他正在抽菸。

我得去好好說一說他們。那位老太太說。他們都來自那片該死的公宅。

老太太起身走過去，在此同時娜歐米從兒童泳池中哭著衝進母親懷裡，**浴巾浴巾我要浴巾**。如果你們想知道的話，沒錯，那個多年前的戲劇化事件就是發生在這個泳池裡。娜塔莉用浴巾包裹住女兒，還為她穿上塑膠涼鞋。

老太太回來了。

他還在抽嗎？他對我很沒禮貌。

對。娜塔莉．布雷克說。他還在抽。

把菸給我熄掉。老太太大吼。

娜塔莉把娜歐米抱進懷裡，走向旋轉椅平臺。就在她走近時，一名表情嚇人的中年婦女加入她的行列，她是拉斯塔法里信徒，頭上戴著好大的祖魯帽。她們兩人站在旋轉椅平臺邊。那位中年婦女雙手交抱在胸前。

你得把菸熄掉，這是遊樂場。娜塔莉說。

現在就熄。那位中年婦女說。你們甚至不該來這裡。我聽到你們剛剛是怎麼跟那位老太太說話了。那位老太太是你們的長輩。你們該覺得可恥。

就熄掉吧，娜塔莉說。我的孩子在這，娜塔莉說，但其實她對二手菸沒有多強烈的反感，更何況還是在開放的戶外空間。

---

58 這裡指的是美國影集《火線重案組》（*The Wire*，2002-2008）。

你們自己聽聽有沒有人在瞧不起我啊，那男孩說，我一定要叫他們他媽的別管我的閒事。她難道就有好好跟我說話嗎？少說謊了，大家都有聽到妳是怎麼跟我說話的，妳可沒禮貌了。

你不能在小孩子的遊樂場抽菸。坐在長凳那邊的老太太朝這裡大吼。

但她有必要用這種態度找我麻煩嗎？那男孩問。

她有權這麼做！拉斯塔法里信徒說。

就熄掉吧，娜塔莉說。這裡是遊樂場。

聽著，我跟你們這邊的人作風不同。這裡不是我的地盤。我們跟你們這裡的人作風不同，你們這些女王公園的傢伙。我們之間真的沒什麼好聊啦。我是哈克尼區的人，所以囉。

就修辭策略而言，這步棋下得相當不明智。就連閒躺在那裡的女孩都嘆氣了。

噢，不。拉斯塔法里信徒說。哇你不可能這樣說話吧，不不不。你是在鬧嗎？我就是哈克尼區的人？所以囉？**所以咧**？聽著，你可以惡搞這些人，可以玩弄這些人，但你別想要我，小可愛。我了解你，我太了解你了。我才不是什麼女王公園的傢伙，親愛的，我是**哈利斯登人**。你為何用那種態度描述你自己？噢你真的惹火我了，小男生。我在哈利斯登長大的——現在是正式登記在案的青年勞工，二十年了。我真為你感到羞恥。就是有你這種人，我們才會淪落至此。丟臉！丟臉！

對啦對啦對啦對啦對啦對啦。那男孩說。女孩笑了。

妳覺得很好笑嗎？拉斯塔法里信徒說。繼續笑吧，我的好姊妹。妳以為妳這樣擁有什麼未來？妳的人生還能走去哪？拉斯塔法里信徒對女孩說。

我？根本不干我的事吧！為什麼扯到我身上啊？

哪裡都去不了。沒有未來可言。娜塔莉說。沒有。沒有。**沒有**。

媽咪別大叫！娜歐米說。

娜塔莉不知道自己為什麼在大叫。她開始擔心自己顯得可笑。

我為你們難過，真的。一個剛剛沒參與的印度男人開口，他加入了圍繞在此的批判陣營。你們顯然過得很不快樂，你們是對生活不滿意的年輕人。

噢我的天啊拜託你們別他媽的又來了！女孩尖叫。被她靠著的白人男孩望著聚在眼前的人群，雙眼瞪得老大。他開始笑。

你們真搞笑。他說。

事情到底怎麼能搞成這樣？女孩笑著問。我就只是坐在這裡打發時間啊！到底干我什麼事？馬可斯，老兄，都是你把這些人搞來的。這得算在你頭上。再這樣下去，我就要上傑洛米．凱爾那檔他媽的脫口秀節目了。

你們笑什麼？白人老太太問，她現在也在旋轉椅的平臺邊，跟其他人站在一起。我不覺得這有哪裡好笑。

噢老天，真是沒完沒了，女孩說。這傢伙又回來啦。我們鵝媽媽童謠中的慈祥奶奶哈伯德又他媽的來管閒事啦。幹真是瘋了。

搞成這樣？馬可斯說。就為了一根菸？真有必要搞成這樣？就回去你們原本的地方坐好，冷靜一下。管好你們自己的事。坐下，各位老大。

白痴，女孩說。

就熄掉吧，老大，娜塔莉說。她好一陣子沒用「老大」結束一個句子了。

唉，馬可斯，女孩說，就把菸熄掉吧，讓這女人閉嘴。現在場面開始變得莫名奇妙了。

你們該覺得自己可恥，白人老太太說。

我很願意跟妳好好對話，是吧？身為拉斯塔法里教徒的中年婦女說。我本來想說，成年人對成年人，我可以試著理解你的觀點，但你只顧著胡說八道。真的可恥，這位小弟。悲傷的是我完全知道你會有什麼未來。

別擔心我了，馬可斯說，我有在賺錢。我過得不錯，馬可斯說。

馬可斯把領子立起來，這動作不是很能說服人。

我有在賺錢，我過得不錯。娜塔莉重覆他說的話。她的嘴脣扭成一個結。我有在賺錢，我過得不錯。她又重覆了一次。對啦，當然是這樣。我是個律師，老兄，那才叫賺錢，那才是真正有在賺錢。

這些人根本就是他媽的瘋子，女孩說。

如果她有好好跟我說話就沒事了，懂嗎？我會照她的話做，馬可斯爭辯。我其實是個有腦袋的年輕人好嗎？但如果別人對我沒禮貌，那就是不尊重我，那我就會反擊。

如果你真懂得自重，娜塔莉表示，有個人在天殺的遊樂園要你把菸熄掉，對你那無比珍貴的幼小自尊心而言，根本算不上什麼攻擊。

此處已經聚集起一小群人，其中有家長也有關心的市民。娜塔莉最後提出的這個論點成功獲得眾人肯定，她確切感覺到自己的勝利，就像陪審團在看到她亮出一系列照片後倒抽了一口氣。就在她感覺勝券在握時，眼神偶然和馬可斯對上——她一時結巴起來——但很快地，她把目光投往他右肩上方的一片空無，之後的所有發言也都是朝向這個消失點。在這群人之間，原本的爭論分散為小規模的爭執。女孩跟老太太吵起來，她男友跟拉斯塔法里信徒吵起來，另外又有幾個人加入娜塔莉的陣營，對著可憐的馬可斯大吼大叫，此刻他其實早已抽完那根菸；他看起來疲憊不堪。

174 桃色，牡丹花

她找不到地址。她經過好幾次都沒發現。那是一扇沒有任何標示的門，門板鑲了雙層玻璃，就擠在芬奇利路上的「棲息地家飾行」和「維特羅斯連鎖超市」中間。那是塊破舊區域，一九三〇年代發展起來的。她按下門鈴，裡頭的人立刻按開外門。她停下腳步欣賞門廳裡的塑膠花，看起來栩栩如生。眼前有四組樓梯，沒有電梯。娜塔莉在內門邊站了很久。為了按下電鈴，她執行了她之後定義為「離開自己身體」的行動。透過內門玻璃，她可以看見桃色地毯和桃色牆面，客廳的角落有張很飽滿的白色皮沙發，搭配核桃木的椅腳和扶手。她在沙發對面看見成套的椅子和巨大腳凳，製作風格一致。門廊桌上有份報紙，她努力張大眼睛看，覺得應該是《每日快報》，但視線有部分被老式的轉盤撥號電話擋住，那臺電話跟報紙一樣是米黃色，搭配的是黃銅製話筒。她想起在約炮網站上，這對夫妻描述自己過著「高檔」生活。兩具身體往門邊靠近。她透過玻璃可以清楚看見他們。他們比自己描述的老上很多，大概六十多歲。糟透了。他們乾皺的白皮膚上隱約透出青藍色靜脈。大家都想找18—35的黑女。為什麼？他們覺得我們可以做什麼？我們有什麼是他們想要的？她聽見他們大喊：回來！

175 戈爾德斯綠地區火葬場

娜塔莉．布雷克要找到參加葬禮的衣著並不難。她的大多衣服都帶有葬禮需要的元素。難的是把孩子打扮成適合參加葬禮的樣子。她把自己的焦慮情緒灌注在這件事上，不但大聲開關櫥櫃門，還把所有妨礙她的東西全丟到地上。

在車上時，她丈夫法蘭克．德安傑利斯問：「他是個好人嗎？」

「我不知道這問題是什麼意思。」娜塔莉．布雷克說。

車子緩慢駛入停車場，後照鏡中的所有臉龐她都認識，只是不記得名字。住在卡德威爾的人，讀過布雷頓的人，基爾本人，還有威爾斯登人。不同背景的人代表了她的不同人生時期。當然她也只是他們用來自我陶醉地標記人生階段的計時工具。但這也沒什麼不好。她下車步上中庭。她母親的一個朋友輕拍她的手臂。她往紀念花園走去。「卡德威爾居民協會」的負責人將他的大手覆蓋在她的後頸，輕捏了一下。對於這些為妳標記出每個人生階段的人，妳是否有可能不只是輕蔑他們？妳是否也有可能愛他們？「妳還好嗎？凱莎？」「娜塔莉，很高興見到妳。」「都好嗎？親愛的」「布雷克小姐，好久不見。」在葬禮上認出彼此時，人們總會用一種奇特的方式點頭。這裡見證的不只是科林．漢威爾的死亡，跟他共享同個街區的好幾百人現在也確認了他們與死者之間的關係，那種關係既親密又偶然、既靠近又遙遠。娜塔莉其實並沒有真正認識科林（要真正認識科林是不可能的事），但她之前就知道如何正確地知道科林這個人：把科林當成反映出她個人意識的客體。其他所有人也一樣。

大家說話。大家唱歌。那雙腳，在久遠之前[59]。娜塔莉的孩子一直鬧事，她被迫不停來回處理。終於簾幕拉開，棺木消失。達斯蒂．斯普林菲爾德帶點磁性的中高音歌聲響起。總有些喜好我們會在對方死後才得知。眾人魚貫走出，黎亞跟母親一起站在門口。她身上穿著難看的黑色長裙和上衣，顯然是跟別人借來的。娜塔莉可以聽見好意的陌生人對著黎亞傾訴漫長、無謂的回憶。幾乎是「說故事時間」的程度了。「謝謝你來，」黎亞在每個人經過時機械化地說。她看起來非常蒼白。她沒有手足，沒有堂兄弟姊妹或表兄弟姊妹。她只有米謝爾在幫忙。

「噢，小黎，」輪到娜塔莉．布雷克時，她呼喊，哭泣，然後緊抱住她的好友黎亞．漢威爾。要是此生每天都有人強迫娜塔莉．布雷克參加葬禮就好了！

176　遭到無視

克蘭利公宅，康登鎮，比西北區還要更北。那男人自稱「ＪＪ」，長相也還真的跟她舅舅傑佛利有點像。另外還有個伊朗女孩，她的綽號也一樣難理解：蜜糖。他們大概二十

59 這句話取自《耶路撒冷》（*Jerusalem*）這首英國的愛國歌，而這句歌詞是取自名詩人威廉．布雷克（Willam Blake）的作品。

出頭，生活一蹋糊塗。娜塔莉．布雷克猜他們吸的是快克，但也可能是冰毒或其他毒品。蜜糖缺了一顆牙。他們的客廳實在很難算是客廳，不但髒亂不堪，沙發床也噁到不行，電視無時無刻都開著。整個空間散發著大麻臭。他們坐在豆袋椅上，勉強算是意識清醒，此刻正在看遊戲節目《一擲千金》。他們看起來並不緊張。JJ說：先在這裡放鬆一下吧，我才剛回來，還很累。他沒指向任何一張椅子，向來很能適應環境的娜塔莉．布雷克就在兩人間的地板坐下。

她試著專心看節目，這節目她之前沒看過。她的手機一直因為工作的訊息逼逼作響。關於節目裡的箱子排序，JJ有一套非常細緻的陰謀論。她唯一能做的就是接下他遞來的菸，任由自己受到大麻掌控。很快她就失去了時間感。到了某個時間點，電視的環節結束，JJ開始打電動：電動裡有一堆醜妖精、很多寶劍，還有胡說八道的小精靈。娜塔莉表示自己得去上廁所，但不小心開錯門，看到一條腿，又聽見一聲尖叫。那是凱文，JJ說，他現在借住在這裡，他上的是晚班。

馬桶座墊的材質是透明壓克力，上面印了金魚圖樣。水龍頭流出棕色的水。海倫仙度絲洗髮乳。樂多適沐浴乳。兩瓶都是空的。

娜塔莉又晃回客廳。JJ正忙著跟螢幕對話。告訴我該死的穀物店在哪。一名謎樣的農家婦女對他微笑。娜塔莉嘗試開啟對話。他之前有做過類似的事嗎？幾次吧，他說，就是他媽的無事可做的時候。他們通常都醜到讓人發瘋，所以進門前就被我趕走了。喔，娜塔莉說。她等著。什麼都沒發生。蜜糖無聊了，開始向客人搭話。妳做什麼的啊，凱莎？妳看起來是個好女孩。我是美髮師，娜塔莉．布雷克說。噢！聽啊，她是搞頭髮造型的。真好。我來自伊朗。ＪＪ做了個鬼臉：邪惡軸心國！蜜糖打了他一下，是親暱地打。她輕撫娜塔莉的臉龐。妳相信靈氣嗎？凱莎？

他們捲了更多大麻菸，然後抽掉那些菸。娜塔莉想起法蘭克今天也會工作到很晚。她傳訊給安娜，用一點五倍的工資賄賂她，請她待到十一點並把孩子送上床睡覺。ＪＪ抵達一座新城堡，他又接到一長串新任務。蜜糖開始大聲地說包在口香糖包裝紙內的搖頭丸粉不知被她丟在哪了。娜塔莉說：我想今天沒得搞了，是吧？ＪＪ說：大概是吧，老實跟妳講。

177 忌妒

黎亞希望娜塔莉·布雷克可以在一場慈善拍賣中發言，那是幫一群黑人年輕女性募款的拍賣會。她不停談起這件事，但他們打算為活動租借的場地在河的南邊。

「我不去南邊。」娜塔莉·布雷克表示不滿。

「我們是在做好事。」黎亞·漢威爾堅持。

娜塔莉·布雷克感謝黎亞為她做的出場介紹，然後站到講臺前。她在演講中提到時間管理、確立目標、努力、尊重自己和另一半，還有接受良好教育的重要性。「所有單純仰賴年輕力盛而獲得的成果注定都要失敗，」她讀出講稿，「為了存活，妳的所有野心必須朝同一個方向前進。」某天她或許得對黎亞說出類似的話，不是現在，但總有一天。她會等著那一天到來，她當然會等。可憐的黎亞。

從第二頁的頁眉讀到第三頁的頁頭這段時間，她想必是讀得很大聲、很有條理，聽起來一定很順暢——畢竟聽眾中沒人把她當成瘋子瞧——不過她卻發現腦中開始浮現一些淫穢場景。她好想知道，黎亞和米謝爾這對雙手離不開彼此的夫妻私下在床上是什麼樣？她想知道，那些孔洞、體位，還有高潮。「而正是因為我不願自己設下人為限制，」娜塔莉．布雷克對著那群年輕的黑人女性解釋，「我才能完整發揮我的潛力。」

178 蜂窩頭[60]

美好的歌聲透過公園咖啡館的音響傳出來。娜塔莉．布雷克和她的朋友黎亞．漢威爾很久以前就有共識，她們認為她的歌聲代表倫敦——尤其是倫敦的北區和西北區——彷彿擁有這歌聲的人是她們生活街區的守護聖者。歌聲是一個人可以擁有的事物嗎？娜塔莉的女兒和許多孩子一起隨歌聲上下彈跳、舞動，他們的家長則節制地隨節奏點頭。陽光消失了。不幸的是，黎亞．漢威爾仍然習慣性遲到，那首歌很快結束，娜歐米開始大吼大叫，史派克也醒了，黎亞錯過了這場足以展示生活有多幸福的完美演出——特別是家庭生活的幸福。「她真的很低潮，」娜塔莉在等待時跟法蘭克說。「她以為我看不出來，但我看得出來。她整個人都卡住了，停滯不前。她好像無法讓自己掙脫眼前的困境。」但話才說完，她就意識到這段評語可能只是取自剛剛那首歌；娜塔莉不過是取用了歌詞最後一段的歌詞，再搭配此刻的狀況稍微改寫罷了，這讓大聲說出口的她顯得可笑。本來在看報紙的法蘭克抬頭，剛好看見她陷入愁雲慘霧的那張臉。「黎亞和米謝爾過得可開心了。」

之後過了一段時間，娜塔莉在電視上看見那位歌手受訪。「在成長的階段，我一點也不覺得自己哪裡特別，我以為所有人都懂唱歌。」她的歌聲仍和娜塔莉聽過的一樣美好，如同奇蹟，那時的她在康登鎮，聽見有歌聲從酒吧的窗戶飄出。但擁有或並不擁有這種歌聲的女人卻已經差不多要消失了。娜塔莉盯著電視上那位雙腳內八、簡直像個小孩的女子，她彷彿再也不在，她幾乎是一片空無。

179 警句

對女人來說，擁有天賦多棘手啊！她會因為擁有天賦而受罰。

180 所有那些現代化生活設備

迷人的櫻草花丘。在透過電子郵件協商好幾次後，兩人終於定下一個白天在此區見面的時間：三點鐘。那個女人打開前門時說了聲「哇終於！」她有編髮，身穿晨間衣袍和高跟鞋，她很美，一看就知道是非洲裔。她一開門就用一隻手臂環抱住娜塔莉．布雷克，希望在有人看到前迅速把她拉入這棟巨大屋子。衣著方面，娜塔莉維持跟之前一樣的主題：

60 這裡的蜂窩頭指的是低音爵士女歌手艾美．懷斯（Amy Winehouse）。

金色圈圈耳環、牛仔裙、帶流蘇的仿麂皮靴、髮圈上有黑白色骰子，而她工作穿的衣服則裝在背上的旅行包中。她在門廊的一座巨大鍍金鏡子裡看見自己的倒影，覺得很有說服力。此刻的她意志堅定。至少她們都擁有迷人的魅力。娜塔莉．布雷克仍相信「迷人」是最重要的。

門廊牆面漆的是法羅與保爾公司的烏托邦綠（消光色）。牆掛式的非洲雕塑。現代極簡藝品。裱框的金色唱盤。裱框的歌手馬利照片。裱框的報紙頭版。到處可見一種可怕的「好品味」。娜塔莉．布雷克抬頭看見那位丈夫或男友站在階梯頂端。他相當英俊，光頭，身形很好看。這對男女都長得很好看，而且長得很像，幾乎像是從美國人壽廣告中走出來的角色。他對娜塔莉微笑時露出牙醫費心維護的成果，光潔亮麗，極度整齊。他穿的是絲質晨間衣袍。俗氣。我們很高興妳來這裡，凱莎，我們不確定妳是不是真實存在的人。妳能相信她真的存在嗎？妳簡直美好得太不真實。這位好姊妹妳上來吧，讓我好好看看妳。樓上播放著靈魂樂。廚房裡高高架著一張美國布魯姆牌的嬰兒座椅，二〇〇九年的限量版，看起來像座太空站。廚房桌上有臺打開的 MacBook Air 筆記型電腦。樓梯上有另一臺較舊的 Mac 沒有打開。他伸出一隻手。你們有很漂亮的嬰兒床，娜塔莉．布雷克說。漂亮的是妳，他說。娜塔莉．布雷克感覺他妻子或女友的手摸上她的臀部。

她上樓，一張雪橇式的床出現在她面前，大概是五年前流行的款式。鞋櫃開著，從地板到天花板收藏著各式昂貴的紅底高跟鞋。床後方的牆面掛著她再熟悉不過的倫敦地鐵圖，只是每個車站都被一位上世紀的經典人物所取代，這些人都是重要黨派或體育圈的知名人物。娜塔莉找了一下基爾本站：球王比利。床上有臺 iPad 正在播放色情片，是三人行，那是娜塔莉人生初次看到這項科技產品。片中有兩個女孩正在品嘗彼此，另一個男人坐在桌子上握住自己的老二。他們都是德國人。

那個美麗的非洲女性講個不停。妳是哪裡人？在讀大學嗎？妳想做什麼？千萬別放棄，重點在於抱持遠大的夢想。要有抱負，要努力，不要接受任何拒絕。想成為什麼人就成為什麼人。

娜塔莉・布雷克衣著完整地站在那裡，她越是沒有反應，他們就越緊張，話也說得越多。終於，娜塔莉表示要去上廁所。那是間附帶完整衛浴間的套房。她爬進遠近馳名的維多利亞風格浴缸，浴缸表面披覆著黃銅與瓷，看來是購自「水專賣」這個品牌。她知道她在這裡的行程結束了。她在浴缸內躺下。帕爾瑪之水。香奈兒。摩頓布朗。馬克雅可布。湯米席爾菲格。普拉達。古馳。

181　復活節假期

安娜去了波蘭，她本來只打算花幾天探望家人，但火山爆發就回不來了。娜塔莉用Google搜尋新聞，她盯著那一大片火山灰雲。

「妳的工作比我有彈性多了，」法蘭克提出這項論點後就離家去工作。地下室的翻修工作重新啟動，到處都是建築工人。為了讓生活回到正軌，法蘭克努力工作，他們兩人都是。他們有資格享受到手的一切。

有茶可以喝嗎？親愛的？最好別讓孩子靠近，很有可能會受傷。會不會剛好有沒人想吃的餅乾啊？

早上十點，她發現自己被困在這個漆成白色的盒子裡，身邊有兩個擁有神祕黑眼珠的他者，他們似乎總想從她身上獲得什麼，但她無法理解，也無法提供。身穿橘色防護背心的男人來回走動。牛奶沒了，親愛的。有果醬嗎？她把孩子抱進懷裡，離開這片工地，離開她的廚房。她帶他們去母親的公寓，去公園，去動物園，去基爾本超市，去非洲小百貨，去克里克伍德的玩具反斗城，然後回家。

爸爸回家後，娜歐米把這趟彷彿奧德賽的漫遊之旅極度仔細地跟他分享了一遍。

「妳太厲害了，」法蘭克說，然後親吻娜塔莉．布雷克的臉頰。「換作是我就只會坐在家裡瞎耗時間，整天跟他們一起玩樂。」

182　廢墟中的愛[61]

他們看起來是不錯的年輕人，對於真有人回應他們提出的邀約顯然感到震驚。娜塔莉覺得他們那篇文章一定是喝醉時發的。堂兄弟？還是兄弟？這是一九五〇年代蓋的半獨立式房屋，位處溫布利，由於面對北環路，每扇窗都是密實的雙層玻璃。這棟房子足以住上一大家子，但現在顯然有許多家人不知去向。以前讀布雷頓的孩子會把這種房子稱為「雜貨店等級的別墅」。娜塔莉．布雷克無法解釋自己為何知道這些人不會殺她。她必須肯承認內心那份絲毫不理性的信念：任何人總能「不知為何看得出」對方是否有謀殺妳的意圖。當然還有些細節有幫助，比如他們開門時看起來比她還怕。噢我的天。我就說了，迪內。我就說了。我就說一定會有人來。進來吧，親愛的。進來吧，凱莎。噢我的天。妳身材有夠好。你說這個做什麼啦！為什麼不能講？這種事你知我知她知。你知我知她知。不意外吧。噢我的天！往那邊走，小可愛。我們不會傷害妳的可不是嗎我們是好男孩。噢老天啊不會有人相信真的有人來，老兄。就連我也不敢相信。進去那裡。我們是要輪流還是怎樣？怎樣？我可不想看你的裸體，兄弟！這不就像在搞同性戀嗎？也太瘋！但她想搞「雙人防守」，是吧！那可不是輪流上的意思唷！那代表兩人同、共同、同——就是一起上啦。難道你不知道雙人防守是什麼意思嗎兄弟？雙人防守。你根本不知道你自己在說什麼。雙人防守啊！閉嘴啦你這人就是個笑話。娜塔莉聽他們在走廊上爭吵。她在廚房裡坐著等。冷凍庫周遭地面有一大灘水。所有門板都寫上**防火逃生門**的字樣。他們又回到廚房，害羞地建議所有人轉移陣地到臥室。考量等一下即將做的事，他們實在是害羞到有點誇張，而且還不停鬥嘴。這裡。你是瘋了嗎？我才不在這裡搞。碧碧睡這裡耶！去那裡啦，老兄。好的唷老大。跟我來，凱莎，妳可以自在一點，好嗎？迪內老兄這裡連床單都沒有！去拿床單來！別再用名字叫我了！別叫名字。我們會去拿床單來，就在這裡等，哪裡都別去。

娜塔莉．布雷克躺在床墊上。衣櫃上堆了一箱箱物品，不會再有人回來拿的那種物品。看起來全不是生活必需品。周遭瀰漫著一股極度悲傷的氣息。她真希望能把那些箱子

61《廢墟中的愛》是美國作家沃克．珀西（Walker Percy）的一本科幻小說，其中的主角是一位精神科醫生湯瑪斯．摩爾，這個名字取自英國的湯瑪斯．摩爾爵士，小說中亦聲稱他是英國這位爵士的後代。

拿下來，仔細將裡面看過一次，她想把所有需要被拯救的物品救下來。

門打開，兩個年輕男子穿著凱文克萊的內褲出現，一人穿黑色，一人穿白色，看起來就像拳擊場上的兩位羽量級選手。大概不超過二十歲吧。他們拿出筆電，用俄羅斯輪盤之類的方式連結影片，每按一次就有人在螢幕上出現，而且是即時拍攝的影像。再按一次，再按一次，他們獲得的影像有百分之八十都是陰莖，其餘就是一些不說話的女孩在玩自己的頭髮，或者一群群想找人聊天的學生，又或者是站在自家國旗前方的光頭兇漢。若是非常難得地遇上一個女孩，他們就會立刻打字：**把妳的奶子掏出來**。娜塔莉問他們：小鬼，為什麼要這樣？你們這裡就有真的可以搞的對象呀。但他們還是一直在網路上玩。娜塔莉覺得他們好像在拖延時間，又或者是不加入某種網路元素就玩不起來。妳試試看嘛，凱莎，妳試試看，看妳會碰上什麼人。娜塔莉坐在筆電前，她獲得一個在以色列的寂寞男孩，他打了**妳棒**後就掏出陰莖。妳喜歡這樣被看嗎？凱莎？妳喜歡嗎？那就看到這裡了，我把筆電留在化妝臺上。妳想怎麼搞？凱莎？只要說了我們就會做，什麼都行。娜塔莉·布雷克還是不覺得自己有危險。你們想做什麼就做吧，娜塔莉·布雷克說。

但他們兩人都不知該怎麼辦，而且很快又開始彼此怪罪。都是因為他！就是因為看著他才沒辦法，老兄。他打亂了我的節奏。別聽他胡說他哪有什麼節奏。

像青少年一樣玩鬧就能讓他們心滿意足。娜塔莉開始失去耐性。她早已脫離那個時期。她很清楚自己在做什麼。她實在不想在這裡呆坐著等人來插入自己。她可以包覆，她可以掌握，她可以釋放。

她要穿著黑色卡文克萊內褲的男孩坐在床緣，把他的包皮往下滑，坐上去，除非她給出指示，不然她建議他不要碰她也不要動。那根屌很細，但不醜。他說：妳挺有主見的可不是嗎凱莎，妳很知道自己要什麼。其他人應該都是這樣說姊的吧。我真的他媽的不在意其他人怎麼說。她能看出這男孩沒有掌握節奏的能力——所以為了他們兩人好，他最好就是不要動。她往下坐，開始搖晃，很快就到了，但沒有比床的另一邊他那位有割包皮的朋友更快，那位朋友輕輕呻吟了一聲，噴出的液體滴答落在自己手中，然後就跑進廁所裡不見人影。迪內你這傢伙，回來呀。嗯。這樣有點怪。他去哪了？只剩妳和我了。妳已經到了，對吧？很公平。妳知道嗎我不認為我現在有辦法到了凱莎。我覺得有點熱而且煩煩的如果老實跟妳講的話。

她放開他。男孩的陰莖從她體內掉出來，尺寸小了很多。她把那根陰莖塞回他的褲子裡，重新把衣服穿上。另一個男孩從廁所走出來，一臉羞怯。她有一根在康登鎮沒抽完的大麻菸捲，三人一起抽掉了。她試著跟他們聊些什麼，什麼都好，只要是跟住在這棟房子裡的人有關都行，但他們只專注於他們所謂的「調情」：我們該把這個女人當成神來拜老兄，這位好姊妹呀妳準備好被當成神來拜了嗎？妳在我眼中就是女神。我們可以搞上一整晚寶貝。我可以搞到妳求我停下來為止。我可以搞到早上六點。迪內，老兄，我八點得去工作。

183 敘舊

娜塔莉．布雷克解雇了安娜，請來瑪麗亞。瑪麗亞是巴西人。地下室完工了。瑪麗亞搬進地下室。因為用錢買到了更多時間空檔，娜塔莉和黎亞一起去了趟愛爾蘭。

「妳最近如何？」黎亞．漢威爾問。

「沒什麼特別的，」娜塔莉．布雷克說。「妳呢？」

「就跟之前差不多。」

娜塔莉說了有個年輕人在公園抽菸的故事，還強調自己是多麼英勇地對抗了那個固執又不文明的傢伙。她說了兩人的共同好友蕾拉．迪恩變得刻薄的故事，還巧妙地把故事中的娜塔莉．布雷克塑造成一個好人。她還說了孩子為狂歡節做準備的故事，藉此無從避免地展現出自己的人生有多麼圓滿、幸福。

「但雪柔堅持所有『親人』都得上教會花車。我不想上教會花車！」

黎亞也認為娜塔莉有權拒絕，畢竟這行為表面上是在追求狂歡節的享樂，實際上是要強迫他人接受宗教的擺布。黎亞說了她母親有多難相處的故事。娜塔莉也認為黎亞有權為了母親的行為不檢而勃然大怒，就算只是極小的惡行也一樣。黎亞說了樓上鄰居納德的一個有趣故事，然後又說了一個跟米謝爾的廁所習慣有關的有趣故事。娜塔莉焦慮地注意到，黎亞的故事沒有特別想強調的重點或意圖。

「妳有再見到那女孩嗎？」娜塔莉．布雷克問。「那個騙妳錢的女孩——跑到妳家門口騙妳那位？」

「無時無刻，」黎亞．漢威爾說。「我無時無刻都會看見她。」

她們喝掉了放在兩人之間的兩瓶白酒。

184 被逮到

「這是什麼？KeishaNW@gmail.com。這是什麼鬼？妳在寫小說嗎？」

他們面對面站在走廊上。他手上拿著一張紙對她揮舞。六英尺外，他們的孩子和親戚和雪柔和傑登正在練習隔天早上要在狂歡節花車上跳的舞。瑪西亞正在幫忙把亮片和羽毛縫到螢光色緊身衣上。聽到有人大聲起來，娜塔莉・布雷克家族的許多人停止動作，望向走廊。

「拜託我們先上樓吧。」娜塔莉・布雷克說。

他們爬上樓梯，進到客房，房內裝潢走的是迷人的摩洛哥風情。娜塔莉・布雷克的丈夫緊緊握住她的手腕，非常緊。

「妳到底是誰？」

娜塔莉・布雷克試圖把手腕抽回來。

「妳有兩個孩子在樓下。妳應該是個他媽的成年人才對。妳是誰？這都是真的嗎？這個『狂野溫布利』他媽的是誰？這些在妳電腦上的是什麼？」

「你為什麼看我的電腦？」娜塔莉・布雷克用很小、很可笑的聲音問他。

185 向前走

法蘭克背對她坐在床上，他用一隻手摀住雙眼。娜塔莉・布雷克站起身，離開客房，關上門。她異常平靜地走下樓。她在一樓門廳撞見巴西女孩瑪麗亞，這個瑪麗亞對待她的方式仍跟上週一樣，言行間有一絲駑鈍的迷惘，不過跟現在不同的是，當時是因為她才剛來，就發現雇主的膚色比她深上好幾個色階。

她的筆電就放在走廊的邊桌上，她走過走廊，螢幕還開著，所有人都能隨意觀看。她走過那些喊她的家人身邊。她聽見法蘭克從樓梯上跑下來。她看見她的大衣就掛在樓梯欄杆上，她知道鑰匙和手機都在口袋裡。走到門口時，她還有機會帶走一些東西（她可以在門廊的桌上看見她的錢包、她的牡蠣交通卡，還有另一串鑰匙）。她什麼都沒帶就走出了出去，她關上前門。法蘭克．德安傑利斯透過凸窗問他的妻子娜塔莉．布雷克要去哪？她以為她可以去哪？她天殺的以為她可以去哪？「哪裡都去不了。」娜塔莉．布雷克說。

穿越

從威爾斯登巷到基爾本大街

她往左轉，走到她家那條路的盡頭，然後又走到下一條路的盡頭。她徒步快速遠離女王公園。她進入威爾斯登和基爾本的交界處。她經過黎亞家，然後走到卡德威爾。那間舊公寓的廚房窗戶開著。一條羽絨被套——上頭裝飾有足球俱樂部的標誌——掛在陽臺上晾乾。她沒有望向自己預定前進的方向，直接開始爬上一座小丘，那座小丘的起點在威爾斯登，終點在海格區。她發出一種古怪的哀哭聲，像狐狸。穿越馬路時，有輛98路公車大轉彎後經過她身邊——幾乎是可能要翻車的角度——一開始，她以為白色斑馬線之所以染上紅藍色的警車燈光，就是因為這輛公車。但此刻她看清楚了，那輛警車只是停在公車的陰影處，車燈安靜地旋轉，另外還有許多警車彼此呈直角停放成一整排，為的是阻止人車通過亞爾博特路。路障的這一側已有人群聚集，一名綁了頭巾的高大警察站在那裡回答大家的問題。但我住在亞爾博特路上！一名年輕女子說。她兩手抓著多到驚人的購物袋，手腕上還掛了更多購物袋，袋子都重到陷入她的皮膚裡。門牌幾號？警察問。女子告訴他。妳得繞另一邊過去。妳會在另一頭遇見幾位警官，他們會帶妳走到門口。老天爺呀，女子說，但她沒過多久就依指示走了過去。我不能過去嗎？娜塔莉問。有事件發生，警官說。他低頭望向她，看到她身上穿著寬鬆大T恤、緊身褲，腳上踩著一雙骯髒的紅色拖鞋，看起來就像個毒蟲。他望向手錶，八點，這條路還有一個多小時無法通行。她試著踮起腳尖察看他身後的情況，但只能看到更多警察以及左邊架在公車站對面人行道上的白色帆布帳篷。什麼事件？他沒回答。她誰也不是，她沒有獲得答案的資格。有個騎著ＢＭＸ小輪越野競速車的小鬼說，有人給刀捅了，是吧？

她轉身回頭往卡德威爾公宅區的方向走。走路是她現在的動作，走路現在就是她這個人。她是一個正在走路的現象，除此之外什麼都不是。她沒有名字，沒有生平，沒有任何特徵。一切都消遁為一個悖論。她可以感覺到眼睛下方的肌膚腫脹，喉嚨也因為剛剛得大吼大叫而痠疼。她的手腕上有剛剛被人緊握而留下的痕跡。她把一隻手插進髮絲，她知道自己現在頭髮很亂，而且還在剛剛爭吵時從右太陽穴附近扯下了一小撮髮絲。她走到卡德威爾公宅區的圍牆，沿著牆外走，望著從低谷延伸到跟此處街道一樣高的綠意邊緣。她沿牆從一端走到另一端，再往回走，看起來像在檢查牆面哪裡有穿孔。她不停在同個區域來回仔細檢視。就在她抬起一邊的膝蓋準備爬上去時，有個男人叫住她。

凱莎．布雷克

路的對面，在她的左側，他就站在一棵七葉樹下，雙手深深插入連帽衫的口袋。

凱莎．布雷克，等等。

他慢跑過馬路，一路上看來躁動不安：那雙手先是摸鼻子，然後是耳朵，接著又扶住後頸。

奈森。

妳打算偷翻牆回去嗎？

他跳上牆。

我不知道我在做什麼。

妳甚至也沒打算問我過得如何耶。還真冷淡。

他蹲下，望向她的臉。

妳看起來不是很好，凱莎。手給我吧。

娜塔莉將兩隻手腕交疊。奈森望向她抖動的雙手，他使勁把她拉了上來。兩人一起跳到牆的另一邊，動作輕巧地落在灌木叢中。他站直身體，轉身往後看了看街上。

來吧。

他彎腰穿過那片灌木叢地，抵達一小片當地居民用來停車的草地。他倚著一輛老舊的車。娜塔莉過來的速度比較慢，她盡可能抓住灌木的木質枝幹，用穿著拖鞋的腳緩慢往前移動。

妳看起來實在不太好。

我不知道自己在這裡做什麼。

跟男人吵架了，是吧？

對。你怎麼會——

妳看起來是真的惹上麻煩了。加入我吧。我在飛唷。

現在她才注意到他的瞳孔放得好大，如同玻璃般輕透，所以她努力讓自己扮演回原本的角色。現在這種失去所有感受的狀態，這種一無所有的狀態，若真的能被角色取代掉就太讚了啊。她把一隻手搭上他的肩膀，他的連帽衫布料摸起來硬梆梆的，不太乾淨。

你在飛？

他從喉嚨後方發出一個像是噎到的聲音，彷彿有痰卡住，他咳了好久。

我今晚不是飛就是要找女人幹上一場。妳要去妳媽家嗎？

沒。要往北走。

北？

打算搭地鐵到基爾本。路被擋住了。

是嗎？來吧我們用走的。現在可不想待在這，我在這花的時間夠多了。

他們站在卡德威爾集合公宅正中央，周遭有五大棟建物透過密閉通道、天橋及樓梯連結起來，還有幾乎一建好就人人避之唯恐不及的電梯。這五棟分別取名為史密斯、霍布斯、邊沁、洛克和羅素。這裡是門，這裡是窗戶，門和窗戶反覆出現。有些居民會把漂亮的天竺葵或非洲紫羅蘭盆栽放在陽臺上，另外有些人直接用棕色膠布把壞掉的窗戶貼起來，網狀窗簾很髒，門口都沒有門牌號碼，也沒有門鈴。對面的邊沁大樓上有整條長長的水泥陽臺，一個胖胖的白人男孩正拿著一把望遠鏡站在小檯子上，望遠鏡不是對著月亮，而是往下對著停車場。奈森望向他，雙眼緊盯住他不放。男孩收回望遠鏡的鏡頭，把剛剛站的小檯子夾在腋下，快步走回屋內。到處都能聞到大麻的氣味。

好久不見，凱莎。

好久不見。

妳有菸嗎？

娜塔莉把兩隻手掌貼上身體，藉此表示自己的衣服沒有口袋。奈森站定腳步，從後方口袋掏出一根捲得很鬆的菸。他把菸從中間用大拇指指甲掐斷，那根長長的指甲又黃又厚，中間還有道很長的裂痕。菸草都灑在他的手上，彷彿乾燥的黑色皺紋布滿他的掌心。

他把手伸進牛仔褲口袋，掏出一大包橘色的標準瑞茲拉捲菸紙和一小袋大麻，再用牙齒權宜地咬住那袋大麻。

妳之前是住哪棟？我忘了。

洛克。你呢？

他對著羅素大樓點點頭。

站去那裡。

奈森雙手抓住娜塔莉的肩膀，將她移動到自己正前方。化身為物件其實挺令人欣慰，因為她不會犯下任何錯誤，還能成為阻隔微風的緩衝物，她能讓小心翼翼的奈森在L形建築內順利用瑞茲拉菸紙捲好大麻菸。

再等一分鐘。哎呀：妳是在哭嗎？

有光線掃過兩人之間，一陣彷彿怒吼的機械音響起，有架直升機低空飛過。

對，抱歉。

別這樣凱莎。妳的男人會消氣啦。他會希望妳回去。

他不該這麼希望。

大家本來就常做不該做的事。好，捲好了。

他把捲菸遞過來，臉往上朝向夜空。

不，我必須保持大腦清醒。

別假裝成好女孩的樣子啦，凱莎。我認識妳很久了，也認識妳家人。比如雪柔。但隨妳吧。

他把捲菸夾在耳後。

裡頭不只有大麻妳知道嗎，還有些小驚喜呢。試試看吧。我們等等換個比較安靜的地方瞎混。這裡就先這樣了。

他開始走，娜塔莉跟著走，走路是她現在的動作。往前走的過程中，她試圖在目前的思緒中將每個人歸位，試圖讓他們回到原本應有的位置，但她和每個人之間的關係早已模糊難辨，而她的想像力——由於長期的忽視，話說所謂的長期幾乎就是這一輩子——已經沒有使勁擘劃出不同未來的創造力。她唯一能預見的只有自己身為郊區居民而感到的恥辱，這份感受阻礙她擁有任何其他感受。她左思右想，怎麼都想不到逃離恥辱的出口。不然，或許，傑登嗎？但她的思緒又陷入泥淖。不然或許傑登又怎樣？

現在幾點，凱莎？

我不知道。

早該離開這裡了。有時我也不懂我自己。難道有誰用鐵鍊綁住我了？沒有。我應該去多爾斯頓才對。現在太遲了。

有個大概九歲多的男孩從一輛停在路邊的黑車後方出現，他沒握著扶手騎腳踏車，但騎得很慢，技巧很好。跟在他後面的兩個男孩不超過六歲，還有一個大概四歲的女孩。他們的臉很長，眼睛像一顆顆黑刺李，娜塔莉覺得應該是索馬利亞人，他們意興闌珊的樣子讓她熟悉，她清楚記得這種感覺。那個女孩不停在踢一個凹陷的罐子，另一個男孩手上鬆鬆抓著一根長樹枝，任由樹枝沿路撞擊所有擋路的東西。他們經過時，孩子張大眼睛瞪著他們瞧，口中說著他們自己的語言。那根樹枝不小心晃到奈森前面，他只好盯住那根樹枝，等男孩緩緩將樹枝高舉過頭離開現場。

我們在做什麼？奈森？我們在做什麼？

閒盪。往北閒盪。

喔。

妳要往那裡去，是吧？

對。

無聊的人渴望混亂。除去各種偽裝和虛張聲勢不論，或許她從未停止對混亂的想望。

有呼麻的心情了嗎？凱莎？

什麼？

我們該回去妳那棟大樓的中庭，呼個麻。洛克！

他大吼著指向洛克大樓，彷彿這棟大樓是藉由他呼喊其名而現身。

凱莎啊隨便說出幾個住在洛克大樓的人名吧。

黎亞．漢威爾、約翰——麥克爾、緹娜．海因斯，還有羅德尼．班克思。

想出這些人的名字讓她累到必須原地坐下。她往後躺，把頭放在地上，終於她的眼前除了月亮一無所有，腦中除了月亮也一無所思。

我有見到過羅德尼——好一陣子前的事了，當時是在溫布利。他現在在那邊有乾洗店，幹得不錯。不過還算可靠，羅德尼這人，還是很謙虛。他也跟我聊天。有些人會表現得像是不認識你。起來，凱莎。

娜塔莉用手肘把自己撐起來，雙眼望向他。她已經有好幾十年沒躺在人行道上了。

快點起來。跟我聊天。就跟之前一樣。繼續講呀，老大。

她今晚第二次雙肘交叉，感覺自己像是沒有任何重量地被拉起來，彷彿透明。

黎亞。她之前很迷戀你。迷戀。

我有見過她。不過是因為其他事。對數字很在行啊。

黎亞嗎？

是我呀，老大！我很在行！妳記得吧。大多數人不認識當時的我，但妳一定記得。我可是一天到晚拿到金色星星獎章呢。

你什麼都很在行。我記憶中是這樣，但你後來遇上很大的考驗。

沒錯。女王公園巡遊者足球隊，大家都說他們遇上了大考驗，但我遇上的才是真正的考驗。

我知道。你媽有告訴我媽。

肌腱壞了，我還是繼續打，沒人提醒我。本來很多事都會不一樣，凱莎，很多事。但就是這樣，沒得改變了。我不喜歡想起那些日子，老實說。到了最後我就是淪落街頭，為了生活所苦，瘋狂工作，日復一日，就是想辦法賺點錢。我做過很多壞事凱莎我不會說謊，但妳知道那不是真正的我。妳知道我以前的樣子。

他伸手揮開三個啤酒罐，讓它們在草地上喀拉喀拉滾動。他們的懷舊之旅已來到盡頭。此刻眼前是有部分毀壞的圍牆——看起來像是有人用雙手把牆扯開，一塊磚一塊磚地扯開。他們穿越街道，走過籃球場，四個昏暗人影站在遙遠的另一個角落，香菸的菸頭在暗夜中發光。奈森對那些男人舉起一隻手，他們也舉起一隻手回應。

就在這裡吧。我打算抽一下這根菸。

好那我也要。

他靠著墓園高高的鐵門，雙眼往裡面瞧。他把剛剛捲好的菸從耳朵後方取下，兩人來回傳遞那根大麻捲菸，並在輪到自己時把煙往欄杆內吐。有些什麼和菸草混合出一種酸苦的滋味。娜塔莉的下唇麻了，頭頂失去知覺。她的嘴巴變得僵硬、動作緩慢。無論是要把思緒轉譯為語音，或者辨認哪些思緒可以轉譯為語音，都變成很費勁的事。

後退後退後退，凱莎，後退。

什麼？

再向前一點。

娜塔莉發現他用肩膀把她沿欄杆推動了幾英尺，讓兩人站在兩盞路燈的正中間。欄杆另一邊有座身形瘦長的維多利亞風格街燈，街燈的微弱光線籠罩著花床。娜歐米還小時，娜塔莉會把女兒綁在胸前，跑來這座墓園走八字步，希望能藉此哄孩子午睡。當地人宣稱亞瑟・歐頓[62]就葬在這座墓園的某處，但她每次來這裡走八字步時都沒找到。

我們進去吧，我想爬進去。

等等，凱莎這是要瘋了啊。

我們進去啦。走嘛。我不怕啊。你怕什麼？怕死人啊？

不知道會不會被那些死氣沉沉的臭官僚找麻煩啊，凱莎。我可不想跟他們扯上關係。

娜塔莉想把手上的大麻菸還給他，但奈森又把菸推回她嘴邊。

妳到底為何會在這裡？妳該在家才對。

我不回家。

隨妳吧。

你有孩子嗎？奈森？

我？沒。

一陣輕柔的急駛聲傳來，聲音越來越大，接著是尖銳的磨擦聲。有臺腳踏車急轉彎後在他們面前停下。一名年輕人頭上綁著亂糟糟的玉米辮髮型，長褲的一條褲腿捲到膝蓋，他把腳踏車橫躺在地面，靠近奈森耳邊小聲說了些話。奈森聽了一會兒，搖搖頭，退後。

別算我了，老大。太晚了。

那孩子聳聳肩，把腳踩上踏板後離開。娜塔莉望著那臺腳踏車快速駛過舊戲院。

那就是判人死刑。

什麼？

孩子。孩子一旦出生就注定要死。所以最後妳能給他們的只有死亡。懂嗎？這就是我喜歡跟妳說話的原因，凱莎，妳很真實。我們總能聊很深入的話題，妳和我。

真希望我們之前能多聊聊。

我在街上討生活，凱莎。我運氣不好。諾夫琳不會告訴大家真相，但我不打算說謊。妳可以自己看，我就在這裡，妳看到什麼就是什麼。

62 法律史學家認為，亞瑟·歐頓（Arthur Orton，1834-1898）就是在法庭上冒充蒂赫本（Tichborne Claimant）的人。這是一個維多利亞時代的著名詐欺案件。

娜塔莉一直朝男孩剛剛騎車離開的方向看。她有個習慣，別人的壞運氣會讓她不自在。

我之前有遇到諾夫琳，在商店街上，好一陣子前的事了。

聰明的凱莎。

什麼？

她跟妳說她不讓我回家了嗎？賭她沒說。繼續說啊，聰明的凱莎，跟我說些聰明話吧。

妳現在是律師了，不是嗎？

對，出庭律師，但沒差。

妳頭上有假髮，手上有法槌。

不是那樣，但沒差。

算了，總之妳混得很好。我媽很愛跟我說妳的事。聰明的凱莎。哎呀，看看那頭狐狸！

他的手機尾端有盞小燈，他用小燈透過欄杆照過去。那根醜陋尾巴的末端——像一把彎折的舊刷子——消失在樹的後方。

鬼鬼祟祟地溜過去了。

鬼鬼祟祟的生物。狐狸真的到處都是。要是問我，我會說牠們才是老大。

那頭狐狸骨瘦如柴，側著身體在墓碑上跑。奈森用手機的燈一路跟著牠，直到牠終於躍入一片空無的夜色，消失。

妳是怎麼入行的？

法律嗎？

對呀，妳怎麼會走那一行？

不知道，不知不覺就這樣了。

妳一直很聰明。這是妳應得的。

不是這樣。

又出現了！牠們好快！那些狐狸！

我得走了。

奈森的雙腿失去力氣。他整個人委頓下來。一開始他倒在欄杆上，後來往側邊倒向娜塔莉。她沒有預期成為任何人的支柱。他們兩人就這樣一起沿著欄杆滑落地面。

老天呀——你不該再抽了。

凱莎，再陪我聊一下。跟我聊聊，凱莎。

他們在人行道上伸長雙腿。

大家都不跟我聊天了。他們看我的樣子就像不認識我。以前我認識的人，以前我鼓勵過的人，都一樣。

他把一隻手掌平貼在胸口。

這東西速度太快了。心臟在狂跳。那個臭小鬼。真不知道我為何要在他身上花這麼多時間。都是他的錯，他總會鬧事鬧過頭，但我怎麼可能阻止泰勒？泰勒該自己想辦法阻止泰勒才對。我現在根本不該在這裡跟妳聊天，我該在多爾斯頓才對，因為這真的不是我的錯，是他的錯。但我看著我自己問我自己奈森你為什麼還在這裡？你為什麼還在這裡？我真的不知道為什麼。我真的沒在開玩笑。我該逃離我自己。

冷靜。深呼吸。

讓我說清楚，凱莎。跟我走一段。

他把連帽衫的帽子往後褪下，脫下棒球帽。他的後頸皮膚上有塊白斑，大概硬幣大小。

來吧，我們走。

他才走了一下，就有紅藍色的燈光掃過墓園的牆上。

這是怎樣？

趴在地上就是了。開始動作。快。

從射擊山到財富綠地區

走到射擊山通往基爾本大路的地方時，他們停下腳步，站在一個地鐵站的前廣場。在這裡等。

奈森把娜塔莉留在那排售票機旁，往花店的方向走。她等他走到視線範圍外，然後跟過去，在雨簷旁停下腳步。他正站在一間中菜外帶餐廳的門口和兩個女孩悄聲說話。其中一個女孩穿著萊卡布料的短裙和連帽衫，另一個嬌小女孩穿著連身運動服，本來綁好的頭巾已經滑落到後腦杓。他們三人站得很近。有人把某樣東西轉交給了某人。奈塔莉望著他把一隻手放在嬌小女孩的頭頂。

我剛剛怎麼說的？那種廢話別逼我再講一次。

我什麼都沒說。

很好。保持下去。

奈森離開那間餐廳門口，瞥見娜塔莉，他低聲呻吟。兩個女孩朝反方向離開。

她們是誰？

誰也不是。

江湖上的事我懂。我以前每晚都會去弓街的牢房。

那裡關了。他們現在會把人關去馬渡街那邊。

沒錯，是這樣。

江湖上的事我也懂一些，凱莎。我知道的不少。妳不是這一帶唯一的聰明人。

我看得出來。那兩個女孩是誰？

我們去射擊山吧，然後走捷徑。

眼前的街道比其他地方都更長、更寬敞。所有屋子和公寓都坐落在路的遙遠盡頭，彷彿避難所，彷彿住在這的人仍害怕遇見當初為這一區命名的攔路盜賊。對娜塔莉來說，要走完這條路幾乎是不可能的任務。

妳身上有錢嗎？

沒有。

我們可以搞兩罐啤酒來喝。

我身上什麼都沒有，奈森。

他們沉默地走了一段路。奈森始終貼著牆走，不肯走在人行道中間。娜塔莉突然意識到自己不再哭泣，也不再發抖，她意識到恐懼是世界上最難在出現的那一瞬間後繼續維持下去的情緒。她無法抗拒世界在此刻展現出的質地；白色的石頭、綠色的帶土草皮、紅色的鏽、灰色石板，還有棕色的狗屎。此刻幾乎是愉悅的，她就這樣漫步，沒有要去哪裡。他們穿越不同地區，娜塔莉·布雷克和奈森·伯格兩人，他們不停往斜坡上走，他們經過一棟棟扁平的紅色高檔公寓樓，一路抵達高處的富人區。政府公宅組成的世界已經被他們遠遠拋在身後，被他們留在山丘底下。維多利亞式的豪宅陸續現身，一開始只有少少幾棟，後來不停增加。車道上有新鋪的碎石，窗戶是木製百葉窗。仲介的橫幅廣告綁在豪宅大門上。

這裡有些房子的價格是幾十年前的二十倍，甚至是三十倍。是嗎？

他們繼續往前走。政府在人行道上以固定間隔種了一整排懸鈴木，看起來生氣勃勃，那些小小的樹苗周遭都有塑膠條圍住，但其中一棵已被連根拔起，另一棵則被攔腰折斷。

從漢普斯特到拱門區

有主要道路直接從荒野中那片區域穿過，人行道在此處消失。天色暗了，雨輕柔落下。他們一前一後走在瀝青路上，娜塔莉感覺經過的車子非常靠近她的右側，她的左側是刺藤和矮灌木。奈森的頭有連帽衫的帽子和棒球帽保護，她本來盤在腦後的馬蹄鐵辮卻早已半毀，現在就連頭皮都溼了。他時不時會回頭警告她。靠左邊一點。有狗屎。路滑。不可能有比他更好的旅伴了。

（想像一下吧。）

如果我統治世界！
我會解放我的所有子民

黑色的鑽石和珍珠啊。
如果我統治世界！

這是他口中唱的歌。

雨勢變大。他們停在一間酒吧的門口：傑克．史卓的城堡。

妳那雙鞋子像誘餌，太引人注意了。

那雙不是鞋子，是拖鞋。

太引人注意了。

穿這樣有什麼問題嗎？

為什麼這麼紅？

不知道。我就喜歡紅色吧。

好啦但有必要那麼亮嗎？這樣跑不了也躲不了。

我沒打算躲啊。我也不覺得我在躲。我們為什麼要躲？

別問我。

他坐在潮溼的石階上。他揉眼睛，嘆氣。

我敢打賭一定有人住在那片森林裡，凱莎老兄。

在荒野？

對呀，荒野深處。

或許吧，我真的不知道。

像動物一樣住在那裡。真受夠這座城市了。我現在也真的是很厭倦。厄運總是跟著我，凱莎。真的是這樣，我沒有追著厄運跑，是厄運追著我不放。

我不相信運氣。

妳該相信。是運氣在統治這個世界。

他又開始唱歌，除了唱歌之外還饒舌說唱，不過因為他的音很低，腔調憂鬱，音調又沒什麼起伏，娜塔莉其實聽不出分別。

該死的直升機又飛過來了。

他說話時從口袋中掏出一包金色佛珍尼亞牌菸草，在膝蓋上攤平捲菸紙。娜塔莉往上看，奈森試圖把自己藏進酒吧門口的陰影中。兩人一起望著旋轉的葉片一次次切入雲層。他們把菸抽了又抽。她這輩子沒這麼亢奮過。

這場雨也沒打算要停。

我可以給你看一本日記。有你的名字。真的是每隔三行就有你的名字。我的朋友黎亞，我說的就是她的日記。那基本上就是我的童年生活——聽她講跟你有關的事！她始終不承認，但最後跟她結婚的那個男人——他長得跟你很像。

是嗎。

我真的覺得很怪，你對一個人產生如此重大的影響，自己卻從來不知道。你之前是如此……被愛著。你為什麼這個態度？你不相信我嗎？

不是，只是，我媽說過的一個真理，沒有人會不愛一個只有十歲的小老弟，因為他就是個小男孩，可愛又活潑。沒人不愛一個只有十歲的小老弟，但之後他只會成為麻煩。沒有人能永遠十歲。

跟小孩說這種話太糟糕了。

妳看那是妳的看法——我就不這麼看。對我來說那就是真理。她嘗試告訴我世界的真相，但妳不想聽這種話。妳想聽一些其他的狗屁廢話。噢奈森我記得你之前這樣那樣你以前真的天殺的可愛之類的狗屎，妳懂嗎？妳只想聽美好回憶。上次我去妳家那棟樓的中庭是十歲的事，老大。妳媽之後就不再讓我跨過那棟樓的大門了，相信我。

才沒有！

我一滿十四歲，妳媽連過馬路都會裝作沒看到我。在我看來就是這樣。在這個國家長大根本不能活。完全不能。他們不想要你，就連跟你一樣的人都不想要你，沒人想要你。女孩就不同了，這是男人才會遇到的問題。這是大家都知道的真理。

但難道你不記得——

噢奈森記得這個嗎記得那個嗎——老實說凱莎我什麼都不記得。我已經把我腦中有關過去的記憶都銷毀了。我現在過的是另一個人生。那些對我都沒用了。我沒有住在那些大樓裡了，我現在住街上，心態完全不同。求生，就是這樣，求生，這是唯一的目標。跟別人聊「我們上過同一間學校」又能怎樣？妳對我的人生知道多少？妳有經歷過跟我一樣的處境嗎？妳對我過活的方式了解多少？妳哪知道我一路走來遭遇了什麼？妳就那樣高高在上地對我指指點點，還問我「那兩個女孩是誰？」管好妳自己就好，親愛的。管好妳那個愛女人的朋友吧。就算妳帶她來我也會說一樣的話。「你之前足球踢得很棒，大家都愛你，」這種話對我到底有什麼好處？然後妳回家一樣有白花花的鈔票一樣有妳的人生，但我的鈔票跟我的人生在哪裡？妳就一樣高高在上，硬要插手對我指指點點。「身為一個麻煩的感覺如何啊？」妳懂什麼？妳對我知道多少？妳什麼都不懂。妳憑什麼以為可以這樣跟我說話啊？妳誰都不是。沒人可以。

就在他們面前，有隻全身溼透的小鳥降落在一片樹葉上，牠甩了甩身體。一輛經過的汽車在角落急轉彎，濺起一大片水花。

哭什麼？妳根本沒遇上什麼非哭不可的鳥事。

別管我。我知道我要去哪。你不用陪我過去。

戲劇化的女人。妳就是那種女人。妳們這種女人喜歡把一切搞得很誇張。

我只希望你離開。**你走！**

但我沒打算要去哪啊。跑不了也躲不了。聽我說，我只是告訴妳一些人生的真相，妳不用情緒反應這麼大。

我想自己一個人！

想自憐自艾是吧，就因為跟妳家男人吵架啊。那個混血兒，我說妳家男人，我見過他在基爾本拿著公事包搭車。瞧妳覺得自己多可憐啊。只要為了那點蠢事哭，妳就知道自己成功成為悲劇女王囉。妳真讓我覺得可笑。

我沒有覺得自己可憐。我沒有覺得自己怎樣。我只是想一個人待著。

對啦是啦但妳不可能總是心想事成囉。

娜塔莉站起來，她開始跑，但一隻拖鞋幾乎立刻陷入溼軟草皮，她絆倒後跌在路上，膝蓋著地。

妳要去哪？放棄吧，老大！放棄吧！妳還要試多少次？

雨下得比之前更猛烈。她看見他伸手要扶自己。她無視他，雙手撐住膝蓋後跳起來。她像體操選手般甩動自己的雙臂和雙腿。她站直身體後開始用最快的速度往前走但轉頭時發現他仍跟在身後。

漢普斯特荒野

我看得出來，妳想搞清楚我在做什麼。
我沒打算做什麼。面對前面！
妳好了沒？太久了吧。
女人處理起來比較麻煩。
最好快點。有個怪傢伙牽著狗過來了。
什麼！
沒啦。放心。
真希望你讓我一個人待著就好。
我什麼都沒說。
你就是一再說些有的沒的。
「野兒餐兒」時光。我們來享受一下野兒餐兒時光。
那又怎樣？我以前就來過這裡野餐。好幾次。你沒野餐過嗎？我正在努力把正常人的生活描述給你聽。
對啦，妳最愛解說了。
我以前會跟教友一起來。
又來了。

又來了？你沒來過這裡嗎？

沒。

從來沒有？你沒來過漢普斯特荒野？我們還是小孩的時候，你沒來過？

為什麼我要來這裡？

我不知道，因為這裡很自由，因為這裡很美。有樹，有新鮮的空氣，有湖泊，還有草地。

對這沒興趣。

什麼叫做對這沒興趣？每個人都對這有興趣！這可是大自然！

冷靜。把妳的內褲穿好。

霍西恩巷的角落

別跟著我了。你一直在跟我講話。我都聽不見自己在思考什麼。我現在得自己一個人待著。

但我沒有在妳的夢裡，是妳跑來我的夢裡。

我是認真的。我需要你現在離開。

不，是妳沒搞懂。聽著：我的夢是我的夢。妳懂我意思嗎？妳的夢是妳的夢。妳不能來夢我的夢。妳吃的食物不會讓我拉屎。妳懂我意思嗎？那是我的夢——妳不能跑進去。

耶穌基督啊，你聽起來像是那種神奇黑鬼[63]。

我只有「神奇」這部分。

你就回家吧！

我哪裡都不去。

如果你打算傷害我，真的沒什麼意義。你已經太遲了。

---

63 神奇黑鬼（Magic Negro/ Magical Negro）是一種帶有種族歧視的角色設定，這項定義是因為美國導演史派克・李而流行起來。他指出許多電影中都有這種無私幫助白人的厲害黑人角色，《綠色奇蹟》（*The Green Mile*）就是一個例子。另外也有評論指出小說《湯姆叔叔的小屋》（*Uncle Tom's Cabin*）中的湯姆叔叔也符合這項設定。

妳為什麼現在要跟我說這種話？我們明明是友善愉快地走在一起。我不是壞人，凱莎，妳為什麼擺出一副我是壞人的樣子？妳記得我以前的樣子。妳知道我是誰。

我不知道你是誰。我不知道任何人是誰。別再跟著我了。

妳為什麼現在開始對我這麼冷淡？我對妳做了什麼？我什麼都沒做。

那個女孩是誰？身材嬌小，戴著頭巾那位？

嗯？妳為何這麼在意她？

你跟她住在一起嗎？

這就是妳的毛病：妳想把每個人的夢都摸透。我們明明對彼此都很友善——我們明明是友善愉快地走在一起。為什麼妳現在要惹我？

她不是讀布雷頓嗎？她看起來很眼熟。她的名字是莎爾嗎？

那時候不認識她。她跟我在一起時不用這名字。

她跟你在一起時用什麼名字？

我們現在是在法庭上嗎？我會用各種名字叫我的女孩。

你都對你的女孩做什麼？派她們去偷東西嗎？為她們找嫖客嗎？你會到處打電話給別的女人嗎？你會威脅別的女人嗎？

哇哇哇，等等，老大。妳也把我想得太扭曲了吧。聽著，我和我的女孩們就是挺彼此。妳只需要知道這件事。她們會罩我，我也罩她們。我們這些人團結一心，像同一隻手上的不同手指。

你躲躲藏藏的，奈森？你到底在躲誰？

我沒有在躲誰！誰說我在躲？

那個女孩是誰？奈森？你都對你的女孩做些什麼？

妳腦袋不正常。妳現在說的純粹是些瘋話。

回答問題！做個負責任的人！你是自由的！

才不是，老大，妳這話說錯了。我不是自由的。從來沒自由過。

我們都是自由的！

但我的人生跟妳不同。

什麼？

我的人生跟妳不同。妳對我一無所知，對我的女孩也一無所知。我們是一家人。

奇怪的家人。

世上只有這種家人。

霍恩西巷

霍恩西巷。娜塔莉．布雷克說。我就是要來這裡。

她說的是真話，但若真要說，這個陳述大概是直到她看見橋的那一刻才變得真實。奈森四下張望。他抓了抓脖子上那個瘡口。

沒人住在這裡。到這種地方妳是要找誰？根本是個鳥不生蛋的地方。

回家吧，奈森。

娜塔莉走向那座橋。街燈柱的兩端是鑄鐵材質，底座的形狀塑造成一隻張大嘴的魚。這些魚有龍的尾巴，尾巴沿燈柱往上蜿蜒纏繞，最頂端則是橘色的球形燈罩。這些發光的燈罩跟足球一樣大。娜塔莉已經忘記之前這座橋不只有連結道路的功能。她盡了最大努力卻仍無法徹底忽視這座橋的美。

凱莎，回來這裡，老大。我在跟妳說話。妳別那樣。

娜塔莉踩上位於橋欄杆外的第一段窄小踩腳處，那裡距離平地只有幾英寸。她記得牆邊只有一層阻擋人跳下去的設施，但那道將近六英尺高的護欄上滿是尖刺，簡直像中世紀的防禦工事：這些朝上和朝下的尖刺全坐落在一整條模仿裸露電線的長條金屬上。他們一定是藉此阻止了所有哪裡都去不了的人們。

凱莎？

眼前的景色被切成好幾塊。聖保羅大教堂在其中一個框裡，酸黃瓜大樓[64]在另一個框裡。半棵樹。半輛車。有穹頂、有尖頂。方形、三角形、半月形，星形。這裡不可能看到任何完整風景。從橋往下望，公車道是切開城市的一道紅色裂口。眼前唯一展現出合理形貌的只有一棟棟大樓，它們各自矗立，但又彼此在溝通。從遠處望過去，這些大樓的存在具有一種邏輯，彷彿被驅策入原始野地上的眾多石柱，正等待有些什麼擺放在自己上頭，比如一座雕像，又或者是一座平臺。有個男人和女人走過來站在娜塔莉旁的欄杆邊。景色真美，女人說，她有一種法國人的口音。她似乎也不完全相信自己說的話。過了一下子，這對情侶重新走下山丘。

凱莎？

娜塔莉．布雷克往遠方望，再向下瞧。她試圖找出那棟房子，那棟房子坐落於她剛剛離開的丘陵下方某處，在西側。一排排長得一模一樣的紅磚煙囪延伸至郊區。風席捲而來，搖動底下的樹木。她有一種身處鄉村的感覺。在鄉村，如果一個女人無法面對她的孩子，或者她的朋友，又或者她的家人——如果她被羞恥感淹沒——她大概只需要讓自己在野地躺下，與野地融合，並藉此告別這個世界。一開始是跟身體下的草融合，然後是跟草底下的腐植土融合。身為城市的孩子，娜塔莉．布雷克對鄉村的認知總是顯得天真。不過，若談到城市，她是什麼都不會搞錯的。在城市裡，只有毀壞才足以告別，而且是那種突然、全面性地消滅。她可以清楚看到自己採取行動，那畫面在眼前浮現，就像手中可以

64 位於聖瑪莉艾克斯三十號（30 St. Mary Axe）的大樓被暱稱為「酸黃瓜」（Gherkin），正式名稱為「瑞士再保險公司大樓」。

確實握住的物體——風再次搖動樹木，她的腳碰到人行道。但所謂的行動也僅只於此：一次行動，一種預期，總是有發生的可能性。很快一定會有人來到這座橋，無論是兌現這種可能性或兌現行動本身，打從這座橋建好以來人們就是這麼做的而且糟糕的是每隔一段時間就有人這麼做。但此時此刻，沒人有這個餘裕。

凱莎，這上面越來越冷了，我需要去暖一點的地方。來吧，老大。凱莎，情緒別這麼誇張。再跟我聊聊吧。妳下來。

她彎腰，雙手撐在膝蓋上，因為大笑而渾身顫抖。她抬頭看見奈森正皺眉望著自己。聽我說，我不管了，我得走了。妳真是個天殺的大麻煩。妳到底要不要一起來？奈森．伯格問。

再見，奈森。娜塔莉．布雷克說。

她看見一班夜間公車沿街駛來。真希望自已身上有點錢。她不知道究竟有什麼被拯救了，也不知道是被誰拯救。

造訪

女人裸體，男人有穿衣服。女人沒意識到男人得去某個地方。他們窗外傳來狂歡節花車測試音響系統的聲音，大概是在西側肯薩綠地區的某處。在街上有人喊殺人啦。樂音又響了幾小節後停住，接下來是冰淇淋車經過時的叮叮噹噹。這下子繞過桑葚樹叢了。女人坐起身，開始尋找之前放在男人那側邊桌上的信，她是今天凌晨放的。她可是花了一整個白天跟幾乎一整個晚上，才「把思緒整肅清楚」。終於，隨著週一到來，她舔了白色信封口的膠條，把封好的信放在他的枕頭上。他把信移到旁邊的椅子上，沒打開。此刻她望著丈夫把腳套進帶有精緻流蘇的義大利製平底皮便鞋，用一頂棒球帽低低壓住他的鬈髮。「你不打算拆信嗎？」娜塔莉問。「我要出門，」法蘭克說。女人以乞求的姿態跪著，她幾乎不敢相信今天起床時面對的竟然是跟昨天、前天同樣的困境，睡眠竟然無法抹掉過去，甚至到了明天她還得面對同樣困境。她不敢相信她的人生就這樣了。他們是沉默護送孩子外出參與各種活動的兩個敵人。「我要出去幾小時，」男人說。「回來之後，我會顧孩子到七點。妳該去找個地方待著。」女人拿起信封，遞給男人。「法蘭克，帶著吧。」男人從書架上取下一本薄薄的書——她沒來得及看清楚是哪本書——塞進後方口袋。「所謂告解純粹只是為了自我感覺良好而已。」他說。他離開房間。她聽見他下樓，短暫在二樓逗留了一下。幾分鐘後，屋子的大門被用力甩上。

眼前的選項不是停滯就是全速衝刺。她立刻換上外出服，動作誇張，她選擇了亮藍和白色衣物，然後跑下一段階梯。她在走廊撞見孩子。娜歐米正站在一只倒過來的箱子上，史派克平趴在地面。他們兩人都是銀色的，不只臉是銀色，身上的衣服也噴成銀色，頭上還戴了鋁箔帽。娜塔莉無法判斷他們究竟是準備去參加一場誇張的扮裝活動，還是在玩遊戲，又或者還有其他原因。

「瑪麗亞呢？」她問，但接著又自問自答：「星期一是國定假日。你們為什麼穿成這樣？」

「狂歡節！」

「又是狂歡節？誰說兩天都是？」

「我是機器人。我們要參加一場比賽。這些都是瑪麗亞做的。我們把鋁箔紙用完了。」

「兩個機器人。」

「不！史派克是機器狗。我是機器主人。比賽下午兩點開始。獎金有五英鎊。」

如果她能繼續從孩子口中接收到有關外界的訊息，而且還是這類清晰又有幫助的描述，他們或許能一起撐過接下來的幾小時，甚至是接下來幾年。

「現在幾點？」娜塔莉的孩子等她用手機確認時間。「我們不能就這樣待在這裡。天氣很好，我們得出去走走。」

每個孩子都有自己的房間——家裡有足夠空間讓他們不用跟別人一起睡——但他們不明白自己擁有的資本，反而堅持睡在一起，而且還是睡在最小房間內的雙層床上，身邊環繞著堆積如山的衣物。娜塔莉在這團混亂中到處翻找，希望找到合適衣物。

「我不想換衣服。」娜歐米說。

「我不想！」史派克說。

「但你們看起來很可笑。」娜塔莉說。

娜塔莉看見自己著名的意志力從女兒眼中反射回來，強度還是自己的兩倍。到了樓下前廳，她把機器狗放進嬰兒車，然後跟機器人爭論她究竟可不可以帶滑板車出門，娜塔莉又輸了。她關上前門，抬頭望向一整堆昂貴的碎磚和灰泥。很快地，這些都會被均分後裝箱、運送到需要的地方，其中住戶也會四散到各處定居。之後又會有樂觀的人們出現，那種希望為自己「建立人生」的人們會再次跨入這棟建築的門檻。就某方面來說，這麼想像自己未來的樣子並不難，只要一直停留在抽象的想像層面即可。

才走了兩分鐘，娜塔莉的女兒就厭倦了滑板車，還要媽媽揹她。娜塔莉把滑板車掛到嬰兒推車上，任由女兒爬到背上。娜歐米伸長脖子，把頭繞過去，好讓柔軟的臉頰緊貼住母親的臉，她狂野的髮絲不停飛進母親口中。

「妳如果知道自己不打算騎，為什麼還堅持要帶？」

那孩子說話時，溼溼的嘴脣掃過母親耳朵。「不到真的想要的時候我不會知道自己想要什麼。」

母親望著兩個孩子的購物籃。

娜歐米：牙膏、橡膠球、貼紙組、一支大大的紅色乾草叉，還有書。

史派克：橡膠球、橡膠球、閃光塑膠鴨、百潔鋼絲絨刷，還有塑膠寶劍。

每個人各五英鎊，各五樣東西。他們在一英鎊超市。娜塔莉還記得以前也會和瑪西亞在沃爾沃斯超市這麼做，當時她只有一英鎊可用，但能買的東西多很多，只是得確認每一樣都「有用」。

「我很好奇你們是怎麼做出決定的。」

「我幫史派克選的，但他選了那個。」

「你其實不想要鋼絲絨刷吧，小親親。」

「**我不想**。」

娜塔莉拿起那支乾草叉。

「這是萬聖節用的。」

「這很棒，八月用的。」

「我不想！」

「我是真的要買，」娜歐米說，她的表情很嚴肅，「現在買很划算。」

收銀臺那邊有賣一份二十五便士的《基爾本時報》。

亞爾博特路殺人案

家屬懇求目擊者出面

在一張髒亂的沙發上，有個身為拉斯塔法里教徒的男士手上拿著成年兒子的照片。這名父親身旁坐著一位漂亮的女人，她用手緊抓住這名父親的左手。由於兩張臉都瀰漫著極度深沉的愁苦，娜塔莉發現自己無法一直盯著他們瞧。她把頭版翻過去，把報紙摺起來。

「再買這份報紙。」她說。

他們得找點事來打發時間。娜塔莉完全不知道這段時間打發掉後還會有什麼事發生在他們身上。他們一起走去寵物店。娜塔莉放任機器狗自由奔跑。她望著機器人和機器狗越過店門口的斜坡，奔向自由。她攤開報紙，她試著邊走邊讀邊推嬰兒車邊注意兩個美麗的孩子在如同巨大洞穴的店面中跟蜥蜴說話或爭執著倉鼠和沙鼠的區別。她有股想打電話給法蘭克的衝動——他對於理解現實世界較有天賦，尤其是理清事件發生的時間軸——但要是打電話給法蘭克，就必須解釋一些她無從解釋的事。包括兩天前的晚上，晚上六點，亞爾博特路。她的目光不停回到同一區塊的文字上，試圖從中多讀出哪怕一點點訊息也好。她無法分辨自己究竟是硬想在他人的戲劇化事件中插上一腳——法蘭克常說她就愛這樣——又或者真的對當時發生在那條路上的事知道些什麼。現在她試圖把「菲立克斯」這個名字從照片中的照片提取出來。他臉上有酒窩，神情愉悅如同少年，頭上套著漆黑與黃交錯的連帽衫帽子。太簡單了。他是當地人，就算無法說出任何有關他的確切資訊，她還是看得出來。或許唯一值得一提的是他長得完全是「菲立克斯」該有的樣子。

本來在讀報紙的她抬起頭。她大喊。沒有回應。她走向魚、蜥蜴、狗和貓。哪裡都沒看到。她安撫自己，她不是那種歇斯底里的類型。她回頭將剛剛繞過的路線再走一次，速度只比剛剛快一點點，並用完全合理的語調呼喚他們的名字。沒有回應，哪裡都沒看到。她丟下嬰兒車，快速走向櫃檯。她問了櫃檯兩個人很簡單的問題，而他們一點也不著急的回覆令人惱火。她又走向魚，走向蜥蜴，她開始大吼。她明白她的孩子沒被綁架或謀殺甚至不太可能距離她站的位置超過五十英尺遠，但這一切合理推論卻無法阻止她此刻內心一切都在崩毀潰散的感覺。她感覺自己正望入一個坑洞，這個坑洞將體驗過難耐苦痛的人跟沒體驗過的人分隔開來。她瞬間開始渾身冒汗。一個穿圍裙的男人過來要她冷靜。她推開他跑到店外的街上。正是在這個坑洞裡，她親暱地安置了法蘭克、她的孩子、她的母親，還有黎亞。她安置了所有關愛她的人。

她往左跨了一步，突然動彈不得。因為某種原因，她的直覺不讓她往這個方向走。她往反方向跑進隔壁的批發店，走下一段門口斜坡後進入另一個洞穴般的空間，其中滿是無臉的人體模型，這些假人穿著穆斯林女性的希賈布頭巾，還有許多黑絲綢摺成大大的長方形後一疊疊陳列在長型層架上。她毫無頭緒地在一堆展示著布料、圍巾和刺繡衣袍的架子間奔跑，接著又跑回街上再越過斜坡跑回寵物店，一進寵物店她就立刻看見他們正坐在店鋪的最後方，他們在兔子籠前面。

她立刻跪倒在地，雙手緊抓住他們。她不停親吻他們的臉。他們任由她親，他們沒說什麼。

「妳可以吃兔子嗎？」娜歐米問。

「什麼？」

「妳有吃過兔子嗎？」

「沒有……我是說，有人吃兔子，但我不吃。等等——我的手機在響。你們不該就這樣跑不見，嚇死我了。」

「妳為什麼不吃兔子？」

「小親親，我不知道，我就是從來沒想過要吃。讓我接一下手機。哈囉？」

「妳會吃豬、雞和羊。還有魚。」

「妳說的沒錯——聽起來確實不太合理。哈囉？請問是哪位？」

米謝爾。她立刻就能聽出他很沮喪。她站起身，從孩子身邊往後退開幾步，舉起一隻手指要求他們待在原地。

「她躺在太陽底下，」米謝爾說。「她不說話。我真不知道該怎麼辦。她為什麼恨我？」

娜塔莉努力想讓他冷靜下來。她開始扮演法蘭克的角色：她開始理清事件發生的時間軸，但一切聽來都不合理。似乎是跟藥局的事有關，還有照片。

「我不明白，」娜塔莉．布雷克說，口氣有點不耐。

「所以後來我問她：怎麼了？到底哪裡不對勁？她說：『看看抽屜裡的盒子。』所以我去看了。」

「裡面有什麼？」娜塔莉問，她覺得已經把這個故事中的所有戲劇化元素榨乾了。她真的很想趕快回去陪孩子。

「是藥。我們已經努力懷孕一年了！我不知道她還有在避孕。那些藥包上都是妳的名字。是妳把藥給她的嗎？娜塔莉？妳為什麼要這樣對我？搞什麼鬼啊，老大！」

娜塔莉的兩個孩子此時跑到她身邊，一人抱住她的一條腿開始猛拉。娜塔莉必須抵抗各方集結而來的猛攻。通常她的所有精力都在用來抵抗——她早受過這項訓練——但就在開口時，她的心思飄盪到一個如同曠野的所在，她在那裡幾乎可以想像出朋友的痛苦，而正因為這份想像，她幾乎也感受到了那份痛苦的某種版本。

「我真的很抱歉。」

「為什麼她對我說謊？她變得不是她自己了。她跟我說她開始禱告。她不是她自己了。自從奧利芙死後，她就不是她自己了。」

「沒有，她是，她還是黎亞。」

「她為什麼恨我？」

「媽——我們走。現在！走了啦！」

「黎亞愛你。她一直愛你。她只是不想要小孩。」她的腦中一片清明。這個被她說出來的想法明亮、炫目，不帶任何批判，無法讓人深思太久，而且很快就變形為其他事物。然而，有那麼一刻，這想法存在。

「請過來吧。」

他們三人坐在一英鎊超市外的公車站等98路公車。這裡有位七十多歲的老太太，她的黑髮中有一簇迷人白髮。她解釋了自己是如何把一隻約克夏㹴犬裝在手提行李中，搭著由伊朗沙王親自特許的班機逃出那場革命[65]。不是現在這隻㹴犬，是在這隻之前又之前的那隻。不過就某方面而言，我是到了基爾本才真正成為一個好穆斯林。我是到這裡才真正變得虔誠。我以為狗是違反教義的哈拉姆，娜塔莉說。我的狗不是。敏蒂—羅是來自上帝的禮物。讓牠舔舔妳的孩子吧。雖然看起來不是那麼回事，但其實能獲得祝福喔。

公車來了。娜塔莉坐上公車，她靠著玻璃的額頭隨車子的行駛不停碰撞。公雞酒館。麥當勞。舊的沃爾沃斯超市。賭博投注站。國帝影城。威爾斯登巷。墓園。到底誰說她必須永遠忠誠於這些固定不變的座標？但她又怎麼能背叛它們？自由是絕對的，自由到處都是，而且不停改變位置。妳不能指望僅僅在老舊、熟悉的地方找到自由。妳也不可能強迫他人脫掉衣服，將自由像一份禮物般贈予給妳。她的腦中一片清明！就在我意識到敏迪—羅真的可以透過我的心靈與我對話時，我真的享受了作為世界中心的那一瞬間，就像在故事書或電影中一樣，我知道我會永遠受到關照，也會被遇到的所有人愛著直到世界末日。好，娜塔莉說，然後她抱起娜歐米，把嬰兒車調整方向後往門口推。跟妳聊天很愉快。我們在這裡下車。

她抵達他們家門口，米謝爾牽起娜塔莉的手，引導她沿走廊前進，穿過廚房再越過草地，彷彿這是一場沒有他帶領就無法找到路的遠征。「或許我該再買一隻狗，我不知道她想要什麼。」他都崩潰了。多麼貼心的男人。娜塔莉用手搭在眉毛處，藉此阻擋八月的陽光。她看見黎亞躺在花園的吊床上，她完全曝晒在太陽下。她已經在這裡躺了好幾小時，拒絕說話。娜塔莉來到這裡是為了找出解決這個緊急狀況的方法，她試圖帶孩子安靜靠近黎亞，但他們拖住她，又是喊熱又是大哭，拖慢她的腳步。米謝爾提議把孩子帶去廚房，但他們緊緊抓住母親。「或許先把這兩個裝滿，」娜塔莉把兩個塑膠水壺交給米謝爾。「孩子，去吧，跟著米謝爾去。」她在吊床對面的長椅坐下，喊了好友的名字。沒有回應。她問黎亞怎麼了。沒有回應。她把涼鞋脫下，雙腳放在草地上。她用腦中謹慎而清明的思緒為朋友提供了一系列佳句、格言和諺語，由於這些話流通甚廣，她假設其中勢必反映了一定程度的真實，就像人們可以信賴紙鈔的面額。誠實是最好的策略。愛征服一切。她說的每句話也是在對自己說。

她說個不停，黎亞沒阻止她，但娜塔莉只不過是在浪費時間。她違背了那條存在於女性之間的法則，這法則是這樣：除非對方能回報以等值的自我犧牲，不然沒有女性可以對另一名女性示弱。然而此刻娜塔莉必須先說出一個全新出爐的故事，這故事最好能表達出親暱，希望還是兩人之間的祕密，她必須藉此付出她能付出的一切，然而在完成之前，她不會獲得言語上的回饋，她的朋友黎亞．漢威爾也不會聽取她的任何建議。

「黎亞，」娜塔莉．布雷克大喊，「黎亞，我在跟妳說話。黎亞！」

她聽見史派克在哭叫，他正朝她跑來，臉上的銀色塗料一條條流下，很快就要滴到她身上了，她把他抱起來，試圖聽懂他深信自己剛剛所受到的不公待遇。黎亞非常緩慢地轉過頭來。史派克正平躺在母親的大腿上。黎亞的鼻子已經晒傷，而且正在脫皮。

「瞧瞧你們，」黎亞說，「母親與孩子。瞧瞧你們。妳看起來就像天殺的聖母瑪利亞。」

---

65 這裡指的是一九七九年發生的伊朗伊斯蘭革命（Iranian Revolution），末代沙王領導的君主體制在此時遭到推翻。

一個孩子。兩個孩子。她的孩子不是嬰兒，她的孩子不再是可以隨人處置的階段。美麗，無從認識，不是她的手臂或腿或她的任何其他延伸。娜塔莉把史派克抱得好緊，緊到他開始抱怨。這份認知是崇高的禮物，妳會在無意間獲得。她希望能回贈朋友等值的一些什麼。如果人們可以掌握並留住「率真」，如果「率真」是一個物件，或許娜塔莉．布雷克就能明白，此刻的完美禮物就是誠實描述自己遭遇的各種困難，以及她每次猶疑不決的曖昧心情，她應該清楚說出來，她不該嘗試將其偽裝、矯飾或美化。但娜塔莉．布雷克的本能直覺就是自我防衛，是自我保護，她的這份直覺實在太過強大。

「我不會為我的選擇道歉。」她說。

「噢，老天，小娜，誰要妳道歉了？別談這了吧，我不想跟妳吵。」

「沒人在吵。我不想真正理解妳到底發生了什麼事。我不相信妳之所以坐在這裡跟皮膚癌調情，只是因為妳不想生孩子。」

黎亞在吊床上轉身，背對娜塔莉。

「我只是不明白為何是我過著這種人生。」她的語氣沉靜。

「什麼？」

「妳，我，我們所有人。為什麼那女孩活成那樣而我們沒有。為什麼那個在亞爾博特路上的可憐傢伙死了而我們沒有。一切都沒有道理。」

娜塔莉皺眉，她把雙臂交抱在胸前。她以為自己必須面對更難的提問。

「因為我們比較努力，」她說，她把頭往後靠在長椅的椅背上，仔細望入開闊的天空。「我們比較聰明，我們知道我們不想淪落到去別人家門口討錢的地步。我們想突破困境，而像伯格那種人——他們的動力不夠。要是妳覺得這個答案很醜惡，我很抱歉，小黎，但這就是事實。這是妳會在法庭上學到的事情之一：人們通常罪有應得。妳知道嗎，身為孩子的優點之一，就是不會有太多時間坐在吊床上為了這類抽象問題沮喪。就我的立場來看，妳過得很好。妳有個妳愛的丈夫，他也愛妳——如果妳直接把真實感受告訴他，他也不會停止愛妳。妳有工作、朋友、家人，還有可以回去的地方。」娜塔莉繼續數算她的人生光明面，但此刻她其實只是反射性地在說話，內容指涉的也幾乎是自己。她腦中唯一真正在想的只有法蘭克，她真的好想跟他說話。

「我們聊聊別的吧。」黎亞．漢威爾說。

米謝爾和娜歐米一起穿越草地走過來，他用托盤帶來飲料，托盤上有兩個吸管水杯，還有白酒跟玻璃杯。

「她有說話嗎？」

「她有說話。」黎亞說。

米謝爾為在場的成年人倒酒。

「拜託，」黎亞接下酒杯，「我不想在孩子面前談這些。我們先聊點別的吧。」

「我想我知道亞爾博特路發生了什麼事。」娜塔莉．布雷克說。

一開始他們寄了電子郵件。信是寄到警方接受匿名線報的網站。但這樣做讓本來的故事高潮顯得無趣，非常不令人滿足，一旦送出後，他們盯著螢幕，心裡感到失望。他們決定致電基爾本警察局。

「再怎麼說，」黎亞．漢威爾似乎全身又充滿了全新活力，「根據妳的描述，奈森．伯格就是利害關係人，再加上我們本來就很清楚他的人品。再怎麼說他都算利害關係人。」

絕對是利害關係人。

「妳說的對，」娜塔莉．布雷克說。「這樣做是對的，」幾分鐘後，他們重新審視了這個故事中各個殘缺不全的片段，黎亞再次跟娜塔莉說了同樣的話。透過玻璃門，他們望著孩子在草地上繞圈圈。黎亞上網找到電話號碼，娜塔莉撥號，負責說話的是凱莎。電話是從她口袋中掏出來的，除此之外，這段過程完全讓她回想起她們這對摯友以前會打電話給喜歡的男生，當時兩人會把頭一起緊貼住家用話筒，心情總是有點亢奮過頭。「我有事要告訴你們——」凱莎．布雷克開口，她用她的聲音偽裝成她的聲音。

致謝

感謝為我創造出時間的人：瑪里雅・薛波瓦（Mariya Shopova）、雪倫・辛格（Sharon Singh）、希塔・烏斯曼（Seeta Oosman）、受到版權保護的自由©，以及受到版權保護的自我控制©。

感謝創造出作者本人的人：伊芳恩・貝利—史密斯（Yvonne Bailey-Smith）

感謝閱讀本書的人：西門・普羅瑟（Simon Prosser）、喬治亞・蓋瑞特（Georgia Garret）、安・果多夫（Ann Godoff）、莎拉・曼古索（Sarah Manguso）、潔瑪・席夫（Gemma Sieff）、希爾頓・艾爾斯（Hilton Als）、塔瑪拉・巴爾奈特—黑林（Tamara Barnett-Herrin）、德沃拉・包姆（Devorah Baum）、莎拉・凱拉斯（Sarah Kellas）、德瑞爾・平克尼（Darryl Pinkney）、莎拉・伍利（Sarah Woolley）、丹尼爾・凱爾曼（Daniel Kehlmann）、安納利思・陳（Aneliese Chen），以及喬許・雅皮奈納希（Josh Appignanesi）。

感謝在地人：吉姆・佛德（Jim Ford）、蘭恩・史諾（Len Snow）。

感謝帶領我認識法律的人：愛利森・麥當勞（Alison Macdonald）、馬修・萊德（Matthew Ryder）。

感謝靈感來源：科林・瓊斯（Colin Jones）的《黑人之家》（*The Black House*）是小說中「嘉維之家」的原型。

感謝我的理想朋友：莎拉．凱拉斯。

感謝為我做了以上所有工作，甚至做得更多、甚至可說是我的世界的人：尼克．雷爾德（Nick Laird）。謝謝你。

譯後記

為生活中的「那什麼」找說法

葉佳怡（本書譯者，作家）

莎娣．史密斯一直是跨越各種界線的作家，她的作品總在嘗試跨越種族、階級、性別、國籍等各種界線，這次的作品自然也不例外。不過在《白牙》和《簽名買賣人》之後，她是從《論美》才開始比較聚焦於女性處境，而在《西北》中，她更是透過在西北區長大的兩位女性好友，把無論黑人或白人的女性處境探討從舞台邊緣移到了正中央。

莎娣．史密斯的「跨越」也包含寫作時會向過往作家致敬，比如她在寫《論美》時就模擬了英國名作家愛德華．摩根．福斯特（E. M. Forster）的寫作手法。此次彷彿為了強調對女性處境的重視，莎娣．史密斯請出了英國著名的女性書寫祖師奶奶維吉尼亞．吳爾芙（Virginia Woolf）。吳爾芙是知名的現代主義小說家，也開創了形式多變的陰性書寫手法。因此打從這個設定開始，就注定了《西北》無論對作家或讀者來說，在語言形式上勢必充滿了各種挑戰性。

不過若要談莎娣．史密斯的《西北》為何難翻譯，原因不只是破碎章節、截斷句式、花式排版，或各種長句或短句的交織使用而已，另外或許還可以從「thingyness」這個英文字談起。根據字典解釋，「thingy」是你一時想不起來某人、某事或某物，但又必須跟別人描述時會用上的詞。比如：「你能把『那什麼』（thingy）拿給我嗎？我們常用來拌麵的那種鹹辣醬汁？」如果用我粗糙的方式暫譯，「thingyness」可說是存在於世間萬事萬物中，你明明有所認識但又一時說出不清楚的「那什麼」。

出版了《西北》後，莎娣．史密斯在英國《衛報》上寫了篇談論這部小說的文章，其中就提到啟發這本小說的兩個力量是「那什麼」和「語言」：「當我在寫這部小說時，我真心希望能透過語言創造出人。為了這個目的，你一定要同時合理地處理語言中難以駕馭的主觀性質，以及根據我的說法，任何人所確切擁有的『那什麼』。」她認為這是維吉妮亞．吳爾芙作為一名現代主義小說家的寫作方式，而在試圖大量描寫女性心境的這部小說中，這正是她想要借重的技巧之一。

所以莎娣．史密斯不只一如往常地靈活調度了句式及對話，為了豐富呈現兩位主要女性角色的內在心靈及外在環境，她還在這部作品中實驗了各種不同的表現形式，也就是「風格的演練」。在她看來，這種演練不只是打高空的文學技巧，因為人的日常生活就是風格的演練。畢竟生活的本質難以捉摸，「我們真正得以持續掌握的只有這些外在的、確切的符號，包括我們說話、動作、穿著，以及對待彼此的方式。」

書中靈活運用了各種語言，包括了角色思考及對話的語言、作者描述角色時使用的小說語言，甚至是特殊的網路語言及聲音質地。由於透過特殊形式傳遞內容，翻譯時儘量維持語句的長度、順序和節奏成為首要考量，那樣的過程彷彿解開莎娣．史密斯的謎題之後，又要想辦法為讀者重新製作不至於太過困難的謎面。我不希望害讀者太快卡關，但又希望能維持作者想傳達的「那什麼」。

比如「這裡的床上橫躺著一個男人，全裸。電影《輕蔑》中的碧姬．芭杜也是這樣躺在床上，全裸。」此段是書中主角之一黎亞的內心獨白，她藉由這段類比談起她希望丈夫跟碧姬．芭杜一樣不想生孩子，因為她自己仍對生孩子懷抱著遲疑與恐懼。在這個段落中，她試圖拉開距離，抽離情感，單純客觀地描述自己和丈夫的關係，所以採取了疏離的全知語氣，而句子的簡短和刻意截斷也是被刻意創造出來的氛圍，因此努力將這類氛圍透過語言重現，但又不能阻礙讀者閱讀，成了翻譯時的重要課題之一。

另一個有趣但又讓譯者辛苦的元素，是莎娣．史密斯大量使用了流行歌曲的元素。其中一個重要代表是在故事初期出現的奇想樂團（The Kinks），另一個是故事後期出現的艾美．懷絲（Amy Winehouse）。奇想樂團是相當出名的英國搖滾樂團，艾美．懷絲則是傳奇低音爵士歌手。作者透過不同手段將歌詞和角色的日常生活編織在一起，以此象徵主流文化是如何默默地滲透了人的日常生活，甚至改造了他們對自我的認識。比如奇想樂團的歌詞就跟主角黎亞的思緒混雜在一起，作者在此幾乎沒有使用引號或特殊標示，另一位主角娜塔莉則是在跟丈夫對話時無意間引用了歌詞。人是環境互動後的產物，而莎娣．史密斯試圖將此氛圍植入語言中。

當然，女性處境不是這部作品唯一要討論的議題，種族與階級也是左右角色命運的重要因素。莎娣．史密斯在本書中描述的倫敦不是光鮮亮麗的倫敦，而是許多移民及貧窮者艱苦掙扎的倫敦。當女性角色面對著各種家庭困境及職場歧視的同時，幾位重要的男性角色的人生發展，更是突顯出金錢及文化資本可以如何限縮一個人行善的可能性，甚至讓生活中只剩下「如何為惡」的選擇。莎娣．史密斯在談起這本作品時引用了莎士比亞劇作《一報還一報》（*Measure for Measure*）的台詞：「有人因罪惡而崛起，有人因美德而倒下。」就這點而言，《西北》可說是透過了一整本小說，來回反覆地跨越了善惡之間的界線。

最後值得一提的是，《西北》是莎娣・史密斯於二〇一二年出版的作品，而二〇一六年出版的《搖擺時代》也有描繪類似的女性情誼，卻不像這部作品採取了各種繁複的文字形式。若讀者有意願的話，將兩者併讀勢必可以獲得全然不同的樂趣，也或許更能窺見莎娣・史密斯想要埋藏的「那什麼」，究竟在讀者的閱讀過程中，各自長出了什麼樣的形狀。

版權致謝

非常感激獲得以下受版權保護作品授權使用部分節錄內容：

〈歡迎來到牙買加島國〉（Welcome to Jamrock）Words and Music by Ini Kamoze, Damian Marley & Stephen Marley © Copyright 2005 Ixat Music Incorporated/Universal Songs Of Polygram Incorporated/Biddah Muzik Inc./Universal Music Publishing Limited/EMI Music Publishing Limited/Universal Music Publishing MGB Limited. All Rights Reserved. International Copyright Secured. Used by permission of Music Sales Limited.

〈妳讓我欲火焚身〉（You Really Got Me）words and music by Ray Davies © 1964 Edward Kassner music co. Ltd for the world. Used by permission. All rights reserved.

〈鄉村綠地〉（Village Green）Words and Music by Ray Davies© Davray Music Ltd & Carlin Music Corp. – London NW1 8BD – All Rights Reserved.

〈威爾斯登綠地〉（Willesden Green）Words and Music by Raymond Douglas Davies ©1971. Reproduced by permission of EMI Music Publishing Ltd, London W8 5SW.

〈如果我統治世界（想像一下吧）〉（If I Ruled the World (Imagine That)）by Nas, Allan Felder, David Reeves, Kurt Walker, Jean Olivier, Jean O'Bryant, Samuel Barnes, Norman Harris © Universal Music Publishing Limited/ Warner Chappell/Chrysalis One Pub/

International Music Network. Used by permission of Music Sales Limited.

我們盡心盡力找到版權所有人，並獲其同意後使用這些版權素材。若有任何錯漏，出版方願意誠心致歉。若本書需在將來的版本一併修正，如能不吝告知，我們也將十分感謝。

國家圖書館出版品預行編目(CIP)資料

西北/莎娣・史密斯(Zadie Smith)著;葉佳怡譯.
-- 初版. -- 臺北市:大塊文化出版股份有限公司,
2021.12
面; 公分. -- (to;128)
譯自:NW.
ISBN 978-986-0777-48-2(平裝)

873.57 110015112

LOCUS

LOCUS

LOCUS

LOCUS